Die Staatsanwaltschaft gegen Maryann Flood

Ich fuhr den Wagen auf den Parkplatz auf der anderen Seite der Straße, dem Kriminalgericht gegenüber. Bevor ich noch den Motor abgestellt hatte, hielt mir der Parkwächter bereits die Tür auf. Ich ließ mir Zeit mit dem Aussteigen und griff dabei nach der Aktentasche auf dem Sitz neben mir. Dienste dieser Art hatte ich niemals geschätzt.

»Schönes Wetter heute, Mr. Keyes«, sagte er und ging neben mir auf den Ausgang zu.

Ich blickte zum Himmel auf. Er hatte recht – vorausgesetzt, daß man graue Dezembertage mochte. Ich nickte. »Ja, Jerry.« Auf seinem Gesicht lag ein Lächeln. Er brauchte mir nicht erst zu sagen, daß er schon alles wußte. Ich sah es ihm an.

Ich überquerte die Straße zum Gericht. Erst vor zwanzig Minuten hatte ich es, acht Meilen von hier entfernt, im Zimmer eines Krankenhauses selber erfahren. Und dennoch wußte man es hier bereits.

Das Gesicht des Alten hatte mich, grau vor Schmerz, von dem weißen Kissen her angeblickt. »Sie müssen die Sache übernehmen, Mike«, flüsterte er.

Ich schüttelte den Kopf. »Nein, John, das kann ich nicht tun.«

»Warum nicht?« Seine Stimme klang fast unheimlich.

»Sie wissen genau warum«, antwortete ich. Ich zögerte einen Augenblick. »Übergeben Sie die Sache einem der anderen. Sie haben doch genügend Mitarbeiter. Warum ausgerechnet ich?«

Sein Flüstern wich einem jähen Ausbruch. »Die sind alle politisch bestechlich. Deshalb! Sie sind der einzige, dem ich trauen kann. Sie sind der einzige, den ich persönlich eingestellt habe. Alle anderen hat man mir aufgehalst, das wissen Sie ganz genau!«

Ich antwortete ihm nicht, obwohl ich wußte, daß es nicht völlig

der Wahrheit entsprach. Das einzig Politische im Amt des Oberstaatsanwalts waren John DeWitt Jacksons eigene ehrgeizige Bestrebungen.
Seine Augen waren fest auf mich gerichtet. »Wissen Sie noch – damals, als Sie zum erstenmal zu mir kamen? Damals waren Sie noch bei der Polizei: Stiefelsohlen, so dick wie zwei Finger. Sie hielten die Urkunde über Ihr juristisches Abschlußexamen in der Hand und stellten sich vor: Michael Keyes. Sie bekamen kaum die Zähne auseinander, als Sie sich um eine Stellung bei mir bewarben. Ich habe Sie gefragt: ›Warum gerade mein Amt?‹ Wissen Sie noch, was Sie geantwortet haben?«
Ich wußte es wohl. Übrigens war es das einzige Mal, daß ich mich nicht des Namens bediente, mit dem andere Leute mich riefen: Mike.
»Ich will Ihnen erzählen, was Sie damals zu mir sagten.« Er hob den Kopf vom Kissen. »Sie haben gesagt: ›Ich bin von der Polizei, Mr. Jackson, und für mich gibt es nur die eine Seite der Justiz.‹
Ich habe Ihnen die Stelle gegeben, weil ich Ihnen vertraut habe.« Sein Kopf sank ermüdet auf das Kissen zurück, und seine Stimme verfiel erneut ins Flüstern. »Und jetzt wollen Sie mich im Stich lassen.«
»Ich lasse Sie nicht im Stich, John«, erwiderte ich heftig. »Aber diesen Fall kann ich nicht übernehmen. Es ist mir nicht zuzumuten. Und ich glaube, auch Ihnen wäre damit kein Gefallen getan. Ich habe es Ihnen gleich zu Anfang gesagt.«
Eine Sekunde lang wandte er das Gesicht ab. »Hol der Teufel diesen Blinddarm! Warum hat er nicht noch ein paar Wochen durchgehalten?« Selbst sein Flüstern klang energisch.
Ich mußte trotz allem lächeln. Der Alte zog alle Register. »Sie wissen doch, was der Arzt gesagt hat. Dieses Mal hat er ihn nicht mehr auf Eis legen können«, erwiderte ich mit dem erforderlichen Anflug von Mitleid.
Er nickte niedergeschlagen. »Das sind schon Ärzte! Ausgerechnet am Vorabend des wichtigsten Prozesses meiner Laufbahn.«
Ich wußte, was er meinte. In ein paar Monaten würden sich die Parteileute im ganzen Staat zu ihren Beratungen zurückziehen. Sobald sie die Fenster der Hinterzimmer in den Kneipen öffne-

ten, um den Whiskydunst und den Tabakrauch abziehen zu lassen, würde ein neuer Gouverneur im Sattel sitzen.

Der Alte hatte den Zeitpunkt des Prozesses sehr geschickt gewählt. Nicht so früh, daß man die Sache vergaß, nicht so spät, daß schon alles entschieden war. Aber jetzt hatte er Angst um seine Chancen.

Er sah mich über das Fußende des Bettes hinweg an. »Mike«, flüsterte er, »Sie sind niemals wie die anderen gewesen. Sie sind für mich – ja, fast wie ein Sohn. Sie waren für mich der einzige in dem ganzen verdammten Amt, auf den ich stolz war. Sie waren mein Mann.

Ich habe mir alles genau überlegt, und wenn es schiefgehen sollte, muß ich mich eben damit abfinden. Dann nenne ich es Gottes Wille.« Er zuckte fast unmerklich die Achseln. Eine Weile schwieg er, dann sagte er mit harter Stimme: »Aber ich werde es niemals zulassen, daß solche aalglatten, opportunistischen Schweinehunde hinter mir die Treppe hinauffallen!«

Wir sahen uns ein paar Augenblicke lang schweigend an. »Übernehmen Sie an meiner Stelle die Sache vor Gericht, Mike«, bat er. »Sie haben freie Hand. Sie sind der Chef. Sie können tun, was Sie wollen. Sie dürfen sogar das Gericht ersuchen, die ganze Sache fallenzulassen, weil unser Belastungsmaterial unzureichend ist. Wenn Sie wollen, können Sie mich sogar als Narren hinstellen. Mir ist das gleich. Aber lassen Sie nur nicht einen der anderen auf meiner Leiche herumtrampeln.«

Ein Lächeln spielte über sein Gesicht hin. »Sie machen doch die Sache, Mike?«

Ich nickte. »Ja, John.«

Er griff unter das Kissen und holte einige mit der Schreibmaschine getippte Notizen hervor. »Betrifft die Geschworenen. Achten Sie auf Nummer drei . . .«

Ich unterbrach ihn. »Über die Geschworenen weiß ich Bescheid. Ich habe die Berichte gelesen.« Ich ging zur Tür, öffnete sie und blickte zu ihm zurück. »Außerdem haben Sie mir doch freie Hand zugesagt – vergessen Sie das nicht!«

Ich hatte kaum die erste Stufe zum Gericht erreicht, als die Reporter auf mich eindrangen. Ich lächelte verbissen, während ich mich bemühte, mir einen Weg durch sie hindurch zu bahnen.

Der Alte mußte, nachdem ich sein Zimmer verlassen hatte, sofort herumtelefoniert haben.
»Wir haben erfahren, daß Sie den Prozeß gegen Maryann Flood für den Oberstaatsanwalt übernehmen, Mr. Keyes. Ist diese Information richtig?« Sie verfolgten mich mit einem Sperrfeuer von Fragen.
Ich blieb auf den Stufen stehen und streckte abwehrend die Hände aus. »Lassen Sie mich erst einmal Luft holen, meine Herren«, bat ich. »Wie Sie wissen, bin ich erst heute früh von den Ferien zurückgekommen.«
»Trifft es zu, daß der Oberstaatsanwalt Ihnen vorgestern, bevor er ins Krankenhaus ging, ein Telegramm geschickt hat? Daß die Vertagung nur deswegen beschlossen wurde, um Ihnen Zeit zur Rückkehr zu geben?«
Ich drängte mich durch die Drehtür. Ein paar Blitzlichter flammten auf, und rote Lichter tanzten vor meinen Augen. An der Tür zum Fahrstuhl wandte ich mich um und sah sie an.
»In der Mittagspause werden wir eine Erklärung für Sie bereit haben, meine Herren. Von da ab will ich versuchen, nach Möglichkeit jede Frage zu beantworten. Jetzt wünsche ich mir nichts weiter, als ein paar Minuten allein zu sein, bevor ich den Gerichtssaal betrete.«
Ich fuhr bis zum siebten Stockwerk hinauf und begab mich in mein Büro am Ende des Ganges.
Dort erwartete mich bereits Joel Rader. Er trat mit ausgestreckter Hand auf mich zu. »Ich wünsche Ihnen alles Gute, Mike.«
»Vielen Dank, Joel«, sagte ich. »Ich kann es brauchen.« Joel war einer der Männer, die der Alte gemeint hatte. Er war intelligent, energisch und ehrgeizig, nur ein paar Jahre älter als ich.
»Wie geht es dem Alten?« fragte er.
»Sie kennen ihn doch«, antwortete ich und lächelte. »Er mekkert.« Ich ging auf meinen Schreibtisch zu.
»Sie hätten ihn neulich hören sollen, als der Arzt ihm reinen Wein einschenkte«, sagte er und folgte mir. »Er hätte dem Arzt fast den Kopf abgerissen.«
»Das kann ich mir vorstellen«, erwiderte ich und warf Hut und Mantel auf die Holzbank meinem Schreibtisch gegenüber. Ich setzte mich und blickte zu ihm auf. »Ich hatte nicht die Absicht, Ihnen ins Gehege zu kommen, Joel«, sagte ich.

Sein Lächeln war unaufrichtig. »Sie kommen mir nicht ins Gehege, Mike«, entgegnete er rasch. »Schließlich haben Sie ja mit dem Alten bei der Voruntersuchung zusammengearbeitet. Ich habe vollstes Verständnis.«
Auch ich hatte vollstes Verständnis. Er wusch sich von vornherein, sollte dieser Fall schiefgehen, die Hände in Unschuld. Das bedeutete jedoch nicht, daß er den Fall nicht gern selber übernommen hätte. Er gab sich nach außen hin sehr zufrieden, und er gehörte auch nicht zu den Menschen, die ein Risiko auf sich nahmen.
»Ist Alec da?« fragte ich. Alec Carter war der andere Staatsanwalt, der dem Alten assistierte.
»Sie kennen doch Alec«, antwortete Joel mit undurchsichtiger Miene. »Aber er hat Ihnen die Aufzeichnungen des Alten auf den Schreibtisch gelegt.«
Ich kannte Alec. Er hatte nervöse Nieren und verbrachte vor Beginn eines Prozesses die meiste Zeit auf der Toilette. Kaum betrat er jedoch den Gerichtssaal, war er völlig ruhig. Ich warf einen Blick auf meinen Schreibtisch. Vor mir lagen die sauber getippten Aufzeichnungen.
»Wenn Sie etwas brauchen, Mike, ich bin in meinem Büro«, sagte Joel.
»Vielen Dank, Joel«, antwortete ich und blickte ihm nach, während sich die Tür hinter ihm schloß. Ich zog ein Päckchen Zigaretten aus der Tasche und zündete mir eine an, bevor ich die Papiere auf meinem Schreibtisch durchsah.
Gleich obenauf lag die Anklageschrift. Es war mir, als ob die fetten schwarzen Buchstaben auf mich zuschössen.

Das Volk des Staates New York gegen
Maryann Flood, Angeklagte

Ein jäher Schmerz packte mein Herz. Von nun ab mußte ich mit dieser Sache leben. Ich schloß die Augen. Ich hätte mich doch nicht vom Alten in die Sache hineintreiben lassen sollen. Die Wurzeln reichten zu tief hinab.
Ich atmete schwer auf und versuchte, den Schmerz in meiner Brust zu überwinden. Würde ich jemals frei von ihr sein, fragte ich mich. Ich mußte an jenen Augenblick denken, an dem ich sie

zum erstenmal gesehen hatte. Tausend Jahre schienen verstrichen.

Ich hatte in jenem Sommer so etwas Ähnliches wie eine Arbeit, am Zeitungskiosk an der Ecke der 86. Straße und der Lexington Avenue. Am Samstagabend und Sonntagmorgen mußte ich dort die Zeitungen mit den vielen Beilagen ordnen. Um neun Uhr abends fing ich an und arbeitete die ganze Nacht hindurch bis halb elf am nächsten Morgen. Damals war ich achtzehn, und meine Mutter verlangte, ich dürfte auf keinen Fall die Messe versäumen. So besuchte ich auf dem Heimweg die Messe in St. Augustin.

Dieser Sonntag war nicht anders gewesen als jeder andere. Ich gelangte in der letzten Minute in die Kirche, schlich mich auf eine der fast leeren hinteren Bänke und schlief sofort ein. Doch kaum hatte ich die Augen geschlossen, verspürte ich einen leichten Stoß in der Seite.

Automatisch machte ich ein wenig Platz, um dem Neuankömmling zu ermöglichen, in die Bank hineinzutreten. Wieder ein Anstoßen. Dieses Mal öffnete ich die Augen. Es dauerte eine ganze Weile, bevor mir klar wurde, was ich eigentlich sah. Dann hielt ich den Atem an und ließ sie vorbeigehen.

Die ältere Frau streifte ich kaum mit einem Blick. Das ausgeblichene, graublonde Haar und das müde Gesicht interessierten mich nicht. Sie drängte sich an mir vorbei und murmelte ein paar leise Worte, die ich als eine Entschuldigung auffaßte. Aber das Mädchen war es, die Tochter, die mich in meinem Innersten berührt hatte.

Das blonde Haar umrahmte ihr Gesicht wie schimmerndes Gold; dazu der übermütige, volle Mund, sinnlich hellrot geschminkt, die leicht geöffneten Lippen und die weißen Zähne, die in ihrem Schatten sichtbar wurden! Die schmale, fast klassische Nase, deren Nasenflügel plötzlich unter den hoch angesetzten Backenknochen zu beben begannen, und die braunen feinen Brauen, die ihre Augen hervorhoben!

Diese Augen waren etwas für sich. Sie lagen weit auseinander und waren von tiefem Braun, mit einem höllischen Grün am Rand der Iris gesprenkelt. Es waren warme, strahlende, intelligente Augen, und sie verrieten eine Leidenschaft, von der ich noch nichts wußte. Sie waren erregend und anziehend zugleich.

Ich versuchte in sie hineinzublicken, vermochte jedoch eine unsichtbare Schranke nicht zu überwinden. Braune Augen haben etwas an sich, das ich niemals zu ergründen vermochte. Man kann nicht in sie hineinblicken und in ihnen lesen wie in blauen Augen.

Sie blickte von mir weg, während sie an mir vorbeiging, und es war, als ob mich schwache elektrische Ströme durchrieselten. Ihre Mutter, die doppelt so stark war wie sie, war an mir vorbeigegangen, ohne mich zu berühren. Aber nicht sie.

»Entschuldigen Sie«, flüsterte sie, ein unterdrücktes Lachen in ihrer Stimme.

Ich stammelte eine unverständliche Antwort, die sich im Rascheln der Kleidung verlor, als die Gemeinde in die Knie ging. Ich sah sie an, während ich niederkniete.

Sie kniete bereits, ihre Hände demütig auf der Lehne gefaltet, die Augen gesenkt.

Ihr üppiger Körper zeichnete sich unter dem leichten Sommerkleid ab. Ein warmer, sinnlicher Duft strömte von ihr aus, und ich sah, wie sich ein kleiner feuchter Fleck auf ihrem Kleid unter ihrem Arm ausbreitete.

Ich schloß die Augen und versuchte, mich auf mein Gebet zu konzentrieren. Ein paar Sekunden verstrichen, und ich begann mich etwas sicherer zu fühlen. Es war nicht so schlimm, wenn ich nur die Augen geschlossen hielt. Ich fühlte, wie sich das Mädchen neben mir bewegte. Ihr Schenkel drückte leicht gegen den meinen.

Ich öffnete die Augen und sah sie an. Sie schien die Berührung nicht zu bemerken und hielt die Augen im Gebet geschlossen. Ich rückte ein wenig von ihr ab und wagte kaum zu atmen. Die Augen noch immer geschlossen, folgte sie meiner Bewegung. Ich befand mich ganz am Ende der Bank und konnte nicht weiter ausweichen, ohne auf den Gang hinauszufallen.

So gut es ging, bemühte ich mich, an Gottes Wort zu denken. Aber es nützte nichts. Neben mir saß der Teufel.

Endlich war das Gebet vorbei, und die Gemeinde erhob sich mühsam. Erst da wagte ich es wieder, sie anzusehen.

Sie beachtete mich nicht; ihre Augen waren geradeaus gerichtet. Ich wollte aus der Bank heraustreten, aber sie ging bereits an mir vorbei. Ich blieb stehen, aber auch sie hielt an und trat zurück.

Ich war verwirrt, aber sie lächelte höflich und ließ ihre Mutter an sich vorbeigehen. Dann wandte sie sich mir zu.
Ich starrte in ihre Augen. Es lag etwas wie eine lächelnde Herausforderung in ihnen, wie ich es noch niemals zuvor in Augen gesehen hatte. Ein wildes, gefährliches Feuer, das meine Seele verzehrte. Ihre Lippen öffneten sich in einem Lächeln, und plötzlich vernahm ich Worte, obwohl ich hätte schwören können, daß sich ihre Lippen nicht bewegten. »Treffen wir uns mal, Mike?« flüsterte sie.
Erst einige Augenblicke später, als sie in der Menge der Menschen, die sich den Gang entlangschoben, verschwunden war, wurde mir klar, daß sie meinen Namen kannte.
Langsam ging ich dem Ausgang zu und fragte mich, wer sie sei. Vielleicht wäre mein Leben glücklicher verlaufen, wenn ich es niemals erfahren hätte.

Mühsam schüttelte ich die Erinnerungen ab. Noch immer hielt ich die Papiere in der Hand. Sie mußten gelesen werden. Vierzig Minuten später würde ich den Gerichtssaal betreten. Ganz langsam, um mich besser zu konzentrieren, begann ich, Wort für Wort der Anklageschrift zu lesen.

Wir betraten den Gerichtssaal durch eine Seitentür. Stille senkte sich über die Menschen, als wir auf unsere Plätze am Tisch rechts von den Richtern zugingen. Ich hob die Augen nicht, um die Zuschauer zu betrachten. Sie sollten den Zorn nicht sehen, den ich angesichts ihrer unersättlichen Neugier empfand.
Ich ließ mich auf meinem Stuhl nieder und begann meine Papiere vor mir auszubreiten. Meine Erregung stieg. In gewisser Weise war ein Prozeß wie ein Boxkampf. Ich fuhr mir mit der Zunge über die trockenen Lippen und hoffte, die Verkrampfung meines Magens würde sich lösen.
Nur um meine eigene Stimme zu hören, wandte ich mich an Joel. »Wie spät ist es?«
Er warf einen Blick auf die große Uhr an der Wand. »Fast zehn.«
»Gut.« Es würde nicht mehr lange dauern, bis das Gericht zusammentrat. Ich blickte verstohlen zum Tisch der Angeklagten hinüber. Der Platz war noch nicht besetzt.
Joel bemerkte meinen Blick. »Vito wartet immer bis zum letzten

Augenblick. Das gibt ihm die Möglichkeit eines eindrucksvollen Einzuges.«
Ich nickte. Vito verstand sich auf sein Geschäft. Er war einer der erfolgreichsten Strafverteidiger in New York. Ein hochgewachsener, gutaussehender Mann mit einem grauen Haarschopf, unter dem seine durchbohrenden Augen besonders blau wirkten. Nur selten verlor er einen Prozeß, und er war ein Mann, der keine Mühe scheute. In der Staatsanwaltschaft hatten wir alle einen Heidenrespekt vor ihm.
Plötzlich durchlief ein Murmeln der Erregung den Gerichtssaal hinter uns. Mehrmals durchzuckten Blitzlichter den Raum. Ich brauchte mich nicht umzudrehen, um zu wissen, daß sie nun den Gang entlangkamen.
Ich hob den Kopf und wandte mich ihnen in dem Augenblick zu, in dem sie an der Schranke angelangt waren. Vito hatte bereits die Sperre geöffnet und war, mit dem Rücken zu mir, beiseite getreten, um seine Mandantin vorausgehen zu lassen. Ihre Blicke begegneten den meinen, als sie aufsah, um ihm zu danken.
Ihre Augen weiteten sich ein wenig, und ich blickte in sie hinein. Es war lange her. Sehr lange. Die Begegnung unserer Blicke war nur von kurzer Dauer. Schon hatte sie sich umgewandt und eilte auf ihren Platz zu.
Ich beobachtete sie. Sie hatte einen so gelösten Gang. Wie gut ich mich dieser schlanken Fußknöchel entsann, dieser geschmeidigen Bewegungen in den schimmernden Nylonstrümpfen. Sie trug ein schwarzes Kostüm von strengem Schnitt und hatte sich einen blauen Flauschmantel um die Schultern gelegt. Ihr Haar war wie glänzendes Gold, kurz geschnitten und in kleinen Locken zu einer hohen Frisur gelegt. Sie nahm mit leichtem Zögern Platz und zog sich ihren Rock über die Knie. Vito setzte sich neben sie, und sie begannen miteinander zu reden.
»Was für ein Weib!« flüsterte mir Joel ins Ohr.
Seine Stimme klang bewundernd. Ich nickte wortlos.
Es kostete mich alle Mühe, meinen Zorn nicht zu verraten. Darin lag das Problem. Das war immer das Problem gewesen. Sie war eine jener Frauen, deren sinnliche Ausstrahlung sie wie ein Heiligenschein umgab. Kein Mann konnte sich diesem Einfluß entziehen.

Ich griff zu einem Bleistift und begann auf dem Papier eines Notizblocks zu kritzeln. Alec stieß mich leicht in die Seite, und ich hob den Kopf.
Henry Vito kam auf unseren Tisch zu. Ich blickte ihm entgegen, als er selbstbewußt durch den Saal schlenderte, bis er vor mir stand. Er sah auf mich herab und lächelte zuversichtlich. »Guten Tag, Mike. Wie geht es dem Staatsanwalt?« fragte er.
»Er erholt sich, Hank«, antwortete ich und erwiderte sein Lächeln.
Seine Stimme war gerade so weit gedämpft, daß sie noch bis zu den Reihen der Presseleute reichte. »Was für ein Glücksfall, sich plötzlich mit so einem Blinddarm hinlegen zu können.«
Ich hob die Stimme, damit die anderen meine Antwort hörten. »Das ganze Glück, das diesem Blinddarm entsprungen ist, hat sich auf Ihrer Seite des Gerichtssaals niedergelassen.«
Sein Gesichtsausdruck veränderte sich nicht. »Wenn er es jemals bis zum Gouverneur bringt, Mike, schuldet er Ihnen einen ganzen Sack voll Dank.«
Langsam erhob ich mich. Vito ist ein großer Mann. Aber ich bin größer – ohne Schuhe 1,88 Meter – und breitschultrig und sehe mit meiner gebrochenen Nase so gefährlich aus, daß er neben mir recht dürftig erscheint. Er blickte mich von unten her an, und ich lächelte. »Vielen Dank für die freundlichen Worte, Hank. Ich bin sicher, nach dem Prozeß werden Sie mir zustimmen, daß ich sie verdient habe.«
Das Lächeln lag noch immer auf seinem Gesicht, aber er sagte nichts mehr und kehrte mit einer lässigen Handbewegung an seinen Tisch zurück. Ich blickte ihm nach, während er den Gerichtssaal durchquerte, bevor ich mich wieder setzte.
»Lassen Sie sich von ihm nicht auf die Palme bringen, Mike«, flüsterte mir Joel ins Ohr.
Ich lächelte kühl. »Bestimmt nicht.«
»Als Sie aufstanden, habe ich gedacht, jetzt schlagen Sie ihn nieder«, raunte mir Alec zu.
Mein Lächeln wurde breiter. »Einen Augenblick habe ich auch daran gedacht.«
»Ich habe diesen gewissen Ausdruck in Ihrem Gesicht gesehen und . . .« Alecs Flüstern wurde durch das Anschlagen des kleinen Hammers unterbrochen.

Es raschelte, als wir uns alle erhoben. Der Richter betrat den Gerichtssaal. Peter Amelie war ein kleiner, untersetzter Mann, und als er sich nun der Richterbank näherte, sah er mit seinem engelhaften Gesicht und dem kahlen Schädel über dem Schwarz seines Talars wie eine pausbäckige Puppe aus. Er setzte sich und klopfte mit einer raschen Bewegung mit dem kleinen Hammer auf den Tisch.

Die Stimme des Gerichtsdieners erklang. »Bitte herhören! Bitte herhören! Der dritte Strafsenat eröffnet die Sitzung. Den Vorsitz führt Richter Peter Amelie.«

Nun gab es keinen Weg mehr zurück. Der Kampf hatte begonnen, der Schiedsrichter war in den Ring getreten. Alle Erregung verließ mich plötzlich. Von jetzt ab würde mich nichts mehr ablenken, keine Erinnerung mich mehr quälen. Jetzt blieb mir keine Zeit mehr dafür. Ich hatte eine schwere Aufgabe vor mir.

Einige Augenblicke später erhob ich mich auf ein Kopfnicken des Richters hin. Langsam durchquerte ich den Gerichtssaal und ging zur Bank der Geschworenen. Sie blickte nicht auf, als ich am Tisch der Angeklagten vorbeiging, aber dennoch wußte ich, daß sie jede meiner Bewegungen aus den Augenwinkeln heraus verfolgte. Ich blieb vor den Geschworenen stehen und gab ihnen Gelegenheit, mich genau zu mustern.

Nach einigen Sekunden begann ich zu sprechen. Ich ging sehr bedächtig vor. »Meine Damen und Herren Geschworenen, ich komme mir fast wie ein Reservespieler beim Baseball vor, den man an Di Maggios Stelle aufs Spielfeld schickt. Denn wer . . .«

Ich hielt einen Augenblick inne, bis das leichte Anschwellen vergnügten Gelächters im Gerichtssaal wieder abebbte. »Denn wer könnte es mit Di Maggio aufnehmen?« fuhr ich fort und beantwortete meine eigene Frage: »Niemand.«

Ich verbannte das leichte freundliche Lächeln aus meinem Gesicht. »Aber das Volk des Staates New York hat Anspruch darauf, durch seine von ihm gewählten Beamten vertreten und beschützt zu werden. Das Volk des Staates New York hat es durch sein Großes Geschworenengericht für richtig erachtet, Anklage gegen eine bestimmte Person wegen Verletzung seiner Gesetze und Sitten zu erheben. So erbitte ich ergebenst Ihre Nachsicht, während ich, so gut ich es vermag, hier die Sache des Staates New York gegen Maryann Flood vertrete.«

Vito erhob Einspruch. Wie ich es erwartet hatte, gab das Gericht diesem Einspruch statt. Aber ich hatte gesagt, was ich hatte sagen wollen. So wandte ich mich erneut an die Geschworenen.
»Ich möchte Ihnen einen Teil der Anklageschrift vorlesen, die diesem Gericht vorliegt. In dieser Anklageschrift wird die Angeklagte, Maryann Flood, beschuldigt, folgende Handlungen begangen zu haben, die wir über jeden begründeten Zweifel hinaus beweisen werden.
Maryann Flood hat, getarnt durch eine angesehene Modellagentur, die *Park Avenue Models Inc.*, junge Mädchen und Frauen um des persönlichen Gewinns willen zu rechtswidrigen und unmoralischen Zwecken vermittelt und sie dazu verleitet, ein Leben als Prostituierte zu führen.
Maryann Flood hat in mehreren Fällen Beamte durch Bezahlung gewonnen oder bestochen, um ihrer gesetzwidrigen Tätigkeit nachgehen zu können.
Maryann Flood ist es aufgrund ihrer Beziehungen in diesem schändlichen Gewerbe gelungen, von einigen ihrer Kunden verschieden hohe Beträge zu erpressen, indem sie ihnen mit Bloßstellung drohte.«
Ich ließ die Anklageschrift sinken und sah die Geschworenen an. Ich spürte ihr Interesse.
»Vermittlung zum Zweck der Prostitution. Bestechung von Beamten. Erpressung. – Kein sehr schönes Bild, das sich den Menschen des Staates New York hier bietet. Jedes Jahr kommen Tausende von jungen Mädchen nach New York, die von Glanz und Erfolg träumen – Broadway, Fernsehen, ein Leben als Fotomodell.
Diesen armen, unschuldigen Geschöpfen aber lauern Menschen wie Maryann Flood auf. Sie sind sicher, daß Bestechung und Erpressung sie vor nachteiligen Folgen und vor Belästigung durch solche prosaischen und irdischen Dinge wie die Gesetze des Staates New York schützen.«
Zum erstenmal wandte ich mich der Angeklagten zu. Sie blickte auf den Tisch und umklammerte mit den Fingern einen Bleistift. Um Vitos Lippen spielte ein schwaches Lächeln.
»Maryann Flood!« rief ich.
Sie hob den Kopf, und ihre Augen begegneten fest den meinen. Es lag ein Ausdruck des Schmerzes in ihnen, wie ich ihn nie zu-

vor bei ihr gesehen hatte. Mein Blick wurde wieder hart und abweisend, als ich mich erneut der Geschworenenbank zuwandte.
»Maryann Flood«, wiederholte ich, »ist hier vor Gericht und vor den Geschworenen erschienen, die aus den Kreisen ihrer Mitbürger stammen; sie steht unter der Anklage, sich gegen die Gesetze der Gesellschaft vergangen zu haben.
Und wir, das Volk des Staates New York, das Volk, dem gegenüber sie eine solche Mißachtung an den Tag gelegt hat, werden die gegen sie erhobenen Beschuldigungen beweisen, so daß bei niemandem auch nur eine Spur des Zweifels an ihrer Schuld zurückbleiben wird. Wir werden Schritt um Schritt jede Handlung in ihrer gesetzwidrigen Laufbahn verfolgen. Wir werden jede dieser Handlungen in allen Einzelheiten darlegen. Und dann werden Sie, die Geschworenen, aufgefordert werden, ein Urteil zu sprechen, das auf jede andere Person, die das Recht zu haben glaubt, sich ihren Pflichten und den Gesetzen des Volkes zu entziehen, abschreckend wirkt.«
Ich gab den Geschworenen Zeit, über meine Worte nachzudenken, während ich an meinen Tisch zurückkehrte und die Anklageschrift gegen einige andere Papiere austauschte. Langsam kehrte ich dann zur Bank der Geschworenen zurück.
»Meine Damen und Herren Geschworenen, ich möchte Sie jetzt mit den Umständen bekannt machen, unter denen die Vertreter der Staatsanwaltschaft Kenntnis von der Tätigkeit der Maryann Flood erhielten.« Die Geschworenen beugten sich mit einem Ausdruck des Interesses auf ihren Gesichtern vor. »Eines Nachmittags im vergangenen Mai wurde ein junges Mädchen in das Roosevelt-Krankenhaus eingeliefert. Sie hatte innere Blutungen. Die Folgen eines unerlaubten Eingriffs. Trotz aller Bemühungen nahmen ihre Kräfte immer mehr ab.
Wie in solchen Fällen üblich, wurde unsere Behörde unterrichtet. Das Mädchen war zu schwach, um viele Fragen beantworten zu können, aber dennoch konnten wir einiges von ihr erfahren. Sie war ein Modell, das von der Firma *Park Avenue Models* vermittelt wurde. Sie bat auch darum, Miß Flood zu verständigen. Sie schien überzeugt, daß Miß Flood ihr helfen könne.
Bei einem ersten Anruf bei der Firma erhielten wir die Antwort, ein Modell dieses Namens sei dort völlig unbekannt. Etwa eine Stunde später rief Miß Flood bei uns in der Staatsanwaltschaft

an und erklärte, einer ihrer Angestellten sei ein Irrtum unterlaufen. Tatsächlich sei die junge Dame bei ihrer Agentur registriert gewesen. Sie schien besonders an der Aussage des Mädchens interessiert und bot schließlich, als sei ihr dieser Gedanke plötzlich gekommen, ihre Mithilfe an.

Aber der Anruf wie das Angebot der Mithilfe kamen zu spät. Kurz zuvor war das Mädchen gestorben.

Eine Nachforschung bei ihren Bekannten ergab, daß sie vor etwa einem Jahr nach New York gekommen war. Sechs Monate lang war sie kaum in der Lage gewesen, sich auch nur das Notwendigste zu leisten. Eines Tages jedoch erschien sie völlig neu eingekleidet. Ihren Freunden gegenüber erklärte sie ihren plötzlichen Wohlstand damit, sie habe Beziehungen zur Agentur *Park Avenue Models* aufgenommen. Sie begann nun häufig auszugehen, und ihre Bekannten sahen sie immer seltener. Sie erklärte ihnen, sie müsse sich ständig auf Abruf bereithalten. Ihre Arbeit nehme sie Tag und Nacht in Anspruch.

Als man jedoch ihre Erklärungen mit den Beschäftigungsdaten verglich, die von der Agentur geführt wurden, ergab sich eine erhebliche Diskrepanz. Die Agentur hatte während sechs Monaten im ganzen nur zwei oder drei Aufträge für sie gebucht. Ihre gesamten Einkünfte während jener Zeit beliefen sich, nach Abzug der Vermittlungsgebühr, auf rund hundertfünfundzwanzig Dollar.«

Ich blätterte in den Papieren in meiner Hand und tat so, als läse ich darin, während ich eine Pause machte. Nach einer kurzen Weile sah ich erneut die Geschworenen an. Sie warteten auf meine weiteren Ausführungen.

»Während diese Untersuchungen liefen, erhielt die Sittenpolizei einen Bericht, daß in der Wohnung eines bekannten Herstellers von Damenunterwäsche an der East Side Orgien gefeiert würden. Der Polizei wurde ferner bekannt, der Mann habe verschiedentlich damit geprahlt, Beziehungen zu einer gewissen Modellagentur zu haben, die es ihm ermöglichten, sich zu jeder Tages- und Nachtzeit Mädchen zu besorgen, und daß seine Freunde ihn nur anzurufen brauchten, wenn sie in dieser Hinsicht einen Wunsch hätten.

Am letzten Tag des Monats Mai unterbrach die Polizei eine Party, die in seiner Wohnung stattfand. Vier Männer und drei

Mädchen wurden bei kompromittierenden Handlungen überrascht.
Jedes der Mädchen gab als Beruf ›Modell‹ an. Eines von ihnen erklärte, es sei bei der Agentur *Park Avenue Models* registriert. Die anderen Mädchen flüsterten ihr daraufhin etwas zu. Gleich danach nahm das Mädchen die Erklärung zurück. Bei einer Überprüfung wurde festgestellt, daß alle diese Mädchen dort registriert waren.
An diesem Punkt angelangt, war es der Polizei und der Staatsanwaltschaft klar, daß sie es hier mit einem außerordentlich schweren Fall organisierten Lasters zu tun hatten. Daraufhin erfolgte sofort eine eingehende Untersuchung der Tätigkeit der Agentur.«
Ich wechselte die Papiere in meinen Händen aus und begann vorzulesen. »*Park Avenue Models Inc.,* zugelassen zur Vermittlung von Modellen für künstlerische Zwecke, Fotografie, Modevorführungen und dergleichen. Geschäftsführer: Maryann Flood.«
Ich blätterte zur nächsten Seite um. Sie enthielt einen Polizeibericht über Marja. Ich überflog ihn rasch, während ich wieder zu den Geschworenen hinüberging. *Erste Festnahme wegen Angriffs auf den Stiefvater mit tödlicher Waffe. Verhandlung vor Richter Ross, Jugendgericht. In das Rose-GeyerHeim für schwererziehbare Mädchen eingewiesen ... Nach Vollendung des achtzehnten Lebensjahres entlassen ... Erneut verhaftet wegen Herumtreibens mit der Absicht, einen Akt der Prostitution zu begehen sowie aufgrund der Durchführung dieses Aktes. Für schuldig befunden. Zu dreißig Tagen Arbeitshaus verurteilt ... Ein weiteres Verfahren mangels Beweisen eingestellt ... Keine weiteren Verhaftungen ... Bekannt für ihren Umgang mit vorbestraften Personen ... Spielte eine Rolle als Kronzeugin bei der Ermordung von Ross Drego, einem bekannten Spieler und Gangster in Los Angeles ...*
Ich ordnete die Papiere sorgfältig in meiner Hand und deutete mit ihnen auf die Geschworenen. »Von diesen Anfängen ausgehend, begann die Staatsanwaltschaft Material über einen Fall von Laster und Korruption zusammenzustellen, bei dem sich sogar den abgebrühtesten Beamten die Haare sträubten. Es war die Geschichte unschuldiger junger Mädchen, die in ein Leben der Prostitution und Perversion, der Erpressung und der Korruption hineingetrieben wurden, dessen Ausläufer bis in die

Spitzen der Wirtschaft, der Gesellschaft und der Behörden dieser Stadt reichten. Und alle diese bedauerlichen Umtriebe lassen sich, wie aus dem Beweismaterial hervorgeht, auf die Machenschaften und Planungen einer einzigen Person zurückführen.«
Ich wandte mich um und deutete mit den Papieren in einer dramatischen Geste zum Tisch der Angeklagten hinüber. »Maryann Flood!«
Ohne die Geschworenen noch einmal anzusehen, kehrte ich an meinen Tisch zurück und setzte mich unter dem ansteigenden Gemurmel der Stimmen aus dem Zuschauerraum nieder. Ich starrte die Tischplatte an. Meine Augen brannten, und ich kniff sie völlig erschöpft zusammen.
»Gut gemacht!« hörte ich Joel flüstern.
»Die haben Sie ordentlich eingedeckt!« Das war Alecs Stimme von der anderen Seite her.
Ich blickte nicht auf. Ich wollte sie nicht ansehen müssen. Ich hatte das Gefühl, als seien Jahre verstrichen, seitdem ich aufgestanden war, um mich an die Geschworenen zu wenden.
Vom Tisch des Richters her hörte ich den Schlag des Hammers, dann die tiefe Stimme: »Das Gericht vertagt sich bis zwei Uhr.«
Mechanisch erhob ich mich, als der Richter den Gerichtssaal verließ. Dann ging ich zum Privatausgang, der zu den Büros der Staatsanwaltschaft führte.
Wir vermieden die Reporter, indem wir das Haus durch den Keller verließen. Im Restaurant *Old Mill* gab man uns einen Tisch in einer entlegenen Ecke. Ich setzte mich mit dem Rücken zu den übrigen Gästen, Joel und Alec gegenüber. Die Kellnerin kam zu uns.
»Ich muß dringend etwas trinken«, erklärte ich und bestellte Gin mit Eis und Zitrone. »Wie steht's mit euch?«
Die beiden schüttelten den Kopf und bestellten ihr Essen. Im Raum hinter uns erhob sich Gemurmel. Ich brauchte mich nicht umzudrehen, um zu wissen, wer gekommen war. Dennoch sah ich Joel fragend an.
Er nickte. »Sie sind da.«
Ich brachte mühsam ein Lächeln zustande. »Wir leben eben in einem freien Land.« Plötzlich konnte ich es nicht mehr erwarten, bis ich meinen Gin bekam. Wenn sich diese verfluchte Kellnerin nur beeilen würde. »Wo ist mein Drink?« knurrte ich gereizt.

»Die Kellnerin ist auf dem Rückweg an ihrem Tisch stehengeblieben, um Bestellungen entgegenzunehmen«, erklärte Alec rasch.
Einen Augenblick später stellte sie das Glas vor mich hin. Ein seltsamer Ausdruck lag auf ihrem Gesicht, den ich sofort verstand, als ich das Glas aufhob. Auf dem Untersatz stand etwas geschrieben.
Ich brauchte mir nicht die Unterschrift anzusehen, um den Absender zu erkennen. Es war noch immer das gleiche kindliche Gekritzel.
»Gratuliere zur großen Stunde, Herr Staatsanwalt«, stand da. *»Alles Gute!«* Unterschrift: *»Marja.«*
Ich zerknüllte die Papierunterlage zwischen meinen Fingern, damit die anderen nicht sehen konnten, daß etwas darauf geschrieben war, und trank einen Schluck. Das war es, was ich an ihr immer bewundert hatte. Sie fürchtete sich vor nichts.
Sie wünschte mir alles Gute und wußte dabei ganz genau, daß sie, falls für mich alles glatt ging, die nächsten zehn Jahre im Gefängnis zubringen konnte. Schon als junges Mädchen war sie nicht anders gewesen.
Ich erinnerte mich an einen Tag, an dem ich versucht hatte, sie daran zu hindern, bei Rotlicht im dichtesten Verkehr die Straße zu überqueren. Zornig hatte sie mich zurückgestoßen. »Das ist der Haken bei dir, Mike«, hatte sie höhnisch gesagt. »Du hast Angst vor dem Risiko. Sogar in einer so kleinen Sache!«
»Aber, Marja«, hatte ich widersprochen, »du könntest verletzt oder sogar getötet werden.«
Sie hatte mich angesehen, und in ihren Augen flackerte ein ungestümes Feuer. »Na und, Mike?« antwortete sie und trat über den Rinnstein hinaus. »Es ist doch wohl mein Körper und nicht deiner.«
Darin lag im wesentlichen der Unterschied zwischen uns. In dieser Art, das Leben zu betrachten, und noch so manchem anderen. Ebenso in der Verschiedenheit unserer Erziehung. Sie besaß eine geradezu überraschend widersprüchliche Fähigkeit zur Liebe und zur Grausamkeit.
Wieder nahm ich einen Schluck. Kühl und süßlich brannte sich der Gin meine Kehle hinab. Ich glaube, meine Mutter hat es eines Abends, als ich völlig niedergeschlagen nach Hause kam,

nachdem ich vergeblich auf Marja gewartet hatte, ganz klar erkannt.
Ich war schon zu groß, um weinen zu können, aber hinter meinen Augen lauerten die Tränen. Meine Mutter wußte es sofort, als ich zur Tür hereinkam. Sie trat rasch auf mich zu. Ich wandte mich um, denn ich wollte mich in mein Zimmer zurückziehen, aber da hatte schon ihre Hand die meine ergriffen und hielt mich fest.
»Sie ist nichts für dich, Mike«, sagte sie sanft.
Ich antwortete ihr nicht, sondern starrte sie nur an.
»Ich werde dir niemals sagen, wen du gern haben sollst, mein Junge«, fügte sie hinzu. »Aber sie ist ganz einfach nichts für dich. Sie ist ohne Liebe aufgewachsen und weiß nicht, was Liebe ist.«
Ich hatte ihr meine Hand entzogen und war in mein Zimmer gegangen. Aber was sie mir damals sagte, blieb in meinem Gedächtnis haften. Ohne Liebe.
Jetzt verstand ich endlich, was meine Mutter gemeint hatte. Das war, auf den einfachsten Nenner gebracht, Marjas Leben: Ein Leben ohne Liebe.

Erstes Buch

Marja

1

Sie stieß die Tür des Schokoladengeschäfts auf und blieb einen Augenblick stehen, um ihre Augen an das trübe Licht zu gewöhnen. Im Licht des strahlenden Sonnenscheins hinter ihr schimmerte ihr Haar wie Gold. Ihre hochrot geschminkten Lippen entblößten in einem zögernden Lächeln ihre weißen, regelmäßigen Zähne. Sie ging auf den Ladentisch zu.

Es war niemand im Laden. Ungeduldig klopfte sie mit einer Münze auf die Marmorplatte.

Aus dem hinteren Teil des Ladens, wo Mr. Rannis seine Zimmer hatte, kam sogleich eine Antwort. »Einen Augenblick, nur eine Sekunde. Komme gleich.«

»Schon gut, Mr. Rannis«, rief sie. »Ich bin's nur. Ich kann warten.«

Der alte Mann erschien in der Tür des Hinterzimmers. Seine Hände waren noch damit beschäftigt, seine Kleidung zu ordnen. »Marja!« rief er, und in seiner Stimme lag nun ein Ton freudiger Überraschung. Mit steifen Beinen kam er hinter dem Ladentisch auf sie zu. »Was darf es sein?«

Sie lächelte ihn an. »Fünf *Twenty Grands,* bitte.«

Automatisch wandte er sich zum Regal um, zögerte dann aber und hielt inne. Über seine Schulter hinweg sah er sie fragend an.

»Keine Angst, Mr. Rannis«, sagte sie hastig. »Ich habe Geld genug.«

Er griff nach einem offenen Päckchen, schüttelte vorsichtig fünf Zigaretten heraus und legte sie auf den Ladentisch. Aber seine Hand bedeckte sie.

Sie schob ihm die Münze hin. Er nahm die Hand von den Zigaretten, wischte die Münze über den Ladentisch auf sich zu und ließ sie in die Geldschublade gerade unterhalb der Tischplatte fallen.

Die Zigaretten mit ihrem weißen Papier hoben sich hell vom schmutziggrauen Marmor ab. Langsam nahm sie eine Zigarette, steckte sie in den Mund und griff nach der offenen Schachtel Streichhölzer auf dem Ladentisch.
Bevor sie jedoch ein Streichholz anzünden konnte, hielt er ihr bereits ein brennendes hin. Sie hielt das Ende ihrer Zigarette in die Flamme und tat einen tiefen Zug. Sie fühlte, wie der scharfe, bittere Rauch ihre Lungen durchzog. Sie atmete aus, und der Rauch wirbelte ihr aus Mund und Nase. »Mann, tut das gut«, sagte sie. »Ich hatte geglaubt, ich komme überhaupt nicht mehr aus der Schule raus. Den ganzen Tag lang habe ich mich nach dieser Zigarette gesehnt, und niemand hat mir auch nur einen Zug geben wollen.«
Der Alte sah sie an. Seine Lippen zogen sich in einem Lächeln über sein zahnloses Zahnfleisch zurück. »Wo hast du denn gesteckt, Marja?« fragte er. »Ich habe dich die ganze Woche über nicht gesehen?«
»Pleite gewesen«, antwortete sie freimütig. »Und ich schulde Ihnen schon genug.«
Er stützte seine Ellbogen auf dem Ladentisch auf und blickte sie mit einem, wie er glaubte, gewinnenden Ausdruck im Gesicht an. »Aber warum denn, Marja?« fragte er vorwurfsvoll. »Ich habe dich niemals um das Geld gebeten, oder?«
Sie zog wieder an ihrer Zigarette, gab ihm aber keine Antwort.
Mit seiner Hand griff er über den Ladentisch hinweg, nahm ihre freie Hand und drückte sie. »Du weißt doch, Marja, ich freue mich immer, dich hier zu sehen.«
Sie sah auf ihre Hand hinab, machte jedoch keinen Versuch, sie ihm zu entziehen. Ihre Augen funkelten ihn an. »Sie freuen sich über alle Mädchen, die Sie zu sehen bekommen«, entgegnete sie abweisend. »Sie mögen sie alle.«
»Aber keine so wie dich, Marja«, erwiderte er aufrichtig. »Dich sehe ich am liebsten von allen. Dich habe ich schon immer gemocht – schon als kleines Kind.«
»Bestimmt«, sagte sie skeptisch.
»Ich meine es ernst«, versicherte er. »Du bist auch die einzige, der ich Kredit gebe. Ich würde sonst niemand mit drei Dollar fünfundzwanzig Schulden herumlaufen lassen, ohne hinter ihm her zu sein.«

Langsam entzog sie ihm ihre Hand und beobachtete seine Augen, während sie etwas zurücktrat. Sie mußte lächeln, als sie sah, wie sie sich verschleierten. »Und was ist mit Francie Keegan? Die hat doch auch etwas schuldig bleiben dürfen.«
Er fuhr sich mit der Zunge über plötzlich trockene Lippen. »Aber sie habe ich doch eines Tages zahlen lassen, oder etwa nicht?« fragte er. »Von dir aber habe ich nie etwas verlangt.«
Sie trat nun noch weiter vom Ladentisch zurück und sah sich forschend um. »Irgend etwas hat sich hier verändert«, meinte sie.
Er lächelte stolz. »Ich habe die Hinterzimmer streichen lassen.«
Sie zog die Augenbrauen hoch, als sei sie überrascht. »Ach, was!«
»In einem hübschen Hellgrün«, fügte er hinzu. »Ich habe auch die Absicht, den Laden herrichten zu lassen, wenn ich das Geld zusammenkriegen kann.«
»Hören Sie mir damit auf, Mr. Rannis«, antwortete sie lachend. »Sie haben doch genug.«
Er machte ein bekümmertes Gesicht. »Das sagt ihr alle, ihr jungen Leute. Weiß gar nicht warum. Ihr seht doch, was für Geschäfte ich mache.«
»Das ist es ja gerade«, erwiderte sie. Sie wandte sich plötzlich um und lehnte sich gegen die Glasscheibe, hinter der die Süßigkeiten lagen.
Der alte Mann hielt den Atem an. Die Formen ihres üppigen jungen Körpers zeichneten sich deutlich gegen das Glas ab. Ihre vollen Brüste spannten ihre dünne weiße Bluse. »Möchtest du was Süßes?« fragte er.
Sie sah ihn über den Ladentisch hinweg an. »Hab kein Geld mehr«, sagte sie lauernd.
»Habe ich etwa was von Geld gesagt?« fragte er, beugte sich rasch hinter dem Ladentisch nieder und öffnete eine Tür. Er blickte durch das Glas zu ihr empor. »Was möchtest du denn?«
Ihre Augen lachten, als sie den seinen begegneten. »Irgendwas. Eine Milchschokolade.«
Ohne die Augen von ihr zu wenden, griff er nach einer kleinen Tafel. Seine Hände zitterten. Gegen das helle Licht von der Straße zeichnete sich ihr Körper in dem dünnen Rock deutlich ab. Schon seit langem hatte er diesen Aussichtspunkt entdeckt.

Das war einer der Hauptgründe dafür, daß er die Beleuchtung im Laden so düster ließ. Der andere waren die hohen Stromkosten.
Sie blickte auf ihn hinab und fragte sich, wie lange er noch dort unten bleiben wollte. Alle Mädchen aus der Gegend machten sich schon darüber lustig. Sie wußte, was er sich da ansah. Rannis' Auslage bot Ausblicke nach zwei Richtungen, aber ihr war das gleichgültig. Er war ein geiler alter Bock, und es geschah ihm ganz recht, wenn er sich auf diese Weise ausnutzen ließ.
Nach ein paar Minuten langweilte sie das kleine Spiel, und sie trat wieder an den anderen Ladentisch. Fast augenblicklich erhob er sich, eine kleine Tafel Schokolade in der Hand.
Sein Gesicht war von der Anstrengung des Kniens gerötet. Mit einer Hand schob er ihr die Schokolade über den Ladentisch zu, mit der anderen griff er nach der ihren, als sie sie ausstreckte. Sie zog ihre Hand nicht weg, während er redete.
»Du bist das hübscheste Mädchen in der ganzen Gegend, Marja«, sagte er.
Verächtlich rümpfte sie die Nase.
»Es ist mir ernst, Marja«, sagte er und drückte ihre Hand. Er drehte ihre Hand in der seinen herum und öffnete sie. »Und du hast für ein so junges Ding schon sehr hübsche Hände.«
»Ich bin kein junges Ding«, entgegnete sie heftig. »Ich werde bald sechzehn.«
»Tatsächlich?« fragte er überrascht. Die Zeit verstrich so schnell. Alle wuchsen hier in der Gegend so schnell heran. Bevor man sich umsah, waren sie verheiratet und über alle Berge.
»Natürlich«, sagte sie. »Im Herbst.«
»Kann mir denken, daß die Jungs in der Schule alle wild nach dir sind«, meinte er.
Sie sah ihn verwundert an, aber diese Verwunderung war nur gespielt. »Was wollen Sie damit sagen, Mr. Rannis?« fragte sie harmlos.
»Du weißt doch genau, was ich meine«, erwiderte er.
»Nein, das weiß ich nicht, Mr. Rannis«, behauptete sie, während ein Schimmer von Übermut in ihren Augen funkelte. »Das müssen Sie mir erklären.«
Er zog seine Hand mit der Schokolade zurück, gab die ihre frei und ging in den hinteren Teil des Ladens. Am Ende des Laden-

tischs angelangt, wo ihn die Auslage gegen den vorderen Teil des Ladens hin verbarg, rief er ihr zu: »Komm mal hierher, Marja, dann sage ich es dir.«
Langsam ging sie zu ihm. Der Anflug eines Lächelns spielte um ihre Lippen. Sie trat ein Stückchen hinter die Auslage und blickte ihm ins Gesicht.
Sein Gesicht war gerötet, und Schweißperlen standen über seiner Oberlippe. Es zuckte um seinen Mund, aber er brachte kein Wort heraus.
Ihr Lächeln wurde deutlicher. »Was ist, Mr Rannis?«
Seine Hand griff nach ihr. Ganz still stand sie da.
Er strich leicht mit seinen Fingerspitzen vorn über ihre eng anliegende Bluse hin und suchte in ihrem Gesicht nach Anzeichen von Angst.
Aber sie verriet keine. Sie rührte sich nicht einmal, um sich ihm zu entziehen. Statt dessen lächelte sie. »Ach, ja«, antwortete sie, »sie sind wild nach mir.«
Ihre Augen blickten noch immer unverwandt in die seinen. »Manchmal gehe ich darauf ein. Manchmal auch nicht. Kommt darauf an, in welcher Stimmung ich bin.« Sie wandte sich um und rückte ein wenig von ihm ab. »Meine Schokolade, Mr. Rannis«, sagte sie und streckte ihre Hand aus.
Ohne zu zögern gab er sie ihr. »Willst du mal sehen, wie sie die Zimmer hinten gestrichen haben?« fragte er.
Sie antwortete ihm nicht, sondern sah ihn nur an, während sie das Schokoladenpapier aufriß und langsam in die Schokolade hineinbiß.
»Wenn du mit nach hinten kommst«, raunte er erregt, »wenn du ein bißchen nett bist, vergesse ich auch die paar Dollar, die du mir schuldest.«
Sie schluckte ein Stück Schokolade und sah ihn nachdenklich an. Dann drehte sie sich um und ging auf die Tür zu.
»Marja!« rief er ihr mit flehender Stimme nach. »Ich gebe dir sogar ein bißchen Geld!«
Sie blieb am Ladentisch mit der Marmorplatte stehen, nahm ihre Zigaretten und ein paar Streichhölzer und ging weiter zur Tür. Sie öffnete sie langsam.
»Marja!« rief ihr der alte Mann nach. »Ich gebe dir alles, was du willst!«

Sie blieb einen Augenblick stehen, ihre Hand auf der Klinke, bevor sie antwortete. Als sie dann zu reden begann, wurde ihm klar, daß sie sich ihre Antwort überlegt hatte.
»Nein, Mr. Rannis«, sagte sie höflich mit ihrer etwas belegten Stimme, »für Sie bin ich noch nicht bereit.«
Die Tür schloß sich hinter ihr, und der Laden kam ihm ohne das helle, leuchtende Gold ihres Haares seltsam leer und freudlos vor. Erschöpft, als habe er einen Kampf hinter sich, kehrte er ins hintere Zimmer zurück.

2

Die Junisonne prallte heiß auf die Straßen der Stadt; der Asphalt hatte sich in eine weiche Masse verwandelt, die heimtückisch an den Sohlen klebte und jeden Schritt zu einer Anstrengung machte.
Marja zögerte einen Augenblick in der Tür des Ladens, bevor sie hinaustrat. Langsam zerkaute sie das letzte Stück Schokolade, während ihre Augen die Straße nach einem Lebenszeichen absuchten.
Bis auf ein paar Kinder, die an der Ecke der Second Avenue spielten, war sie menschenleer. Ein Taxi jagte die Straße herunter und hinterließ bläuliche Spuren auf dem Asphalt.
Die Schokolade war aufgegessen. Sorgfältig wischte sich Marja die Finger am Papier ab und warf es in den Rinnstein. Sie ließ die Zigaretten in eine kleine Handtasche gleiten und trat auf das Trottoir hinaus. Die Hitze und die Sonne trafen ihr Gesicht, und sie mußte blinzeln. Sie fühlte, wie ihr am ganzen Körper der Schweiß ausbrach. Einen Augenblick bedauerte sie, daß sie nicht im Laden geblieben war und den Alten noch eine Weile aufgereizt hatte. Zumindest war es dort drin fast kühl gewesen.
Widerstrebend ging sie nun die Straße entlang nach Hause. Auf einer Uhr in einem der Schaufenster sah sie, daß es fast drei Uhr war. Sie zögerte. Wäre es nicht so heiß, würde sie gar nicht erst nach Hause gehen, aber man mußte schon irre sein, um an einem solchen Tag auf der Straße zu bleiben. Hätte sie nur Geld, würde sie ins Kino gehen. Im RKO auf der 86. Straße gab es eine

Klimaanlage: Ventilatoren, deren Flügel an großen Eisblöcken vorbeistrichen. Für zehn Cent konnte man den ganzen Tag dort sitzen.

»Marja!« Ein Mädchen hatte sie von hinten angerufen.

Sie drehte sich um. Es war ihre Freundin Francie Keegan. Sie wartete, bis das Mädchen sie eingeholt hatte. »Hallo, Francie.«

Francie war ganz außer Atem, da sie den Block entlanggelaufen war. Sie war groß und kräftig und hatte üppige, reife Brüste und Hüften. Sie war ein Jahr älter als Marja und hatte dichtes schwarzes Haar und dunkelblaue Augen. »Wo gehst du hin, Marja?« fragte sie, immer noch heftig atmend.

»Nach Hause«, antwortete Marja kurz angebunden. »Es ist so verdammt heiß. Man kann nicht draußen bleiben.«

Ein Ausdruck der Enttäuschung breitete sich auf Francies Gesicht aus. »Ich dachte, wir könnten ins Kino gehen.«

»Hast du Geld?« fragte Marja.

»Nein.«

»Ich auch nicht«, erwiderte Marja und ging weiter.

Ihre Freundin schloß sich ihr an. »Hol's der Teufel!« rief sie. »Die ganze Welt ist pleite!«

Marja sah ihre Freundin von der Seite her an. »Was du nicht sagst!«

Sie gingen ein paar Schritte schweigend nebeneinander her; dann legte Francie ihre Hand auf Marjas Arm. »Ich habe eine Idee. Der alte Rannis! Vielleicht können wir dem etwas Geld aus der Nase ziehen.«

Marja schüttelte den Kopf. »Bin gerade erst dort gewesen.«

»Und?« fragte Francie neugierig.

»Nichts«, antwortete Marja. »Ich habe eine kleine Tafel Schokolade bekommen, nachdem ich ihn seine Röntgenstrahlen auf mich habe richten lassen.«

»Und?«

»Das war alles«, fuhr Marja fort. »Dann sollte ich nur noch mit ihm nach hinten kommen und mir seine neu gestrichenen Zimmer ansehen, aber nichts von Geld. Ich schulde ihm bereits mehr als drei Dollar. Der wollte nichts weiter, als mit mir nach hinten gehen.«

Francie dachte über die Worte ihrer Freundin nach. Schließlich sagte sie: »Na gut, dann eben Schokolade.«

Marja lächelte. »Zu spät.« Sie rieb sich bedeutungsvoll den Magen. »Schon gegessen.«
»Verdammt!« fluchte Francie. »Heute habe ich überhaupt kein Glück.« Sie ging weiter. »Dann können wir ebensogut nach Hause gehen.« Sie wischte sich das Gesicht mit dem kurzen Ärmel ihres Kleides ab. »Ist das heiß!«
Sie hatten fast die Hälfte des Blocks hinter sich, als sie wieder zu sprechen begannen.
»Wer ist bei dir zu Hause?« fragte Francie.
»Wahrscheinlich alle«, antwortete Marja. »Meine Mutter geht erst um fünf Uhr arbeiten.« Ihre Mutter war Putzfrau in einem Büro in der City und arbeitete bis zwei Uhr morgens.
»Dein Stiefvater auch?«
Ein kalter Glanz schimmerte in Marjas Augen auf, so daß sie fast schwarz wirkten. »Der ganz bestimmt«, erklärte sie verächtlich. »Um nichts in der Welt würde er seine drei Büchsen Bier im Stich lassen.«
»Arbeitet er überhaupt nicht?« fragte Francie.
Marja lachte auf. »Warum sollte er? Niemals ist es ihm so gut gegangen. Drei Mahlzeiten am Tag und Bier, soviel er nur trinken kann. Er ist kein Dummkopf. Er sitzt nur den ganzen Tag herum und rülpst.«
Ein seltsamer Ausdruck trat in Francies Augen. »Er hat mich neulich auf dem Gang angehalten.«
Marja wandte sich ihr jäh zu. »Was hat er gewollt?«
»Er hat mich nach dir ausgefragt.«
»Was denn zum Beispiel?«
»Was du eigentlich draußen so treibst. Mit Jungen und so.«
»Ach was!« Marja dachte eine Weile nach. »Mich fragt er auch ständig aus. Was hast du ihm gesagt?«
»Nichts«, antwortete Francie. »Ich bin doch nicht blöd.«
Ein leiser Seufzer der Erleichterung kam über Marjas Lippen. »Zu gern würde er mir etwas nachweisen. Wir können einander nicht ausstehen.«
»Ich weiß«, sagte Francie. »Manchmal höre ich ihn unten brüllen.« Francie wohnte in der Wohnung über Marja.
Sie waren nun schon fast zu Hause angelangt. Die Mietshäuser in diesem Block sahen alle gleich aus. Die gleichen einförmigen, braunen Ziegelsteine, die einmal bessere Tage gesehen hatten.

Kahle, schmutzige Fenster, die blind auf die Straße hinausblickten.

Sie blieben an den Stufen vor der Eingangstür stehen. In der Nähe des Eingangs stand ein Kehrichteimer ohne Deckel. Eine graue Hinterhofkatze sprang hinein, vertrieb einen Schwarm Fliegen und begann den Inhalt zu durchstöbern. Schweigend sahen die Mädchen ihr zu.

Marja rümpfte die Nase. »Der Hausmeister sollte gescheit genug sein, das Zeug bei diesem Wetter zuzudecken. Es stinkt.«

Francie antwortete nicht. Sie begann die Stufen hinaufzugehen. Ein scharfer Pfiff ertönte von der anderen Seite der Straße her. Beide wandten sich um.

Drei junge Burschen waren gerade aus dem Billardsaal auf der anderen Straßenseite herausgetreten und sahen zu ihnen herüber. Einer von ihnen rief: »Hallo, Francie, was hast du denn da für eine blonde Freundin?«

Die Mädchen blickten einander rasch an, und ein verstohlenes Lächeln umspielte ihre Lippen. »Warum kommst du nicht herüber und stellst es selber fest?« rief Francie zurück.

Die drei Burschen flüsterten sich in der Tür etwas zu, während Marja sie zu erkennen versuchte. Dem einen, der Francie angerufen hatte, war sie schon ein paarmal begegnet. Er wohnte am Ende des Blocks, aber sie konnte sich seines Namens nicht entsinnen. Die beiden anderen hatte sie nie zuvor gesehen. Die beiden Fremden waren groß. Der eine hatte verhältnismäßig helles Haar – braun, fast blond –, er hatte ein offenes Gesicht und freundliche blaue Augen; der andere war fast das Gegenteil: Dunkel, gut aussehend, mit ebenmäßigen Zügen und einem vollen, sinnlichen Mund. Nach einem Augenblick entfernte sich der Blonde und hob die Hand zum Gruß. Die beiden anderen kamen langsam über die Straße geschlendert.

»Hallo, Jimmy«, sagte Francie, als sie näher kamen.

Jimmy war ein magerer Junge. Seine Augen traten ein wenig hervor, und sein Gesicht zeigte noch Spuren eines verschwindenden Hautausschlags. Er lächelte und entblößte seine etwas vorstehenden Zähne. »Wo bist du die ganze Zeit gewesen, Francie?« fragte er.

»Immer hier«, antwortete sie. »Und du?«

Er sah einen Augenblick das Trottoir entlang, ehe er antwortete.

»Immer hier.« Er streifte seinen Freund mit einem raschen Blick. »Und was treibst du?«
»Nichts«, erwiderte Francie. »Wir wollten gerade hinaufgehen, um aus dieser Hitze herauszukommen.«
»Ross und ich wollten eigentlich schwimmen gehen«, sagte Jimmy rasch. »Kommt ihr mit?«
Francie sah Marja an, die bis dahin geschwiegen hatte. In Marjas Augen schimmerte Interesse auf. »Wenn wir nach oben gehen, um unsere Badesachen zu holen«, erklärte Francie, »könnten wir nicht wieder zurückkommen.«
Der andere Junge lachte laut auf. Sein Lachen klang überraschend tief. »Wo wir hingehen, gibt es jede Menge Badeanzüge«, sagte er.
»Ross hat einen Wagen«, erklärte Jimmy. »Wir fahren nach Coney Island hinaus.«
Zum erstenmal sprach Marja. »Was stehen wir dann noch hier rum und reden?«
Ross ergriff Marjas Arm. Sein Griff war fest und sicher. Wieder stieg ein tiefes Lachen aus seiner Kehle auf. »Richtig so, meine Süße«, rief er, und seine Augen blickten sie herausfordernd an. »Ich mag Mädchen, die wissen, was sie wollen.«
Sie ging neben ihm her, blickte zu ihm auf, und ihre Augen begegneten seiner Herausforderung. »Ich will es gar nicht«, entgegnete sie lachend, »aber mein Körper. Und dem ist heiß.«
»Für mich kann er nicht heiß genug sein«, erwiderte er.
Die beiden anderen schlossen sich ihnen an. Marja blickte über ihre Schulter hinweg Francie an. Jimmy flüsterte ihr etwas zu, und Francie lächelte und nickte. Dann musterte Marja den Burschen neben sich. »Wo hast du geparkt?«
»Gleich um die Ecke«, sagte er. »Mein Name ist Ross Drego. Und wie heißt du?«
»Marja«, antwortete sie.
»Dein ganzer Name, meine ich«, fuhr er beharrlich fort.
Sie sah ihm in die Augen. »Marja Anna Flood.«
»Flood ist ein englischer Name«, sagte er, und es lag Verwunderung in seiner Stimme.
»Ich bin Polin«, fügte sie rasch hinzu. »Der Name war früher Fluudjincki.«
»Dann verstehe ich allerdings den Namenswechsel.«

Sein Lächeln nahm diesen Worten jede Bosheit.
Sie waren nun um die Ecke herumgegangen, und er führte sie zu einem Buick-Kabriolett, dessen Verdeck zurückgeschlagen war.
Er öffnete die Tür mit einer Verbeugung. »Euer Wagen, meine Damen.«
Marja zögerte, sah den Wagen an und dann ihn.
»Worauf wartest du?« fragte er. »Steig ein.«
Sie schüttelte den Kopf. »Nein. Die Sache gefällt mir nicht. Für mich ein bißchen zu gefährlich.«
Ein Ausdruck der Verwunderung erschien in Ross' Augen. »Was meinst du damit?«
»Ich mache keine Spazierfahrt in einem gestohlenen Wagen«, erklärte sie. »Wenn ich unbedingt in Schwierigkeiten geraten will, kann ich das auch allein.«
Ross lachte auf. »Dieser Wagen ist nicht gestohlen«, antwortete er. »Der gehört mir.«
Sie sah ihn zweifelnd an. »Was du nicht sagst! Wie kommst du denn zu so einem Ding? Deswegen hat wohl auch dein Freund nicht mitkommen wollen?«
Ross lächelte. »Meinst du Mike Keyes? Er mußte zu seiner Arbeit zurück. Er hilft seinem Vater. Der ist Hausmeister.«
Sie war noch immer skeptisch. »Mir kannst du das nicht aufbinden«, erklärte sie eigensinnig.
Hinter sich hörte sie Jimmys Stimme. »Los, steig ein. Es ist bestimmt sein Wagen. Ein Geschenk seines Vaters.«
Sie trat einen Schritt vom Wagen zurück. »Erst Beweise«, verlangte sie.
Alle Lustigkeit war aus Ross' Augen gewichen. »Glaubst du mir nicht?« Seine Stimme klang abweisend und kühl.
»Ich glaube dir«, antwortete sie und blickte ihm gerade in die Augen. »Aber ich gehe kein Risiko ein. Ich kenne ein Mädchen hier in der Straße, die hat einem Mann geglaubt, und jetzt sitzt sie in Bedford.«
Zornesröte stieg in sein dunkles Gesicht. »Dann hau ab!« rief er gereizt. »Ich kann tausend so billige Stücke wie dich haben, die mit mir fahren.«
Sie wandte sich um und begann die Straße entlangzugehen. Sie war fast an der Ecke angelangt, als seine Stimme sie aufhielt. Sie wartete, bis er sie eingeholt hatte.

»Einen Augenblick, Marja«, rief er, und seine Hand griff in seine Tasche. »Es ist mein Wagen. Ich will es dir zeigen.«
Er holte eine Brieftasche heraus und gab sie ihr. Sie sah hinein. Es lagen mehr grüne Geldscheine in ihr, als sie jemals in ihrem Leben gesehen hatte. Fragend sah sie ihn an.
»Mach die Innentasche auf«, sagte er.
Sie tat es. Auf der einen Seite lag ein Führerschein und auf der anderen die Zulassung. Beide waren auf Ross Drego, Park Avenue 987, New York City, ausgestellt. Rasch warf sie auch einen Blick auf die Altersangabe. Er war achtzehn. Ohne ein Wort klappte sie die Brieftasche zu und gab sie ihm zurück.
»Kommst du jetzt mit?« fragte er.
»Warum hast du mir das nicht gleich zeigen können?« entgegnete sie.
»Ich war böse auf dich«, antwortete er rasch. Ein Lächeln trat in sein Gesicht. »Es tut mir leid. Verzeihst du mir?«
Sie sah ihn einen Augenblick an. Er war ein seltsamer Mensch. Niemals zuvor war sie jemandem wie ihm begegnet. Er hatte eine so nette Art zu reden, und dennoch verspürte sie tief in ihm etwas Unbeherrschtes und Böses. Aber es verschwand, sobald er lächelte.
Sie ergriff seinen Arm. »Dann komm, aber schnell«, rief sie. »Es ist schrecklich heiß. Ich kann es kaum erwarten, ins Wasser zu kommen.«

3

»In welchem Teil von Coney Island sind wir?« fragte Marja, als Ross vor einem Tor stehenblieb und hupte.
»Sea Gate. Wir haben hier ein Haus.«
»Was meinst du damit, ein Haus? Doch wohl nur ein Schließfach in einem Klub?« fragte sie.
Das Lächeln verschwand von seinen Lippen. »Nein. Ein richtiges Haus. Das hier ist Privatgrund.«
Ein Pförtner erschien hinter dem Gitter.
»Mach auf, Joe«, rief Ross.
»Ach, Sie sind es, Mr. Drego«, sagte der Pförtner.

Langsam schwangen die Torflügel auf.
»Es ist ein Sommerhaus«, erklärte Ross, während er durch das Tor fuhr. »Wir wohnen hier draußen, wenn mein Vater zuviel zu tun hat, um sich vom Büro trennen zu können. Was nicht selten vorkommt!«
Marja blickte um sich. Auf beiden Seiten der Straße lagen wunderschöne Häuser inmitten weiter, von riesigen Bäumen überschatteter Rasenflächen. »Teufel!« rief sie. »Hier lebt man ja wie in einem Park.«
Ross antwortete nicht. Sie drehte sich zu Francie um, die hinter ihr saß. »Findest du nicht, Francie?« fragte sie.
Auch Francie und Jimmy waren beeindruckt. Beide starrten die Häuser an. Francie nickte. »Bestimmt leben hier nur Millionäre«, meinte sie.
Marja wandte sich wieder Ross zu. »Hast du das gehört?« fragte sie.
Ross nickte, sagte jedoch nichts. Seine Augen waren auf die Straße gerichtet.
»Stimmt das?« fragte sie.
Ross schüttelte den Kopf. »Nein.«
»Dein alter Herr muß aber reich sein«, fuhr sie fort.
Er bog in eine Einfahrt ein und hielt an. Er streckte die Hand vor und schaltete die Zündung aus. Dann sah er sie an, und seine Augen waren traurig und abweisend. »Ist es für dich so wichtig, was mein Vater ist?« fragte er. »Ich bin es, der dich hierhergebracht hat.«
Marja starrte ihn an. Was hatte sie gesagt, daß er auf einmal so zornig war? Nach einem Augenblick antwortete sie: »Nein.«
Die Kälte wich aus seinen Augen, und er lächelte wieder. »Dann komm herein und such dir einen Badeanzug aus. Das Wasser sieht von hier wunderbar aus.«
Sie folgte seinem Finger und blickte am Haus vorbei. Gleich hinter ihm lag der Strand. Er sprang aus dem Wagen und hielt ihr die Tür auf. Sie stieg aus und betrachtete das Haus.
Es war ein großes Haus mit zwei Stockwerken. Holzwerk und Dachschindeln waren in einem kühlen Dunkelgrün gestrichen. Sie pfiff auf das, was Ross gesagt hatte; sein Alter mußte steinreich sein, um sich eine solche Hütte leisten zu können.
Er ging die Stufen zum Eingang hinauf, nahm einen Schlüssel

heraus und öffnete die Tür. »Komm mit«, sagte er und stieg eine Treppe hinauf.
Beim Hinaufgehen bemerkte sie flüchtig ein reich ausgestattetes Wohnzimmer und ein Speisezimmer. Sie blickte auf die Stufen hinab. Auf dem dicken Teppich erzeugten ihre Schuhe keinen Laut. Bisher hatte sie immer geglaubt, daß die Leute nur in Filmen so lebten.
Ross ging auf eine Tür zu und öffnete sie. »Das ist das Zimmer meiner Schwester«, sagte er. »Kommt herein. Wir werden schon passende Badeanzüge für euch finden.«
Marja folgte ihm in das Zimmer. Hinter sich hörte sie, wie Francie einen leisen Ausruf unterdrückte. Ohne sich umzudrehen, wußte Marja, was sie meinte. Nie zuvor in ihrem Leben hatte sie ein solches Zimmer gesehen.
Alles war in rosa und blauer Seide gehalten. Die Vorhänge, die Überdecke des Bettes und sogar der seltsam geformte Sessel in der Nähe des Bettes. Der Teppich hatte eine warme rosenrote Tönung, und die Möbel waren aus schön gemasertem Kirschholz.
Ross öffnete einen Wandschrank. »Hier sind die Badeanzüge«, sagte er. Er deutete auf eine andere Tür. »Das ist das Badezimmer. Wir geben euch zehn Minuten, damit ihr euch fertigmacht.«
Jimmy lachte leise auf. »Vielleicht brauchen die beiden ein bißchen Hilfe.«
Francie kicherte.
Er trat ins Zimmer, aber Ross' Stimme hielt ihn auf. »Los, Jimmy, wir holen unser Zeug.«
Gehorsam folgte ihm Jimmy. Die beiden Mädchen sahen sich an.
»Ross kann uns soviel erzählen«, flüsterte Francie. »Sein Alter muß Millionär sein.«
Marjas Stimme senkte sich zu einem Flüstern. »Entweder das, oder er ist ein Gangster.«
Francies Augen weiteten sich. »Was glaubst du?«
Marja lächelte. »Ich glaube, wir ziehen uns besser um, bevor sie zurückkommen.« Sie trat an den Wandschrank. »Francie!« stieß sie hervor. »Sieh dir das mal an!«
Francie warf einen Blick durch die offene Schranktür.

»Mensch!« sagte sie überwältigt und brachte kein Wort mehr hervor.
Rund zwanzig Badeanzüge hingen dort. Zaghaft streckte Francie eine Hand aus und befühlte einen. »Marja, faß den mal an. Echte Wolle!« Sie wandte sich zu ihrer Freundin um.
Marja war bereits aus ihrer Bluse herausgeschlüpft, hatte ihren Rock ausgezogen und öffnete ihren Büstenhalter.

Sie rannte aus dem Wasser, lachend und völlig außer Atem. Ross lief hinter ihr her. »Nein, Ross, nicht doch!« schrie sie. »Ich bekomme das ganze Haar voller Sand.«
»Der läßt sich wieder herauswaschen«, rief er lachend und versuchte sie am Fußgelenk zu packen. Sie schlug einen Haken, und er fiel auf die Knie.
Sie blickte über die Schulter zurück. Ross war wieder aufgesprungen und stürzte auf sie zu. Seine Hand erwischte ihren Knöchel. Sie taumelte in den Sand. Er warf sich neben sie.
Still lagen sie da und versuchten wieder zu Atem zu kommen. Schließlich drehte sie sich auf den Rücken herum. Warm schien ihr die Sonne ins Gesicht. Sie schloß die Augen. So mußte das Paradies sein.
Sie hörte, wie sich sein Atem beruhigte, und nun lag er ganz ruhig da. Langsam öffnete sie die Augen.
Er hatte sich auf einem Ellbogen aufgestützt und sah sie an. »Gefällt es dir hier?« fragte er.
Sie erwiderte sein Lächeln. »Es ist herrlich.«
»Das freut mich.« Er drehte sich herum und richtete sich auf. »Francie und Jimmy sind noch immer im Wasser.«
Sie mochte seine Stimme, die Art, wie er manche Worte aussprach. Es klang so anders.
»Das verstehe ich«, antwortete sie. »Es ist wirklich wunderbar.«
Er wandte sich ihr zu. »Warum bist du dann nicht drin geblieben?«
»Ich hatte genug«, sagte sie. »Ich bin nicht so unersättlich. Außerdem – zu viel Gutes auf einmal würde mich nur verwöhnen. Und das kann ich mir nicht leisten.«
Sein Gesicht beugte sich tief über sie. »Aber ich möchte dich verwöhnen«, sagte er leise. »Und ich kann es mir zum Glück leisten.«

Ihre Augen blickten fest in die seinen. Nach einer Weile hatte er das Gefühl, als würden ihm seine Lider schwer. Niemand hatte ihn jemals so angesehen. So offen und unverwandt, als ob ihre Augen in die tiefsten Tiefen und Winkel seiner Seele hineinblickten.

»Woher willst du das wissen?« fragte sie, und ihre Stimme klang rauh. »Vielleicht würde ich dir etwas zu teuer kommen.«

»Kann sein«, antwortete er und legte seine Hand auf ihre Schulter. Ihre Lippen waren leicht geöffnet und warteten auf ihn. Ihre Zunge berührte seine Mundwinkel, und es war, als hätte sie kleine erregende Flammen entzündet. In seiner Schläfe begann das Blut zu hämmern.

Er preßte ihren Kopf in den Sand zurück, sein Arm unter ihrem Nacken. Ihre Hände drückten leicht gegen seinen Hinterkopf. Er schloß die Augen. Niemand hatte ihn jemals so geküßt.

Ihre Augen waren noch immer geöffnet, und sie beobachtete ihn. Angenehme Wärme durchströmte sie. Seltsam, wie alle einander ähnelten, wenn sie sie küßten; wenn ihre Gesichter so nah waren, daß ihre Augen fast zu einem einzigen verschwammen, bevor sie sich schlossen. Zumindest in dieser Hinsicht war er wie alle anderen auch.

Sie fühlte seine suchende Hand. Sie mochte seine Berührung. Er war nicht wie andere, die ihr weh getan hatten. Sie ließ das Schulterband heruntergleiten, so daß sie seine Hand auf ihrer nackten Haut spürte. Sein Atem füllte stoßweise ihren Mund.

Sie ließ ihre Finger leicht über seinen nassen Badeanzug hinspielen. Auch er war stark. Sie spürte seine gespannten Muskeln. Sie wandte ihr Gesicht ab und drückte sein Gesicht an ihre Brust.

Hart fühlte sie seine Zähne hinter den Lippen. Er versuchte, sein Gesicht abzuwenden, aber sie hielt es fest an sich gedrückt. Sie blickte auf ihn herab und mußte ein wenig lächeln. Das war es, was ihr so erregend erschien. All das, wozu sie sie bringen konnte. Das war es, was ihr daran gefiel, eine Frau zu sein. Am Ende erwies sie sich immer als die Stärkere.

»Ross«, flüsterte sie. Sie sah das Aufflammen schmerzlicher Lust in seinen Augen.

Fast hätte er laut aufgeschrien. Sie fühlte ihn erschauern. Einen

Augenblick lang umschlang sie ihn fest, dann war es vorbei, und sie lagen ganz still.

Er rollte sich von ihr weg und blieb mit dem Gesicht im Sand liegen. Er atmete tief.

Sie streichelte ihm sanft das Haar. »Ross, mein Kleiner«, flüsterte sie. »Du bist so lieb.«

Langsam wandte er ihr sein Gesicht zu.

Sie hatte sich aufgesetzt und fuhr mit der Hand durch ihr schimmerndes goldenes Haar. Sie strömte eine animalische Vitalität aus.

Sie sah auf ihn herab und lächelte. »Ich habe dir doch gesagt, ich bekomme das ganze Haar voller Sand.« Sie erhob sich. »Ich gehe noch einmal ins Wasser, um ihn mir herauszuwaschen. Komm mit.«

Sie streckte ihm die Hand hin.

Er rührte sich nicht, sondern sah sie nur über die Schulter hinweg an. »Lauf schon hinein«, sagte er. »Ich komme gleich nach.«

Er blickte ihr nach, wie sie ins Wasser rannte und sich in einen Brecher warf, bevor er aufsprang und über den Strand zu ihr hinablief.

4

Der Himmel war vom ersten dämmerigen Rot des Abends überzogen. Im Westen kämpfte die flammendrote Sonne noch immer gegen die Nacht an. Die Luft begann sich abzukühlen.

Marja setzte sich auf der Decke auf, die Ross für sie ausgebreitet hatte.

»Wie spät wird es jetzt sein?« fragte sie.

Er öffnete die Augen und blinzelte zum Himmel hinauf. »Ungefähr Viertel nach sechs«, antwortete er.

»Woher weißt du das?«

Er lächelte sie an. »Ich war mal bei den Pfadfindern.«

»Ich habe noch niemals einen Pfadfinder gekannt«, rief sie lachend und ließ ihre Hand auf sein Knie fallen.

Instinktiv rückte er von ihr ab. Rasch nahm sie ihre Hand weg. »Entschuldige.«

»Kein Grund, dich zu entschuldigen«, sagte er.
»Aber du magst es nicht, wenn ich dich anfasse«, entgegnete sie.
Er schüttelte den Kopf. »Das ist es nicht. Ich bin nur nicht daran gewöhnt.«
»Du magst mich also?« fragte sie.
»Ich mochte dich von dem Augenblick an, als ich dich durch die dreckigen Fenster des Billardsaales sah.«
»Ehrlich?« Jetzt lächelte sie.
»Ehrlich«, antwortete er, und seine Augen waren ernst. »Ich sah dich mit Francie die Straße entlangkommen und konnte nicht mehr wegsehen. Du hast mir meine Partie verdorben. Mike hat mich fertiggemacht.«
»Mike?« fragte sie. »War das der Blonde, der nicht mit uns kommen wollte?«
Er nickte. »Er hat nicht einmal vom Billardtisch aufgeschaut, als ich ihn auf dich aufmerksam machte.«
Sie war leicht gekränkt. »Was hast du zu ihm gesagt?«
Er lächelte. »›Mama‹, habe ich gesagt, ›davon mußt du mir ein Exemplar kaufen!‹«
Sie stieß ihn belustigt in die Seite. »Du bist ganz schön frech!«
»Ein Glück, daß Jimmy dabei war. Sonst hätte ich dich vielleicht nie kennengelernt«, sagte er.
»Jaja«, antwortete sie spöttisch. »Dein anderer Freund wäre keine große Hilfe gewesen.«
»Mike ist ein netter Kerl«, widersprach er. »Er ist nur zu ernst. Gibt sich niemals mit Mädchen ab. Arbeitet die ganze Zeit. Er will Anwalt werden.«
»Ist er so alt wie du?« fragte sie.
Er schüttelte den Kopf. »Ein Jahr jünger. Aber wir sind im College in der gleichen Klasse.«
Ihre Eitelkeit war verletzt. Es war ihr Stolz, daß alle Jungens sie mochten. »Bestimmt ist er nicht so nett wie du.«
»Danke«, antwortete er kurz. »Du bist das erste Mädchen, das so denkt. Im allgemeinen bin ich ein hoffnungsloser Fall, sobald die Mädchen ihn sehen.«
»Er muß entsetzlich eingebildet sein«, meinte sie abweisend. »Und ich kann eingebildete Leute nicht leiden.«
»Er ist wirklich sehr nett«, erklärte Ross. »Ich glaube, er weiß nicht einmal, daß die Mädchen ihn mögen.«

Sie erschauerte leicht unter der Kühle der Dämmerung. »Mir ist er ohnehin gleichgültig«, sagte sie schnell. Sie blickte den Strand entlang. »Wo ist Francie?«
»Die beiden sind schon vor einer Stunde ins Haus gegangen«, antwortete er. »Francie sagte, es sei ihr zu kühl hier draußen.«
Sie stand auf und streckte sich. »Ich glaube, wir sollten lieber gehen. Ich fange auch schon an zu frieren.«
Er blickte zu ihr auf und fragte sich, wie alt sie wohl sein mochte. Etwa siebzehn, schätzte er. Er hatte allerdings noch nie ein Mädchen kennengelernt, das in diesem Alter schon so sehr Frau war. Ihm gefielen ihre helle Haut und die hoch angesetzten Backenknochen, ihr voller, sinnlicher und fast hochmütiger Mund und ihr festes Kinn. Wieder streckte sie sich und hielt dabei die Arme hoch über dem Kopf. Er sah den blonden Flaum in ihren Achselhöhlen und verfolgte die Linie der Arme bis hinab zu den vollen jungen Brüsten und zu ihrer schmalen, festen Taille, die sich zu wohlgerundeten Hüften und kräftigen Schenkeln verbreiterte. Ihre Beine waren lang und gerade und wirkten dennoch sehr weiblich.
Sie war sich seiner abschätzenden Blicke bewußt und lächelte ihn von oben her an. Sie mochte es gern, wenn er sie so ansah.
Ohne es eigentlich zu wollen, fragte er: »Wie alt bist du, Marja?«
»Rat mal«, antwortete sie.
»Siebzehn«, meinte er.
Sie war stolz, daß er sie für älter hielt. »Fast«, sagte sie mit einem genau berechneten Zögern.
Er schlang seine Arme um ihre Beine und brachte sie zum Taumeln. Sie fiel neben ihn, noch immer lachend. Finster sah er sie an. »Bereit zu einem Kuß, meine blonde, junge Schönheit?« fragte er und bemühte sich, seine Stimme wie die eines Unholds klingen zu lassen.
»Immer bereit«, sagte sie leise.
Er preßte seinen Mund auf ihre Lippen. Er war ein wenig überrascht, als er merkte, wie bereit sie war. Aber dieses Mal würde er es richtig machen, dieses Mal würde sie ihn nicht überrumpeln. Er hielt sie fest an sich gepreßt, beherrschte sich aber noch. Ihre Finger streichelten leicht über seine Wangen. Die Flamme in ihm loderte hoch auf, und er wußte, daß er verloren hatte. Verzweifelt, fast zornig, löste er seinen Mund von ihren Lippen.

»Ich glaube, wir gehen lieber hinein«, sagte er niedergeschlagen.
»Gut«, sagte sie ruhig. Sie stand auf und wartete auf ihn.
Er wich ihrem Blick aus und begann die Decke zusammenzulegen. Nachdem er sie gefaltet hatte, nahm er sie auf den Arm, stand auf und hielt sie vor sich. Ohne Marja anzusehen, ging er zum Haus. Sie schloß sich ihm an.
Sie betraten das Haus durch den Strandeingang. Es war der hintere Teil des Kellers, den man zu einer Art Badehaus umgebaut hatte. Sie ging in den Raum hinein und blieb dann regungslos stehen. Sie hob einen Finger an die Lippen, um Ross ein Zeichen zu machen, leise zu sein.
»Sieh mal«, flüsterte sie belustigt. »Die Liebenden.«
Er starrte auf die beiden. Francie und Jimmy lagen völlig nackt auf der Couch und schliefen eng umschlungen. Seine erste Reaktion war stilles Entsetzen, das jedoch schnell einem Gelächter wich. Es war zu komisch. Jimmy war so mager und Francie ein üppiges Mädchen. Er schlug sich die Hand auf den Mund, um sein Lachen zu ersticken.
»Wollen wir sie wecken?« flüsterte er.
Sie schüttelte den Kopf. »Nein. Sie sehen so müde aus, unsere armen Kleinen.«
Leise gingen sie auf Zehenspitzen an ihnen vorüber in den Flur.
Sie sah ihn an. »Wie komme ich jetzt in das Schlafzimmer zurück?« fragte sie. »Ich möchte mich anziehen.«
Er machte ihr ein Zeichen, und sie folgte ihm die Treppe hinauf.
Er öffnete die Tür zu ihrem Zimmer. »Darf ich duschen?« fragte sie.
»Wenn du nichts gegen kaltes Wasser hast«, antwortete er. »Der Heißwasserboiler ist noch nicht eingeschaltet.«
»Es macht mir nichts aus«, antwortete sie, nahm ihre Kleider vom Stuhl und ging ins Badezimmer. Sie verriegelte die Tür und lauschte dann. Sie hörte, wie er hinausging und die Schlafzimmertür hinter sich schloß. Lächelnd stieg sie in die Badewanne, zog den Duschvorhang um sich herum und drehte den Hahn auf.
Obwohl das Wasser kalt war, empfand sie es als herrlich. Sie liebte Duschen. Zu Hause hatten sie nichts weiter als eine Wanne, und die stand in der Küche. Die Toilette war draußen auf dem Hausflur. Sie begann mit einer hellen, unmusikali-

schen Stimme zu singen. Nach fast zehn Minuten drehte sie widerstrebend das Wasser ab.
Sie zog den Duschvorhang zur Seite und war bereits mit einem Fuß aus der Badewanne getreten, ehe sie aufblickte. Vor Überraschung hob sie die Hand zum Mund. »Oh!«
Lächelnd stand Ross mit einem großen Badetuch in seinen ausgestreckten Händen da. »Ich habe mir gedacht, du könntest das vielleicht brauchen«, erklärte er.
Sie rührte sich nicht. »Wie bist du hereingekommen?« fragte sie.
»Durch meine Tür.« Er deutete über seine Schulter nach hinten.
Er starrte sie an. »Du solltest jetzt lieber das Tuch nehmen«, sagte er und hielt es ihr hin. »Ich habe gehört, daß Blondinen sehr zu Erkältungen neigen.«
Sie nahm das Badetuch und hüllte sich ein. »Danke«, sagte sie kühl.
»Was ist denn?« fragte er. »Bist du mir etwa böse?«
Sie schüttelte den Kopf. »Ich mag nur nicht, wenn mir jemand auflauert.«
Er zog sie an sich. »Es war doch nur ein Scherz, Marja.« Er versuchte sie zu küssen.
Sie drehte ihm die Wange hin. »Ich finde das gar nicht komisch«, erklärte sie. »Und jetzt laß mich allein, ich möchte mich anziehen.«
Er spürte die Wärme ihres Körpers durch das dicke Badetuch. Erregung durchrieselte ihn. In seiner Phantasie sah er das nackte Liebespaar unten auf der Couch. Er drückte sie fest an sich. »Du wirst mich doch nicht so gehen lassen«, sagte er mit heiserer Stimme, und sein Herz pochte heftig.
Sie sah ihn schweigend an. Ihre Augen waren die kältesten, die er jemals gesehen hatte.
Zorn loderte in ihm auf. Er versuchte sie gewaltsam zu küssen. Ruhig wich sie ihm aus und entwand sich ihm. Es gelang ihm nicht, sie festzuhalten. Er lehnte sich mit seinem ganzen Gewicht gegen sie und drängte sie an die Wand. Jetzt konnte sie ihm nicht mehr ausweichen.
Er starrte ihr in die Augen und atmete schwer. Furchtlos begegnete sie seinem Blick. »Hör auf, dich zu zieren, Marja«, stieß er rauh hervor. »Was glaubst du, wozu ich dich sonst hierhergebracht habe?«

Sie antwortete ihm nicht, ließ ihn aber nicht aus den Augen. Er versuchte, ihr das Badetuch herunterzureißen. Aber sie klammerte sich daran fest. Er spürte, wie der Zorn mit ihm durchging. Es lag eine wilde, unbezähmbare Lust in seiner Gewalttätigkeit. Er schlug ihr mit dem Handrücken ins Gesicht. »Na, komm schon, du Luder!« keuchte er. »Francie hat gesagt, du machst alles mit!«
Er fühlte, wie sie erstarrte. Die Spuren seiner Finger zeichneten sich weiß auf ihrer von der Sonne geröteten Wange ab. Der Anflug eines Lächelns umspielte ihre Lippen, ihre Augenlider senkten sich. »Ross, mein Kleiner«, flüsterte sie sanft.
Ein triumphierendes Grinsen breitete sich auf seinem Gesicht aus. Diese billigen kleinen Flittchen waren alle gleich. Manchmal brauchten sie eine Abreibung, um zu wissen, wer der Herr war. Selbstsicher näherte er sich ihr.
Er sah nicht den jähen, nach oben gerichteten Stoß ihres Knies. Dann zerriß der Schmerz seinen Unterleib. Ungläubig stand er einen Augenblick da. Er schwankte. »Marja!« stieß er voller Entsetzen hervor. »Mein Gott! Marja . . .« Dann warf ihn der zweite Ansturm des Schmerzes zu Boden.
Mit verschwommenem Blick sah er, wie sie ihn unbarmherzig beobachtete, während er zusammengekrümmt zu ihren Füßen lag. Er wand sich, als ihn die Wellen des Schmerzes durchliefen. Er spürte mehr, als er es sah, wie sie über ihn hinwegstieg und ihre Kleider vom Stuhl nahm. Ein Luftzug strich über seine Wange, als sie die Tür öffnete.
Sie blieb in der Tür stehen und sah zu ihm zurück. Ihre Stimme war kalt. »Wenn du das wolltest, warum hast du dir dann nicht Francie geangelt?«
Der Schmerz ließ nun nach. Ross konnte wieder atmen, wagte aber nicht, sich zu rühren, aus Angst, der Schmerz könnte wiederkommen. Er zwang sich zum Sprechen. »Weil ich dich haben wollte, Marja«, murmelte er mit gefühllosen Lippen.
Ihre Stimme klang jetzt nicht mehr ganz so kalt. »Es gibt Dinge, die ich tue, und andere, die ich nicht tue«, sagte sie mit geduldiger Stimme, als wollte sie einem Kind etwas erklären. »Für was für ein Mädchen hältst du mich eigentlich, Ross?«
Die Tür schloß sich hinter ihr. Er blieb allein und drückte seine brennende Wange gegen den kühlen Boden. Er schloß die Au-

gen und sah sie wieder vor sich, wie sie unter der Dusche hervortrat. Der Schmerz kehrte zurück. »Marja«, flüsterte Ross. »Was für ein Mädchen bist du?«

5

Mühsam öffnete er die Augen. Im Zimmer war es dunkel, und die Nacht draußen vor den Fenstern war still. Er drehte sich auf die andere Seite, und das weiche Bett unter ihm gab nach. Er fragte sich verwundert, wie er hierhergekommen war. Ein dumpfer Schmerz durchzog ihn, und er begann sich zu erinnern. Er war aus dem Badezimmer hinausgeschwankt und ins Bett getaumelt. Er entsann sich noch, wie er in diese wohltuende weiche Tiefe gesunken war, aber alles andere war ihm rätselhaft.
»Fühlst du dich besser, Ross?«
Er wandte seinen Kopf Marjas Stimme zu. In der Ecke des Zimmers glühte eine Zigarette auf. Er richtete sich auf. Jetzt fiel ihm alles wieder ein. Sie war ins Zimmer gekommen und hatte ihn zugedeckt, während er im Halbschlaf dalag. Er hatte wie in einem Fieberanfall gefröstelt.
»Ja«, antwortete er mürrisch.
Die Zigarette beschrieb einen Bogen und glühte kurz auf. »Willst du einen Zug?« fragte sie.
»Bitte.« Er hörte ihre Bewegungen in der Dunkelheit und sah dann schattenhaft ihre Gestalt am Fenster vorbeistreichen. Er fühlte, wie das Bett unter ihrem Gewicht nachgab. Die Zigarette war vor seinem Gesicht. Dankbar nahm er sie entgegen und steckte sie zwischen die Lippen. Der scharfe Rauch drang tief in seine Lungen ein. Er begann sich wohler zu fühlen.
»Wie spät ist es?« fragte er.
»Etwa neun Uhr«, antwortete sie.
Wieder zog er an der Zigarette und blies den Rauch langsam durch die Nase. Es schien ihm zu helfen, wieder wach zu werden. »Wo sind die anderen?« fragte er und versuchte vergeblich, ihr Gesicht im Aufglühen der Zigarette zu erkennen. »Noch immer unten?«
»Nein«, antwortete sie kurz angebunden. »Francie hatte Angst,

als sie nach oben kam und dich im Bett sah. Sie wollte nach Hause. Jimmy hat sie begleitet.«
Verbittert dachte er: Schöne Freunde, die davonlaufen, wenn man sie braucht! Aber etwas anderes hätte er von Jimmy nicht erwarten können. Mike hätte das niemals getan. Ein Gedanke machte ihm zu schaffen. »Hast du ihnen erzählt, was passiert ist?«
»Nein«, antwortete sie. »Warum sollte ich? Das war nur zwischen uns.«
»Was haben sie denn geglaubt?« fragte er.
»Ich habe ihnen gesagt, du bist krank«, erwiderte sie. Das Bett erzitterte leicht, als ob sie lachte. »Jedenfalls hast du so ausgesehen. Dich hat es ganz schön geschüttelt.«
Groll stieg in ihm auf. Wenn die anderen geglaubt hatten, er sei wirklich krank, war ihr Verhalten nur noch gemeiner. Vielleicht hätte er sie wirklich gebraucht. Wieder versuchte er, ihr Gesicht zu erkennen, aber es war zu dunkel. Er beugte sich vor und schaltete das Licht neben seinem Bett ein. Einen Augenblick schmerzten ihm die Augen. Er blinzelte; dann wandte er sich ihr zu. »Warum bist du nicht mit ihnen gegangen?« fragte er verbittert. Sie antwortete nicht.
»Du hast doch gewußt, was los war. Du hättest nicht zu bleiben brauchen«, fügte er hinzu. »Ich wäre auch allein zurechtgekommen.«
Ihre Augen leuchteten im Licht der Lampe. Sie hatte ihr Haar, das jetzt fast weiß schimmerte, straff nach hinten gezogen und im Nacken mit einem kleinen Band zusammengebunden. Regungslos saß sie ihm gegenüber und sagte noch immer nichts.
»Was ist?« fragte er gereizt. »Hast du die Sprache verloren?«
»Ich bin mit dir hergekommen«, antwortete sie ruhig. »Also wollte ich auch mit dir wieder zurückgehen.«
Bösartig sagte er: »Hast du etwa geglaubt, ich würde dich nach dem, was geschehen ist, wieder zurückbringen? Daß ich noch Lust dazu hätte?«
Sie beobachtete ihn schweigend, und die Pupillen ihrer Augen wurden groß und dunkel, so daß die Iris fast zu verschwinden schien. Das war das Seltsamste an ihr: ihre Augen schienen immer etwas auszusprechen, und dennoch vermochte er niemals zu verstehen, was sie sagten.

»Hast du das wirklich geglaubt?« fragte er noch einmal. »Antworte!«
Sie atmete tief ein und erhob sich schweigend. Sie kehrte zum Stuhl in der Ecke zurück, nahm ihre kleine Handtasche und ging zur Tür. Sie sah ihn dabei nicht an.
Er wartete, bis ihre Hand die Türfalle berührte, bevor er weitersprach.
»Marja!«
Sie blieb stehen und blickte ihn schweigend an.
»Wohin gehst du?« fragte er, obwohl diese Frage überflüssig war.
»Nach Hause«, antwortete sie mit ausdrucksloser Stimme. »Du bist doch jetzt wieder in Ordnung.«
»Hast du Geld für ein Taxi?«
»Ich komme schon zurecht«, erklärte sie mit der gleichen tonlosen Stimme.
Seine Hand stieß rasch vor und entriß ihr die kleine Handtasche. »Wo hast du Geld her?« fragte er schroff. »Francie hat gesagt, keine von euch hätte auch nur einen Cent bei sich.«
Sie antwortete ihm nicht, auch der Ausdruck ihres Gesichts veränderte sich nicht.
Er öffnete die Handtasche und sah hinein. Bis auf einen Lippenstift, zwei zerdrückte Zigaretten, einen Kamm und einige Streichhölzer war sie leer.
»Deine Brieftasche liegt unter deinem Kissen«, sagte sie ruhig. »Ich habe sie dorthin gelegt.«
Instinktiv griff er danach und öffnete sie. Die Scheine waren noch immer da. Jetzt schämte er sich seines Argwohns.
»Kann ich meine Handtasche zurückhaben?« fragte sie. »Ich möchte gehen. Es ist schon spät.«
Er blickte zu ihr auf, dann in die leere Handtasche. Er nahm einen 10-Dollar-Schein aus seiner Brieftasche und steckte ihn in ihre Handtasche. »Nimm dir ein Taxi«, sagte er und gab ihr die Tasche zurück.
Der Schein flatterte auf das Bett. »Nein, danke«, erklärte sie abweisend. »Von dir will ich nichts haben.« Die Tür schloß sich hinter ihr.
Überrascht blieb er einen Augenblick sitzen, dann sprang er aus dem Bett. In letzter Sekunde wurde ihm bewußt, daß die ande-

ren ihm die nasse Badehose ausgezogen hatten. Er warf sich die Bettdecke über, um seine Nacktheit zu verdecken, und lief ihr nach. »Marja!« rief er. »Marja! Warte einen Augenblick!« Er stolperte über die schleifende Decke und griff nach dem Geländer, um nicht die Treppe hinabzustürzen.

Sie war bereits unten im Flur angelangt, als sie sich umwandte und zu ihm hinaufblickte. Sie starrte ihn einen Augenblick an, dann brach sie in schallendes Gelächter aus.

Er wurde wütend. »Was zum Teufel gibt's denn zu lachen?« brüllte er.

Sie konnte nicht aufhören. »Du müßtest dich mal sehen, Ross«, keuchte sie und deutete mit dem Finger auf ihn. »Du siehst aus wie ein Gespenst!«

Er drehte sich zu dem großen Spiegel in seiner Nähe um. Mit seinem blassen Gesicht und dem zerzausten Haar über der weißen Bettdecke sah er tatsächlich wie ein Gespenst aus. Er lachte selbst laut auf und wandte sich ihr wieder zu.

»Warte, bis ich mich angezogen habe, Marja. Ich bringe dich nach Hause.«

»Halt hier an und laß mich aussteigen«, bat sie, als sie in der Nähe ihres Hauses waren. »Vielleicht sitzt mein Stiefvater am Fenster.«

Schweigend fuhr er an den Rinnstein heran. Er stieg aus dem Wagen, ging steif um ihn herum und öffnete die Tür. Er hielt ihre Hand, als sie ausstieg.

Sie blieben einen Augenblick verlegen stehen. Dann streckte sie ihm die Hand hin. »Ich danke dir für den schönen Nachmittag, Ross«, sagte sie höflich.

Er suchte in ihren Augen nach einer Spur von Spott, konnte aber nichts entdecken. Er ergriff ihre Hand. »Sehe ich dich wieder, Marja?« fragte er.

Ihre Hand lag still in der seinen. »Wenn du willst«, antwortete sie.

Er stellte seinen Fuß auf das Trittbrett. Die Bewegung schmerzte so sehr, daß er zusammenzuckte. »Ich will, Marja«, sagte er.

Sie bemerkte den Ausdruck jähen Schmerzes in seinem Gesicht. »Ich hatte nicht die Absicht, dir so weh zu tun, Ross«, flüsterte sie.

Er blickte in ihre Augen. »Ich habe es verdient. Es war meine eigene Schuld.«
Nach einigen Sekunden entzog sie ihm ihre Hand. »Ich muß jetzt gehen. Der Alte wird sonst wild.«
»Welche Nummer habt ihr?« fragte er hastig. Er bemerkte den verwunderten Ausdruck ihres Gesichts. »Damit ich dich anrufen kann«, fügte er hinzu.
»Wir haben kein Telefon.«
»Wie soll ich denn dann mit dir in Verbindung kommen?« fragte er. Er hatte immer in dem Glauben gelebt, alle Menschen hätten ein Telefon.
»Ich bin meist gegen drei Uhr in Rannis' Schokoladengeschäft. Ein Stück die Straße hinauf, schräg gegenüber vom Billardsaal.«
»Ich rufe dich morgen dort an«, sagte er.
»Also gut.« Sie zögerte einen Augenblick. »Gute Nacht, Ross.«
Er lächelte. »Gute Nacht, Marja.«
Er sah ihr nach, als sie die Straße entlangging. Er mochte die Art, wie sie ging: den Kopf hoch erhoben, mit selbstbewußten Schritten und mit geschmeidigen Bewegungen ihres Körpers, als gehörte ihr die ganze Welt. Sie besaß einen natürlichen Stolz. Er wartete, bis sie die Stufen zum Haus hinaufgegangen und im Eingang verschwunden war. Dann fuhr er die Straße entlang. Im Billardsaal war noch Licht. Er folgte einem jähen Einfall, hielt an und stieg aus.
Er hatte recht gehabt. Jimmy war da und beugte sich gerade, einen Billardstock in der Hand, inmitten einer Gruppe junger Leute über einen Spieltisch.
Als er sich näherte, hörte er Jimmys Stimme. Sie war leise, aber die Lust am Sensationellen schwang in ihr mit: »... wie eine tote Maus«, sagte er. »Ross lag auf dem Bett, als hätte man ihm das Fell abgezogen. Völlig fertig. Mein Mädchen meinte, wir hauen lieber ab, bevor die Polente kommt. Die Blonde sagte, jemand müßte bei ihm bleiben. Da haben wir uns verdrückt und ihn mit seiner Blonden liegen lassen ...«
Wie von einem sechsten Sinn gewarnt, blickte er auf. Er zwang sich zu einem Lächeln.
»Ross!« rief er, und sein Tonfall veränderte sich. »Wie fühlst du dich, alter Junge? Mann, war das ein Nachmittag!«
Ross' Gesicht war kalt, und seine Augen blickten eisig. Seine

Lippen bewegten sich kaum, aber die Worte waren ätzend. »Du feiger Dreckskerl! Warum bist du davongelaufen?«
»Francie bekam es mit der Angst zu tun, Ross.« Seine Worte überstürzten sich im Eifer, alles erklären zu wollen. »Jemand mußte sie doch nach Hause bringen. Außerdem blieb ja Marja bei dir. Sie hat es jedenfalls gesagt.«
Ross kam um den Spieltisch herum auf ihn zu. Die anderen wichen zurück, als er sich Jimmy näherte. »Und wenn ich wirklich krank gewesen wäre, Jimmy?« fragte er, und seine Stimme klang plötzlich trügerisch sanft. »Wenn ich nun wirklich Hilfe gebraucht hätte? Und nur ein Mädchen da, um mir zu helfen?«
Jimmy lächelte noch immer, aber die Angst in seinen Augen nahm zu. »Das Mädchen hätte dir bestimmt helfen können, meinst du nicht, Ross?« erwiderte er hastig. »Die weiß doch bestimmt, was zu tun ist.«
Ross' Faust traf seinen Mund. Er taumelte rückwärts gegen einen Tisch. Einen Augenblick hielt er sich daran fest. Dann drehte er den Billardstock in seiner Hand um und stieß ihn auf Ross' Gesicht zu.
Ross wehrte den Stock mit einem Arm ab und trat dicht vor Jimmy. Seine Fäuste bewegten sich so schnell, daß man ihnen in dem gelblichen Licht kaum folgen konnte. Der Billardstock fiel aus Jimmys Hand. Einen Augenblick später trat Ross zurück. Er verspürte einen heftig pochenden Schmerz in seinen Schläfen, während er Jimmy aus Nase und Mund blutend langsam zu Boden sinken sah. Schmerz war das einzige, um wieder quitt zu werden. Jimmy mußte erfahren, was Schmerz war.
Jimmy saß am Boden, seine Augen benommen und verwirrt. Seine Lippen bewegten sich, aber es kam kein Laut über sie. Langsam wälzte er sich auf die Seite und blieb liegen.
Ross bückte sich und hob den Billardstock auf. Seine Augen leuchteten eisig, als er nun über der am Boden liegenden Gestalt stand.
Unwillkürlich schrie Jimmy auf, ehe die anderen Ross zurückreißen konnten. Der Billardstock zerbrach in seinen Händen.
»Hör auf, Ross!« rief einer der anderen. »Willst du ihn umbringen?«
Ross betrachtete das scharf gezackte Ende des zerbrochenen Stocks in seiner Hand. Um ihn her loderte alles. Wie in weiter

Ferne hörte er eine Tür schlagen. »Guter Gedanke«, brüllte er, riß sich aus der Umklammerung los und stieß mit dem Stock nach Jimmys Gesicht.
Bevor er Jimmy noch treffen konnte, spürte er zwei Arme, die ihn umschlangen. Wütend wehrte er sich. »Laß mich los! Laß mich los!« schrie er. »Ich bringe ihn um.«
Aber die beiden Arme hielten ihn nur noch fester und zogen ihn zurück. »Nur ruhig, Ross«, sagte eine vertraute Stimme an seinem Ohr. »Du hast schon genug angerichtet.«
Die ruhige, sanfte Stimme wirkte auf ihn wie ein kühler Wasserstrahl. Ross fühlte, wie ihn die innere Verkrampfung verließ und die Vernunft wiederkehrte. Er stand ganz still und keuchte nach Atem. Schließlich gewann er die Herrschaft über sich zurück und konnte wieder reden. »Schon gut, Mike«, sagte er, ohne den Kopf zu wenden. »Du kannst mich loslassen. Es ist alles in Ordnung.«
Die starken Arme gaben ihn frei. Ross blickte nicht auf. Er wandte sich um und ging zur Tür. An der Kasse blieb er stehen und warf einen Schein hin. »Das wird für den Schaden reichen, den ich angerichtet habe.«
Der bleiche alte Mann, der dort saß, sagte kein Wort. Ross ging zur Tür hinaus, setzte sich in seinen Wagen und wartete.
Einige Sekunden später hörte er Schritte auf seinen Wagen zukommen. »Kannst du mich nach Hause fahren, Mike?« fragte er ohne aufzublicken. »Ich bin sehr müde.«
Die Tür auf der anderen Seite wurde geöffnet, und sein Freund stieg ein. Ein Streichholz flammte auf, und eine Sekunde später fühlte er, daß ihm eine Zigarette in die Hand geschoben wurde. Er tat einen tiefen Zug, lehnte seinen Kopf gegen das Polster zurück und schloß die Augen.
»Ein Glück, daß ich gerade vorbeikam«, hörte er seinen Freund sagen. »Ich hatte so ein Gefühl, ich sollte mich nach dir umsehen.«
Mike beugte sich vor und startete den Motor. Er ließ ihn einen Augenblick auf vollen Touren laufen. »Was ist eigentlich los gewesen? Wenn ich dich nicht festgehalten hätte, hättest du ihn umgebracht.«
»Da war dieses Mädchen, das wir heute mit Francie trafen . . .« begann Ross zu erklären.

»Die Blonde, die du dir angelacht hast?« unterbrach ihn Mike.
»Ja«, antwortete Ross. »Sie . . .«
Wieder unterbrach ihn Mike. In seiner Stimme lag ein tadelnder Unterton. »Ich hätte dir mehr Vernunft zugetraut, Ross.« Ross wandte den Kopf. »Was willst du damit sagen?«
Mike riß ein Streichholz an und hielt es an seine Zigarette. Die Flamme weckte goldene Lichtpunkte in seinen Augen. »Ich kann dich überhaupt nicht verstehen, Ross. Es gibt kein Mädchen, das es wert wäre, daß man sich seinetwegen in Unannehmlichkeiten stürzte.«
Ross starrte seinen Freund an. Mike hatte in einem recht – er verstand nicht. Ross schloß die Augen und lehnte sich auf seinen Sitz zurück. Er fühlte den Wagen anfahren.
Mike fuhr vorsichtig und konzentrierte sich auf die Straße. Aber Mike tat ja alles sehr vorsichtig. Das war der Haken bei Mike. Er ging keine Risiken ein. Nicht, daß er etwa Angst hatte, aber es war nun einmal seine Natur.
Mike verstand nicht. Wie sollte er auch? Er kannte Marja nicht.

6

Sie hörte das schwache Schreien des Babys, als sie die Treppe hinaufging. Je näher sie der Wohnung kam, desto lauter wurde es. Sie zögerte einen Augenblick, bevor sie die Tür öffnete.
Sie mußte blinzeln, als das scheußliche grelle Licht ihre Augen traf. Das Schreien des Babys klang scharf in ihren Ohren. Rasch betrat sie das Zimmer und schloß die Tür hinter sich. In dem Gang zu ihrer Linken hörte sie Schritte. Sie wandte sich ihnen zu. Da stand ihr Stiefvater; seine Hosen hingen ihm locker um die breiten Hüften. Er trug nur ein Unterhemd, das sich weiß gegen das störrische schwarze Haar abhob, das seine Brust bedeckte. Er sagte kein Wort, aber seine kohlschwarzen Augen starrten sie bösartig an.
»Warum weint er?« fragte sie und machte mit der Hand ein Zeichen zum Schlafzimmer hin.
»Wo bist du gewesen?« entgegnete er, ohne ihre Frage zu beachten.

Sie ging auf das Schlafzimmer zu. »Schwimmen«, antwortete sie von oben herab.
»Bis halb elf Uhr nachts?« fragte er und warf einen Blick auf die Küchenuhr.
»Es ist ein langer Weg zurück von Coney Island«, erwiderte sie und öffnete die Schlafzimmertür.
Seine Hand packte ihren Arm und drehte sie herum. Sie sah ihn mit kalten, abweisenden Augen an.
»Warum bist du nicht heraufgekommen und hast es deiner Mutter gesagt?« fuhr er sie wütend an. »Sie hat sich Sorgen um dich gemacht. Du weißt ganz genau, daß sie sich nicht gut fühlt.«
»Es würde ihr weit besser gehen, wenn du dir eine Arbeit suchtest, damit sie nicht mehr nachts zu arbeiten brauchte«, entgegnete sie gehässig.
Er hob die Hand, als wollte er sie schlagen.
»Nur los, ich nehme es mit dir auf!« rief sie spöttisch, und ihre Lippen entblößten ihre Zähne.
Er beschimpfte sie auf polnisch. *»Kurva!* Hure!«
Verachtung lag in ihren Augen. »Biersaufender Strolch!« stieß sie hervor. »Du würdest es nicht wagen, mir etwas anzutun, denn du weißt ganz genau, daß meine Mutter dich dann rausschmeißt!«
Langsam sank seine Hand herab. »Wäre ich nicht zu Lebzeiten deines Vaters sein bester Freund gewesen, würde ich mich überhaupt nicht um dich kümmern«, murmelte er.
»Laß ihn aus dem Spiel!« rief sie heftig. »Zumindest war er ein Mann. Er sorgte für seine Familie. Er lungerte nicht den ganzen Tag herum und trank Bier.«
Er war nun in die Defensive gedrängt. Sie spürte es, und ein Gefühl des Triumphes stieg in ihr auf. »Deine Mutter will nicht, daß ich noch auf dem Bau arbeite«, sagte er unsicher. »Ich hab's ihr versprechen müssen, als wir heirateten. Sie sagte damals, es genüge ihr, dabei schon einen Mann verloren zu haben.«
»Du hast ihn herunterstürzen sehen«, erwiderte sie kühl. »Hält dich dein Versprechen oder deine Angst zu Hause?«
Das Weinen des Babys wurde jetzt lauter und dringlicher. Er stand einen Augenblick schwer atmend da und wandte sich dann von ihr ab. »Sieh nach, was Peter will«, sagte er.

Die Tür des Schlafzimmers schloß sich hinter ihr. Er schlurfte zum Eisschrank und nahm eine Büchse Bier heraus. Geschickt öffnete er sie und hielt die Büchse an die Lippen. Etwas Bier rann ihm über die Wangen und tropfte auf sein Unterhemd. Er trank lange und durstig und warf die leere Büchse in einen Papiersack auf dem Abwaschtisch. Das Weinen hatte aufgehört. Er starrte die geschlossene Tür an.

Sie war ein Luder, es gab kein anderes Wort dafür. Er wischte sich den Mund mit dem Arm ab. Niemand wurde mit ihr fertig. So war es nun schon, seit ihre Mutter ihr gesagt hatte, sie würden heiraten.

Er schloß die Augen, als er an jene Zeit zurückdachte. Nur drei Jahre waren verstrichen. Einen Monat zuvor hatte ihr Vater im dreiundzwanzigsten Stockwerk eines Neubaus einen Stahlträger verfehlt.

Noch immer sah er den Ausdruck der Verwunderung auf Henrys Gesicht, als ihm bewußt wurde, daß das Gerüst, das dort hätte sein sollen, nicht mehr da war. Es war ein Augenblick, in dem alles stillzustehen schien. Seine Lippen begannen das Wort »Peter!« zu formen, und seine Hand griff voller Entsetzen nach dem Freund.

Dann stürzte er in die Tiefe. Als Peter hinabblickte, sah er Henrys Mütze langsam ihm nachsegeln, und das blonde Haar seines Freundes schimmerte und funkelte in der Sonne, während er sich immer wieder überschlug.

Das Bier kam ihm hoch, als er an jene beklemmenden Augenblicke dachte. Er hielt eine Sekunde lang den Atem an und mußte dann rülpsen. Das Gefühl der Übelkeit wich. Jedesmal, wenn er Marja anblickte, sah er auch seinen Freund. Das gleiche hellblonde Haar, hoch angesetzte Backenknochen, wie man sie oft bei Polen findet, und ein sinnlicher Mund. Auch ihre Art zu gehen erinnerte ihn an ihren Vater. Beide hatten denselben sicheren, katzenähnlichen Gang.

An dem Abend, an dem er Katti seinen Antrag machte, hatte er es zum erstenmal bemerkt. Das war einen Monat nach dem Tod von Marjas Vater. Er hatte seinen besten Anzug angezogen, den er sonst nur am Sonntag beim Kirchgang trug, und im Drugstore für zwei Dollar eine Schachtel Konfekt gekauft. Der Verkäufer hatte ihm versichert, es sei das Beste, was er habe, und

frisch sei es auch. Er war die Treppe zur Wohnung hinaufgestiegen und draußen auf dem Gang stehengeblieben, schwitzend vor Anstrengung und Nervosität. Einen Augenblick hatte er gezögert und dann vorsichtig an die Tür geklopft.
Kurz darauf hörte er die Stimme ihrer Mutter. »Wer ist da?« fragte Katti.
»Ich, Peter«, antwortete er.
Auf der anderen Seite der Tür waren verschwommene Laute und eiliges Hin und Her zu vernehmen. Dann wurde sie geöffnet. Da stand Marja und sah ihn mit weiten Augen an.
»Hallo, Onkel Peter«, sagte sie.
Er lächelte sie an, und seine Augen suchten im Zimmer nach ihrer Mutter. Der Küchentisch war mit Nadeln und Stücken eines weißen Stoffes bedeckt. Katti war nicht zu sehen. »Guten Tag, Marja«, antwortete er ratlos. »Ist deine Mutter nicht da?«
Marja nickte. »Sie zieht sich nur ein Kleid an.« Sie trat von der Tür zurück. »Komm doch herein, Onkel Peter.«
Unbeholfen betrat er das Zimmer und hielt ihr die Schachtel hin. »Ich habe Konfekt mitgebracht.«
Sie nahm es mit ernstem Gesicht entgegen. »Danke«, sagte sie und legte die Schachtel auf den Küchentisch. »Mama hat gesagt, ich soll dich ins Wohnzimmer führen.«
Er nahm den Hut ab und blieb verlegen stehen. »Mach nur keine Umstände«, erklärte er steif. »Ich kann doch in der Küche bleiben.« Sie schüttelte gebieterisch den Kopf. »Mama hat gesagt, ich soll dich ins Wohnzimmer führen.«
Ohne zurückzublicken, führte sie ihn den langen, schmalen Gang entlang in das vordere Zimmer. Sie war wie ein weißer Schatten, der vor ihm hertanzte. Er stolperte in der plötzlichen Dunkelheit.
»Nimm meine Hand, Onkel Peter«, sagte sie ruhig. »Ich kenne den Gang. Du wirst im Dunkeln stolpern.«
Ihre Hand fühlte sich warm an. Plötzlich blieb sie stehen, und er prallte gegen sie. »Entschuldige«, rief er und wurde sich seiner Ungeschicklichkeit bewußt.
»Macht nichts«, antwortete sie und entzog ihm ihre Hand. »Ich werde Licht machen.«
Er hörte sie im Dunkeln davongehen, dann ein Knacken, und das Licht erfüllte den Raum. Sie stand vor der Lampe, und das

Licht fiel durch ihr weißes Kleid hindurch. Er starrte sie an. Sie schien darunter nichts anzuhaben.
Sie bemerkte, wie er sie ansah, und ein leichtes Lächeln lag auf ihrem Gesicht. »Gefällt dir mein Kleid für die Abschlußfeier in der Schule, Onkel Peter?« fragte sie hoheitsvoll. »Mama hat es gerade fertiggenäht, bevor du kamst.«
Er nickte, seine Augen noch immer auf ihre schattenhaft sich abzeichnende Gestalt gerichtet. »Sehr hübsch.«
Sie entfernte sich nicht aus dem Licht der Lampe. »In diesem Jahr machte ich mein Abschlußexamen in der Grundschule, weißt du das?«
»Ich weiß«, antwortete er. »Dein Vater hat es mir erzählt. Er war sehr stolz.«
Ihre Augen verschleierten sich. Er glaubte schon, sie würde in Tränen ausbrechen, aber es ging schnell vorüber. Sie ging von der Lampe weg. »Nächstes Jahr komme ich in die Oberschule«, erklärte sie.
»Schon so bald?« fragte er mit gespielter Überraschung. »Ich sehe dich halt immer noch als kleines Kind.«
Sie stand jetzt dicht vor ihm und blickte zu ihm auf. »Ich werde bald dreizehn«, erklärte sie. »Ich bin kein kleines Kind mehr.«
Er stritt es nicht ab. Er hatte es gesehen.
»Aber ich bin nicht zu alt, um dir für das schöne Konfekt einen Kuß zu geben, Onkel Peter«, sagte sie lächelnd.
Er spürte, wie ihm vor Verlegenheit das Blut ins Gesicht stieg. Er trat unbeholfen von einem Fuß auf den anderen und sagte nichts.
»Komm, beug dich herunter, Onkel Peter«, befahl sie gebieterisch. »Du bist mir zu groß.«
Er beugte sich vor und hielt ihr seine Wange hin, aber ihr Verhalten überrumpelte ihn. Sie schlang ihre Arme um seinen Nakken und küßte ihn auf die Lippen. Es war nicht der Kuß eines Kindes, sondern der einer Frau, die zum Küssen geboren war. Er fühlte, wie sich ihr junger Körper an ihn drängte.
Schwerfällig streckte er die Hände aus, um sie abzuwehren, berührte aber dabei zufällig ihre Brüste. Er ließ seine Hände fallen, als hätte er in einen glühenden Ofen gelangt.
Sie trat zurück und blickte zu ihm auf, ein Lächeln in ihren Augen. »Vielen Dank für das Konfekt, Onkel Peter.«

»Gern geschehen«, antwortete er.
»Setz dich doch«, forderte sie ihn auf und ging an ihm vorbei zum Gang. In der Tür blieb sie stehen und sah zu ihm zurück. »Ich bin doch kein kleines Kind mehr, findest du nicht, Onkel Peter?«
»Nein, das bist du nicht«, gab er zu.
Sie lächelte ihn stolz an, wandte sich dann um und lief den Gang entlang. »Mama!« rief sie. »Onkel Peter hat uns eine Schachtel Konfekt gebracht!«
Er sank auf einen Stuhl und dachte an das, was ihr Vater ein paar Tage vor dem Unglück zu ihm gesagt hatte. »Noch ein Jahr, Peter«, hatte er erklärt, »und die Jungen sind hinter ihr her wie Hunde hinter einer läufigen Hündin.«
Er schüttelte den Kopf. Eine seltsame Erregung erfüllte ihn. Henry mußte blind gewesen sein. Bestimmt waren die Jungen jetzt schon hinter ihr her.
Er vernahm Kattis Schritte auf dem Gang und erhob sich. So stand er da, mit gerötetem Gesicht, als sie das Zimmer betrat. Sie kam auf ihn zu, und sie schüttelten sich fast wie Männer die Hände. »Peter«, rief sie, »du bist viel zu gut zu uns. Du hättest das Konfekt nicht mitbringen dürfen. Es ist viel zu teuer.«
Er hielt noch immer ihre Hand fest. »Ich möchte gut zu euch sein, Katti«, sagte er mit rauher Stimme.
Sie entzog ihm ihre Hand. »Setz dich doch, Peter«, forderte sie ihn auf und setzte sich selber auf einen Stuhl ihm gegenüber.
Er betrachtete sie. Sie war eine gutaussehende Frau. Kräftig und wohlproportioniert. Eine Frau aus Europa, nicht wie diese Amerikanerinnen, die sich durch lauter Hungern in Streichhölzer verwandelten. Dazu war sie eine hervorragende Köchin. Er entsann sich noch des Neides, den er jedesmal verspürte, sobald Henry seine Frühstücksbüchse öffnete. Diese belegten Brote, die sie ihm mitgab! Von seiner Wirtin bekam Peter niemals etwas anderes mit als unappetitliche Wurst.
Stets hatte er Henry erzählt, er habe niemals geheiratet, weil es ganz einfach nicht genug Frauen wie Katti gäbe. Henry hatte ihn ausgelacht und erklärt, er sei schon viel zu sehr in seinen Gewohnheiten erstarrt, um auch nur den Versuch zu machen, irgendeiner Frau zu gefallen.
Aber so war es nicht. Ihm gefiel einfach nicht jede Frau. Katti

hingegen gehörte zu jener Art von Frauen, die ihn glücklich machen konnten.
»Ich koche dir frischen Kaffee«, sagte sie.
»Ach, keine Umstände«, erwiderte er verlegen. »Meinetwegen brauchst du dir keine Mühe zu machen.«
»Es ist keine Mühe«, antwortete sie.
Einige Minuten saßen sie schweigend da, dann sprach sie plötzlich polnisch weiter: »Gefällt dir Marjas neues Kleid?« Er nickte und antwortete ihr unbewußt in der gleichen Sprache.
»Sie ist ein großes Mädchen geworden.«
Katti stimmte ihm zu. »Ja. Am Freitag macht sie ihr Abschlußexamen.«
»Ich weiß«, antwortete er hastig, »Henry hat es mir erzählt.« Tränen traten in ihre Augen, sie wandte das Gesicht ab.
»Entschuldige«, sagte er betreten. »Ich hatte nicht die Absicht . . .«
Sie hob abwehrend die Hand. »Ich weiß.« Die Tränen liefen ihr noch immer über das Gesicht. »Aber manchmal ist es einfach zuviel für mich. Ich kann mich nicht daran gewöhnen. Ich weiß nicht, was ich tun soll. Henry hat es immer gewußt.«
Er war aufgestanden und blickte auf sie nieder. Das war es, was er unter einer Frau aus Europa verstand. Sie wußten, wo ihr Platz war und daß es Sache der Männer blieb, die Entscheidungen zu treffen. Ein Gedanke stieg in ihm auf. »Ja«, sagte er feierlich, »immer hat er zu mir gesagt: ›Peter, wenn mir irgend etwas zustößt, kümmere dich um Katti und das Kind.‹«
Die Tränen versiegten ebenso schnell, wie sie gekommen waren. Katti sah ihn aus großen Augen an. »Hat er das gesagt?« flüsterte sie mit verwunderter Stimme.
Er nickte schweigend.
»Besuchst du uns deswegen zweimal in der Woche?« fragte sie.
»Anfänglich war es so, Katti«, antwortete er und wurde plötzlich kühn. »Jetzt nicht mehr.«
Sie blickte zu Boden. »Warum kommst du jetzt?« fragte sie mit belegter Stimme.
»Um dich zu sehen, Katti«, erwiderte er und fühlte sich mutiger als jemals zuvor in seinem Leben. »Ich möchte dir und Marja ein neues Heim geben.«
Schweigend saß sie da. Es verstrich eine lange Zeit, bevor sie

sprach. Dann suchte ihre Hand die seine. »Peter, du bist so gut zu uns.«
Später, als der Kaffee fertig war, gingen sie in die Küche. Die Nadeln und Stoffreste waren vom Tisch weggeräumt, an dem nun Marja saß und ihre Schulaufgaben machte. Die offene Schachtel Konfekt stand vor ihr, und ihr Mund war mit Schokolade beschmiert.
Sie lächelte ihn an. »Das Konfekt ist wunderbar, Onkel Peter.«
»Ich freue mich, daß es dir schmeckt, meine Kleine«, sagte er.
Katti war an den Herd getreten. »Marja«, fragte sie über ihre Schulter hinweg, während sie den Kaffee einschenkte, »was würdest du dazu sagen, wenn Onkel Peter dein Vater würde?«
Peter sah, wie sich die Augen des Kindes weiteten. Es lag ein Ausdruck in ihnen, den er nicht zu ergründen vermochte. »Was meinst du damit, Mama?« fragte sie mit einer Stimme, die plötzlich schmerzlich klang.
Katti lächelte, als sie mit dem Kaffee an den Tisch trat. »Ich meine deinen Onkel Peter und mich«, erklärte sie. »Wir werden heiraten.«
»Nein!« stieß Marja entsetzt hervor.
Die beiden sahen sie überrascht an. Sie war aufgesprungen, und das ganze Konfekt lag vor ihr auf dem Boden verstreut. Kattis Stimme wurde streng. »Marja«, rief sie, »heute verstehst du es nicht, aber du wirst es begreifen, wenn du erwachsen bist. Es ist für eine Frau nicht gut, allein und ohne einen Mann dazustehen, der für sie und die Kinder sorgt.«
Marja war in Tränen ausgebrochen. »Aber Mama! Wir beide kamen doch so gut zurecht. Wir brauchen niemanden.« Sie wischte sich die Augen mit den Händen. »Niemand kann an Papas Stelle treten.«
Kattis Stimme klang noch immer sanft. »Das wird auch niemand tun, mein Kind. Onkel Peter will doch nichts weiter, als gut zu uns sein und uns helfen. Er liebt uns und will für uns sorgen.«
Marja wandte sich aufgebracht zu ihm um. »Das glaube ich nicht!« schrie sie. »Er ist ein komischer, schmutziger, kleiner, schwarzer Mann und gar nicht wie Papa.«
Kattis Stimme wurde energisch. »Marja«, fuhr sie ihre Tochter an, »so darfst du nicht über deinen neuen Vater sprechen.«
»Er ist nicht mein Vater!« schrie Marja. »Und er wird es niemals

sein!« Sie drehte sich um, lief in ihr Zimmer gleich neben der Küche und warf die Tür hinter sich zu.

Nachdem sie gegangen war, sahen sie einander hilflos an. Schweigend ließ sich Peter am Tisch nieder. Sie ist ein wildes Ding, dachte er. Henry hatte ganz recht, als er sagte, sie habe ein heftiges Temperament. Sie brauchte eine feste Hand. Waren sie erst einmal verheiratet, würde er sie sich schon vornehmen. Ein paar rote Striemen auf ihrem hübschen kleinen Hintern waren alles, was ihr fehlte.

Katti kam um den Tisch herum und legte ihre Hand auf seine Schulter. »Nimm es dir nicht so zu Herzen, Peter«, bat sie. »Sie ist jetzt nur völlig durcheinander. Du weißt doch, wie so etwas ist.«

7

Das trübe graue Licht des Morgens fiel in den engen Hof ein und kroch durch das Fenster, als Katti die Tür öffnete. Sie blieb einen Augenblick in der Tür stehen und betrachtete ihre Tochter.

Sie sah die schlafende Marja verwundert an. Im Wachen war sie fast eine Frau, nun aber war sie wie ein Kind. Ihre Züge waren entspannt und freundlich und ihr Atem so sanft, daß sich die leichte Decke auf ihrer Brust kaum bewegte. Das war die Marja, die sie kannte, ihr stilles, hübsches, kleines Mädchen.

Sie betrat das Zimmer und ging zum Kinderbett. Schnell tastete sie das Baby ab. Ein Wunder. Der Kleine war noch immer trokken. Bei der Berührung gab er einen leisen Laut von sich. Rasch drehte sie sich um und blickte zu ihrer Tochter hinüber.

Marjas Augen waren geöffnet. Sie sah ihre Mutter an, und der Schlaf war ganz aus ihren Augen gewichen. »Guten Morgen, Mama.«

Katti antwortete ihr nicht. Sie mußte daran denken, was für Sorgen sie sich am Tag vorher gemacht hatte, als Marja aus der Schule nicht nach Hause kam. Peter hatte ihr hinterher erzählt, sie sei schwimmen gegangen und sei erst gegen elf nach Hause gekommen.

Marja richtete sich im Bett auf; die Decke fiel herab und entblößte ihren nackten Körper. Sie gähnte und streckte sich. Ihre Brüste hoben sich auffällig weiß gegen ihre sonst sonnengebräunte Haut ab.

»Marja! Deck dich zu!« rief Katti empört. »Wie oft habe ich dir schon gesagt, du sollst nicht ohne Pyjama schlafen? Das gehört sich nicht.«

»Aber Mama, es war doch so heiß.« Marja griff nach dem Oberteil des Pyjamas und schlüpfte hinein. »Außerdem sieht mich hier doch niemand.«

»Das ist gleichgültig!« erklärte Katti. »Es ist unanständig, so zu schlafen. Nur Tiere tun das.«

Marja stieß die Decke zurück und sprang aus dem Bett; der Oberteil des Pyjamas fiel bis auf ihre Schenkel herab. Sie ging zu ihrer Mutter hinüber und küßte sie auf die Wange. »Sei nicht so böse, Mama«, sagte sie.

Katti mußte gegen ihren Willen lächeln. Sie schob ihre Tochter zur Seite. »Versuch nur nicht, mir schönzutun«, mahnte sie. »Ich kenne alle deine Schliche.«

Marja erwiderte das Lächeln ihrer Mutter. »Ich bin gestern schwimmen gewesen«, rief sie hastig, um der nächsten Frage ihrer Mutter zuvorzukommen. »Siehst du, wie verbrannt ich bin?«

»Ich habe es gesehen«, antwortete Katti kurz.

»Jemand von Francies Bekannten hat ein Haus auf Coney Island«, erklärte Marja. »Es ist ein Haus in Sea Gate. Ein großes Haus.«

Katti war beeindruckt. »Sea Gate?« wiederholte sie leise. »Dort ist es sehr teuer. Ihre Familie muß sehr reich sein.«

»Das ist sie auch«, antwortete Marja. Sie ließ ihre Mutter in dem Glauben, daß es sich um ein Mädchen handelte. »Sonst lebt die Familie in der Park Avenue.«

Das Baby begann plötzlich zu schreien. Katti beugte sich über das Kinderbett und hob den kleinen Jungen hoch. Sofort hörte er zu weinen auf und lachte sie an. »Trotzdem hättest du nach Hause kommen müssen, um es mir zu sagen«, fuhr Katti über den Kopf des Kindes zu Marja gewandt fort. »Ich habe mir Sorgen um dich gemacht.«

»Es blieb keine Zeit mehr, Mama«, antwortete Marja. »Wir sind gleich nach der Schule losgefahren.«

»Aber du bist doch erst kurz vor elf nach Hause gekommen«, sagte Katti und legte den Jungen auf Marjas Bett. Geschickt begann sie die Windeln zu öffnen.
Marja holte eine frische Windel von der alten Kommode und gab sie ihrer Mutter. »Sie wollte, daß ich mit ihr esse, Mama«, antwortete sie, »und da bin ich eben mitgegangen.«
Katti streifte sie mit einem raschen Blick. »Tu's nicht wieder«, sagte sie ruhig. »Dein Vater hat sich Sorgen gemacht.«
Ein abweisender Ausdruck trat in Marjas Augen. »Wieso?« fragte sie spöttisch. »War ihm das Bier ausgegangen?«
»Marja!« rief Katti streng, »so redet man nicht über seinen Vater!«
Marja trat zum Wandschrank. Sie holte einen abgetragenen Bademantel heraus und schlüpfte hinein. »Er ist nicht mein Vater«, entgegnete sie eigensinnig.
Katti seufzte auf. »Warum sagst du das immer wieder, Marja?« fragte sie verletzt. »Er liebt dich und möchte, daß auch du ihn gern hast. Aber es ist alles umsonst, wenn du es nicht wenigstens versuchst.«
Marja antwortete nicht. Sie nahm ihre Zahnbürste aus einem Glas auf der Kommode und ging zur Tür. Dort blieb sie stehen und blickte zu ihrer Mutter zurück. »Ich werde Peters Flasche herrichten«, sagte sie.
In der Küche stellte sie die Flasche des Babys in einen Topf mit Wasser auf den Herd. Sie zündete die Flamme darunter an und ging zum Abwaschtisch. Rasch und gründlich wusch sie sich, nahm dann die Flasche und kehrte in ihr Zimmer zurück.
»Gib Peter die Flasche«, sagte Katti und richtete sich auf. »Ich mache dir dein Frühstück. Ich will nicht, daß du zu spät in die Schule kommst.«
Marja beugte sich mit der Flasche in der Hand über das Baby. Sie lachte es an.
»Willst du dein Frühstück haben, Peter?«
Peters dunkle, kleine Augen strahlten sie an. Seine Händchen streckten sich nach der Flasche aus, und sein zahnloser Mund öffnete sich in einem Lächeln.
»Du bist so hüsch«, sagte sie und steckte ihm die Flasche in den Mund.
Er schmatzte zufrieden, und seine Lippen umschlossen den lan-

gen Gummisauger. Einige Tropfen Milch rannen über sein Kinn.
»Ferkelchen«, rief Marja lachend und wischte ihm mit dem Handtuch, das sie noch in der Hand hielt, das Gesicht ab. Sie blickte auf ihn herab. »Wirst du auch nicht aus dem Bett fallen, während Marja sich anzieht?« fragte sie.
Peter sog statt einer Antwort nur selig an seiner Flasche.
Sie richtete sich auf, und die dunklen Augen des Kindes folgten ihr. »Ich glaube, das schaffst du schon«, sagte sie lächelnd. Sie ging zur Kommode hinüber und suchte sich ein paar Sachen zum Anziehen heraus.
Sie warf den Bademantel ab und zog die Pyjamajacke aus. Fast in der gleichen Bewegung schlüpfte sie flink in ihr Höschen und griff nach dem Büstenhalter auf der Kommode. Ein Lichtschimmer traf plötzlich ihre Augen, und sie blickte in den Spiegel über der Kommode.
Die Tür hinter ihr stand offen. Sie konnte in die Küche sehen. Ihr Stiefvater saß am Tisch und betrachtete sie. Ein Ausdruck der Verachtung breitete sich auf ihrem Gesicht aus. Er senkte die Augen.
Sie beobachtete ihn noch immer, streifte sich langsam die Träger des Büstenhalters über die Arme und machte ihn fest. Dann wandte sie sich um und trat zur Tür. Wieder blickte er auf. Schweigend blieb sie einen Augenblick dort stehen, schloß dann rasch die Tür und zog sich fertig an.
Peter hatte seine Flasche ausgetrunken. Fröhlich nahm sie ihn hoch und ging in die Küche. Ihr Stiefvater war nicht mehr da.
Katti stellte einen Teller mit Haferflocken auf den Tisch und streckte die Arme nach dem Kind aus. »Hat er die Flasche ausgetrunken?« fragte sie.
Marja nickte. Sie gab Peter ihrer Mutter und setzte sich. »Wieder Haferbrei?« fragte sie und starrte den Teller an.
»Haferbrei ist gut für dich«, sagte Katti. »Iß ihn nur.«
Marja rührte das Essen noch immer nicht an. Sie hatte Lust auf eine Zigarette. Sie sah ihre Mutter forschend an und fragte sich, ob sie es wagen dürfte, sich vor dem Frühstück eine anzustekken. Aber sie entschied sich dagegen. »Ich bin nicht hungrig«, erklärte sie.
Ihr Stiefvater kam in die Küche zurück. »Ist Haferbrei etwa für

deine gehobenen Ansprüche nicht gut genug?« fragte er polternd. »Vielleicht würde das Fräulein lieber Eier mit Schinken essen?«
Marja sah ihn abweisend an. »Bestimmt«, rief sie, »die wären mir lieber.«
»Wie schade«, meinte er spöttisch. Er wandte sich an Katti. »Ich glaube tatsächlich, sie schämt sich, weil wir zu arm sind, um uns so etwas leisten zu können.«
Marjas Augen weiteten sich. »Wir wären es nicht, wenn du dich von deinem Bier losreißen könntest, um zu arbeiten«, entgegnete sie schonungslos.
Ihr Stiefvater machte mit den Händen eine Geste, als wollte er sagen, es sei wirklich hoffnungslos mit ihr. »Achtung vor ihren Eltern kennt sie nicht«, erklärte er. »Nichts als Grobheiten und Beleidigungen. So was lernt sie, wenn sie sich bis spät in die Nacht draußen herumtreibt.«
»Achtung vor meinen Eltern habe ich«, entgegnete Marja scharf. »Aber nicht vor dir.«
»Marja! Sei still!« wies ihre Mutter sie zurecht.
»Dann sag ihm, er soll endlich aufhören, ständig auf mir herumzuhacken«, erwiderte Marja mürrisch und griff zu ihrem Löffel. Sie kostete den Haferbrei. Er schmeckte langweilig und fade.
»Dein Vater hat recht«, fuhr Katti fort. »Du solltest etwas netter mit ihm reden. Er denkt doch nur an dich . . .«
»Quatsch!« stieß Marja hervor und warf ihren Löffel hin. »Der denkt immer nur an sich selbst!« Sie stand auf. »Wenn er auch nur ein bißchen ein Mann wäre, würde er dich nicht die ganze Nacht arbeiten lassen, während er es sich zu Hause in seinem Unterhemd bequem macht. Er ist nichts weiter als ein Parasit!«
Katti hatte sich blitzschnell bewegt; ihre Hand war gegen die grauweiße Wand kaum zu erkennen gewesen. In der plötzlichen Stille der Küche hallte ihr Schlag nach.
Marja drückte ihre Hand gegen die Wange, und die Röte breitete sich rasch um die weißen Abdrücke der Finger herum aus. In ihren Augen lag ein seltsamer Ausdruck der Verwunderung.
»Du schlägst mich«, sagte sie zu ihrer Mutter, und in ihrer Stimme klang jähes Entsetzen auf.
Katti sah sie an. Sie fühlte, wie sich ihr die Kehle zusammenzog. Zum erstenmal hatte sie ihre Tochter geschlagen. »Damit du

endlich lernst, Achtung vor deinen Eltern zu haben«, erklärte sie mit bebender Stimme.

Marjas Augen schienen feucht zu werden, und einen Augenblick dachte Katti, ihre Tochter würde weinen. Aber es kamen keine Tränen. Statt dessen stieg Kälte in ihnen auf, eine eisige, frostige Ruhe, die ihr verriet, daß Marja erwachsen war und sich weit von ihr entfernt hatte.

»Marja!« rief sie mit flehender Stimme und trat einen Schritt auf sie zu.

Marja wich zurück. »Entschuldige, Mutter«, sagte sie leise. Es klang fast so, als habe sie selbst ihre Mutter geschlagen und wolle sie nachträglich um Verzeihung bitten. »Es tut mir sehr leid.« Sie wandte sich um und ging zur Küchentür hinaus.

Katti sah Peter an. Sie hörte Marjas eilige Schritte auf der Treppe. Da brach sie in Tränen aus. »Was habe ich getan, Peter? Was habe ich meinem Kind angetan?«

In seiner Stimme klang so etwas wie Triumph mit. »Du hast das getan, was du schon längst hättest tun sollen, Katti. Recht hast du gehabt!«

Sie sah ihn an. »Meinst du wirklich, Peter?« fragte sie und verfiel dabei wieder ins Polnische.

Er nickte, und in seinen Augen offenbarte sich tiefe Genugtuung. »Ja.« Sie starrte ihn an. Das Kind in ihren Armen begann zu weinen. Geistesabwesend versuchte sie es zu beruhigen. Sie wollte so gern ihrem Mann glauben. Aber sosehr sie sich auch darum bemühte, tief in ihr blieb ein nagender Zweifel zurück.

8

Das Telefon klingelte gerade in dem Augenblick, als Marja zur Tür hereinkam. »Ich gehe schon, Mr. Rannis«, rief sie. »Das ist für mich.«

Sie schloß die Tür der Zelle hinter sich und nahm den Hörer ab. »Hallo.«

»Marja?« Ross' Stimme klang am Apparat sehr schwach.

»Ja«, antwortete sie.

»Ross«, sagte er.

»Ich weiß«, erwiderte sie.
»Was hast du vor?«
»Nichts. Es ist zu heiß.«
»Hast du Lust zu einer kleinen Fahrt? Den Riverside Drive entlang. Dort ist es kühl.«
»Gern«, antwortete sie.
»Ich hol' dich gleich ab«, fuhr er rasch fort. »Warte dort auf mich.«
»Nein . . .« Sie zögerte. »Ich muß erst nach Hause und mich umziehen. Mein Kleid klebt. Wir können uns irgendwo treffen.«
»An der Garage«, schlug er vor. »83. Straße zwischen Park und Lex Avenue. Wird es lange dauern?«
»Eine halbe Stunde«, antwortete sie. »Bis nachher.«
»Bis nachher.«
Sie hörte das Knacken im Telefon, bevor sie den Hörer wieder auflegte, und trat aus der Zelle heraus.
Draußen stand Mr. Rannis und sah sie mißtrauisch an. »Wer war das?«
»Eine Freundin«, antwortete sie abweisend und ging auf die Tür zu.
Er streckte seine Hand aus und hielt sie zurück. »Wie wär's mit einer kleinen Tafel Schokolade?«
Sie schüttelte den Kopf. »Nein, danke.« Sie wollte weitergehen, aber der Griff um ihren Arm wurde fester.
»Ich habe dich nicht um das Geld gebeten«, sagte er.
Sie lächelte. »Das würde Ihnen auch nichts nützen. Ich bin pleite.« Sie machte sich von ihm frei. »Außerdem muß ich jetzt gehen. Meine Mutter wartet auf mich.«
Widerstrebend ließ er sie zur Tür gehen. »Vergiß nicht, Marja«, rief er ihr nach, »wenn du mal was haben willst, brauchst du mich nur zu fragen.«
»Danke, Mr. Rannis, ich werde es nicht vergessen.«

Katti trat gerade aus der Tür, als Marja vor den Stufen zu ihrem Haus angelangt war. Sie blieb stehen und sah, wie die Sonne auf dem Haar ihrer Tochter schimmerte. Sie wartete, bis Marja die Hälfte der Stufen hinter sich und ihr ein »Hallo, Mama!« zugerufen hatte, bevor sie sprach.
»Ist in der Schule alles glatt gegangen?« fragte Katti.

Marja streifte ihre Mutter mit einem raschen Blick. »Ja«, antwortete sie, »warum sollte es nicht?«
Katti fühlte sich in die Defensive gedrängt. »Ich habe nur so gefragt«, entgegnete sie. Sie wollte auch noch sagen, wie leid es ihr tat, was am Morgen geschehen war, aber sie brachte es nicht über die Lippen.
»Wohin gehst du?« fragte Marja.
»Einkaufen«, erwiderte Katti. Das war gelogen. Aber sie wollte ihre Tochter nicht wissen lassen, daß sie zu einer Untersuchung ins Krankenhaus ging. »Was hast du heute nachmittag vor?«
»Ich gehe zu einer Freundin. Wir wollen zusammen arbeiten«, antwortete Marja. »Ich bin nur nach Hause gekommen, um dieses Zeug loszuwerden. Ich bin völlig durchweicht.«
»Sei leise«, bat Katti. »Der Kleine schläft, und ich möchte nicht, daß er aufwacht.«
»Natürlich«, sagte Marja.
Sie ging hinauf und öffnete leise die Tür. In der Wohnung war es ganz still. Sie trat in die Küche, blieb in der Mitte stehen und horchte. Kein Laut war zu hören. Behutsam ging sie den Gang entlang bis zum Wohnzimmer und blickte hinein.
Ihr Stiefvater saß in der Nähe des offenen Fensters in einem Sessel und schlief; der Kopf hing herab, und auf seinen Knien lag die Zeitung. Auf Zehenspitzen ging sie den Gang entlang in ihr Zimmer.
Das Kind schlief in seinem Bettchen. Vorsichtig öffnete sie die Tür des Wandschrankes und holte eine frische Bluse und einen sauberen Rock heraus. Sie legte sie aufs Bett und daneben frische Wäsche. Schnell schlüpfte sie aus Bluse und Rock und ging in die Küche hinüber.
Sie drehte den Wasserhahn auf, aber nur so weit, daß ein kleiner Strahl heraussickerte. Jedes Geräusch mußte vermieden werden, um den Stiefvater nicht zu wecken. Sie warf ihren Büstenhalter über die Lehne eines Küchenstuhls. Einen Augenblick später hatte sie ihren Oberkörper eingeseift. Es dauerte nicht lange, bis sie die Seife mit einem Waschlappen abgewaschen hatte. Dann wusch sie sich das Gesicht. Die Augen fest geschlossen, um keine Seife hineinzubekommen, griff sie nach einem Tuch. Aber der Handtuchhalter neben ihr war leer. Sie suchte beim zweiten.

Sie zog das Tuch herunter und rieb sich kräftig das Gesicht ab, dann die Achselhöhlen und den Oberkörper. Sie hängte das Handtuch zurück und griff hinter sich nach dem Büstenhalter. Er hing nicht mehr auf dem Stuhl.

Automatisch drehte sie sich herum und suchte ihn auf dem Boden. Die Stimme ihres Stiefvaters ließ sie zusammenfahren. »Er ist heruntergefallen, Marja«, sagte er und hielt ihn ihr hin. »Ich habe ihn für dich aufgehoben.«

Sie starrte ihn einen Augenblick an, und ihre Augen verrieten Überraschung. Dann streckte sie die Hand aus und nahm den Büstenhalter. »Ach – vielen Dank«, sagte sie spöttisch und hielt ihn vor sich hin. »Er hat wohl beim Herunterfallen einen solchen Lärm gemacht, daß du davon aufgewacht bist.«

Ein Lächeln glitt langsam über sein Gesicht, und er überhörte den Spott in ihrer Stimme. »So hat deine Mutter damals ausgesehen, drüben in Europa, als wir noch jung waren.«

»Wie willst du denn das wissen?« fragte sie verächtlich. »Damals hat sie nicht einmal gewußt, daß es so etwas wie dich überhaupt gibt.« Sie wollte an ihm vorbei, aber er trat ihr in den Weg.

Er ergriff ihren Arm. »Warum bist du mir gegenüber so gemein?«

Sie starrte ihm ins Gesicht, ihre Augen waren kalt. »Ich bin es nicht absichtlich, Onkel Peter«, erwiderte sie. »Aber ich kann es nicht ertragen, dich immer hier zu sehen.«

Er mißverstand ihren Sarkasmus völlig. »Und wenn ich mir eine Arbeit verschaffe?« fragte er fast flehend. »Wärst du dann netter zu mir?«

Ein Auffunkeln ihrer Augen verriet, daß sie überlegte. »Vielleicht«, antwortete sie.

»Dann können wir wieder Freunde sein?« Er zog sie an sich und versuchte sie unbeholfen zu küssen.

Sie wandte ihr Gesicht ab, so daß sein Kuß nur ihre Wange streifte. Dann entwand sie sich seinem Griff. An ihrer Tür drehte sie sich um und sah ihn an. »Vielleicht«, sagte sie und schloß die Tür hinter sich.

Er fühlte, wie das Blut in seinen Schläfen pochte. Dieses kleine Luder. Eines Tages würde er ihr noch zeigen, wie weit sie ihr Spiel treiben konnte. Er wandte sich dem Eisschrank zu und holte sich noch eine Büchse Bier.

Katti saß zwischen zwei anderen Frauen auf einer Bank und wartete geduldig darauf, bis sie zur Untersuchung an der Reihe war. Nun würde es nicht mehr lange dauern. Vor ihr kam nur noch eine Frau dran.
Die junge Empfangsschwester in der Ecke des Raums blickte auf die Karten, die vor ihr lagen.
Ein Assistenzarzt blieb an ihrem Tisch stehen und flüsterte ihr etwas zu. Sie nickte und nahm die beiden nächsten Karten. »Mrs. Martino, Kabine vier, bitte, Mrs. Ritchik, Kabine fünf«, rief sie.
Katti und die Frau neben ihr standen zur gleichen Zeit auf. Sie lächelten einander an, als hätten sie plötzlich das Gefühl, daß etwas sie verbände. Katti ging hinter ihr zum Empfangstisch.
Die Frau nahm die Karte, die die Schwester ihr gab, ging in die Kabine und zog hinter sich den Vorhang zu.
»Mrs. Ritchik«, sagte Katti zur Schwester.
Die Schwester sah sie ohne jede Neugier an und reichte ihr eine Karte. »Erster Besuch?« fragte sie.
Katti schüttelte den Kopf. »Nein, ich war schon früher hier. Als mein Peter geboren wurde.«
Die Schwester zuckte ungeduldig die Achseln. Diese Menschen waren so schwerfällig. »Ich meine diesmal.«
Katti zögerte. »Ja.«
Die Schwester griff unter den Tisch und holte eine kleine Flasche mit weiter Öffnung hervor. »Für die Urinprobe«, sagte sie. »Geben Sie sie dem Arzt, wenn er zu Ihnen kommt.«
Katti nahm die Flasche und ging den Gang entlang an den vollbesetzten Bänken vorbei in die Kabine mit der Nummer fünf. Sie zog den Vorhang hinter sich zu.
Bedächtig zog sie sich aus und machte sich für den Arzt zurecht. Als alles bereit war, nahm sie das Tuch vom Haken und hüllte sich ein. Sie setzte sich auf den kleinen Hocker in der Ecke und wartete auf den Arzt.
Einige Minuten später wurde draußen an der Kabine angeklopft, und eine Lernschwester trat ein. Sie hielt einen Notizblock in der Hand. »Mrs. Peter Ritchik?«
Katti nickte.
Es folgte die Liste jener Fragen, ohne die das Krankenhaus nicht auskommen konnte. Die Schwester brauchte nur etwa fünf Mi-

nuten, denn Katti hatte sich bereits alle Antworten zurechtgelegt. Sie entsann sich dieses Formulars noch vom erstenmal.
Die Schwester riß das oberste Blatt von ihrem Block herunter und befestigte es mit einer Klammer auf der Innenseite der Kabine gleich unter dem Vorhang. Sie verließ die Kabine und kehrte einen Augenblick später mit noch einem Bogen zurück, den sie ebenfalls in die Klammer steckte. Dann lächelte sie Katti an. »Der Herr Doktor wird gleich da sein.«
»Danke«, sagte Katti. Ergeben setzte sie sich wieder hin und wartete. Im allgemeinen dauerte es mindestens eine Viertelstunde, bis der Arzt kam.
Dieses Mal verging fast eine halbe Stunde, ehe der Vorhang zurückgeschlagen wurde und der Arzt mit seinem Gefolge von zwei Assistenten eintrat. Er nahm den Bogen mit den Aufzeichnungen von der Wand, überflog ihn kurz und sah sie dann an.
»Mrs. Ritchik?«
Sie nickte. »Ja, Herr Doktor.«
»Mein Name ist Dr. Block«, erklärte er. »Wie lange sind Sie schon schwanger?«
Sie zuckte die Achseln. »Einen Monat, vielleicht auch zwei.«
Er unterdrückte einen Laut des Mißfallens. Diese Menschen waren so achtlos und unordentlich. »Legen Sie sich mal auf den Tisch«, sagte er kurz angebunden. »Wir werden das feststellen.«
Ohne ein Wort stieg sie auf den schmalen Untersuchungstisch und legte ihre Füße auf die Stützen. Das Licht der kleinen gelben Birne an der Decke über ihrem Kopf stach ihr in die Augen. Sie mußte blinzeln.
Seine Stimme schien über sie hinwegzuschweben. »Atmen Sie tief ein.«
Sie füllte ihre Lungen mit Luft und verhielt sich völlig still. Er hatte eine leichte, sichere Hand, und schon war es vorbei. Sie wollte sich bereits aufrichten, aber eine Hand auf ihrer Schulter hinderte sie daran.
Er hob das Tuch, bis es ihre Augen vor dem Licht schützte. Hinter dem Tuch hörte sie seine leise Stimme. Er sprach mit den Assistenten.
»Kaiserschnitt bei der letzten Entbindung. Verengte Eileiter. Wird wieder notwendig sein.«

Das Laken sank herab. Sie setzte sich auf. Fragend sah sie den Arzt an.
»Warum sind Sie denn wieder schwanger geworden, Mrs. Ritchik?« fragte er. »Laut Bericht hat man Ihnen gesagt, Sie sollten vorsichtig sein, da ein weiteres Kind Ihr Leben gefährden könnte.«
Sie zuckte die Achseln. Diese Männer verstanden nie etwas. Für sie war alles einfach.
Der Arzt wandte sich von ihr ab und begann sich die Hände in einem Becken mit Wasser zu waschen, das die Lernschwester soeben hingestellt hatte. Er sprach über seine Schulter hinweg mit Katti. Seine Worte waren für ihn Routinesache. Er wußte auch, daß sie unbeachtet blieben.
»Gehen Sie viel an die Sonne und an die frische Luft und ruhen Sie sich gut aus. Und mindestens zwei Monate lang keinen Beischlaf. Reichlich nahrhaftes Essen, Milch, Orangensaft.« Er schrieb ein Rezept aus und reichte es ihr. »Nehmen Sie das und kommen Sie in einem Monat wieder.«
Sie sah ihn an. »Wann werde ich das Kind bekommen, Herr Doktor?«
Seine Augen waren abweisend. »Sie werden Ihr Kind nicht bekommen«, erklärte er ihr erbarmungslos. »Wir müssen es Ihnen nehmen.«
Ihr Gesicht blieb ruhig. Sie hatte das alles schon vorher gewußt. »Wann, Herr Doktor?« fragte sie nochmals mit freundlicher Beharrlichkeit.
»November oder Dezember«, antwortete er. »Wir können Sie es nicht die ganzen neun Monate austragen lassen.«
»Ich danke Ihnen, Herr Doktor«, erwiderte sie ruhig.
Der Arzt ging hinaus. Die beiden Assistenten folgten ihm schweigend. Raschelnd fiel der Vorhang hinter ihnen zurück. Langsam ließ sich Katti vom Tisch heruntergleiten und griff nach ihren Kleidern. Es war also gar nicht so schlimm. Bis Oktober würde sie arbeiten können. Der Vorhang raschelte, und sie hielt ihr Kleid vor sich.
Es war einer der Assistenten. Er lächelte sie verlegen an. »Entschuldigen Sie, Mrs. Ritchik«, sagte er, »aber ich habe das da vergessen.« Er streckte die Hand aus und nahm die Urinprobe vom Regal.

»Es macht nichts«, sagte sie.
Er streifte sie mit einem raschen Blick und lächelte nochmals. Es war ein scheues Lächeln. »Machen Sie sich keine Sorgen, Mrs. Ritchik. Es wird alles glatt gehen.«
Sie erwiderte sein Lächeln. »Ich danke Ihnen, Herr Doktor.«
Der Vorhang fiel zurück. Ruhig zog sie sich weiter an, ging hinaus und zahlte der Schwester die Krankenhausgebühr von fünfundfünfzig Cent. Dann ging sie den Gang entlang zur Krankenhausapotheke und gab das Rezept ab.
Während sie auf das Medikament wartete, fragte sie sich, wie sie es Marja sagen sollte. Marja würde kein Verständnis haben. Sie würde es lediglich als eine weitere Zurücksetzung empfinden und sich verletzt fühlen.
Ihr Name wurde aufgerufen, und sie erhielt das Medikament. Es waren Tabletten, die sie dreimal täglich nehmen sollte. Sie steckte sie in ihre Handtasche und ging hinaus. Am Ende des Blocks erblickte sie die Türme von St. Augustin.
Sie beschloß hineinzugehen und mit Pater Janowicz zu sprechen. Er war ein kluger Mann und er würde ihr raten, was zu tun sei.

9

Marja setzte sich im Gras auf, schlang die Arme um die Knie und blickte über den Hudson River hinweg. Die Dämmerung sank herab. Am Jerseyufer leuchteten die Lichter wie Glühwürmchen auf. Ein leichter, warmer Wind spielte mit ihrem Haar. »Ich muß für den Sommer eine Arbeit suchen«, sagte sie plötzlich.
Ross drehte sich auf die Seite und blickte zu ihr auf. »Warum?« fragte er.
»Wir brauchen die Moneten«, antwortete sie. »Unser Alter liebt das Bier zu sehr, um arbeiten zu gehen. Meine Mutter arbeitet nachts. Aber es reicht nicht.«
»Was könntest du denn tun?« fragte er interessiert. »An was für eine Arbeit hast du gedacht?«
»Ich weiß nicht«, antwortete sie aufrichtig. »Ich habe noch nie weiter darüber nachgedacht. Vielleicht Verkäuferin.«

Er lachte auf.
»Was ist daran so komisch?« fragte sie.
»Da kriegst du nicht viel«, erklärte er. »Vielleicht acht Dollar die Woche.«
»Acht Dollar sind acht Dollar«, entgegnete sie.
Er sah sie forschend an. Seine Schwester redete immer davon, arbeiten zu wollen, aber irgendwie wurde niemals etwas daraus.
»Hast du wirklich die Absicht?«
Sie nickte.
Er zupfte einen Grashalm vom Boden und kaute ihn nachdenklich. In gewisser Weise erinnerte sie ihn an Mike. Beide nahmen sie Geld so ernst. Plötzlich hatte er einen Einfall. »Kannst du tanzen?« fragte er.
Sie sah ihn neugierig an. »Natürlich«, antwortete sie.
»Ich meine, gut tanzen«, sagte er mit Nachdruck.
Sie nickte. »Recht gut.«
Er stand auf und zog Marja hoch. »Komm«, sagte er und ging auf seinen Wagen zu. »Dann wollen wir mal sehen.«
Der gedämpfte, disharmonische Klang eines Tanzorchesters drang zerrissen durch den langen engen Gang bis zu ihnen. Die Wände waren mit Bildern von Mädchen bedeckt, die alle das gleiche, einladende Lächeln auf ihren Lippen trugen.
Unter den Bildern hing ein langes, weiß gemaltes Plakat.
KOMM UND TANZ MIT MIR. NUR ZEHN CENT.
Die Musik wurde lauter, während sie die Treppe hinaufgingen. Am Ende der Treppe befand sich eine kleine Kabine, vor der Ross stehenblieb.
»Zwei«, sagte er und reichte einen Dollarschein durch das kleine Fenster hinein.
Schweigend schob ihm der Mann zwei Eintrittskarten hin. Ross nahm sie und ging durch die Tür voran. Ein zweiter Mann nahm die Karten und lochte sie.
Der Tanzsaal war lang und schmal und in einem trüben Blau gestrichen. Das elektrische Licht war gedämpft. Die Kapelle am anderen Ende des Saals hatte soeben ein Stück beendet. Einige Paare, die verloren auf der Tanzfläche umherstanden, begannen sich nach den Seiten hin zu entfernen. Einige Mädchen saßen an Tischen in der Nähe der Tür. Sie hatten, als Ross eintrat, rasch aufgeblickt, und automatisch erschien ein Lächeln um ihre Lip-

pen, das ebenso schnell verschwand, als sie sahen, daß er nicht allein war.
Zu ihrer Rechten zog sich eine lange Bar hin, vor der mehrere Reihen ungedeckter Tische standen. Ross führte Marja zu einem der Tische, und sie setzten sich. Sofort beugte sich ein Kellner über sie.
»Bier«, sagte Ross, ohne aufzublicken. Er sah Marja fragend an.
»Ein Coca-Cola«, antwortete sie.
Der Kellner entfernte sich. Die Kapelle begann wieder zu spielen. Es war ein einschmeichelnder Foxtrott.
»Bereit?« fragte Ross.
Jenes seltsame Lächeln trat auf ihre Lippen. »Immer bereit«, sagte sie.
»Gehn wir tanzen.«
Sein Gesicht war warm und gerötet, als er sie an den Tisch zurückführte. Er hegte nun nicht mehr den geringsten Zweifel daran, daß sie tanzen konnte. Sie folgte ihm, als sei sie ein Teil von ihm. Sie hatte ein sicheres Gefühl für Rhythmus. Und obwohl andere Mädchen sich mehr an ihn schmiegten und ihn fester hielten, war es doch mit keiner anderen so, als ob die Musik sie durchströmte und sie zusammenhielt.
Er lächelte, als er sein Bierglas hob und trank. »Nun?« fragte sie.
»Du kannst tanzen«, sagte er widerstrebend und stellte sein Glas hin. »Wo hast du es gelernt?«
»Ich habe niemals Unterricht genommen«, antwortete sie und lächelte noch immer.
Einen Augenblick schwiegen sie. Sie wartete darauf, daß er wieder redete.
»Die Mädchen hier verdienen zwischen zwanzig und fünfzig Dollar in der Woche.«
Noch immer spielte das Lächeln um ihre Lippen. »Nur mit Tanzen?« fragte sie. Ihre Stimme klang etwas skeptisch.
Er zögerte. »Im allgemeinen schon.«
»Das Tanzen wird also im Durchschnitt zwanzig abwerfen«, meinte sie.
Er nickte und beobachtete sie aufmerksam.
Sie hob ihr Glas und trank. »Aber man braucht nicht mitzugehen?« fragte sie. »Man braucht nur zu tanzen?«
Wieder nickte er, ohne etwas zu sagen.

»Das ist eine Menge Geld«, sagte sie.
Plötzlich war ihm das alles zuwider, und er ärgerte sich über sich selber. Er warf einen Schein auf den Tisch und stand auf. »Komm«, sagte er, »gehen wir.«
Schweigend erhob sie sich. In diesem Augenblick hörte sie hinter sich eine dröhnende Männerstimme. »Hallo, Ross! Lange nicht mehr gesehen. Wo hast du denn gesteckt?«
Überrascht wandte sie sich um. Ein großer Mann mit grauschwarzem Haar und dunklen, überschatteten Augen stand hinter ihr.
Der Mann sah sie an und fuhr fort, bevor Ross Zeit zu einer Antwort fand. »Brauchst mir nichts zu erklären«, rief er. »Kein Wunder, daß meine Mädchen nicht mehr gut genug für dich sind.«
Marja lächelte und sah Ross an. Auch um seinen Mund lag ein Lächeln, aber seine Augen blieben kalt. »Hallo, Joker.« Er zögerte einen Augenblick, dann stellte er vor: »Joker Martin, Marja Flood.«
»Kommt mit an die Bar«, forderte Martin ihn auf. »Ihr seid eingeladen.«
Ross schüttelte den Kopf. »Nein, danke, Joker. Wir müssen gehen.«
Martin hakte Ross unter. »Ich habe diesen Burschen seit vier Monaten nicht mehr gesehen, meine junge Dame«, sagte er mit seiner lauten, groben Stimme zu Marja, »und jetzt hat er es eilig.«
»Gut, Joker«, sagte Ross. »Für ein Bier reicht's noch.«
Die Männer tranken ihr Bier. Marja bestellte sich noch ein Coca-Cola. Martin wandte sich Marja zu. »Auf Sie sollte ich eigentlich böse sein«, meinte er. »Ross war einmal einer unserer besten Kunden. Jetzt sehen wir nichts mehr von ihm, aber nachdem ich Sie kennengelernt habe, kann ich es ihm wirklich nicht übelnehmen.«
»Joker führt dieses Lokal, Marja«, erklärte Ross. »Immer denkt er ans Geld.«
Marja sah den grauhaarigen Mann an. »Wer tut das nicht?«
Joker lächelte breit. Er schlug ihr mit der Hand auf die Schulter. »Kluges Mädchen«, sagte er. »Wir können nicht alle so reich sein wie unser junger Freund hier.« Zum erstenmal fielen Marja seine Augen auf. Sie waren verschlagen und, wie es schien, stets

auf der Hut. »Suchen Sie etwa Arbeit, Mädchen?« fragte er.
Bevor sie antworten konnte, mischte sich Ross ein. »Nein«, sagte er scharf, »sie geht noch zur Schule.«
Marja war so klug, zu schweigen und ihr Coca-Cola zu trinken.
Joker wandte sich erneut an Ross. »Ich freue mich, daß du wieder mal hereingeschaut hast«, meinte er. »Wir haben hier einiges in Ordnung gebracht.«
Ross sah ihn interessiert an. »Wie denn?«
»Beziehungen«, antwortete Joker. »Ist jetzt alles regulär. Würfelspiele im Zimmer hinter meinem Büro. Da ist einiges los.«
Ross' Stimme klang zurückhaltend, aber in seinen Augen flakkerte es kurz auf. »Vielleicht werde ich mir das mal ansehen.«
»Tu das«, rief Joker. »Und bring diese junge Dame als Talisman mit.« Er sah Marja an. »Sie wird uns hier immer willkommen sein.«
»Danke, Mr. Martin.« Sie lächelte zu ihm auf.
Sie leerten ihre Gläser, und Joker begleitete sie bis zur Tür. Seine Stimme wurde von den Wänden des engen Ganges hart zurückgeworfen. »Habe mich sehr gefreut, dich wiederzusehen, Ross. Mach dich nicht zu rar.«
Die Musik setzte ein, als sie die Treppe hinuntergingen. Sie folgte ihnen bis auf die Straße, wo sie sich im Lärm des Verkehrs verlor.
»Wohin jetzt?« fragte Ross, als er den Wagen auf die Straße hinauslenkte.
»Ich weiß nicht. Du bist der Fahrer.«
Er streifte sie mit einem raschen, verstohlenen Blick. Sie sah unverwandt geradeaus. Gern hätte er gewußt, was sie dachte.
»Wie wär's, wenn du mit mir nach Hause kämst, um eine Kleinigkeit zu essen?« fragte er.
»Hat deine Familie nichts dagegen?«
Er schüttelte den Kopf. »Sind alle zum Wochenende weggefahren.«
»Gut«, sagte sie.

»Guten Abend, Mr. Drego«, sagte der Pförtner.
»Guten Abend, Mr. Drego«, sagte der Fahrstuhlführer, als er sie hinauffuhr.

Sie unterhielten sich über belanglose Dinge, bis sie ausstiegen. Ross suchte in seiner Tasche nach dem Schlüssel. Die Wohnungstür lag dem Aufzug gegenüber.
Er hielt Marja die Tür auf, und sie trat in die Wohnung. Er schloß sie hinter sich und tastete nach dem Lichtschalter.
Sie streckte eine Hand aus und hielt ihn zurück. »Ich bin den ganzen Nachmittag mit dir zusammen gewesen, aber du hast mich nicht einmal geküßt.«
Ohne etwas zu sagen, blickte er im Halbdunkel in ihr Gesicht und versuchte, ihren Ausdruck zu ergründen.
»Warum bist du böse, Liebling?« fragte sie. »Habe ich etwas falsch gemacht? Habe ich etwas gesagt?«
Schweigend schüttelte er den Kopf. Er konnte ihr nicht sagen, daß er auf sich selber böse war, weil er sie ins Tanzlokal *Golden Glow* geführt hatte. In einer solchen Gesellschaft war sie verloren. Innerhalb einer Woche würden diese Leute eine Nutte aus ihr machen. Niemals hätte er an so etwas denken sollen, wenn sie das Geld auch noch so dringend brauchte.
Sie stand an ihn geschmiegt und streifte seine Wange mit ihren Lippen. »Sei mir doch bitte nicht böse, Liebling«, flüsterte sie.
Seine Hand löste sich vom Lichtschalter, und er umschlang ihre Schulter. Er lehnte sich an die Tür und zog Marja zu sich heran. Bereitwillig gab sie nach und drängte sich an ihn. Er küßte sie.
Etwas später machte sie Brote zurecht und kochte Kaffee. Er trug alles ins Wohnzimmer, und sie aßen auf der Couch, während das Radio spielte und eine kleine Lampe in der Ecke des Zimmers brannte.
Als sie fertig waren, lehnte sie sich in die Kissen zurück und stieß einen Seufzer der Zufriedenheit aus. »Ich war hungrig«, sagte sie.
Er lächelte und zündete sich eine Zigarette an.
»Gib sie mir«, bat sie und streckte die Hand aus.
Er reichte sie ihr. Sie steckte sie zwischen die Lippen und tat einen tiefen Zug, schloß dann die Augen und ließ den Rauch langsam zwischen ihren Lippen entweichen. »Du ahnst nicht, wie glücklich du bist.«
Er war überrascht. »Wieso?«
Sie öffnete die Augen und sah ihn an. »Du solltest mal unsere Wohnung sehen«, erklärte sie. »Dann wüßtest du, was ich

meine. Hier ist alles so still. Kein Lärm von der Straße herauf – ihr wohnt so hoch oben. Kein Gestank aus dem Hof. Von den Nachbarn nichts zu hören.«

Er antwortete ihr nicht, denn er wußte nicht, was er hätte sagen sollen. Er nahm die leere Platte und trug sie in die Küche hinaus. Als er ins Wohnzimmer zurückkehrte, lag sie ganz still auf der Couch. Ihre Augen waren geschlossen.

»Marja«, flüsterte er.

Sie antwortete nicht. Ihre Brust hob und senkte sich in ruhigem Atmen.

Als er sich neben sie auf die Couch setzte, schlug sie die Augen auf. »Ich bin eingeschlafen«, sagte sie.

»Das habe ich gesehen.« Er lächelte.

»Wie spät ist es?« fragte sie.

»Fast zehn Uhr.«

Sie richtete sich jäh auf. »Ich muß gehen.«

Er umklammerte ihre Schultern. »Marja«, sagte er, »ich bin verrückt nach dir.«

Sie begegnete ruhig seinem Blick und nickte.

»Magst du mich?« fragte er.

Sie war aufgestanden und sah ihn an. Sein Gesicht war blaß und flehend. »Du bist der netteste Kerl, den ich kenne«, antwortete sie. »Natürlich mag ich dich.«

Zornig erhob er sich. »Das habe ich nicht gemeint!« Er riß sie heftig an sich und küßte sie. »Ich will dich«, stieß er hervor. »Du weißt es, du kannst es fühlen. Bist du nicht auch nach mir verrückt?«

Ganz still stand sie da und blickte ihm in die Augen. Als sie dann sprach, klang ihre Stimme sanft. »Selbst wenn es so ist, kann ich's nicht ändern. Ich bin ein Mädchen, und wenn ich nachgebe, gibt's nur Schwierigkeiten. Das mag ich nicht.«

»Aber ...«

Sie unterbrach ihn. »Nein.« Sie drückte ihre Wange an sein Gesicht und flüsterte ihm ins Ohr: »Ich tu alles, was du willst, um dich glücklich zu machen, Ross, nur das eine nicht!«

Er sah sie an. »Alles?«

»Alles«, antwortete sie.

Wieder zog er sie an sich, und sie sanken auf die Couch zurück.

»Los! Mach ein bißchen Dampf dahinter, Mike! Die *Times* kommt!« Riordans Stimme klang rauh von all den Jahren, in denen er Zeitungen ausgerufen hatte.
Mike sprang von der kleinen Bank auf und lief über den Bürgersteig. Der Lastwagen der *Times* fuhr gerade an den Randstein. Automatisch warf Mike einen Blick auf die Uhr im Schaufenster gegenüber. Zehn Uhr dreißig. Gerade Zeit genug, um die Zeitungen für den Ansturm zurechtzulegen, der kurz nach elf Uhr einsetzte, wenn die Vorstellung im Theater in der 86. Straße zu Ende war.
Der Auslieferer stieg über einen Stoß Zeitungen. »Heute ist der Teufel los. Zwölf Beilagen«, brummte er.
Mike antwortete nicht. Ihm war es gleichgültig. Jede Woche wurden die Zeitungen dicker. Er hob ein Bündel auf die Schulter, trug es hinter den Zeitungsstand und ließ es dort fallen. Es schlug dumpf auf dem Trottoir auf. Dann kehrte er zum Wagen zurück.
Als er mit dem zweiten Bündel zurückkam, schnitt Riordans magere, knochige Frau bereits den Draht mit einer Zange auf. »Beeil dich, Mike«, rief sie nervös und sah ihren Mann am Zeitungsstand an. »Wir haben nicht viel Zeit.«
Der Schweiß begann sein Hemd zu durchnässen. Er zog es aus und hängte es an einen Nagel. Die Muskeln seines Oberkörpers schimmerten im elektrischen Licht. Die Beilagen waren nun ausgebreitet. Rasch begann er sie zusammenzulegen und zu einem ordentlichen Haufen aufzuschichten.
Andere Zeitungen wurden geliefert, und die Nacht begann ihren rasenden Lauf. Erst nach ein Uhr konnte er sich ein paar Minuten Ruhe gönnen. Er stieg auf einen Berg von Zeitungen und zündete sich eine Zigarette an. Genießerisch schloß er die Augen. Er war müde.
Den ganzen Nachmittag hindurch hatte er im Haus den Fahrstuhl bedient. Der Fahrstuhlführer der Tagschicht war erkrankt. Es war durchaus möglich, daß er auch am nächsten Tag einspringen mußte.
»Hallo, Mike.«
Er öffnete die Augen. Vor ihm stand Ross und lächelte. Auch

über Mikes Gesicht breitete sich ein träges Lächeln aus. »Ich habe gedacht, du bist mit deiner Familie weggefahren«, sagte er.

Ross schüttelte den Kopf. »Nein. Ich hatte einiges zu erledigen.«

»Was denn?« fragte Mike skeptisch.

Ross machte ein Zeichen zum Wagen hin. »Zum Beispiel mit dieser kleinen Blonden da.«

Mike blickte zum Wagen hinüber, aber das Gesicht des Mädchens befand sich im Schatten, so daß er es nicht erkennen konnte. Wieder sah er Ross an. »Ich hätte mir doch denken können, daß es sich um ein Weibsstück handelt.«

Ross stieg die Röte ins Gesicht. »Das darfst du nicht sagen, Mike.« In seiner Stimme lag ein leiser Vorwurf. »Du kennst das Mädchen ja nicht einmal.«

Mike sah ihn verwundert an. Ross mußte es schwer getroffen haben. Niemals zuvor hatte er so reagiert. Wieder versuchte er, das Mädchen zu sehen, aber das Licht war zu trübe.

»Komm mit zum Wagen«, forderte Ross ihn auf. »Ich stelle sie dir vor.«

Ein seltsamer Widerwille erwachte in Mike, und er schüttelte den Kopf. »Wozu?« fragte er mit unnötig lauter Stimme. »Die Weiber sind alle gleich. Kennt man erst eine, dann kennt man alle.« Er warf seinen Zigarettenstummel weg. Funkensprühend fiel er vor den Wagen. Dann stieg er von dem Zeitungshaufen herunter. »Willst du deine Zeitungen haben, Ross?« fragte er.

Ross nickte, sagte aber kein Wort.

Mike beugte sich nieder und zog einen Stoß hervor, den er Ross reichte. Ross ließ ein paar Münzen in seine Hand fallen und nahm die Zeitungen.

Um den Zeitungsstand herum war nun Riordans Stimme zu vernehmen. »Bring ein paar *Americans* her, Mike, sie werden knapp.«

Automatisch beugte sich Mike nieder, um einen Stoß Zeitungen aufzuheben. Als er sich wieder aufrichtete, hatte Ross bereits die Hälfte des Weges zum Wagen zurückgelegt. Er blickte ihm nach. Es gab Leute, denen fiel einfach alles in den Schoß. Sie hatten keine Sorgen. Er hob den Stoß Zeitungen auf die Schulter und ging um den Zeitungsstand herum.

Ross stieg in den Wagen und neigte sich vor, um auf den Startknopf zu drücken. Der Motor sprang an, und er fuhr auf die Straße hinaus.
»Dein Freund mag mich nicht«, sagte Marja.
Er sah sie an. »Wie kommst du darauf?« fragte er abwehrend. »Er kennt dich nicht einmal.«
»Ich habe gehört, was er sagte.«
»Er ist nur müde«, erklärte Ross. »Im allgemeinen ist er nicht so.«
Sie fuhren eine Weile schweigend weiter. Dann begann Marja wieder zu sprechen. »War das Mike? Derselbe, der nicht mit uns nach Coney Island fahren wollte?«
»Ja«, antwortete er.
Sie mußte daran denken, wie Mike dort beim Zeitungsstand gesessen hatte. Der Schweiß glänzte in einem öligen Schimmer auf seinen Armen, und die Muskeln seines Rückens und seiner Arme waren wie stählerne Stränge. »Er hält sich wohl für was Besonderes, was?« fragte sie spöttisch. »Zu gut für uns andere?«
Ross war klug genug, darauf nicht zu antworten. Er hielt es für besser, sich nicht auf eine sinnlose Streiterei einzulassen. Außerdem war es ihm gleichgültig, was sie voneinander dachten.
Ihre Stimme klang nachdenklich. »Vielleicht werde ich's ihm eines Tages noch mal zeigen.«
Als Ross dies hörte, sah er Marja überrascht an. In ihren Augen lag ein Ausdruck, als sei sie tief verletzt. Plötzlich war es ihm klar: sie schlug sich noch immer mit dem herum, was Mike gesagt hatte.

Katti strebte wie gewöhnlich den ersten Bankreihen in der Kirche zu, aber Marja ergriff ihren Arm.
»Da ist kein Platz mehr, Mama«, flüsterte sie. »Setzen wir uns doch dorthin.«
Katti drängte sich in die Bank, zu der Marja sie geführt hatte. Sie dachte nur an das, was Pater Janowicz zu ihr gesagt hatte. Sie sollte es Marja so bald wie möglich sagen. Es sei das einzige, um dieser Sorge ein Ende zu setzen.
In der Bank stand ein junger Mann. Katti murmelte eine Entschuldigung, als sie sich an ihm vorbeidrängte. Schwerfällig ließ sie sich nieder und senkte den Kopf, als die Messe begann.

Sie schloß die Augen und betete inbrünstig zu Gott, er solle alles in die rechten Wege leiten. Marja möge verstehen. Für Peter bat sie um eine Arbeit. Sie betete für alle, nur nicht für sich. Als die Messe vorbei war, fühlte sie sich wohler. Sie sah Marja an. Das Gesicht des Mädchens war leicht gerötet, ein Anflug von Zufriedenheit lag in dem Lächeln, das ihren Mund umspielte. Sie war froh, daß es ihr gelungen war, Marja mit in die Messe zu nehmen.

Die Kirchenbesucher gingen hinaus, und Katti drängte an Marja vorbei zum Gang. Sie warf einen Blick in das Gesicht des jungen Mannes, als sie ihn streifte. Schweißperlen standen auf seiner Stirn. Es war aber auch sehr warm in der Kirche.

Marja folgte ein paar Schritte hinter ihr. Sie wandte sich um und wartete auf sie. Marjas Augen lachten, als sie den Arm ihrer Mutter ergriff.

Katti sah ihre Tochter aufmerksam an. Es war lange her, daß sie Marja so glücklich gesehen hatte. Katti beschloß, bis zum Abend nichts über das neue Baby zu sagen.

Sie wollte alles vermeiden, was dieses glückliche Lächeln auf Marjas Gesicht hätte auslöschen können.

11

Er schloß die Fahrstuhltür und setzte sich auf die schmale Bank im Gang. Er nahm sein Mathematikbuch und schlug es auf. An diesem Nachmittag war er nicht so müde, wie er erwartet hatte. Er hatte, nachdem er aus der Kirche gekommen war, noch ein paar Stunden geschlafen.

Langsam drehte er die Seite herum. Er hatte nichts dagegen, am Sonntagnachmittag den Fahrstuhldienst zu versehen. Im Haus war es dann ziemlich still, und er konnte in seiner Arbeit einiges nachholen.

Er hörte Schritte auf den Fahrstuhl zugehen. Da er gern noch den letzten Teil seiner Aufgabe gelöst hätte, blickte er nicht auf. Vom Fahrstuhl her vernahm er eine leise Stimme, die ihm irgendwie bekannt vorkam. »Sogar heute, Mike?«

Überrascht ließ er das Buch sinken.

Sie stand im Fahrstuhl und lächelte ihn an. Ihr hellblondes Haar schimmerte im Licht fast golden. »Laß dir nur Zeit«, sagte sie.
Schwerfällig erhob er sich und wurde sich einer jähen inneren Erregung bewußt. Er trat in den Fahrstuhl und löste die Sperre der Tür aus. Die Tür glitt zu. Er sah sie an. »Woher kennst du meinen Namen?« fragte er.
Sie antwortete ihm nicht. Ihre Augen blickten fest in die seinen. Ihre Lippen öffneten sich in einer Art Lächeln und entblößten ihre gleichmäßigen weißen Zähne.
Unfähig, die Herausforderung ihres Blickes zu ertragen, wandte er sich von ihr ab. Er fühlte, wie die Röte in seine Wangen stieg. »Welches Stockwerk, bitte?« fragte er mürrisch, drückte den Hebel nieder und setzte den Fahrstuhl in Gang.
»Zwölftes«, antwortete sie.
Da wurde ihm alles klar. Er drehte sich um und sah sie an. »Du bist doch Ross' Freundin.« Es war eher eine Feststellung als eine Frage.
Ihr Gesicht blieb ausdruckslos. Sie sagte nichts.
Er ließ den Fahrstuhl zwischen zwei Stockwerken anhalten und wandte sich von der Schalttafel ab. »Du bist doch Ross' Freundin?« wiederholte er.
»Bin ich das?« fragte sie herausfordernd. »Du mußt es ja wissen. Du bist doch ein Fachmann für Weiber. Kennt man erst eine, dann kennt man alle.«
Wieder errötete er. Sie hatte also seine Worte gehört. Kein Wunder, daß sie sich ihm gegenüber so benahm. Er blickte zu Boden. »Es tut mir leid«, sagte er.
Sie antwortete ihm nicht.
Er sah sie an. »Ich habe gesagt: Es tut mir leid.«
Ihr Blick war noch immer kühl und abweisend. »Ich habe es gehört.«
Er begann sich zu ärgern. »Zumindest könntest du etwas sagen.«
Sie lächelte. »Großartig!« Ihre Augen starrten in die seinen. »Was erwartest du denn – etwa Beifall?«
Er lehnte sich an die Wand des Fahrstuhls. Er wußte, wie man mit solchen Damen umsprang. Er sah sie prüfend von Kopf bis Fuß an. Das war ihnen immer unangenehm. Keine von ihnen hatte es gern.

Sie sagte kein Wort, und als seine Blicke zu ihrem Gesicht zurückkehrten, entdeckte er nicht die geringste Spur von Verlegenheit.
»Ross hat recht«, erklärte er schneidend, »du bist dafür geschaffen.«
Ihre Augen waren voller Selbstsicherheit. »Danke«, erwiderte sie kurz, »ich hatte es nötig, daß du es mir sagst. Ich fing schon an, mir Sorgen zu machen.«
Er war seiner selbst nun sicher. Sie war weiter nichts als ein kleines, billiges, verspieltes Flittchen. Er streckte seine Hand aus und zog sie an sich.
Sie lächelte und näherte sich ihm bereitwillig. Er blickte in ihr Gesicht. Ihre Augen funkelten. Er beugte sich über sie, um sie zu küssen.
Er fühlte ihre Handbewegung hinter seinem Rücken, und plötzlich sackte der Fahrstuhl nach unten. Für den Bruchteil einer Sekunde stand er wie gelähmt. Dann wirbelte er mit einem unterdrückten Fluch herum und griff blitzschnell nach dem Hebel.
Er drückte ihn auf »Bremsen« und »Halt« und hoffte, daß er greifen würde. Sie hatte den Hebel auf »Schnelle Abfahrt« gestellt. Er hörte die Maschinerie ächzen. Der Fahrstuhl kam zum Stehen.
Er drehte sich zu ihr um. »Du verrücktes Luder!« fuhr er sie an. »Das hätte uns das Leben kosten können!«
Auf ihrem Gesicht lag ein Ausdruck wilder Erregung, wie er ihn noch bei keinem anderen Menschen gesehen hatte. Aber keine Spur von Furcht. »Tatsächlich?« fragte sie mit höflichem Spott. »Das wäre zu schade gewesen.«
Er drehte sich wieder zum Hebel herum und ließ den Aufzug erneut nach oben fahren. »Na gut«, sagte er. Auf Ross' Stockwerk hielt er an und öffnete die Tür.
Sie trat heraus. »Vielen Dank, Mike«, sagte sie höflich und lächelte ihn an.
»Bitte sehr«, antwortete er im gleichen Ton. Er ließ die Tür noch offen, während sie den Gang entlangging. Er beobachtete sie im Spiegel in der Ecke des Fahrstuhls. Sie hatte einen schönen Gang, und sie wußte es.
Er sah sie vor Ross' Tür stehenbleiben und auf die Klingel drük-

ken. Die Tür ging fast augenblicklich auf. Er sah das Lächeln auf Ross' Gesicht und verstand seine Worte.
»Komm herein, Marja, ich habe schon auf dich gewartet.«
Die Tür wurde hinter ihr geschlossen. Er wartete noch etwas und fuhr mit dem Fahrstuhl wieder hinunter in die Eingangshalle. Er sperrte erneut die Tür, setzte sich auf die Bank und nahm sich wieder sein Mathematikbuch vor.
Er starrte auf die Seite, ohne etwas zu sehen. Schließlich klappte er das Buch verärgert zu. Es war sinnlos. Immer wieder mußte er an sie denken.
Er sah sie vor sich, wie sie sich den Gang entlang von ihm entfernte. Er dachte auch an Ross' Lächeln und hörte seine Begrüßungsworte. Er stand auf und kehrte in den Fahrstuhl zurück. Es wurde ihm bewußt, daß er zum erstenmal in seinem Leben eines Mädchens wegen eifersüchtig war.
Im Fahrstuhl ertönte das Summerzeichen. Er sprang auf und sah auf die Tafel. Die roten Ziffern leuchteten ihm entgegen: 12. Er ließ die Tür zugleiten und drückte auf den Hebel.
Er wartete, bis sie im Fahrstuhl war, bevor er sprach. »Marja, es tut mir leid. Ich hatte dich falsch eingeschätzt.«
Sie sah ihn skeptisch an.
»Wirklich, Marja«, versicherte er ihr. »Ich hatte nicht die Absicht, dich zu verletzen.«
Der Zweifel wich aus ihren Augen. Jetzt erst bemerkte er, wie tief und dunkel sie waren. »Für mich ist nicht alles so leicht wie für Ross«, fuhr er fort. »Ross ist klug und gehört zu den Schnellen. Ich bekomme immer nur etwas durch hartes Arbeiten.«
Sie lächelte ihn an. Es war ein wirkliches Lächeln. Freundlich und von Herzen kommend. »Ich war ja auch nicht besonders nett zu dir«, gab sie zu.
Er streckte seine Hand aus. »Quitt.«
Sie ergriff sie mit einem Lächeln. »Quitt.«
Er blickte auf ihre Hand, die so klein in der seinen lag. »Bist du wirklich Ross' Freundin?«
»Ross ist nett zu mir«, sagte sie. »Wirklich nett. Nicht wie die meisten anderen, wenn du verstehst, was ich meine.«
Er nickte. »Ross ist ein netter Kerl.« Er blickte in ihr Gesicht, während er noch immer ihre Hand hielt. »Meinst du, wir könnten vielleicht einmal zusammen ins Kino gehen?«

Sie nickte schweigend, ihre Augen auf sein Gesicht gerichtet. Etwas ging in ihr vor. Es kam über seine Hand zu ihr, etwas, das sie niemals zuvor gespürt hatte. Sie kannte viele Jungen, aber keiner von ihnen beunruhigte sie so wie Mike. Stets war sie dessen sicher, was sie ihnen gegenüber empfand. Hier war es anders. Es war ein anderes Gefühl. Eine Art innerer Schwäche.
Er trat dicht auf sie zu. Sie hob ihren Mund zu seinen Lippen. Sogar der Kuß war anders. Er war warm und süß, sanft, gierig und verlangend. Sie schloß die Augen. Es war ihr, als schwebe sie in warmem, trägem Wasser. Sie fühlte eine Erregung in sich, die sie vorher nie gekannt hatte. Instinktiv wußte sie, was es war. Dies war kein Spiel wie mit den anderen. Dies war ganz sie selbst. Was sie empfand, war der Anfang eines Begehrens.
Sie stieß ihn zur Seite. Ihr Gesicht war gerötet. »Bring mich hinunter«, sagte sie mit leiser, verlegener Stimme.
»Marja«, stieß Mike rauh hervor.
Sie sah ihn nicht an. »Bring mich bitte hinunter«, wiederholte sie und fragte sich, was bei ihr nicht mehr stimmte. Sie fühlte sich warm und glücklich, und dennoch hatte sie das Verlangen zu weinen.
Er wandte sich um und setzte den Fahrstuhl in Bewegung. Sie sprachen nicht mehr, bis sie unten ankamen. Er öffnete die Tür und drehte sich zu ihr um.
»Sehe ich dich wieder?« fragte er.
Sie sah ihn einen Augenblick an. »Wenn du es möchtest.« Dann eilte sie aus dem Haus.
Langsam stieg sie die Treppe hinauf bis zu ihrer Tür. Sie verstand sich selber nicht. Die Jungen waren alle gleich. Für sie waren sie ein Spiel. Etwas Unpersönliches, wie die Würfel, mit denen sie auf den Stufen vor dem Haus gespielt hatte, oder wie das Himmel-und-Hölle-Spiel. Auch dieses Spiel machte ihr Spaß, und es verlieh ihr ein seltsames Gefühl der Macht, der Stärke und der Überlegenheit. Heute aber war es anders gewesen. Mike unterschied sich von den anderen. Aber sie wußte nicht, warum.
Aus der Toilette auf dem Hausflur drangen würgende Laute. Sie blickte zur geschlossenen Tür und fragte sich, wem da wohl schlecht sei. Das war eins von den Dingen, die sie so sehr verabscheute.

Die Toilettentür wurde geöffnet, und ihr Stiefvater trat heraus. Er sah sie vor der Küchentür stehen. »Hol ein Glas Wasser«, rief er, »deiner Mutter ist schlecht!«
Rasch füllte sie ein Glas am Spültisch und lief auf den Flur zurück. Die Toilettentür stand nun offen. Sie sah ihre Mutter kraftlos an der Wand lehnen. Ihr Stiefvater stützte sie.
Er nahm Marja das Glas aus der Hand und hielt es an Kattis Lippen. Katti spülte sich rasch den Mund, spuckte ins Becken und trank gierig den Rest des Wassers.
Da erst begann Marja zu sprechen. »Was ist mit dir, Mama?«
Katti schüttelte schwach den Kopf. »Nichts weiter. Mir war nur plötzlich übel.«
»Aber . . .« Marja war verwirrt. Ihrer Mutter war sonst niemals übel. Nur damals – bevor Peter geboren wurde. Eine jähe Furcht stieg in ihr auf. Fragend sah sie ihre Mutter an. Das konnte es doch nicht wieder sein. Der Arzt hatte gesagt, sie sollte kein Kind mehr bekommen. »Mama, fehlt dir etwas?«
Katti schüttelte den Kopf. Sie wollte etwas sagen, aber ihr Mann kam ihr zuvor.
»Natürlich fehlt ihr nichts«, erwiderte er grob. »Es hat doch nichts zu bedeuten, wenn einer schwangeren Frau übel wird.«
Ungläubig starrte Marja ihre Mutter an. »Nein, Mama, das kann doch nicht sein«, stieß sie mit erschreckter, abwehrender Stimme hervor. »Der Arzt hat doch gesagt, es sei zu gefährlich.«
Katti versuchte zu lächeln. »Alles kann man ihnen auch nicht glauben. Sie machen einem immer ein bißchen Angst.«
Peter dehnte stolz die Brust. »Es wird wieder ein Junge sein«, erklärte er selbstbewußt. »Ich weiß es.«
Marja sah ihn abweisend an. »Du hast dir wohl alles genau ausgerechnet?«
Er nickte lächelnd. »Und ob.«
»Wenn du gerade am Rechnen bist, dann überleg dir doch auch mal, wie wir leben sollen, wenn Mama nicht mehr arbeiten kann«, fuhr sie ihn an.
Verblüfft sah er sie an.
»Und rechne dir auch gleich aus, wer dir dann dein Bier verschafft, denn ich werd's bestimmt nicht sein.« Sie wandte sich um und lief die Treppe hinunter.
»Marja!« rief Katti. Aber es war schon zu spät. Marja war bereits

nicht mehr zu sehen. Katti hörte nur noch ihre Schritte weiter unten auf der Treppe.
Einen Augenblick lang sah sie ihren Mann an, wandte sich dann um und ging in die Wohnung zurück. Ein Schmerz durchzuckte sie, und sie fühlte sich schwach. Sie mußte sich jetzt eine Weile hinlegen. Vielleicht würde es ihr danach besser gehen. Vielleicht würde dann auch die Niedergeschlagenheit von ihr weichen. Pater Janowicz hatte recht.
Sie hätte den Mut aufbringen sollen, es Marja selber zu sagen. Es war ihre eigene Schuld. Vielleicht hätte Marja dann alles verstanden.

12

»Im hinteren Zimmer bei Joker wird gespielt«, sagte Ross.
Mike blickte auf. Ein ihm bekannter Ausdruck lag in den Augen seines Freundes – ein Flackern der Erregung. »Na und?« fragte Mike.
»Ich würde ganz gern mitmachen«, erklärte Ross.
Mike erhob sich und blickte auf Ross hinab. »Du weißt doch, was dein Alter gesagt hat. Wenn du wieder in eine krumme Sache hineingerätst, schickt er dich den Sommer über aufs Land.«
»Ich komme schon in keine krummen Sachen hinein«, widersprach Ross. »Ich will bloß ein bißchen Abwechslung, das ist alles.«
Mike zuckte die Achseln. »Das hast du das letztemal auch gesagt. Dein Vater hat nicht schlecht getobt, als er dich dann aus dem Polizeirevier herausholen mußte.«
»Er wird es nicht erfahren«, antwortete Ross und dachte daran, wie er mit einer Bande geschnappt wurde, die hinter einer Werkstatt Würfelspiele veranstaltete. »Joker hat mir gesagt, er hat Beziehungen.«
»Wie du willst«, meinte Mike und wandte sich ab. »Es ist deine Beerdigung!«
»Ich möchte, daß du mitkommst«, sagte Ross.
Mike sah ihn an. »Wozu? Ich habe kein Geld.«
»Ich nehme Marja mit«, antwortete Ross, »und ich möchte nicht,

daß diese Gauner ihr hinter meinem Rücken schöne Augen machen.«
Mike horchte auf. »Dann laß sie doch zu Hause.«
»Nein. Ich habe das Gefühl, daß sie mir Glück bringt.«
Ross lächelte verlegen. »Ich denke, wenn sie in der Nähe ist, gelingt mir ein ganz großer Wurf.«
»Unsinn«, entgegnete Mike.
Ross sah ihn an. »Hast du etwas Besseres vor?«
Mike schüttelte den Kopf. Er dachte an Marja. Es war jetzt länger als eine Woche her, seit er sie im Fahrstuhl getroffen hatte. Er hatte noch immer nicht den Mut aufgebracht, mit ihr auszugehen.
»Dann komm doch mit«, bat Ross. »Du mußt auch etwas vom Leben haben. Oder willst du etwa für den Rest deines Lebens deine Nase nur in Bücher stecken?«
»Meinetwegen«, meinte Mike.

Marja saß im Wagen. Ihre Augen weiteten sich vor Überraschung, als sie Mike sah. Ross gelangte als erster zum Wagen und öffnete die Tür.
»Ich habe lange warten müssen, um euch beide einmal zusammenzubringen«, sagte er. »Marja, mein Freund Mike. Mike, das ist mein Mädchen.«
Marja errötete. Ein Lächeln spielte um ihre Lippen, als sie ihre Hand ausstreckte. »Ich habe schon viel von dir gehört«, erklärte sie fast förmlich.
Mike war ein bißchen verlegen, aber er machte ihr Spiel mit. »Und ich von dir«, murmelte er und ergriff ihre Hand. Sie war warm, und er hatte das Gefühl, als durchrieselte ihn bei der Berührung ein elektrischer Strom. Rasch ließ er sie wieder los.
»Rutsch hinüber«, bat Ross, als er in den Wagen stieg. »Mike kommt mit.«
Weder Marja noch Mike sagten etwas, bis sie im Tanzlokal waren. Ross sprach dafür die ganze Zeit. Sollte es ihm aufgefallen sein, daß sie so schweigsam waren, so verriet er es mit keinem Wort. In der Nähe der Tanzfläche bekamen sie einen Tisch. Es war fast neun Uhr. Die Tanzfläche war ziemlich voll.
Ross bestellte ein Bier für Mike und sich und ein Coca-Cola für Marja. Mit funkelnden Augen blickte er durch den Saal.

»Ich muß Joker fragen, wann das Spiel beginnt.«
»Das fängt noch früh genug an«, brummte Mike. Er sah Marja an, und leichter Spott klang in seiner Stimme auf. »Warum tanzt du nicht zuerst mit deinem Mädchen?«
Ross schüttelte entschieden den Kopf. »Nein«, antwortete er, »fangt ihr beiden nur an. Ich stelle erst einmal fest, wann es losgeht.«
Marja erhob sich, und Mike sah sie voller Überraschung an. »Nun?«
Er stand auf und führte sie zur Tanzfläche. Die Kapelle spielte einen schnellen Foxtrott. Er spürte, wie er sich verkrampfte, als sie in seine Arme kam. Fast sofort stolperte er und trat ihr auf den Fuß.
»Oh, entschuldige«, murmelte er und errötete.
Sie lächelte ihn an. »Beruhige dich«, sagte sie, »ich will dich nicht fressen.«
Eine Weile tanzten sie schweigend. Dann begann sie wieder zu sprechen. »Ich dachte, du wolltest einmal mit mir ausgehen.«
»Ich hatte zuviel zu tun«, antwortete er. »Außerdem bist du Ross' Mädchen.«
»Das habe ich nicht gesagt«, entgegnete sie.
»Aber er«, erwiderte Mike. »Und du hast ihm nicht widersprochen.«
»Ich kann ihn nicht am Reden hindern. Außerdem hast du ihm ja auch nicht gesagt, daß du mich kennst.«
»Du auch nicht.« Er blickte ihr ins Gesicht. »Ich hatte das Gefühl, du wolltest es nicht.«
Die Musik hörte auf, und sie löste sich von ihm. Sie entfernte sich von der Tanzfläche, und er folgte ihr zum Tisch zurück. Sie blieb vor Ross stehen. »Ich möchte ein Bier«, sagte sie.
Ross sah sie nicht an. »Natürlich, Liebling, warum nicht?« antwortete er. Er behielt eine kleine Tür jenseits der Tanzfläche im Auge.
Mike schob ihr sein Glas hin. »Nimm das. Ich bestelle mir ein anderes.«
Sie nahm sein Glas und trank.
»Was ist?« fragte Mike zu Ross gewandt.
»Ich warte«, antwortete Ross. »Der Kellner hat gesagt, er würde nachfragen und mir dann Bescheid geben.«

Marja war verwirrt. »Worüber wollte er dir Bescheid geben?« fragte sie. »Ich dachte, wir sind hergekommen, um zu tanzen.«
Ross sah sie an. Es war fast so, als sei sie für ihn eine Fremde. Er schien sie überhaupt nicht zu sehen. »Erklär es ihr, Mike«, bat er.
Mike fühlte Ärger in sich aufsteigen. Ross blieb immer der gleiche. Das Unangenehme überließ er anderen. »Erklär es selber«, erwiderte er.
Ross musterte die beiden. »Was ist denn mit euch los?« fragte er.
Sie antworteten nicht.
Er sah Marja an. »Ich bin hergekommen, um ein bißchen zu spielen. Joker hat doch neulich davon erzählt.«
Marja erhob sich. »Warum, zum Teufel, hast du mich dann aufgefordert, mit dir tanzen zu gehen?« fragte sie. »Warum hast du das nicht gleich gesagt?« Sie wandte sich zum Gehen. Ross ergriff ihren Arm. »Ich wollte dich als Glücksbringer mit dabei haben«, erklärte er mit einem Lächeln. »Ich habe das Gefühl, du bringst mir Glück.«
Sie blickte auf ihn hinab. »Und was hat Mike dabei zu tun?« fragte sie lauernd. »Hast du ihn mitgebracht, damit er auf mich aufpaßt?«
»Natürlich«, sagte Ross und lächelte noch immer. »Glaubst du, ich gehe bei all den Gaunern, die hier herumlaufen, ein Risiko ein? Mike ist mein Freund. Ich weiß, daß ich mich auf ihn verlassen kann.«
Mike sah erst sie und dann über den Tisch hinweg Ross an. Langsam erschien ein Lächeln auf seinem Gesicht. »Da würde ich nicht so sicher sein, Ross«, meinte er.
Ross' Augen wurden kalt. »Was willst du damit sagen?«
Mike wandte seine Augen nicht von Marjas Gesicht ab. »Wie du sagst, Ross, sie ist ein Haupttreffer.«
Auch Marja mußte nun lächeln und setzte sich wieder. »Gut, ihr Männer«, rief sie, und ein Lachen klang in ihrer Stimme auf. »Ihr könnt um mich kämpfen!«
Sie brachen alle drei in ein unbändiges, fröhliches Lachen aus.

Kleine Schweißtropfen standen auf Ross' Stirn, als er nach den Würfeln griff. Er wandte sich Marja zu und hielt sie ihr hin. »Blas drauf, damit sie mir Glück bringen.«
Marja spitzte die Lippen und blies in seine geöffnete Hand.

»Halt dich ran«, sagte sie und blickte auf den Geldhaufen vor Ross, der immer kleiner wurde. Er hatte bisher nicht allzu viel Glück gehabt. Sie nahm an, daß er etwa vierzig Dollar verloren hatte.
»Blas fester«, raunte er mit erregter, belegter Stimme und hielt seine geschlossenen Hände dicht an ihre Lippen.
Sie holte tief Atem und blies in seine Hände. Sie sah, wie seine Finger mit den Würfeln herumhantierten. Sie öffneten sich ein wenig, und ihr blieb der Atem in der Kehle stecken. Mit weiten Augen starrte sie in sein Gesicht.
Den Bruchteil einer Sekunde lang waren seine Augen kalt, dann lächelte er. Er wußte, daß sie es gesehen hatte. »Danke, Baby«, sagte er und trat wieder an den Tisch.
Ganz still stand sie da, und ihre Blicke wanderten am Tisch herum. Es war unwahrscheinlich, daß kein anderer es bemerkt hatte.
Dann verstand sie. Ross war gerissen. Die anderen hatten sie beobachtet.
Ross' Stimme klang scharf. »Los, würfeln wir!« Die Würfel kullerten über das grüne Tuch und sprangen vom Rand wieder zurück. Sie drehten sich, wirbelten herum und blieben schließlich liegen. Eine Sieben! Ross zog das Geld zu sich heran und legte die Würfel in die andere Hand. Wieder schüttelte er sie.
Er blickte den Tisch entlang. »Jetzt bin ich in Fahrt«, frohlockte er. »Werft euer Geld auf den Tisch, bevor meine Glückssträhne vorbei ist.«
Er machte seinen Einsatz. Sie trat vom Tisch zurück und ging auf Mike zu, der an der Wand lehnte und die anderen beobachtete.
Er lächelte, als sie sich ihm näherte. »Diesmal hat es geklappt.«
Ihr Gesicht war ausdruckslos. Aber er hatte nicht bemerkt, daß Ross die Würfel vertauscht hatte. »Ich habe genug. Ich möchte jetzt gehen«, sagte sie.
»Aber Ross ist doch noch nicht fertig«, erwiderte er überrascht.
»Das ist mir egal«, entgegnete sie. »Ich möchte gehen.«
»Ich sage Ross Bescheid.«
Ihre Hand hielt ihn zurück. »Nein. Laß ihn allein.«
Sie blickte zum Tisch hinüber. Ross hatte wieder eine Sieben gewürfelt. Er sah erregt und glücklich aus. »Er hat alles, weswegen er hergekommen ist.«

Mike blickte ihr ins Gesicht. »Was ist los?« fragte er.
»Nichts. Ich möchte nur gehen.«
»Gut.« Er nahm ihren Arm. »Wir gehen, Ross«, rief er.
Ross winkte ihm mit der Hand zu. Es war fraglich, ob er überhaupt verstanden hatte, was Mike gesagt hatte. Wieder schüttelte er die Würfel.
Die Kapelle spielte, als sie durch den Tanzsaal gingen. »Tanzen?« fragte Mike.
Sie bewegte verneinend den Kopf und ging weiter. Ein Mann versperrte ihr den Weg. »Hallo, Baby!«
Ohne aufzublicken, wollte sie um ihn herumgehen, aber er trat einen Schritt zur Seite. »Läßt du deinen Freund im Stich?« fragte er.
Sie sah Joker Martin an. Ihre Augen waren abweisend. »Ich bin müde und ich gehe«, erklärte sie.
Das Lächeln schwand von Martins Lippen. Er sah Mike an. Mike zuckte die Achseln, und Martin trat zur Seite. Sie wollte schon an ihm vorbeigehen, als er die Hand ausstreckte und sie aufhielt.
Ein seltsames Licht war in seinen Augen, als er sie anblickte. »Ich weiß nicht, was dir über die Leber gelaufen ist, Mädchen«, sagte er, »aber wenn du es überstanden hast, wartet hier im *Golden Glow* immer eine Stelle auf dich.«
»Ich danke Ihnen, Mr. Martin«, antwortete sie. »Vielleicht nehme ich Sie einmal beim Wort.« Sie wandte sich um und ging die Treppe hinunter.

13

Sie blieb vor ihrem Haus stehen und sah Mike an. »Danke, daß du mich nach Hause gebracht hast.«
Mike lächelte. »Es war mir ein Vergnügen.«
»Ich hatte nicht die Absicht, dir den Abend zu verderben.«
Er antwortete nicht.
Sie ging die Stufen vor ihrem Haus hinauf, aber seine Stimme hielt sie zurück. »Wann kann ich dich wiedersehen?«
»Ich weiß nicht«, erwiderte sie zögernd.

Er folgte ihr ein paar Stufen hinauf. »Warum?« fragte er. »Weil du Ross' Mädchen bist?«
Ihre Augen begegneten einander. »Ich bin nicht Ross' Mädchen. Das habe ich dir schon einmal gesagt.«
»Wann kann ich dich also sehen?« wiederholte er.
Sie schüttelte den Kopf. »Ich weiß es wirklich nicht. Nächste Woche geht die Schule zu Ende, und ich muß mir eine Stellung suchen. Es ist schwer zu sagen.«
Die Eifersucht packte ihn. »Aber du hast dir die Zeit genommen, um mit Ross zusammenzusein«, meinte er spöttisch. »Er kann eben Geld springen lassen.«
Ihr Zorn loderte auf. »Mit ihm werde ich mich auch nicht treffen. Er kann sein ganzes Geld nehmen und es verheizen. Du kannst ihm ausrichten, daß ich das gesagt habe.«
Er war verwundert, und das verriet sich in seiner Stimme. »Wieso ich? Du kannst es ihm doch selber sagen.«
Ihre Augen sahen ihn kühl an. »Du weißt verdammt genau warum. Ihr beide habt mich dorthin gebracht, und ihr beide habt ganz genau gewußt, was Ross vorhatte.«
»Du hast es auch gewußt«, entgegnete er gereizt. »Du hast gewußt, daß er spielen wollte und daß es dabei nicht um Kinderspiele ging. Warum regst du dich also auf?«
»Ja«, antwortete sie spöttisch. »Natürlich habe ich gewußt, daß er spielen wollte, nachdem er es mir gesagt hatte. Aber ich wußte nicht, daß er die Würfel vertauschen würde. Bei so was mache ich nicht mit.«
»Würfel vertauschen?« fragte er bestürzt.
»Ja«, rief sie. »Als ich sie anblies. Er hat genau gewußt, daß die anderen mich ansahen. Ich laß mich nicht gern von anderen für dumm verkaufen!«
Er stieß einen Seufzer aus. Jetzt wußte er, warum sie sich so plötzlich zum Weggehen entschlossen hatte. »Vielleicht glaubst du es mir nicht, aber davon habe ich nichts gewußt.«
Argwöhnisch sah sie ihn an.
»Es ist nicht meine Art, so zu spielen«, erklärte er.
Sie schwieg einen Augenblick. »Ich weiß nicht«, meinte sie schließlich zögernd, »ich könnte es noch verstehen, wenn du so spielen würdest. Du könntest das Geld gut brauchen. Aber Ross? Er braucht es überhaupt nicht.«

Er griff nach ihrer Hand. »Ich habe nichts davon gewußt, Marja«, versicherte er ihr.
Sie blickte erst auf seine Hand und dann in sein Gesicht. »Gut«, antwortete sie nach einer Weile. »Ich glaube dir.« Sie entzog ihm ihre Hand. »Gute Nacht.«
»Gute Nacht, Marja.« Er sah ihr nach. Dann drehte er sich um und ging nach Hause.

Er bog in die Gasse zwischen den Häusern ein, die zur Kellerwohnung seiner Familie in dem großen Mietshaus führte.
Aus der Dunkelheit trat Ross auf ihn zu. »Mike«, rief er.
Mike blieb stehen. »Ja?«
»Wohin, zum Teufel, seid ihr verschwunden?« fragte Ross. »Ich habe fast hundertzwanzig Dollar gewonnen.«
»Marja wollte nach Hause.«
Ross überhörte seine Antwort. Er nahm ein Bündel Scheine aus seiner Tasche. »Ich wollte dir deinen Anteil geben«, erklärte er und zog ein paar Scheine heraus. »Da sind zwanzig.«
Mike blickte auf Ross' ausgestreckte Hand, machte aber keine Bewegung, das Geld entgegenzunehmen.
»Was ist denn mit dir los?« fragte Ross. »Nimm es.«
Mike sah ihn an. »Nein, danke. Ich möchte nichts davon haben. Es gehört alles dir.«
Ross starrte ihm ins Gesicht. »Sei kein Idiot. Nimm das Geld. Oder ist es etwa vergiftet?«
»Behalte es, Ross«, entgegnete Mike. »Es ist deins. Du hast es dir verdient.«
Ein plötzliches Verstehen schimmerte in Ross' Augen auf. »Ach! Marja hat wohl geredet.«
Mike antwortete nicht.
Ross grinste plötzlich. »Es war so einfach. Als ob man einem Kind ein Bonbon wegnimmt. Sie waren alle damit beschäftigt, Marja anzusehen, als sie sich vorbeugte! Die reine Spielerei.«
Noch immer sagte Mike nichts.
Ross schlug ihm auf die Schulter. »Da, mein Junge!« rief er gönnerhaft. »Nimm das Geld. Morgen früh sieht alles anders aus.«
»Ich will es nicht haben!« Mike machte eine abwehrende Handbewegung, und das Geld fiel Ross aus der Hand.

Ross starrte ihn an. »Was ist in dich gefahren?«
»Nichts«, erwiderte Mike gereizt. »Die Sache gefällt mir nur nicht, das ist alles. Du hast das Mädchen als Köder benutzt. Hätte man dich erwischt, dann hätten wir alle dafür zahlen müssen. Sie auch. Und das wäre sicher kein Spaß gewesen, oder?«
»Aber man hat uns nicht erwischt«, widersprach Ross. »Wozu also die ganze Aufregung?«
Mike antwortete ihm nicht.
Ross kniete nieder, um das Geld einzusammeln. »Ich verstehe wirklich nicht, was mit dir los ist«, murmelte er. Er blickte zu Mike auf, und plötzlich wurden seine Augen mißtrauisch. »Wohin bist du mit ihr gegangen?« fragte er und richtete sich wieder auf.
»Nach Hause.«
»Du hast aber ziemlich lange gebraucht«, meinte Ross. »Seit über einer Stunde warte ich hier auf dich.«
»Wir mußten zu Fuß gehen«, erklärte Mike schroff. »Mein Vater hat mir noch kein Auto kaufen können.«
»Ihr habt euch nicht noch ein bißchen im Park aufgehalten?« fragte Ross. »Vielleicht seid ihr eine Weile in einer dunklen Ecke verschwunden, und sie hat dir eine kleine Massage verpaßt. Das macht der kleinen Hure nämlich Spaß.«
Mike schoß jäh das Blut ins Gesicht, und er spürte es in seinen Schläfen heftig pochen. Sein Arm fuhr hoch, und er drückte Ross gegen die Ziegelmauer. »Sag nicht noch einmal so etwas über sie«, stieß er rauh hervor.
In Ross' Augen flammte wilde Erregung auf. »Ich habe also doch recht«, rief er triumphierend. »Sie hat dich rumgekriegt.« Er verzog das Gesicht zu einem Grinsen. »Die hat vielleicht ein tolles Tempo drauf, das kann ich dir sagen. Aber laß dich nicht täuschen. Die ist für alle da.«
Mikes Faust schoß durch die Dunkelheit vor. Ross' Kopf schlug heftig zurück, und langsam glitt Ross zu Boden. Das Blut sikkerte aus einem Mundwinkel. Mike trat einen Schritt zurück und sah auf seinen Freund hinab. »Das nächste Mal hältst du die Schnauze«, sagte er.
Ross blieb eine Weile benommen am Boden sitzen. Dann hob er langsam die Hand und befühlte seinen Mund. Das Blut rann zwischen seinen Fingern hindurch. Er blickte zu Mike auf, und

seine Augen verhärteten sich hinter dem Schleier des Schmerzes.
»Das zahle ich dir zurück, Mike«, zischte er zwischen seinen brennenden Lippen. »Das zahle ich dir doppelt zurück.«
»Kannst es jederzeit versuchen«, rief Mike spöttisch.
Ross saß noch immer am Boden und sah zu ihm auf. »Die Zeit wird kommen«, sagte er langsam. »Nur keine Sorge.«
»Ich mache mir keine Sorge«, erwiderte Mike. Er ging den Durchgang zwischen den Häusern entlang zu seiner Wohnung.

14

Ross kaufte eine Handvoll Tanzkarten am Eingang und trat ein. Einen Augenblick blieb er stehen, blickte sich im Tanzlokal um und gewöhnte seine Augen an das Licht.
Sie war da. Sie saß mit den anderen Mädchen in einer Ecke. Selbst in einem der billigen Kleider, mit denen Martin seine Mädchen ausstattete, hatte sie etwas an sich, das sie vor den anderen hervorhob. Sie strahlte etwas Erregendes aus. Er ging die Stufen hinunter und blieb vor ihr stehen. »Hallo, Marja«, sagte er.
Sie blickte zu ihm auf. »Hallo, Ross.« Ihre Augen waren undurchsichtig. Er vermochte nichts in ihnen zu lesen.
»Wollen wir tanzen?« fragte er unbeholfen.
»Hast du Karten?« erwiderte sie.
Schweigend streckte er die Hand aus.
Sie erhob sich. »Also tanzen wir«, sagte sie und ging zur Tanzfläche.
Sie glitt in seine Arme, aber es war, als hielte er eine völlig Fremde in den Armen.
»Es sind zwei Wochen seit Schulschluß vergangen, Marja«, sagte er. »Drei Wochen, seit ich dich das letzte Mal gesehen habe.«
»Die Zeit fliegt nur so, oder nicht?« meinte sie.
»Du bist mir aus dem Weg gegangen«, sagte er vorwurfsvoll.
»Ich hatte zuviel zu tun«, antwortete sie höflich. »Ich muß mir meinen Lebensunterhalt verdienen.«

»Du hast mir keine Gelegenheit zu einer Erklärung gegeben«, sagte er.
»Du schuldest mir keine Erklärung«, entgegnete sie rasch. »Du bist erwachsen. Du mußt selber wissen, was du zu tun hast.«
»Warum gehst du mir dann aus dem Weg?« fragte er.
Sie blickte in seine Augen. Er hatte etwas an sich, das sie an ein Tier erinnerte, etwas Wildes und Unbeherrschtes. Es war wohl sein grenzenloser Egoismus. »Ich liebe es nicht, ausgenutzt zu werden«, erklärte sie.
Das Musikstück war zu Ende, und sie wollte zu den Tischen zurückgehen. Aber seine Hand hielt sie auf. Wieder streckte er ihr eine Karte hin. Sie nahm sie und blieb wartend stehen, bis die Musik erneut einsetzte.
»Ich hatte geglaubt, du magst mich, Marja.«
»Ich habe dich auch einmal gemocht«, antwortete sie. »Aber du hast dich mir gegenüber nicht anständig verhalten.«
»Es tut mir leid.« Er lächelte. »Aber es ist alles glatt gegangen. Niemand ist zu Schaden gekommen.«
Ein Ausdruck der Trauer erschien in ihren Augen. »Doch«, entgegnete sie, »ich. Ich hatte geglaubt, du wärest anders.«
»Es war doch nur ein Spaß, Marja!« rief er und versuchte, sie fester an sich zu ziehen. Er spürte die Wärme ihres Körpers durch seine Jacke. Alles Erregende war noch immer da. »Ein junger Mensch kann doch einmal über die Stränge schlagen.«
Sie schüttelte den Kopf. »Wenn du das Geld gebraucht hättest. Das hätte ich noch verstehen können.«
»Marja«, bat er. Sie waren nun in einer dunklen Ecke angelangt, und er versuchte sie zu küssen.
Sie wandte ihr Gesicht ab. »Laß das, Ross«, sagte sie scharf. »Ich brauche diese Stellung hier.«
»Aber, Marja«, bettelte er, »übermorgen fahre ich weg und komme erst in fünf Monaten wieder. Ich muß dich vor meiner Abreise noch sehen.«
Sie schüttelte den Kopf. »Ich kann nicht.«
»Warum?«
Wieder war ein Stück zu Ende. Sie löste sich aus seinen Armen und ging auf die Tische zu. Er riß sie heftig zurück.
»Da«, stieß er rauh hervor, »da hast du alle deine verdammten

Karten. Renn nicht immer gleich davon, wenn die Musik aufhört.«
Wortlos nahm sie das Bündel Karten und steckte sie in eine kleine Handtasche. Die Musik setzte wieder ein, und sie kehrte in seine Arme zurück.
»Warum willst du dich nicht mit mir treffen?«
Sie begegnete seinem Blick. »Willst du es wirklich wissen?«
Er nickte. »Sag es mir.«
Sie atmete tief ein. »Erstens, ich will nicht. Zweitens, ich habe keine Zeit. Meine Mutter liegt krank im Bett. Sie hat ihre Arbeit verloren, und ich muß den Tag über für sie und meinen kleinen Bruder sorgen. Sind das nicht Gründe genug?«
»Nein«, erwiderte er schroff. Wieder drängte er sie in die dunkle Ecke und versuchte sie zu küssen. Sie drehte ihr Gesicht weg. Er bemerkte nicht, wie sie mit ihrer Handtasche ein Zeichen gab. Gleich darauf legte sich eine schwere Hand auf seine Schulter und wirbelte ihn herum.
Der riesige, gorillaähnliche Rausschmeißer stand vor ihm. Neben ihm tauchte Joker Martin auf und lächelte. »Paß auf, mein Junge«, sagte der Rausschmeißer, »du benimmst dich hier, oder du fliegst an die Luft.«
Ross spürte, wie alle Farbe aus seinem Gesicht wich. Er sah Marja an. Ihr Gesicht war ohne jeden Ausdruck. »Gut, Marja«, sagte er. »Wenn du es so haben willst.« Er drehte sich um und verließ die Tanzfläche.
Joker Martin begleitete sie, als sie zu den Tischen zurückkehrte.
»Dein Freund schien ziemlich aufgebracht zu sein«, meinte er.
»Er ist nicht mein Freund«, entgegnete sie.
Er machte ein überraschtes Gesicht. »Aber das letzte Mal, als ihr zusammen hier wart, habt ihr euch doch so gut verstanden.«
»Ja«, antwortete sie abweisend. »Damals war es noch anders. Aber er hat etwas getan, was mir nicht gefallen hat.«
Martin blickte ihr ins Gesicht. »Was war das?«
Sie zuckte schroff die Achseln. »Es hat mir ganz einfach nicht gepaßt, das ist alles.«
»Hat es etwas mit falschen Würfeln zu tun?« fragte Martin in einem harmlosen Tonfall.
Bestürzung spiegelte sich auf ihrem Gesicht.
Er lächelte. »Du hältst uns wohl für sehr dumm, mein Kind? Wir

sind alte Profis, und wir haben's sofort gemerkt.« Er zündete sich eine Zigarette an. »Ich habe mir schon gedacht, daß du deshalb so schnell verschwunden bist. Hast du gewußt, was er vorhatte?«

»Nein«, antwortete sie.

»Das habe ich mir auch gedacht.«

»Aber warum haben Sie denn nichts unternommen, wenn Sie es wußten?«

Er lächelte freundlich. »Sein Alter hat eine Menge Beziehungen. Eines Tages kommt er zurück, und wir werden ihm das Geld mit Zinsen wieder abnehmen. Bis dahin können wir warten. Wir haben Geduld. Sie kommen immer wieder zurück.«

Sie hängte das Abendkleid in ihren Schrank. Nach einem kurzen Blick in den Spiegel eilte sie zur Tür hinaus. Es war ein paar Minuten nach zwölf. Die Woche über war diese Arbeit gar nicht so übel – sie war nur sechs Stunden auf den Beinen. Am Freitag und Samstag aber war es ermüdend. An diesen Tagen arbeitete sie von fünf Uhr nachmittags bis zwei Uhr nachts.

Sie trat auf die von Lärm erfüllte Straße hinaus und sah ihn an einem Wagen lehnen. Er hatte auf sie gewartet. Jeden Abend, seit sie ihre Arbeit dort begonnen hatte, wartete er auf sie.

»Hallo, Mike.«

Er lachte sie an. »Hallo, Baby.«

Sie gingen nebeneinander her. »Du brauchst nicht jede Nacht auf mich zu warten, Mike«, sagte sie. »Ich komme auch so nach Hause.«

»Ich möchte es aber«, antwortete er.

»Du mußt doch halbtot sein. Zwölf Stunden stehst du an diesem Zeitungsstand.«

Er lächelte. »Du darfst mir nicht die einzige Freude im Leben nehmen«, erwiderte er. »Wie wäre es mit einer Tasse Kaffee?«

Sie nickte. »Gern. Aber vergiß nicht, daß ich diesmal mit dem Zahlen an der Reihe bin.«

»Was glaubst du, warum ich dich aufgefordert habe?« rief er lachend.

Sie gingen in einen Drugstore und setzten sich auf zwei Hocker an der Theke. »Zwei Java«, bestellte Mike und sah sie an. »Teilst du mit mir eine Brezel?« Sie nickte.

Er rief dem Mann an der Theke die Bestellung zu und wandte sich ihr wieder zu. »Wie geht es deiner Mutter?«
»Heute besser, danke«, antwortete sie. »Der Arzt hat gesagt, wenn es so bleibt, darf sie morgen aufstehen.«
»Um so besser.«
Sie schwieg eine Weile, während sie an ihre Mutter dachte. Katti lag schon seit fast einer Woche im Bett. Zunächst hatte der Arzt geglaubt, es handle sich um einen Abgang, aber es hatte sich alles wieder gegeben. Allerdings konnte sie nicht an ihre Arbeit zurückkehren. Die Eimer und Bohnerbesen waren einfach zu schwer für sie. Marja mußte daran denken, wie sich ihre Mutter aufgeregt hatte, als sie von ihrer Stellung erzählte. Aber die zwanzig Dollar in der Woche waren ihre Rettung. Ohne dieses Geld hätten sie alle verhungern können. Peter war zu gar nichts zu gebrauchen.
Der Mann an der Theke stellte den Kaffee und eine Brezel vor sie hin. Rasch teilte sie sie und gab Mike das größere Stück.
»Wie war es heute?« fragte Mike.
»Nichts Besonderes.« Sie lächelte. »Ich war ziemlich beschäftigt.«
Er lachte auf. »Du bist eine gute Tänzerin, was?«
Auch sie lachte. »Die beste.« Plötzlich jedoch wich die Fröhlichkeit aus ihrem Gesicht. »Ross ist heute abend gekommen.«
Mike starrte in seine Kaffeetasse. »Und was wollte er von dir?«
»Er sagte, er fahre für eine Weile weg. Er wollte noch einmal mit mir ausgehen.«
Mike sah sie noch immer nicht an. »Was hast du ihm gesagt?«
»Nichts zu machen, habe ich ihm erklärt. Da wurde er frech, und Mr. Martin ist hinzugekommen. Daraufhin ist er verschwunden.«
Mike schwieg einen Augenblick. »Sein Vater schickt ihn nach Europa.«
Der Atem stockte ihr. »Mann«, flüsterte sie, »es muß herrlich sein, soviel Geld zu haben.«
Mike sah wieder in seine Tasse. »Du magst ihn noch immer, nicht wahr?«
Sie sah ihn an. »Ich weiß es wirklich nicht«, antwortete sie aufrichtig. »Er ist anders als alle Jungen, die ich kenne. Er redet anders, er benimmt sich anders.«

»Und er hat Geld«, meinte Mike verbittert.
»Das ist es nicht«, entgegnete sie rasch.
»Was ist es dann?«
Er sah ihr an, daß sie sich die Antwort sorgfältig überlegte.
»Seine ganze Art. Ständig benimmt er sich so, wie ich es manchmal möchte. Als ob er ganz oben sitzt, und alle anderen nach seiner Pfeife tanzen müssen. Es muß schön sein, ganz oben zu sitzen.«
Sie legte eine Hand auf seinen Arm. »Weißt du«, sagte sie und senkte ihre Stimme zu einem vertraulichen Flüstern, »Mr. Martin hat die ganze Zeit gewußt, daß er mit falschen Würfeln spielte.«
Mike war verblüfft. »Warum ist er dann nicht dazwischengefahren?«
»Wegen Ross' Vater«, erklärte sie. »Mr. Martin hat gesagt, sein Alter hätte viele Beziehungen.« Ihre Stimme verriet, daß sie das beeindruckte.
Er sah sie an. »Und das gefällt dir?«
Sie zündete sich eine Zigarette an und tat einen tiefen Zug. »Vielleicht«, antwortete sie. »Ich würde auch ganz gern mal etwas Luxus kennenlernen. Wer schließlich nicht? Immer noch besser, als so zu leben, wie ich es jetzt tue!«

15

Katti legte ihre Näharbeit hin und blickte auf die Uhr. Es war fast elf. Sie erhob sich von ihrem Stuhl und trat ans Fenster. Die Augustnacht war schwül und feucht. Ermattet wischte sie mit einem Handtuch, das sie sich um den Hals gelegt hatte, den Schweiß von ihrem Gesicht.
In ihrem Rücken spürte sie einen scharfen Schmerz, und es wurde ihr schwindlig. Sie begann zu schwanken, griff rasch nach der Tischkante und hielt sich daran fest, bis der Anfall vorbei war. Der Arzt hatte sie vor solchen Anfällen gewarnt. Er hatte ihr geraten, die meiste Zeit im Bett zu verbringen und nicht zu arbeiten. Bei ihr belastete die Schwangerschaft das Herz zu stark.

Der Schwindelanfall ging vorbei. Sie kehrte in die Küche zurück und legte ihre Näharbeit weg. Sie wollte sich eine Weile hinlegen und versuchen, sich auszuruhen.
Im Haus war es sehr still, und in der Dunkelheit ihres Zimmers lauschte sie auf jedes Geräusch. Häufig genug konnte sie erst einschlafen, wenn Marja zu Hause war, aber heute nacht war es noch schlimmer als sonst. Peter war nach dem Abendessen weggegangen und noch nicht zurückgekehrt. Sie wußte, was das zu bedeuten hatte.
Wenn er zurückkam, würde er betrunken, streitsüchtig und gereizt sein. Sie mußte ihn von Marja fernhalten oder es käme erneut zu Auseinandersetzungen.
Nach ein paar Minuten begann sie sich besser zu fühlen, konnte aber noch immer nicht einschlafen. Im Zimmer war es zu heiß. Sie stand auf und ging in Marjas Zimmer hinüber. Im Kinderbett lag der kleine Junge in unruhigem Schlaf, sein Körper war von einem leichten Sommerausschlag gerötet. Während sie ihn ansah, erwachte er und begann zu weinen.
Sie nahm ihn auf und flüsterte beschwichtigend, aber er weinte weiter. Sie trug ihn in die Küche und gab ihm eine Flasche mit kühlem Wasser. Selig sog er daran, und sie legte ihn in das Bettchen zurück.
Von der Küchentür her vernahm sie ein Geräusch und drehte sich um. Es mußte Peter sein, denn für Marja war es noch zu früh. Ein Blick auf sein gerötetes Gesicht verriet ihr, wo er gewesen war.
Er schloß die Tür und sah sie an. Seine Augen waren blutunterlaufen und geschwollen. »Noch auf?« fragte er.
»Wie du siehst«, antwortete sie und ging an ihm vorbei ins Schlafzimmer. »Komm ins Bett.«
»Es ist zu heiß.« Er trat an den Eisschrank und öffnete ihn. »Ich brauche noch ein Bier.«
»Hast du nicht genug gehabt?« fragte sie mit dumpfer Stimme.
Er antwortete ihr nicht, während er Löcher in die Büchse stieß. Etwas Bier rann über sein Kinn und auf sein Hemd. Er setzte die Büchse ab und starrte sie an. »Kümmere dich um deinen eigenen Dreck«, knurrte er.
Sie sah ihn einen Augenblick an, wandte sich um und ging ins Wohnzimmer. Sie beugte sich zum Fenster hinaus und blickte

besorgt die Straße entlang. Marja mußte jeden Augenblick nach Hause kommen.
»Was tust du?« fragte er streitsüchtig.
Sie antwortete ihm nicht. Er wußte ganz genau, was sie tat. Sie wollte wieder an ihm vorbeigehen.
Er griff nach ihrem Arm und hielt sie fest. »Schaust nach deiner Tochter aus, was?« fragte er bösartig.
»Ja«, erwiderte sie und verfiel dabei ins Polnische. »Hast du was dagegen?«
Er antwortete in der gleichen Sprache. »Um sie brauchst du dir keine Sorgen zu machen. Wahrscheinlich verdient sie sich mit dem Burschen, der sie jede Nacht nach Hause begleitet, in einem Hauseingang noch ein paar zusätzliche Dollar.«
»Geh ins Bett«, sagte sie schroff. »Du bist betrunken.«
Sein Griff um ihren Arm wurde fester. »Du glaubst wohl, ich weiß nicht, was ich rede?« fragte er lauernd.
»Ich glaube es nicht nur, ich weiß es«, entgegnete sie, entriß ihren Arm seiner Umklammerung und kehrte ans Fenster zurück. Sie blickte hinaus. Marja und Mike kamen die Straße entlang auf das Haus zu.
Einen Augenblick lang freute sie sich. Dieser Mike war ein netter Kerl. Sie paßten so gut zusammen. Eines Tages vielleicht – aber das lag noch in zu weiter Ferne. Manchmal mußte sie sich geradezu zwingen, sich bewußt zu bleiben, daß Marja noch immer ein Kind war. Sie wandte sich vom Fenster ab, und die Freude lag noch auf ihrem Gesicht.
»Ich gehe jetzt ins Bett«, erklärte sie. »Du solltest lieber auch kommen.«
Er rührte sich nicht. »Nein, es ist zu heiß. Ich trinke noch ein Bier.«
Sie ging ins Schlafzimmer und begann sich auszuziehen. Dabei hörte sie, wie er in der Küche umhertaumelte, dann die Tür des Eisschrankes öffnete und eine weitere Büchse nahm. Sie warf sich einen leichten Morgenmantel über ihr Nachthemd und ging in die Küche, um sich zu waschen. Er saß am Tisch, die halbleere Büchse in seiner Hand, und starrte zur Tür.
»Worauf wartest du?« fragte sie. »Komm ins Bett.«
Eigensinnig schüttelte er den Kopf. »Ich werde dir beweisen, wer hier weiß, wovon er redet. Warte nur, bis sie hereinkommt.«

Sie versuchte zu lächeln. »Sei nicht albern, Peter«, erwiderte sie. »Laß endlich das Mädchen in Ruhe und komm ins Bett.«
»Eine Hure ist sie«, murmelte er.
Die brennende Ohrfeige, die sie ihm versetzte, ließ einen weißen Abdruck auf seiner Wange zurück. Er blickte in jäher Überraschung zu ihr auf.
Kattis Gesicht war bleich vor Zorn. Niemals hatte er sie so gesehen. »Schweig!« rief sie wütend. »Marja hat mehr Verstand als du. Wäre sie nicht, könnten wir hier verhungern!« Sie ging auf das Schlafzimmer zu. Auf dem Gang drehte sie sich noch einmal um und sah ihn an. »Du vergißt wohl, daß es Marja war, die sich eine Stellung verschafft hat, als wir Geld brauchten, und nicht du.« Ihre Stimme klang verächtlich. »Sie ist wie ihr Vater. Du bist nicht die Hälfte von ihm wert. Ich hoffe nur, daß deine Kinder so werden wie er und nicht wie du. Sonst möge Gott ihnen helfen!«
Er sprang rasch auf und ging auf die Küchentür zu. »Ich werde dir zeigen, wer hier der Mann ist!« brüllte er und öffnete die Tür. »In meinem Haus wird kein Mädchen eine Hure sein!«
Sie packte seinen Arm und versuchte, ihn in die Wohnung zurückzuziehen. »Laß sie in Ruhe, du betrunkenes Schwein!« schrie sie. »Sie ist *meine* Tochter und nicht deine!«
Grob stieß er sie zurück. Sie taumelte gegen den Küchentisch. Ein jäher Schmerz durchlief ihren Körper. Sie sah ihn an, während alles vor ihren Augen verschwamm.
Er zog den Gürtel aus seiner Hose und schüttelte ihn vor ihrem Gesicht hin und her. »Halt dein Maul, Weib!« schrie er mit rauher Stimme. »Oder du bekommst mehr davon zu spüren als sie. Wenn ich erst einmal mit ihr fertig bin, wirst du schon sehen, was für eine sie ist.« Er trat auf den Hausflur hinaus.
Katti holte tief Atem und lief ihm nach. Der Mann war verrückt. Marja hatte die ganze Zeit über recht gehabt. Hätte sie nur auf sie gehört! Ein Schwindelanfall ließ sie taumeln, aber sie kämpfte ihn nieder. Er stand jetzt an der Treppe. Sie umklammerte seine beiden Arme.
»Laß sie in Ruhe!« flüsterte sie und versuchte ihn zurückzuhalten. Mit fast übermächtiger Anstrengung drehte sie ihn herum. Ihre Augen funkelten ihn an. »Wenn du sie anrührst, wirst du dieses Haus nie mehr betreten!«

Die Worte wirkten auf ihn wie ein Strahl kalten Wassers. Plötzlich kehrte die Vernunft in seine Augen zurück. Mit einer heftigen Bewegung schüttelte er ihre Hände von seinen Armen. Sie griff nach dem Geländer, um nicht zu fallen.
Er ging an ihr vorbei zur Küchentür, wo er sich umdrehte und sie ansah. »Sie ist deine Tochter«, sagte er kalt. »Mögen ihre Sünden auf dein Haupt kommen!«
Der Schwindel umwölkte wieder ihre Augen, sein Gesicht verschwamm vor ihren Blicken. Sie ließ das Geländer los und machte zögernd einen Schritt auf die Wohnung zu, aber der Schmerz in den Schläfen hüllte ihr Bewußtsein ein.
»Marja!« schrie sie in die plötzliche Leere hinein. Dann stürzte sie die Treppe hinab.
Sie hörten das Poltern. Bevor Mike noch einen Schritt getan hatte, war Marja schon die Hälfte der Treppe hinaufgestürmt. Er rannte ihr nach, und sein Herz klopfte vor Entsetzen über den durchdringenden Schrei. Einen Schritt hinter ihr gelangte er auf den dritten Absatz.
»Mama!« Marjas Stimme klang wie die eines verängstigten Kindes. Er sah, wie sie neben der zusammengekrümmten Frau niederkniete. Hilflos stand er daneben.
»Mama!« Marjas Stimme war nur ein tränenerstickter Laut. Ihr blondes Haar schimmerte, als sie ihre Lippen auf das stille Gesicht drückte.
»Katti!«
Mike blickte auf. Das Gesicht des Mannes, der auf der Treppe über ihnen stand und zu ihnen hinabblickte, war aschgrau. »Marja, was ist denn geschehen?«
Unfähig zu sprechen, schüttelte Marja verständnislos den Kopf. Sie wandte sich um und sah Mike an, dessen Augen starr vor Entsetzen waren.
Er streckte die Hand aus und berührte ihre Schulter. Da spürte er, wie ihr Körper zitterte. »Gibt es in diesem Haus irgendwo ein Telefon?« fragte er.
Sie antwortete ihm nicht. Er merkte, daß sie ihn gar nicht gehört hatte. Er blickte die Stufen hinauf. Der Mann kam langsam herunter, wobei er mit beiden Händen das Geländer fest umklammerte, als habe er Angst zu fallen.
Eine Tür ging auf, und ein Mann spähte heraus. »Hier ist ein Un-

fall passiert«, sagte Mike schnell. »Haben Sie vielleicht ein Telefon, das ich benutzen kann?«
Der Mann nickte und trat auf den Gang hinaus. Hinter ihm sah Mike eine Frau, die sich einen Morgenmantel zuhielt. Mike betrat die Wohnung. Die Frau deutete schweigend auf das Telefon. Er nahm den Hörer ab und wollte schon sprechen, als ein leise wimmernder Ton sein Ohr traf.
Es war das einzige Mal in seinem Leben, daß er Marja weinen hörte.

16

Erst eine Woche später kehrte Marja zu ihrer Arbeit im *Golden Glow* zurück. Ihr Gesicht war abgemagert, und ihre Augen lagen tief in den Höhlen. Zuerst war Kattis Beerdigung gekommen. Die Messe in St. Augustin war einfach gewesen. Pater Janowicz war ein gütiger und verständnisvoller Mann. Er sprach mit tiefer Inbrunst von der großen Tapferkeit ihrer Mutter und deren Ergebenheit gegenüber den Geboten der katholischen Kirche.
Schweigend saß Marja neben Peter, als sie im einzigen Wagen dem Sarg zum Friedhof folgten. Die Beerdigung war billig und schnell vorbei. Dann kehrten sie nach Hause zurück.
Dort erwarteten sie die Leute von der Wohlfahrt. Francies Mutter, die inzwischen auf das Kind aufgepaßt hatte, ging wieder nach oben und ließ sie allein. Der junge Mann und die ältere Frau, die vom Wohlfahrtsamt kamen, wollten wissen, ob sie sich auch richtig um das Kind kümmern könnten.
Marja überzeugte sie davon, daß alles in Ordnung war. Sie sei den Tag über zu Hause, und ihr Stiefvater wäre am Abend da, während sie arbeitete. Sie waren damit einverstanden, alles unverändert zu belassen, bis Marja im Herbst in die Schule zurückkehren mußte.

Sie zögerte einen Augenblick, bevor sie das Tanzlokal betrat. Es schien ihr seltsam, daß hier noch alles beim alten war, während sich anderswo so viel verändert hatte. Die billigen, geschmacklosen Dekorationen, das trübe, bläuliche Licht und die falschen

Töne der übermüdeten Kapelle – alles war unverändert. Der Rausschmeißer kam auf sie zu. Sein gorillaähnliches, stumpfes Gesicht war ohne jeden Ausdruck. »Mr. Martin will dich sprechen«, sagte er und deutete mit dem Daumen zum Büro hinüber.
Ohne ihm zu antworten, überquerte sie die Tanzfläche und klopfte an die Tür.
Martins Stimme antwortete ihr. »Herein.«
Sie öffnete die Tür. Er saß an seinem Schreibtisch und hatte einige Papiere vor sich ausgebreitet. Sie blieb unschlüssig stehen, bis er aufblickte. Dann trat sie ein, schloß die Tür hinter sich und ging zu ihm.
»Sie wollten mich sprechen?« fragte sie mit leiser Stimme.
Er nickte. »Setz dich. Ich will nur das hier schnell fertig machen.«
Sie setzte sich auf einen Stuhl neben dem Schreibtisch und beobachtete ihn. Sein Gesicht war grob und tief gefurcht, und sein grauschwarzes Haar ließ seine Augen nur noch kälter wirken. Sein Kinn war fest und kantig, aber sein Mund wirkte, obwohl er schmal war, seltsam freundlich. Schließlich blickte er auf. »Das mit deiner Mutter tut mir sehr leid, Marja«, sagte er sanft.
Sie sah auf ihre Hände herab. »Danke«, antwortete sie, und es schnürte ihr die Kehle zu. Es fiel ihr noch immer schwer, darüber zu sprechen.
Er schwieg einen Augenblick. »Es war jemand vom Wohlfahrtsamt hier und hat sich nach deiner Arbeit erkundigt.«
Ihr Gesicht verriet jähe Furcht. Sie sah ihn fragend an.
Er lächelte beruhigend. »Keine Angst. Ich habe dem Mann gesagt, du bist Kassiererin.«
Wieder blickte sie auf ihre Hände. Ihre Stimme zitterte. »Ich weiß nicht, wie ich Ihnen danken soll, Mr. Martin.«
Er warf einen Blick auf die Papiere auf seinem Schreibtisch. »Warum hast du mir nicht gesagt, wie alt du bist, Marja?« fragte er plötzlich.
»Hätten Sie mir dann die Stelle gegeben?«
Er zögerte. »Wahrscheinlich nicht.«
»Das war der Grund«, antwortete sie. »Außerdem haben Sie mich niemals gefragt.«
Seine Augen blickten forschend in ihr Gesicht. »Ich habe nie daran gedacht. Du siehst schon so erwachsen aus.«

Ein leichtes Lächeln umspielte ihre Lippen. »Ich bin auch erwachsen genug.«
Er erhob sich und kam um den Schreibtisch herum auf sie zu. Mit ausgestreckter Hand berührte er ihre Schulter und nickte nachdenklich. »Das glaube ich auch«, sagte er.
Fragend sah sie ihn an. »Darf ich dann wieder an meine Arbeit zurückgehen, Mr. Martin?«
»Ja«, antwortete er. »Aber halt die Augen offen. Wenn es irgendwie gefährlich wird, verschwinde sofort. Wir können es uns nicht leisten, daß du hier geschnappt wirst, sonst ist unsere Konzession zum Teufel.«
»Ich werde schon aufpassen, Mr. Martin«, versicherte sie ihm und stand auf. »Ich verspreche es Ihnen.«
Er öffnete ihr die Tür. Sie blieb einen Augenblick stehen.
»Nochmals vielen Dank, Mr. Martin«, sagte sie mit leiser, belegter Stimme. »Ich werde es Ihnen nicht vergessen, wie nett Sie zu mir waren.«
Er stand in der Tür und blickte ihr nach, während sie zum Umkleideraum ging. Verwundert schüttelte er den Kopf. Selbst jetzt, da er es wußte, fiel es ihm schwer, es zu glauben. Noch nicht einmal sechzehn Jahre. Aber manche dieser Polinnen waren sehr frühreif. Er lächelte vor sich hin, als er die Tür schloß und wieder an seinen Schreibtisch trat.
Die Zeit und die Jahre würden für sie niemals von großer Bedeutung sein. Sie besaß bereits jetzt alle Klugheit, die sie im Leben brauchte. Sie hatte den richtigen Instinkt für Männer.

Sie öffnete die Tür und trat in die Küche. Ihr Stiefvater las eine Zeitung, die vor ihm auf dem Tisch ausgebreitet lag.
»Was macht der Kleine?« fragte sie.
»Nichts«, antwortete er unfreundlich. »Er schläft schon die ganze Zeit.«
Sie ging in ihr Zimmer und warf einen Blick in das Bettchen. Peter schlief friedlich, den einen Daumen im Mundwinkel. Sanft nahm sie ihm den Daumen aus dem Mund. Plötzlich spürte sie die Blicke ihres Stiefvaters und drehte sich rasch um.
Er stand in der Tür zu ihrem Zimmer und beobachtete sie. Jäh stieg ihm die Röte ins Gesicht.
»Was willst du?« fragte sie.

Er räusperte sich. »Nichts«, antwortete er und kehrte in die Küche zurück.
Sie zog sich Kleid und Unterkleid aus, warf sich einen Morgenmantel um, ging in die Küche und drehte den Wasserhahn am Abwaschbecken auf.
Ihr Stiefvater blickte von seinem Stuhl zu ihr hinüber. »Dieser Mike«, fragte er vorsichtig, »hat er dich nach Hause begleitet?«
»Ja«, antwortete sie und wusch sich ihr Gesicht mit Wasser und Seife.
»Der mag dich wohl?«
»Ich nehme es an«, erwiderte sie.
»Du bleibst immer sehr lange mit ihm unten stehen, bevor du heraufkommst?« Etwas Lauerndes lag in seiner Stimme.
Sie wandte sich ihm kühl zu. »Worauf willst du hinaus?«
Er wich ihrem Blick aus und sah auf die Tischplatte. »Nichts weiter.«
»Dann kümmere dich um deine eigenen Sachen«, rief sie, durchquerte den Raum und ging auf den Hausflur hinaus.
Als sie in die Küche zurückkehrte, wartete er an der Tür und packte ihren Arm. Sie blickte ihm ins Gesicht. Ihre Augen verengten sich etwas, aber sie sagte kein Wort.
»Du bist ein sehr hübsches Mädchen, Marja.« In seiner Stimme lag ein verborgenes Flehen.
Noch immer sagte sie nichts.
»Vielleicht kannst du auch einmal zu mir so nett sein wie zu ihm«, meinte er unbeholfen. »Dann wären doch alle glücklich, nicht wahr?«
Sie schüttelte seine Hand ab. Sie war zu müde, um wirklich zornig zu werden. Ihre Stimme klang stumpf und matt. »Peter«, sagte sie – und es war das erste Mal, daß sie ihn bei seinem Vornamen nannte, ohne »Onkel« hinzuzufügen – »mach dich nicht lächerlich. Ich bleibe hier, weil Mama es so gewünscht hätte. Aber das ist auch alles.«
Er kam mit ihr bis zur Schlafzimmertür. Er hielt den Atem an und wagte noch eine Frage. »Marja, du weißt doch, was ich dir gegenüber immer empfunden habe?«
»Ich weiß es«, entgegnete sie kühl. »Aber du bist nicht mein Typ. Wenn du wirklich so dringend eine Frau brauchst, dann geh doch und such dir eine.«

Sie warf ihm die Tür hastig vor der Nase zu und drehte den Schlüssel laut herum, damit er es hören konnte. Sie wartete, bis sich seine Schritte entfernten. Dann zog sie sich rasch ganz aus und legte sich in ihr Bett.
Sie streckte ihre Arme über dem Kopf aus und ließ die leichte Brise vom Fenster her über ihren Körper streichen. Tief in sich verspürte sie eine schmerzliche Einsamkeit. Sie schloß die Augen und glaubte in der Dunkelheit das Gesicht ihrer Mutter vor sich zu sehen.
»Sei ein braves Mädchen, Marja«, schien Katti zu sagen.
»Das will ich, Mama«, versprach sie flüsternd und drehte sich auf die Seite. Sie vernahm noch das leise Zuschlagen der Tür des Eisschrankes, während sie einschlief.

17

Joker Martin sah zu ihr auf. Sie stand vor seinem Schreibtisch.
»Ich habe die Sache in Ordnung gebracht«, sagte er. »Das Wohlfahrtsamt ist damit einverstanden, daß du am Nachmittagsunterricht in der Schule teilnimmst und weiterhin hier arbeitest.«
Ihre Hände machten eine einfache, vielsagende Bewegung.
»Sie scheinen mir immer wieder etwas Gutes tun zu wollen«, sagte sie. »Ich weiß gar nicht, wie ich Ihnen danken soll.«
Er lächelte verlegen. »Vielleicht tue ich es, weil ich dich mag.«
Sie sagte nichts.
»Du bist zuverlässig, Marja«, fuhr er fort. »Jeden Abend bist du da und machst mir keine Unannehmlichkeiten wie die anderen Mädchen. Vielleicht deshalb.«
»Ich weiß trotzdem nicht, wie ich Ihnen jemals danken kann«, sagte sie.
Er wollte etwas erwidern, aber in diesem Augenblick klingelte das Telefon auf seinem Schreibtisch. Er nahm den Hörer ab. »Martin.«
Die Stimme auf der anderen Seite sprach ein paar Sekunden. Joker blickte zu Marja auf. Sie wandte sich zum Gehen. Mit einer Handbewegung bat er sie zu bleiben.
»Warten Sie bitte einen Augenblick«, sagte er.

Er bedeckte die Sprechmuschel mit einer Hand, während er mit ihr sprach. »Da ist schon eine Gelegenheit, mir zu danken, Marja«, sagte er. »Ich habe hier einen sehr wichtigen Mann am Telefon. Ihm fehlt für seine Party heute abend eine Dame. Wenn du hingehen willst, springen für dich dabei fünf Dollar heraus.«

Sie zögerte. »Ich ... ich glaube, lieber nicht, Mr. Martin. Ich würde da nicht hinpassen.«

Er verstand, was sie meinte. »Kannst ruhig gehen«, erwiderte er. »Der Mann ist in Ordnung. Da gibt's keine heißen Sachen. Du brauchst weiter nichts zu tun, als mit ihnen zu tanzen und ein bißchen mitzumachen, wenn es lustig wird. Um halb vier bist du dort fertig.«

Noch immer war sie unschlüssig. »Sind Sie sicher?«

Er nickte. »Natürlich.«

»Aber ich habe doch nichts Richtiges anzuziehen.« Sie schüttelte den Kopf. »Nein, lieber nicht.«

»Du kannst dein Kleid von hier nehmen«, erklärte er ihr. »Morgen abend bringst du es dann zurück. Du würdest mir einen großen Gefallen tun.«

Sie atmete tief ein. Sie wußte nicht, wie sie ihm diesen Wunsch abschlagen konnte. Er war immer so nett zu ihr gewesen. »Also gut.«

Er lächelte. »Braves Mädchen.« Er machte eine freundliche Handbewegung. »Hol deine Handtasche und komm wieder her. Ich gebe dir dann die Adresse.«

Er wartete, bis sich die Tür hinter ihr geschlossen hatte, bevor er wieder in den Apparat sprach. Er redete jetzt hastig und leise. »Ich schicke dir ein grünes Pflänzchen, Jack, also Vorsicht. Ich möchte nicht, daß sie abgeschreckt wird.«

Er schwieg, während die Stimme am anderen Ende der Leitung auf sein Trommelfell prasselte. Dann wurde es still, und er sprach erneut. Und dieses Mal lag ein Lachen in seiner Stimme. »Paß auf, es ist das Tollste, was du je gesehen hast. Aber du darfst den Kopf nicht verlieren. Sie ist noch minderjährig, und wenn etwas schiefgeht, gibt's Ärger. Sei also vernünftig und laß dir Zeit. Es wird schon alles werden.« Er legte gerade den Hörer auf, als Marja wieder ins Büro trat.

Vor dem großen Appartementhaus stieg sie aus dem Taxi. Der Pförtner hielt ihr die Tür auf, während sie den Fahrer bezahlte und aus dem Wagen stieg. »Mr. Osteres Wohnung, bitte.«
Der Ausdruck seiner Augen verriet, daß er Bescheid wußte. »Dachgartenwohnung D, siebzehntes Stockwerk.«
Der Fahrstuhlführer hatte den gleichen Ausdruck in den Augen, als er sie nach oben fuhr. »Nach links«, sagte er und hielt ihr die Tür auf.
Während sie auf die Klingel drückte, hörte sie die Fahrstuhltür hinter sich zugleiten. Die Wohnungstür wurde geöffnet. Ein Mann im Frack stand vor ihr.
»Mr. Ostere?« fragte sie. »Ich bin Marja Flood.«
Das Gesicht des Mannes blieb unverändert. »Bitte, treten Sie ein«, sagte er zurückhaltend. »Ich sage Mr. Ostere Bescheid, daß Sie da sind.«
Sie wartete in der Diele. Der Mann verschwand und kam kurz darauf mit einem kleineren Mann in einem dunklen Anzug zurück.
Er ging mit ausgestreckter Hand auf sie zu. »Mein Name ist Jack Ostere«, erklärte er lächelnd.
Er trat einen Schritt zurück und betrachtete sie. »Zum Teufel!« rief er lebhaft. »Zum erstenmal in seinem Leben hat Joker recht. Sie sind eine Schönheit.«
Sie lächelte zufrieden. »Danke, Mr. Ostere.«
»Sagen Sie einfach Jack«, erwiderte er rasch. »Aber kommen Sie jetzt herein. Ich mache Ihnen einen Drink zurecht, bevor die anderen kommen.«
Er nahm ihren Arm und führte sie in das größte Wohnzimmer, das sie jemals gesehen hatte.
Vor einer kleinen fahrbaren Hausbar blieb er stehen. »Was darf es sein? Manhattan? Martini?«
»Coca-Cola?« fragte sie zögernd.
Spöttisch runzelte er die Stirn, dann lächelte er. »Ganz wie Sie wünschen.« Er drehte sich um und zog an einer Schnur, die an der Wand herunterhing.
Fast augenblicklich erschien der Butler. »Sie wünschen, Sir?«
»Coca-Cola für Miß Flood, Jordan«, sagte Ostere.
Das Gesicht des Butlers blieb undurchdringlich. »Jawohl, Sir«, antwortete er und wollte sich entfernen.

»Mit viel Eis«, fügte Marja hinzu.
Der Butler sah sie an. »Mit viel Eis, Ma'am.« Er verließ das Zimmer.
Marja wandte sich ihrem Gastgeber zu. »Ich hoffe, ich bin nicht zu früh gekommen. Joker sagte mir, ich solle sofort gehen.«
Ostere hatte sich etwas Whisky in ein Glas mit Eiswürfeln gegossen. Er hob das Glas und sah sie an. »Niemand, der so hübsch ist wie Sie, könnte jemals zu früh kommen, Marja.«
Eine Glocke ertönte in der Wohnung. »Entschuldigen Sie mich bitte«, bat Ostere. »Einige meiner Gäste kommen, und ich muß sie begrüßen.«
Der Butler brachte Marja das Coca-Cola. Sie sah sich rasch im Raum um. Er mochte etwa zwölf bis dreizehn Meter lang sein. An einem Ende befanden sich mehrere Glastüren, die auf eine Terrasse hinausgingen.
Ostere kam mit den neuen Gästen ins Zimmer. Marjas Augen weiteten sich.
Eine der Frauen war eine Filmschauspielerin, die sie schon oft im RKO-Kino auf der 86. Straße gesehen hatte. Und einer der Männer war ein bekannter Journalist, dessen Artikel sie häufig in der Morgenzeitung las.
Bevor Ostere die Vorstellung beendet hatte, klingelte es erneut, und er eilte hinaus, um weitere Gäste zu begrüßen. Marja staunte von neuem. Obwohl nicht alle Namen ihr etwas sagten, waren sie ihr doch irgendwie aus den Zeitungen bekannt.
Sie blieb die ganze Zeit über sehr still und scheu, denn sie wußte nicht, was sie mit diesen Leuten reden sollte. Aus den Unterhaltungen hörte sie heraus, daß Ostere ein reicher Mann war, der häufig Geld in Theaterstücke investierte.
Er war ein sehr aufmerksamer Gastgeber; denn obwohl er ständig umherging und sich mit seinen Gästen unterhielt, kehrte er doch immer wieder zu ihr zurück, um sich zu vergewissern, daß sie sich wohl fühlte und es ihr an nichts fehlte. Sie mochte ihn. Er war ein netter, eifriger, kleiner Mann.
Einmal hatte der Journalist sie etwas abseits von den anderen in einer Ecke in ein Gespräch verwickelt und sie gefragt, welchen Beruf sie habe. Zunächst wußte sie nicht, was sie auf diese Frage antworten sollte. Dann hatte sie einen rettenden Gedanken.

»Ich bin Tänzerin«, antwortete sie. Und das entsprach auch einigermaßen der Wahrheit.
In diesem Augenblick tauchte Ostere plötzlich neben ihnen auf und lächelte beifällig über ihre Antwort.
»Wo treten Sie auf?« fragte der Journalist. »Ich werde in meiner Spalte etwas über Sie schreiben.«
»Soweit bin ich noch nicht«, antwortete sie lächelnd. »Aber ich werde mich an Sie wenden und Sie daran erinnern, wenn es soweit ist.«
Der Journalist hatte bereits ziemlich viel getrunken und war leicht beschwipst. Er wußte ganz genau, was für Mädchen Ostere für gewöhnlich an solchen Abenden bei sich hatte, und er wollte sie in Verlegenheit bringen. »Tanzen Sie uns doch etwas vor«, forderte er sie heimtückisch auf. »Ich glaube es Ihnen nicht.«
Im Raum wurde es bei seinen Worten ganz still. Die anderen sahen Marja neugierig an und warteten darauf, was sie tun würde. Ihnen allen waren Osteres Mädchen kein Geheimnis.
Marja sah ihn unverwandt an, als sie antwortete: »Ich würde es nur zu gern tun, aber leider kann ich im Augenblick nicht. Ich leide nämlich gerade an der Berufskrankheit der Tänzerinnen.«
»Was für eine Berufskrankheit?« rief der Journalist laut und beinahe triumphierend. »Davon habe ich noch nie etwas gehört.«
»Dann verstehen Sie wohl auch nicht viel von der Sache, oder?« fragte Marja spöttisch. »Haben Sie noch nie etwas von wunden Füßen gehört?«
Das Gelächter, das im Zimmer ausbrach, lockerte die Spannung, und Ostere klopfte ihr auf die Schulter und flüsterte: »Tapferes Mädchen.«
Gegen halb drei begannen die Gäste wegzugehen, und um drei waren Marja und Ostere wieder allein. Er ließ sich in einen Sessel fallen und sah sie an. »Ich bin nur froh, daß es für diese Woche vorbei ist«, rief er aus.
Sie sah ihn verwundert an. »Warum tun Sie es denn, wenn es Ihnen keinen Spaß macht?«
Er lächelte. »Ich muß es tun, meine Kleine. Das Geschäft verlangt es. Außerdem wären diese Leute enttäuscht, wenn ich es nicht täte. Es ist zu einer allwöchentlichen Gewohnheit geworden.«

»Wollen Sie damit sagen, daß es jede Woche so ist?«
Er nickte. »New York wäre nicht mehr dieselbe Stadt ohne das mitternächtliche Zusammensein am Dienstag bei Jack Ostere.«
In seiner Stimme klang ein gewisser Stolz mit.
Sie schüttelte den Kopf, denn sie verstand nicht, welchen Unterschied es ausmachte, ob nun jemand kam oder nicht. »Es ist Zeit, daß ich gehe, Mr. Ostere«, sagte sie und verfiel erneut in ihre anfängliche Förmlichkeit.
Er sah sie an, und sie hatte den Eindruck, daß eine unausgesprochene Bitte in seinen Augen lag. »Müssen Sie wirklich gehen?« fragte er mit gespielter Harmlosigkeit. »Ich habe doch hier soviel Platz.«
Ihre Augen waren abweisend. »Ich muß gehen, Mr. Ostere. Mein Vater erwartet mich.«
Er sprang auf. »Selbstverständlich«, rief er. »Ich hätte daran denken müssen.« Er holte einen Geldschein aus seiner Tasche und drückte ihn ihr in die Hand.
Sie sah ihn nicht an. »Ich danke Ihnen vielmals, Mr. Ostere«, sagte sie und streckte ihre Hand aus. »Ich habe mich sehr gut amüsiert.«
Er nahm ihre Hand. »Es hat mir große Freude gemacht, Sie hier zu haben, meine Kleine. Ich hoffe, Sie kommen wieder. Vielleicht nächste Woche.«
Sie zögerte. »Das kann ich nicht versprechen. Ich muß das erst mit Mr. Martin ausmachen.«
Er lächelte, als er sie zur Tür begleitete. »Wegen Joker brauchen Sie sich keine Sorgen zu machen. Ich werde mit ihm reden.«
»Gute Nacht, Mr. Ostere.«
»Gute Nacht, Marja.«
Die Tür des Fahrstuhls glitt zurück, und sie stieg ein. Sie winkte Ostere zu, der noch immer im Eingang der Wohnung stand. Die Tür des Fahrstuhls schloß sich. Da erst warf sie einen Blick auf den Schein, den sie noch immer fest in der linken Hand hielt.
Sie stieß einen Laut der Überraschung aus. Es waren zwanzig Dollar – soviel, wie sie in einer ganzen Woche verdiente. Rasch ließ sie ihn in ihre Handtasche gleiten und fragte sich dabei, ob er sich geirrt hatte.

Das Gesicht des Pförtners wirkte überrascht, als sie aus dem Haus trat. »Taxi?« fragte er.
Sie sah ihn einen Augenblick an. Dann zuckte sie die Achseln. Warum nicht? Sie hatte es ja.

18

Es war halb vier, als das Taxi vor ihrer Tür hielt. Sie stieg aus und lief die Stufen hinauf.
»Marja!« Eine Gestalt trat aus der Dunkelheit in der Nähe des Eingangs.
»Mike! Was tust du denn hier?«
»Ich habe auf dich gewartet und mir Sorgen gemacht. Ist alles in Ordnung?« Er sah übermüdet aus, und seine Stimme klang unglücklich.
Sie zündete sich eine Zigarette an. Das Streichholz flammte auf und beleuchtete kurz ihr Gesicht. Dann antwortete sie: »Alles in Ordnung.«
»Ich habe bis halb eins vor dem *Golden Glow* gewartet«, erklärte er, und seine Stimme wurde noch unglücklicher. »Dann habe ich drinnen gefragt, und man hat mir gesagt, du wärst schon früher weggegangen. Darauf kam ich hierher, weil ich dachte, es fehlt dir vielleicht etwas. Aber dein Vater sagte mir, du wärst noch nicht nach Hause gekommen.«
»Du hättest nicht zu warten brauchen«, erwiderte sie rasch. »Ich war auf einer Party.«
»Bei wem?«
»Bei Jack Ostere«, antwortete sie, ohne zu zögern. »Du kennst ihn nicht«, fügte sie hinzu.
»Wieso?«
»Joker hat mich gebeten hinzugehen.«
»Mir gefällt das nicht.« Seine Stimme klang traurig.
»Warum denn nicht?« Ihre Stimme verriet Gereiztheit.
»Mir gefällt es einfach nicht, daß du so etwas machst«, erklärte er. »Er hat nicht das Recht, dich zu solchen Sachen zu schicken.«
Jetzt war sie zornig. »Niemand hat dich nach deiner Ansicht gefragt«, fuhr sie ihn an.

»Du hättest nicht gehen sollen.« Seine Stimme klang eigensinnig.
»Wenn du mir nicht dauernd nachspionieren würdest«, rief sie wütend, »hättest du es niemals erfahren.«
»Ich spioniere dir nicht nach, Marja«, sagte er mit leiser, verletzter Stimme. »Ich hatte nur Angst, es könnte dir etwas zugestoßen sein.«
Ihre Stimme war kalt. »Da du dich jetzt davon überzeugt hast, daß mir nichts fehlt, kannst du nach Hause gehen. Du fängst an, mich zu langweilen!« Sie lief die Stufen hinauf in den Hausflur. Er blieb auf der Straße stehen und blickte ihr nach.
Er stand ganz still. Dann wandte er sich traurig um und ging nach Hause. Es gab Augenblicke, in denen er das Gefühl hatte, sie überhaupt nicht zu kennen.

Peter saß am Tisch, die unvermeidliche Büchse Bier vor sich. Er sah sie aus blutunterlaufenen Augen an. »Wo bist du gewesen?« fragte er.
»Ich habe gearbeitet«, erklärte sie kurz.
Seine Augen musterten ihr Kleid. »Dein Freund hat mir gesagt, du wärst schon früher weggegangen. Aber du bist nicht nach Hause gekommen.«
Sie antwortete ihm nicht und begann durch die Küche zu ihrem Zimmer zu gehen. Aber schon war er von seinem Stuhl aufgesprungen und vertrat ihr den Weg. »Wo bist du in einem solchen Kleid gewesen?«
Sie blickte ihm gerade in die Augen. »Ich habe gearbeitet, habe ich gesagt.«
Seine Hände packten ihre Schultern. »In diesem Aufzug?«
»Das sind meine Arbeitssachen«, antwortete sie. »Ich war zu müde, um mich noch umzuziehen, und so bin ich in ihnen nach Hause gekommen.« Sie versuchte, sich seinem Griff zu entziehen. »Laß mich los. Ich muß es morgen zurückgeben. Es gehört nicht mir.«
Seine Hand glitt rasch von ihrer Schulter. Bevor sie es verhindern konnte, hatte er ihre Handtasche geöffnet und den Inhalt auf den Tisch geschüttet. Obenauf lag der Zwanzig-Dollar-Schein. Er nahm ihn und drehte ihn herum. »Wo hast du den her?«

Sie starrte ihn an. »Es war ein Trinkgeld.«
»Man gibt kein solches Trinkgeld nur fürs Tanzen«, sagte er.
Sie antwortete ihm nicht.
Seine Hand schlug plötzlich zu. »Dirne!«
Der Schlag warf sie halb herum, und sie taumelte gegen die Wand, den weißen Abdruck seiner Hand auf ihrem Gesicht. Der Verschluß ihres Schulterbandes öffnete sich, und ihr Kleid begann zu rutschen. Sie hielt es über der Brust fest.
Seine Stimme klang rauh. »Ich habe deiner Mutter gesagt, was für eine du bist, aber sie hat mir nicht glauben wollen. Ein Glück, daß sie das nicht mehr zu erleben braucht.«
»Ein Glück für dich, meinst du wohl.« Ihre Stimme war ausdruckslos.
Mit einer Hand begann er den Gürtel aus seiner Hose zu ziehen. Er näherte sich ihr drohend. Sie wich ihm aus und riß ein scharfes Fleischmesser aus der Tischschublade. Sie hielt es hoch, die glänzende Spitze gefährlich auf sein Gesicht gerichtet. Ihre Lippen entblößten ihre Zähne, und sie zischte ihn spöttisch an: »Komm nur her! Versuch es mal!«
Er starrte das Messer an und dann sie. Ihre Augen loderten vor Haß, und er wich zurück. »Marja! Du weißt nicht, was du tust!«
Sie lächelte kalt. »Wollen wir wetten, daß ich es genau weiß?«
Er atmete schwer. Das Mädchen war verrückt. Vorsichtig zog er sich von ihr zurück. »Schon gut, schon gut«, murmelte er ängstlich.
»Das Geld.« Ihre Augen waren noch immer auf sein Gesicht gerichtet.
Er warf den Schein auf den Tisch. Sie schob ihn zusammen mit den anderen Sachen rasch in ihre Handtasche zurück.
Ihr Gesicht war verschlossen und kalt. »Wenn du mir jemals nahe kommst«, sagte sie mit leiser, drohender Stimme, »oder mich anzufassen versuchst, bringe ich dich um, so wahr mir Gott helfe.«
Er antwortete ihr nicht. Er zweifelte nicht im geringsten daran, daß es ihr mit jedem Wort ernst war. Die Tür schloß sich hinter ihr. Er wandte sich dem Eisschrank zu, und seine Hände zitterten plötzlich.
Marja lehnte sich mit dem Rücken gegen die Tür und schloß die Augen. Es war ihr, als seien seit dem Tod ihrer Mutter tausend

Jahre verstrichen, und doch war es erst einen Monat her. Sie öffnete die Augen und betrachtete das Messer, das sie noch immer in der Hand hielt.
Ein Schauer durchlief sie, und sie zuckte zusammen. Sie warf das Messer auf das Bett und begann sich auszuziehen. Sie bemerkte es erst wieder, als sie sich ins Bett legen wollte. Bedachtsam ließ sie es unter eine Ecke ihrer Matratze gleiten. Von da ab legte sie sich nie mehr schlafen, ohne sich vergewissert zu haben, daß es noch da war.

19

Von nun an ging sie überallhin, wohin Joker sie schickte. Nach und nach begann sie ihm zu vertrauen. Niemals hatte sie Unannehmlichkeiten mit einem der Männer, die sie kennenlernte. Sie behandelten sie mit größerer Achtung als die Jungen in der Schule.
Die Jungen taten sich immer gegen sie zusammen und versuchten sie zu greifen. Es machte ihr nichts aus; denn sie fühlte sich ihnen weit überlegen. Was wußten sie denn schon von dem, was in der Welt vor sich ging?
Im Laufe des Winters sah sie Mike immer seltener. Mehrmals verabredete sie sich mit ihm, mußte dann aber die Verabredung absagen, weil Joker einen Auftrag für sie hatte. Seit jener Nacht, in der er vor ihrem Haus auf sie gewartet hatte, holte er sie nicht mehr vom Tanzlokal ab. Eines Abends wurde sie ans Telefon gerufen.
»Hallo«, sagte sie in den Apparat.
»Marja?« Die vertraute Stimme drang in ihr Ohr. »Hier spricht Mike.«
Erst in diesem Augenblick wurde ihr bewußt, wie sehr sie ihn vermißt hatte. Sie lächelte in den Apparat. »Wie geht es dir, Mike?«
»Gut«, antwortete er. »Und dir?«
»Ich bin zufrieden.«
»Ich wollte mit dir sprechen«, erklärte er, »aber ich hatte im College so viel zu tun.«

»Ich bin so froh, daß du mich anrufst, Mike«, sagte sie leise. »Du hast mir gefehlt.«
»Wirklich?« Seine Stimme klang nun hell und glücklich.
»Ehrlich, Mike.«
»Können wir uns treffen, wenn du mit deiner Arbeit fertig bist?« fragte er.
»Natürlich«, antwortete sie rasch.
»Unten. An der gleichen Stelle. Am ersten Wagen von der Ecke ab«, erklärte er ihr.
»Gut.«
»Marja?« Er zögerte.
»Was ist, Mike?«
»Du wirst mich dieses Mal nicht versetzen?« bat er.
»Ich werde da sein, Mike«, sagte sie.
Als sie herauskam, lehnte er an einem Wagen und richtete sich auf, während sie auf ihn zuging. Sie blickte ihm ins Gesicht. Er sah müde und mager aus. »Hallo«, rief sie.
Ein verlegenes Lächeln erschien auf seinem Gesicht. »Hallo.«
Einen Augenblick standen sie da und sahen einander an, bis Marja das Schweigen brach. »Willst du mich nicht zu einer Tasse Kaffee einladen?«
»Natürlich«, meinte er, »du hast mir das Wort aus dem Mund genommen.«
Sie wollte schon zum Drugstore gehen, aber er nahm ihren Arm und führte sie in ein in der Nähe gelegenes Restaurant. Sie traten ein und setzten sich an einen Tisch.
Sie musterte das weiße Tischtuch. »Junge, Junge, wir leben ja ganz groß!«
Er lächelte. »Für uns nur das Beste.«
Aber sie bemerkte, daß er beim Bestellen vorsichtig war. »Was hast du getrieben?«
»Nicht viel«, antwortete er. »College. Lernen. Arbeiten.«
»Du hast abgenommen«, meinte sie.
Er zuckte die Achseln. »Ich wurde ohnehin zu schwer.«
Der Kellner stellte den Kaffee vor sie hin. Sie nahm einen Schluck und wartete darauf, daß er zu sprechen begann.
»Wie geht es dem kleinen Peter?« fragte er.
»Gut.« Sie lächelte. »Er läuft schon und fängt an zu reden. Er nennt mich ›Ja-Ja‹.«

Sie bemerkte, daß er sich nicht nach ihrem Stiefvater erkundigte.
»Und was macht die Arbeit?«
»Es geht gut.«
Er schwieg, während er ihr zusah, wie sie ihren Kaffee trank. Er selbst rührte die Tasse vor sich nicht an. »Du trinkst ja deinen Kaffee nicht«, sagte sie.
»Ich habe keine Lust«, antwortete er. Plötzlich stand er auf und warf einen Schein auf den Tisch. »Komm, gehen wir.«
Sie folgte ihm auf die Straße hinaus. »Was ist los, Mike?«
Er blickte ihr ins Gesicht. »Ich habe eine Nachricht für dich«, sagte er tonlos.
Sie war verwundert. »Für mich?«
Er nickte. »Von Ross. Er läßt dir sagen, daß er im nächsten Monat nach Hause kommt.«
Ihre Hand glitt von seinem Arm herab. »Und deswegen hast du mich angerufen? Um mir das auszurichten?«
Er sagte nichts, und sein Gesicht war verschlossen.
»Und was erwartet man jetzt von mir?« fragte sie spöttisch. »Etwa Freudensprünge?«
Er schwieg noch immer.
Sie blieb stehen. Er machte zwei Schritte, bevor er bemerkte, daß sie nicht mehr neben ihm war. »Was ist?« fragte er verwundert.
»Du hast es mir ausgerichtet«, sagte sie mit abweisender Stimme. »Danke.«
»Er glaubt noch immer, daß du sein Mädchen bist«, erklärte er.
Sie blickte mit großen Augen in die Nacht. »Und was glaubst *du*?«
Niedergeschlagen stand er da. »Ich weiß nicht, was ich glauben soll. Er scheint seiner Sache so sicher.«
Sie trat in einen dunklen Hausgang. »Mike«, sagte sie.
»Ja?«
»Komm her, Mike.«
Er folgte ihr in den Hausgang. Sie schlang ihre Arme um seine Schultern, zog sein Gesicht zu sich herab und küßte ihn. Zuerst stand er wie erstarrt da, dann legte er seine Arme um sie und zog sie an sich. Sie standen eine Weile da, während in seinem Kopf alles durcheinanderging.
Schließlich löste sie sich von ihm. Ihr ganzer Körper zitterte in

seiner leidenschaftlichen Umarmung. »Und was glaubst du *jetzt,* Mike?«
»Aber du hast nie etwas gesagt«, erklärte er verwirrt. »Du hast dich auch nicht so benommen, als wolltest du gern mit mir zusammen sein. Denke nur an das letzte Mal, als du mich versetzt hast. Ich habe länger als eine Stunde auf dich gewartet, aber du bist nicht erschienen.«
Ihre Augen wirkten in der Dunkelheit grünlich und schimmerten wie die einer Katze. »Ich muß arbeiten, Mike. Ich brauche das Geld. Das weißt du doch.«
»Es gibt soviel andere Arbeit, die man für Geld machen kann«, meinte er.
Sie schüttelte den Kopf. »Ich tue nichts Schlechtes. Ich möchte nur genug Geld haben, um nicht so leben zu müssen wie meine Mutter. Ich weiß, was aus ihr geworden ist.«
»Aber du hast doch niemals . . .«
»Still«, entgegnete sie leise und drückte ihre Finger auf seine Lippen. »Du redest zuviel. Du hast nie versucht, mich zu küssen. Ich habe mich schon gefragt, was eigentlich mit dir los ist.«
Er lächelte. Es war, als leuchtete sein ganzes Gesicht auf. Er näherte sich ihr. »Vielleicht schadet es nichts«, meinte er. »Um so mehr habe ich nachzuholen.«
Als sie zu ihrem Haus gelangten, war es auf der Straße ganz still. Die letzten Märzwinde zausten kraftlos an ihnen, als sie die Stufen hinaufgingen und in den Hausflur traten. Leise schloß sie die Tür und blickte ihm ins Gesicht.
Seine Augen waren sehr ernst, und flüsternd sagte er zu ihr: »Ich liebe dich, Marja. Das weißt du, nicht wahr?«
Sie nickte.
»Ich habe dich seit jenem Tag im Fahrstuhl geliebt, aber ich habe immer geglaubt, du willst mich gar nicht. Ross besitzt so viel. Ich habe nichts.«
»Ich habe niemals etwas verlangt«, erwiderte sie.
»Ich weiß. Aber du kannst alles bekommen, was du nur willst. Jeder Mann, dem du begegnest, ist verrückt nach dir.«
Langsam breitete sich ein Lächeln auf ihrem Gesicht aus. »Ich weiß«, sagte sie selbstbewußt. »Aber an ihnen liegt mir nichts. Sie sind alle Idioten. Sie glauben alle, sie könnten von mir was bekommen. Aber ich gebe nichts.«

Er lächelte belustigt. »Bin ich auch ein solcher Idiot?«
»Du bist der größte von allen«, entgegnete sie scherzend. »Außer mir. Ich bin in dich vernarrt.«
Er zog sie an sich, und sie schmiegte sich bereitwillig in seine Arme. Ihre Lippen und ihr Mund waren warm und offen. Ihre Zunge entzündete Brände. Er hielt jäh den Atem an, schloß die Augen und ließ sich in einen heißen Wirbel fallen. Plötzlich löste sie sich von ihm, einen Ausdruck der Verwirrung in den Augen. »Mike, du machst mich verrückt.«
»Um so besser.«
Sie schüttelte den Kopf. »Ich verstehe es nicht. Bei niemandem habe ich das jemals empfunden.«
Er zog sie wieder an sich. »Das wird dich lehren, nicht mit mir zu spaßen, Mädchen«, rief er lachend. Er küßte ihren Hals. »Jetzt hast du wirklich einen Freund.«

20

Peter saß in der Dunkelheit am Fenster und blickte auf die Straße hinab. Marja hätte schon seit einer Stunde zu Hause sein müssen. An diesem Abend arbeitete sie nicht so lange. Das wußte er.
Nun streckte er den Kopf zum Fenster hinaus. Zwei Leute kamen langsam die Straße entlang und gingen unter einer Laterne vorbei. Es war Marja.
Mike begleitete sie. Sie hielten sich mit den Armen umschlungen. Jäh durchrieselte ihn die Eifersucht. Marja war jetzt eine Frau. In den letzten paar Monaten hatte sie sich sehr verändert. Sie war ihrer selbst nun sicher. Das lag an ihrer Stellung.
Er hatte schon soviel über Mädchen gehört, die in solchen Tanzlokalen arbeiteten. Eine wilde Gesellschaft. Er erinnerte sich auch an ein paar, die er vor seiner Ehe gekannt hatte. Die meisten von ihnen waren nicht besser als Huren.
Erotische Vorstellungen tauchten in ihm auf, und er geriet in Erregung. Sie hatte kein Recht, ihn so zu behandeln, wie sie es tat. Halbangezogen in der Wohnung herumlaufen. Sie wußte ganz genau, daß ihn das erregte.

Er fühlte, wie ihm der Schweiß auf der Stirn ausbrach. Wie betrunken schwankte er in die dunkle Küche hinaus und öffnete den Eisschrank. Aber es war kein Bier mehr da. Er stand da und fluchte still vor sich hin. Dann fiel ihm die Flasche Slibowitz im Schrank ein.
Er holte sie heraus und entkorkte sie. Er hielt sie an den Mund und fühlte, wie der scharfe Alkohol in der Kehle und im Magen brannte. Wärme durchdrang ihn, und er kam sich nun stark und mächtig vor.
Vorsichtig ging er mit der Flasche ins Wohnzimmer zurück und sah zum Fenster hinaus. Sie waren nicht mehr zu sehen. Da lauschte er aufmerksam auf Marjas Schritte auf der Treppe.
Aber nichts war zu hören.
Er wartete fast zehn Minuten und nahm noch einen Schluck aus der Flasche. Ihm brauchte sie nichts vorzumachen, er wußte ganz genau, was sie dort unten trieb. Diese Gedanken machten ihn rasend. So ein gemeines kleines Luder. Alle erhielten ihren Anteil, nur er nicht. Sie lachte ihn nur aus.
Da hatte er einen großartigen Einfall. Leise ging er durch die Wohnung zurück und durch die Küchentür hinaus. Vorsichtig schlich er die Treppe bis zum ersten Absatz hinunter und spähte über das Geländer in den Hausflur.
Er sah sie in der Ecke des Ganges stehen. Marja hatte ihre Arme um den Nacken des jungen Mannes geschlungen, und sie küßten sich. Der Rücken des Burschen verbarg Marja seinen Blikken, aber er wußte, was sie dort trieben. Er erkannte es daran, wie sie dastanden.
Unterdrücktes Lachen schlug an seine Ohren, und Marja löste sich von Mike. Jetzt konnte er ihr Gesicht sehen. In dem gelblichen, trüben Licht wirkten ihre Lippen geschwollen.
»Morgen?« hörte er Mike fragen.
Marja lachte glücklich auf. »Morgen, bestimmt.« Sie ging zur Treppe.
Peter eilte rasch in die Wohnung hinauf. Er wartete an der Küchentür, bis er ihre Schritte hörte. Dann ging er durch die dunkle Wohnung ins Wohnzimmer.
Er setzte sich auf den Stuhl in der Ecke, von dem aus er die Küche im Spiegel an der Wand beobachten konnte. Wilder Zorn er-

füllte ihn, und sein Magen verkrampfte sich vor Erregung. Er hob die Flasche an die Lippen. Einige Tropfen rannen ihm über das Kinn.

Die Küchentür wurde geöffnet, und im Licht des Flurs zeichnete sich Marjas Gestalt ab. Er hörte ihre Stimme.

»Peter?«

Er antwortete nicht.

»Peter, schläfst du?«

Er hielt den Atem an. Sollte das Luder doch denken, er sei eingeschlafen. Er hatte es nicht nötig, ihr zu sagen, was er tat. Sie kam in die Küche und ging durch die Dunkelheit zur Tür ihres Schlafzimmers. Einen Augenblick später leuchtete das sanfte Licht der Lampe auf ihrer Kommode auf.

Er beobachtete sie aufmerksam. Sie glaubte, er schliefe, denn sie schloß die Tür nicht. Er sah sie durch das Zimmer gehen. Sie begann sich auszuziehen. Eine leise gesummte Melodie drang bis zu ihm. Die kleine Hure schien zur Abwechslung einmal zufrieden zu sein.

Nun trug sie nur noch ihre Unterwäsche. Sie blickte auf. Er hielt den Atem an und fragte sich, ob sie nun wohl argwöhnte, daß er sie beobachtete. Aber das beunruhigte sie offenbar nicht. Sie kam aus dem Schlafzimmer heraus und ging durch die Küche zum Abwaschtisch, wo er sie nicht mehr sehen konnte. Er hörte, wie sie die Töpfe aus dem Waschzuber nahm und den Wasserhahn aufdrehte.

Sie erschien wieder in seinem Blickfeld und summte noch immer vor sich hin. Während sie in ihr Zimmer ging, löste sie den Büstenhalter. Er sah noch, wie sie sich den Rücken an den Stellen rieb, an denen die Träger eingeschnitten hatten. Sie ging in die Ecke des Zimmers neben ihrem Wandschrank, und er konnte sie nicht mehr sehen.

Er hob die Flasche an die Lippen und nahm bedächtig noch einen Schluck. Dann wischte er sich den Mund mit dem Handrücken ab. Er fühlte sein Herz plötzlich heftig schlagen. Als er ihre Schritte hörte, blickte er wieder auf.

Der Morgenmantel, in dem sie jetzt durch die Tür kam, schlug im Gehen auf; sie war nackt. Sie ging zum Waschzuber hinüber, und er hörte sie am Wasserhahn hantieren. Plötzlich wurde es ihm klar. Sie wollte ein Bad nehmen.

Für gewöhnlich wartete sie damit, bis er weggegangen war, aber wahrscheinlich glaubte sie, er schliefe. Er lächelte vor sich hin. So gescheit war sie nun auch wieder nicht. Mit ihm konnte sie es jedenfalls nicht aufnehmen.

Sie ging durch die Küche und auf den Flur hinaus und ließ die Wohnungstür halb angelehnt. Er erhob sich von seinem Stuhl und eilte leise in die Küche hinüber. Eine Weile lauschte er an der Tür. Da vernahm er von der Toilette her das Geräusch der Spülung und blickte sich hastig um. Die Zeit reichte nicht mehr, ins Wohnzimmer zurückzugehen. So sprang er in ihr Zimmer hinein und verbarg sich hinter der offenen Tür.

Sie lehnte sich im Waschzuber, der ihnen als Badewanne diente, zurück und ließ das warme Wasser über ihre Haut hinspielen. Eines Tages würde sie eine richtige Badewanne in einem richtigen Badezimmer haben. Sie seifte sich tüchtig ein, bis ihr ganzer Körper mit Schaum bedeckt war.

Dann schloß sie die Augen und dachte an Mike. Er war wunderbar. Seltsam, daß dies alles geschah. Das Gefühl, das sie hatte, wenn er sie küßte – es war so, wie es sonst immer nur in Büchern geschildert wurde. Es war erregend und verlieh ihr ein Gefühl der Geborgenheit. Wenn sie sich küßten, erwachte ein ganz neues Verlangen in ihr, sie konnte kaum mehr stehen, und ihre Beine wurden schwach.

Das Wasser begann sich abzukühlen. Sie öffnete die Augen. Es war schon spät und höchste Zeit, ins Bett zu gehen. Sie spülte die Seife ab, stieg aus der Wanne und trocknete sich ab. Ihre Haut fühlte sich warm an, fast als ob sie glühte. Sie wickelte das Tuch um sich und kehrte ins Zimmer zurück.

Sie trat an den Wandschrank und hängte ihren Morgenmantel wieder hinein. Dann nahm sie ihr Nachthemd von einem Bügel und ging zum Bett hinüber, wobei sie das Handtuch über eine Stuhllehne warf. Sie wollte sich gerade das Nachthemd über den Kopf ziehen, als sie instinktiv aufblickte.

Ihr Herz zog sich zusammen, und die Furcht durchfuhr sie wie ein Messer. In der Ecke stand ihr Stiefvater. Sie ließ die Arme fallen und hielt das Nachthemd vor ihren Körper.

Er trat einen Schritt auf sie zu und lächelte töricht. »Marja«, sagte er und streckte die Hände nach ihr aus.

Sie wich vor ihm hinter das Kinderbett zurück. Ihre Furcht ver-

wandelte sich in eisigen Zorn. »Mach, daß du rauskommst!« fuhr sie ihn an.
Er blieb leicht schwankend vor ihr stehen. Der Schweiß stand ihm auf der Stirn, und seine Augen waren glasig. Er fuhr sich mit der Zunge über die Lippen.
»Raus mit dir!« schrie sie. »Du gemeiner, besoffener Strolch!«
»Marja«, murmelte er. »Warum bist du immer so gemein zu mir? Ich habe dich so gern.« Er kam um das Kinderbett herum auf sie zu.
Sie ließ ihn nicht aus den Augen und wich vor ihm zurück. »Du stinkst«, rief sie. »Raus mit dir!«
Der Kleine erwachte und begann zu weinen. Instinktiv wandte sie ihre Augen dem Bettchen zu. Schon war ihr Stiefvater auf sie zugetreten und hatte, bevor sie es verhindern konnte, ihre Hand ergriffen. Er zog sie an sich und versuchte sie zu küssen.
Sie wand sich in seiner Umklammerung und bemühte sich, ihr Gesicht abzuwenden. Mit den Nägeln fuhr sie ihm ins Gesicht. »Laß mich los! Du Schwein!«
Seine Hand griff nach dem Nachthemd, das sie noch immer festhielt. Ihre Nägel zerkratzten sein Gesicht. Mit einem Schmerzensschrei wich er zurück, und sie hörte, wie ihr Hemd zerriß. Er hielt sie noch immer an einer Hand, die sie ihm zu entreißen suchte. Mit der anderen Hand fuhr er sich übers Gesicht. Sie war voller Blut. Er sah sie verständnislos an.
Mit bebender Brust blickte sie zu ihm auf. »Machst du jetzt, daß du rauskommst?« keuchte sie.
Er schüttelte den Kopf, um wieder klar zu werden.
»Du Hure!« brüllte er. »Du wirst nicht mehr länger so mit mir umspringen! Jetzt werde ich dir was zeigen!«
Er hob eine Hand und schlug ihr ins Gesicht. Sie taumelte zurück und fiel zu Boden. Langsam folgte er ihr, seine Augen auf sie gerichtet.
Es lag keine Furcht in ihren Augen, nur grenzenloser Haß. Sie zog die Beine unter sich an, machte einen jähen Sprung an ihm vorbei zum Bett und griff nach dem Messer unter der Matratze.
Er packte sie an den Haaren und riß ihren Kopf zurück, so daß sie halb zurückgebogen auf dem Bett lag. Sie sah seine Faust auf ihr Gesicht zustoßen und versuchte, dem Schlag auszuweichen. Alles tanzte ihr vor den Augen, und sie fiel vornüber.

Erst allmählich kam sie wieder zu sich. Das Bewußtsein kehrte zurück und damit auch der Schmerz. Ihr Körper fühlte sich an, als ob tausend kleine Nadeln in ihm steckten. Vorsichtig drehte sie den Kopf herum.

In ihrem Zimmer brannte noch immer das Licht. Sie war allein. Nach und nach kehrte die Erinnerung zurück. Sie setzte sich im Bett auf und stieß einen Schmerzensschrei aus.

Sie sah die Kleider ihres Stiefvaters in der Nähe des Bettes auf dem Boden liegen. Übelkeit stieg in ihr auf, und sie lief in die Küche hinaus. Ihr Magen zog sich schmerzvoll zusammen, während sie sich in krampfhaften Anfällen in das Abwaschbekken erbrach. Endlich war alles vorbei. Kälte durchrieselte ihren Körper. Rasch drehte sie das heiße Wasser auf und stieg in die Badewanne. Verzweifelt rieb sie sich die Haut mit Seife ein, aber der Schmutz, den sie empfand, haftete nicht an ihrer Haut. Er war tief in ihr, wo sie ihn niemals entfernen konnte.

Das warme Wasser linderte jedoch den Schmerz. Triefend vor Nässe ging sie in ihr Zimmer hinüber und holte sich ein Tuch aus dem Schrank. Langsam trocknete sie sich ab und begann sich dann vorsichtig anzuziehen.

Vor dem Spiegel machte sie sich sorgfältig zurecht und kämmte sich ihr Haar. Ihr Gesicht starrte sie stumpf und teilnahmslos an. Nur ihre Augen waren noch lebendig. Sie waren grün und von Haß erfüllt.

Sie ging zu ihrem Bett und zog das Laken glatt. Der Kissenbezug war mit Blut befleckt; sie suchte einen frischen heraus. Sie legte die Decke darüber und schlug sie an den Seiten ein.

Vom Kinderbett her hörte sie einen leisen Laut. Die Windeln des Kleinen waren naß. Rasch wechselte sie sie und füllte eine kleine Flasche mit Wasser, die sie in die Nähe seines Mundes legte. Dann kehrte sie zum Bett zurück und holte das Messer unter der Matratze hervor.

Wie benommen schritt sie durch die Küche auf das Zimmer ihres Stiefvaters zu. Leise öffnete sie die Tür und blickte hinein. Verschwommen erkannte sie seine Gestalt, er mußte quer auf dem Bett liegen. Sie zog an der Lichtschnur, und das Licht durchflutete den Raum. Er rührte sich nicht.

Er lag schweratmend auf dem Rücken, die Decke um sich herumgezogen.

Sie hielt die Messerspitze dicht vor sein Gesicht. »Peter, wach auf«, rief sie ruhig.
Er schlief weiter.
Mit einer Hand schlug sie ihm heftig ins Gesicht. »Wach auf!«
Fast sofort schlug er die Augen auf. Zunächst blieb er völlig still liegen. Dann sah er das Messer, und Entsetzen erwachte in seinen Augen. »Marja, was tust du?«
»Ich bin da, um ein Versprechen einzulösen, Peter!« Ihre Stimme war gepreßt und sehr leise. »Erinnerst du dich an das, was ich dir einmal gesagt habe?«
Er starrte zu ihr auf, vor Angst unfähig, sich zu rühren. »Du bist verrückt!« keuchte er.
»Nicht verrückter als du.« Sie lächelte. Das Messer wischte jäh über sein Gesicht hinweg.
Das Fleisch klaffte auf wie eine reife Melone, die in der Sonnenglut platzt. Blut quoll hervor und füllte die Wunde, die schräg über sein Gesicht verlief. Er schrie vor Schmerz auf und sprang vom Bett zur Tür. Die Decke schleifte auf dem Boden hinter ihm her.
Er lief schreiend durch die Wohnung auf den Hausflur hinaus. Durch die offene Tür sah er, wie sie ihm langsam folgte. Er rannte die Treppe hinunter. Dabei stolperte er über seine Decke und fiel ein paar Stufen bis zum nächsten Absatz hinunter.
Sie war oben an der Treppe stehen geblieben und sah ihm nach. Noch immer schrie er. Sie schloß die Augen. Es war noch nicht lange her, seit ihre Mutter dort gelegen hatte. Sie wandte sich um und kehrte in die Wohnung zurück.
Sie schlug die Tür hinter sich zu, trat an den Abwaschtisch und wusch das Messer sorgfältig ab. Dann legte sie es auf den Tisch und setzte sich auf einen Stuhl mit dem Blick zur Tür. Es war der gleiche Stuhl, auf dem ihre Mutter immer gesessen hatte, wenn sie auf ihre Rückkehr wartete.
Ihre Augen brannten. Sie fühlte sich müde, sehr müde. Die Augenlider fielen ihr zu.
Heftiges Klopfen weckte sie. In ihren Augen schimmerten noch immer Tränen. »Herein«, sagte sie ruhig.
So traf die Polizei sie an.

21

»Du mußt aber doch einen Grund gehabt haben, um so etwas zu tun, Marja«, fragte die Fürsorgerin erneut.
Marja schüttelte eigensinnig den Kopf. Sie war nicht zum Reden zu bringen.
»Du willst doch nicht in eine Strafanstalt geschickt werden, oder?« fuhr die Frau fort.
Marja zuckte die Achseln. »Was ich auch sage, man wird mich nicht freilassen. Man steckt mich auf jeden Fall irgendwo hinein.«
»Aber es ist ein großer Unterschied zwischen einer Strafanstalt und einem staatlichen Heim«, erklärte die Frau. Marjas Augen weiteten sich. »Für mich nicht. Das eine ist so schlimm wie das andere.«
Die Frau stieß einen tiefen Seufzer aus. »Möchtest du denn nicht wieder mit deinem kleinen Bruder zusammen sein?«
Marja streifte sie mit einem raschen Blick. »Würde man mich denn bei ihm bleiben lassen, wenn ich rede?«
Bedauernd schüttelte die Frau den Kopf. »Nein, das wäre nicht möglich. Dazu bist du zu jung. Aber . . .«
»Dann ist doch alles gleichgültig, finden Sie nicht?« fragte Marja.
Die Frau antwortete ihr nicht.
Marja erhob sich. »Kommen Sie, bringen wir es hinter uns.«

Der Gerichtssaal war fast leer. Nur wenige Zuschauer saßen auf den Bänken gleich hinter der Schranke. Marja streifte sie im Vorbeigehen mit einem gleichgültigen Blick. Sie sahen sie neugierig, aber unpersönlich an. Sie bedeutete ihnen nichts. Eine Hand streckte sich aus und berührte ihren Arm, als sie vorbeiging. »Hallo, Marja.«
Überrascht blickte sie auf.
Es war Mike. Ein freundliches, ermutigendes Lächeln lag um seine Lippen. »Ich habe versucht, dich zu sprechen«, raunte er ihr hastig zu, »aber man hat mich nicht zu dir gelassen.«
Ihr Gesicht verhärtete sich zu einer stumpfen, gleichgültigen Maske. Es war nutzlos, ihm zu erzählen, daß sie darum gebeten hatte, niemanden zu ihr zu lassen. Sie ging weiter.

Die Fürsorgerin folgte dicht hinter ihr. »Das ist ein netter junger Mann«, sagte sie freundlich. »Ist das dein Freund?«
Marjas Augen waren abweisend. »Ich weiß nicht, wer er ist. Ich habe ihn noch nie zuvor in meinem Leben gesehen.«
Der Richter war ein müder, gelangweilt aussehender alter Mann.
Er blickte auf Marja herab. »Du bist angeklagt, deinen Stiefvater mit einem Messer angegriffen zu haben.«
Sie antwortete nicht.
»Ist Mr. Ritchik hier?« fragte er und wandte sich dem Gerichtsschreiber zu.
Der Gerichtsschreiber rief: »Mr. Ritchik!«
Peter Ritchik näherte sich aus dem Hintergrund. Sein Gesicht war noch immer mit einem großen weißen Verband bedeckt.
Marja sah ihn an. Sie hatte das Gefühl, als sei er ein Fremder. Die fünf Wochen, die seit ihrer letzten Begegnung verstrichen waren, kamen ihr wie eine Ewigkeit vor.
»Mr. Ritchik«, forderte der Richter ihn auf, »würden Sie uns bitte den Hergang der Ereignisse schildern.«
Peter räusperte sich nervös. »Sie taugt nichts, Euer Ehren. Eine Herumtreiberin. Auf niemanden hat sie gehört. Sie hat in einem Tanzlokal gearbeitet und ist keine Nacht nach Hause gekommen. Wenn sie kam, war es meist sehr spät. In jener Nacht habe ich ihr Vorhaltungen gemacht und ihr gesagt, sie sollte zu einer schicklichen Zeit nach Hause kommen wie andere Mädchen auch. Als ich dann eingeschlafen war, hat sie sich in mein Zimmer geschlichen und mir diese Schnittwunde beigebracht.«
Marja mußte lächeln. Wenn es nicht um das Andenken ihrer Mutter gegangen wäre, hätte sie ihnen schon gesagt, was sich wirklich ereignet hatte.
Es war sehr schnell vorbei. Sie stand vor dem Richtertisch, während der Richter sie teilnahmslos über seine Brille hinweg ansah.
»Marja«, verkündete er, »du wirst bis zu deinem achtzehnten Lebensjahr in die Rose-Geyer-Besserungsanstalt für Mädchen eingewiesen. Ich hoffe, daß du deine Zeit dort gut nützt, einen Beruf erlernst und dich an einen christlichen Lebenswandel gewöhnst.«

Sie sah ausdruckslos zu ihm auf.
»Irgendwelche Fragen?« fuhr er fort.
Sie schüttelte den Kopf.
Er schlug mit seinem Hammer auf den Tisch und erhob sich. Alle Anwesenden erhoben sich ebenfalls, als er gewichtig hinausschritt. Die Tür schloß sich hinter ihm, und die Fürsorgerin wandte sich Marja zu.
»Komm mit mir, Marja.«
Wie benommen folgte ihr Marja. Mike stand noch immer hinter der Schranke. Er wollte ihr etwas sagen, aber sie blickte durch ihn hindurch. Er sah sie traurig an. Erst als sie die Tür hinter sich hatte, wurde ihr bewußt, daß er weinte.
Das Rose-Geyer-Heim befand sich am äußersten Ende von Bronx. Sie betrachtete es neugierig, als sie zusammen mit dem Polizisten und der Fürsorgerin ausstieg. Hier draußen war man schon fast auf dem Lande. Die Anstalt lag auf freiem Feld.
Eine Stunde später wurde sie von einem der Mädchen zum Sprechzimmer des Arztes begleitet; das Mädchen sah sie fragend an, sagte aber kein Wort, als sie den langen grauen Gang entlanggingen.
Sie hielt Marja die Tür auf. »Hier herein«, forderte sie sie freundlich auf. Dann folgte sie Marja in den Raum. Ein magerer grauhaariger Mann blickte auf. »Ich habe einen neuen Fisch für Sie, Doktor«, sagte das Mädchen.
Der Arzt zuckte müde die Achseln. »Dort hinein.« Er deutete auf einen kleinen Raum. »Zieh alles aus.«
Die Untersuchung war kurz, aber gründlich. Zwanzig Minuten, nachdem sie den Untersuchungsraum betreten hatte, zog sie sich wieder an und kehrte in das Sprechzimmer zurück.
Der Arzt gab ihr ein Rezept. »Laß dir das in der Apotheke geben und nimm es während der ganzen Zeit deiner Schwangerschaft«, sagte er.
Marja war bestürzt. Sie warf rasch einen Blick um sich. Das Mädchen, das sie begleitet hatte, saß an der Wand. Marja sah den Arzt an. »Wer, ich?« fragte sie ungläubig.
Hinter sich vernahm sie die Stimme des Mädchens. Sie klang kühl, aber nicht humorlos. »Mich hat er nicht gemeint, meine Liebe. Ich bin nun schon seit zwei Jahren hier, ohne Mann, hol's der Teufel!«

Marja sah den Arzt und dann das Papier in ihrer Hand an. Plötzlich wurde ihr klar, was dies alles bedeutete. Sie sank auf einen Stuhl neben dem Schreibtisch und brach in Lachen aus. Der Arzt starrte sie an. »Was ist denn so komisch?« fragte er.

Sie blickte zu ihm auf, während die Tränen über ihre Wangen liefen. Das war das Teuflische daran. Er würde es niemals erfahren. Niemand würde es erfahren.

Die Staatsanwaltschaft gegen Maryann Flood

Ich wartete, während der Gerichtsschreiber der ersten Zeugin der Staatsanwaltschaft den Eid abnahm. Sie war ein hochgewachsenes Mädchen mit einem auffallenden Scheitel in ihrem langen pechschwarzen Haar. Sie wirkte durchaus ruhig. Die Menschen im Gerichtssaal schienen ihr gleichgültig zu sein. Ihre Augen waren dunkel und unergründlich.

»Ihr Name, bitte?« fragte der Gerichtsschreiber.

»Raye Marnay«, antwortete sie. Ihre Stimme klang für ein so großes Mädchen überraschend hell und schwach.

Der Gerichtsschreiber nickte mir zu. Ich ging langsam auf sie zu. Ich blieb vor ihr stehen und blickte auf. »Wie alt sind Sie, Miß Marnay?« fragte ich.

Die Antwort kam ohne Zögern. »Dreiundzwanzig.«

»Wo sind Sie geboren?«

»In Chillicothe, Ohio.«

»Wann sind Sie nach New York gekommen?«

»Vor etwa zwei Jahren.«

Ich gewöhnte mich allmählich an den seltsam blechernen schwachen Klang ihrer Stimme. »Was haben Sie in Chillicothe getan?«

»Ich habe dort gelebt.«

Ich hörte ein schwaches Gelächter im Gerichtssaal aufsteigen. Ich wartete, bis es verklungen war, bevor ich wieder sprach.

»Ich meinte, Miß Marnay, wovon haben Sie in Chillicothe gelebt?«

»Oh«, antwortete sie, »ich hatte nicht verstanden, was Sie meinten. Ich war Lehrerin.«

»Welche Klasse haben Sie unterrichtet?«

»Im Kindergarten«, erklärte sie. »Ich liebe Kinder.«

Ich mußte über die Art, in der sie dies sagte, lächeln. »Daran

zweifle ich nicht, Miß Marnay.« Aber dann unterdrückte ich mein Lächeln. »Und was hat Sie veranlaßt, nach New York zu gehen?«
»Ich wollte gern Schauspielerin werden«, antwortete sie. »Professor Berg, der in den oberen Klassen Theaterunterricht und Ähnliches gab, hatte ein Stück geschrieben, das wir in unserem kleinen Theater aufführten. Der Titel war *Großer Jux im kleinen Tal,* und ich spielte die Hauptrolle. Er sagte, ich hätte ein großes Talent und es sei eine Schande, daß ich es in einer Kleinstadt wie Chillicothe verkümmern lasse. So beschloß ich, nach New York zu gehen.«
»Und was geschah, nachdem Sie nach New York gekommen waren?« fragte ich.
»Nichts«, antwortete sie. »Wochenlang bin ich herumgelaufen, aber niemand wollte mich auch nur ansehen. Nicht einmal die Empfehlungsschreiben, die Professor Berg mir mitgegeben hatte, nützten etwas.«
»Warum sind Sie dann nicht nach Chillicothe zurückgekehrt?«
»Das hätte ich nicht über mich gebracht«, erklärte sie mit ihrer leisen Stimme. »Dann hätten doch alle gewußt, daß ich ein Versager bin.«
»Ich verstehe«, sagte ich. »Und womit haben Sie sich Ihren Lebensunterhalt verdient?«
»Ich habe mir am Broadway eine Stellung als Kellnerin gesucht. Es war ein Lokal, in dem viele Leute vom Theater verkehrten. Ich hatte gehört, daß viele Mädchen, die dort arbeiteten, schließlich doch auf der Bühne gelandet sind.«
»Wie lange haben Sie dort gearbeitet?«
»Ungefähr drei Wochen.«
»Und was ist dann geschehen?«
»Ich wurde entlassen«, antwortete sie mit noch schwächerer Stimme, soweit dies überhaupt möglich war. »Der Geschäftsführer sagte, er hätte ein Restaurant und keine Schauspielschule.«
Wieder durchlief Gelächter den Gerichtssaal. Ich wartete, bis es sich gelegt hatte. »Was haben Sie darauf getan?«
»Ich habe mich nach einer neuen Stellung umgesehen, aber keine gefunden. Eines Tages habe ich mich mit einem anderen Mädchen darüber unterhalten, das in der gleichen Pension

wohnte. Sie meinte, mit meinem Gesicht und meiner Figur sollte ich Modell werden. Ich hielt das für einen guten Rat. Viele Modelle werden später Schauspielerinnen. Ich habe sie dann gefragt, wie man Modell wird. Sie schickte mich zur Agentur *Park Avenue Models.*«
Ich nickte. »Haben Sie damals zum erstenmal daran gedacht, Modell zu werden?«
»Ja.«
»Was haben Sie dann getan?«
»Ich bin zur Agentur gegangen und habe mich dort um Arbeit beworben.«
»Mit wem haben Sie dort gesprochen?«
»Mit Mrs. Morris.«
»Was hat sie Ihnen gesagt?«
»Sie hat gesagt, ich sollte einige Aufnahmen von mir machen lassen. Sie würde sie dann in ihre Kartei aufnehmen. Sie gab mir eine Karte, auf der die Namen von ungefähr vier Fotografen standen. Ehe sie die Bilder nicht habe, sagte sie mir, könne sie nichts für mich tun. Ich erklärte ihr daraufhin, daß ich kein Geld für die Aufnahmen hätte. Aber sie blieb dabei, einstweilen nichts für mich tun zu können. Ich wollte gerade gehen, als Miß Flood aus ihrem Büro kam und mich sah.«
»Sie meinen die Miß Flood, die hier im Gerichtssaal ist?«
Sie nickte. »Ja.«
»Was ist dann geschehen?«
»Als Miß Flood mich sah, schnipste sie mit den Fingern und meinte, ich sei genau das Mädchen, das sie suche. Sie schickte mich in ein Pelzgeschäft in der 14. Straße. Es war das erste Mal, daß ich als Mannequin arbeitete. Ich trug einen Pelzmantel und ging in einem Schaufenster auf und ab, damit ihn die Leute dort sehen konnten.«
In ihrer Stimme lag ein Anflug von Stolz.
»Ich war ihr Lieblingsmannequin. Ich bin sehr groß, verstehen Sie, und die Leute konnten mich schon von weitem sehen. Seitdem habe ich mindestens drei Tage in der Woche dort gearbeitet.«
»Haben Sie sonst noch als Modell gearbeitet?« fragte ich.
Sie zögerte einen Augenblick. »Das war die einzige Stelle, die ich hatte.«

Ich nickte. »Wieviel hat man Ihnen dort gezahlt?«
»Zehn Dollar am Tag«, antwortete sie.
»Das waren also dreißig Dollar in der Woche«, fuhr ich fort. »Reichte das zum Leben?«
Sie schüttelte den Kopf. »Nein. Allein mein Unterricht in der Schauspielschule kostete jede Woche mehr als das.«
»Wie haben Sie sich zusätzlich etwas verdient?«
»Ich hatte viele Verabredungen.«
»Verabredungen?« fragte ich.
Sie nickte. »So haben wir es genannt.«
»Wen meinen Sie mit ›wir‹?«
»Die Mädchen, die ich so kannte.«
»Wie kamen Sie zu diesen . . . Verabredungen, wie Sie es nennen?«
»Es fing an, nachdem ich ein paar Wochen als Mannequin gearbeitet hatte. Ich hatte Miß Flood um etwas zusätzliche Arbeit gebeten, und sie ließ mich in ihr Büro kommen. Sie sagte, das Leben eines Modells sei oft sehr schwierig, aber es gäbe da Kunden, die sie manchmal anriefen und sie bäten, ihnen ein paar Mädchen zu empfehlen, mit denen sie ausgehen könnten. Sie sagte, diese Männer wären sehr großzügig und gäben den Mädchen immer ein gutes Trinkgeld dafür, daß sie ihnen Gesellschaft leisteten. Sie fragte mich, ob mich das interessiere.«
»Was haben Sie ihr geantwortet?«
»Ich sei interessiert.«
Wieder stieg Gelächter im Gerichtssaal auf. Ich konnte es den Leuten nicht übelnehmen. »Was haben Sie dann getan?«
»Miß Flood hat für diesen Abend eine Verabredung für mich arrangiert. Es war ein netter Mann. Er ging mit mir essen und dann zu ein paar Drinks in seine Wohnung hinauf. Er war sehr amüsant. Als ich wegging, gab er mir zehn Dollar. Er sagte, weil ich so nett zu ihm gewesen sei, und ich sollte Miß Flood ausrichten, er sei sehr zufrieden.«
»War das alles, was Sie taten?« fragte ich. »Nur etwas getrunken?«
Ihr Gesicht änderte ein wenig die Farbe. Sie schien zu erröten. »Wir hatten zwei Partys.« Es war fast geflüstert.
»Partys?« Ich blickte die Geschworenen an. »Was meinen Sie mit Partys?«

»Verkehr.« Sie redete noch immer mit dieser leisen, kaum hörbaren Stimme.
»Sie wollen damit sagen, Sie haben mit diesem Mann zweimal geschlechtlichen Verkehr gehabt?«
Sie nickte. »Ja. Das wollte ich damit sagen.«
»Waren Sie nicht überrascht, daß der Mann das wollte? Daß er das offenbar für selbstverständlich hielt?«
Sie schüttelte den Kopf. »Nein. In Chillicothe waren die Männer auch nicht anders. Sie wollen alle das gleiche.«
Das Lachen dröhnte gegen die Wände des Gerichtssaals. Der Richter klopfte mit seinem Hammer, und es wurde wieder still.
»Was haben Sie dann getan?«
»Ich bin nach Hause gegangen, um zu schlafen. Ich war müde.«
Das Gelächter hätte fast den Gerichtssaal gesprengt. Sogar ich mußte mir alle Mühe geben, um einen ernsten Gesichtsausdruck zu bewahren. Schließlich konnte ich wieder sprechen. »Ich meine, was passierte, als Sie das nächstemal zur Agentur gingen.«
»Das war am Tag darauf. Ich ging hin, um Miß Flood zu danken, weil sie so nett zu mir gewesen war. Sie fragte mich, ob ich mich gut amüsiert hätte und bereit sei, auch weitere Verabredungen zu treffen. Ich sagte, das würde ich tun, wenn alle Herren so nett wären wie dieser. Sie versicherte mir, sie kenne nur nette Männer. Dann fragte sie mich, wieviel Partys wir gehabt hätten. Ich sagte es ihr, und sie nahm etwas Geld aus ihrem Schreibtisch und gab es mir. Ich wollte es nicht nehmen und erklärte ihr, der Herr hätte mir schon zehn Dollar gegeben. Da lachte sie und sagte, das sei doch nur mein Trinkgeld, und drückte mir das Geld in die Hand.«
»Wieviel war es?«
»Fünfzig Dollar«, flüsterte sie.
»War Ihnen klar, was das bedeutete?« fragte ich. »Daß Sie damit einen Akt der Prostitution begingen?«
»So habe ich es nicht betrachtet«, widersprach sie. »Wenn mir der Mann nicht gefiel, brauchte ich nichts zu tun. Dann hätte ich es auch nicht getan.«
»Sind Sie jemals einem Mann begegnet, der Ihnen nicht gefiel?« fragte ich spöttisch.
Sie schüttelte den Kopf.

»Nein. Miß Flood hatte recht. Sie kennt nur ganz feine Herren.« Wieder dröhnte das Gelächter durch den Saal.
»Unterhielten Sie, bevor Sie Miß Flood kennenlernten, jemals für Geld intime Beziehungen zu einem Mann?«
Sie schüttelte den Kopf. »Nein.«
»Hatten Sie jemals, nachdem Sie Miß Flood kennengelernt hatten, für Geld geschlechtlichen Verkehr mit einem Mann, den sie nicht herbeigeführt hatte?«
»Nein, Sir«, antwortete sie. »Ich bin keine Hure.«
»Das wäre alles, danke«, sagte ich und entfernte mich von ihr. Ich blieb an Vitos Tisch stehen. Marja sah zu mir auf. Ihre großen, dunklen, stolzen Augen blickten tief in die meinen. Ich hatte das äußerst seltsame Gefühl, daß dieser Stolz in ihnen mir galt. Ich bemühte mich, sie gleichgültig anzusehen, und wandte mich an Vito.
»Ihre Zeugin«, sagte ich und ging zu meinem Tisch weiter. Ich setzte mich hin und beobachtete, wie sich Vito langsam erhob. Kein Zweifel, er war einer der großen Anwälte. Sogar darin, wie er jetzt auf die Zeugin zuschritt, offenbarten sich seine Selbstsicherheit und sein Können. Seine Stimme klang voll und fest.
»Miß Marnay«, sagte er.
Sie sah ihn an. »Ja, Sir.«
Ich mußte ihn, sehr gegen meinen Willen, bewundern. Allein mit der Art, in der er ihren Namen aussprach, hatte er bereits Gewalt über sie gewonnen.
»Sie haben vorhin erwähnt, Sie seien in einem Theaterstück in Chillicothe aufgetreten. Ich glaube, *Großer Jux im kleinen Tal* haben Sie es genannt.«
Sie nickte. »Ja, Sir.«
»Sie sagten, ein gewisser Professor Berg habe das Stück geschrieben?«
»Jawohl, Sir.«
»Sie sagten, sie wären danach auf Anregung von Professor Berg, der erklärt hatte, Sie hätten ein zu großes Talent, um es in einer Kleinstadt wie Chillicothe verkümmern zu lassen, nach New York gegangen?«
»Ja, Sir.«
»Ich nehme doch an, daß er damit Ihr schauspielerisches Talent meinte. Das hat er doch gemeint, nicht wahr?«

Das Mädchen zögerte.
Vitos Stimme wurde ungeduldig. »Nicht wahr, Miß Marnay, das hat er doch damit gemeint?«
Ihre Stimme klang nun noch leiser als zuvor. »Ich glaube wohl.«
»Sie können ruhig etwas bestimmter antworten, Miß Marnay«, sagte er beißend.
»Das hat er gemeint«, sagte sie. »Jawohl, Sir.«
»Was?«
»Das schauspielerische Talent.«
»Sie haben uns auch erzählt, dieses Stück sei in einem kleinen Theater in Chillicothe aufgeführt worden. Was für ein Theater war das?«
Sie furchte die Stirn und warf mir einen besorgten Blick zu. Ich bemühte mich, zuversichtlich auszusehen, obwohl ich keine Ahnung hatte, worauf er eigentlich abzielte. »Es ... es war nicht eigentlich ein Theater«, stammelte sie.
»Wenn es kein Theater war, was war es dann?« fragte Vito.
»Es war der Antilopenklub«, antwortete sie. »Es war eine Sondervorstellung, für die der Professor das Stück geschrieben hatte. Anläßlich des Gründungsjubiläums.«
»Der Antilopenklub«, wiederholte Vito und sah die Geschworenen an. »So, so.« Er wandte sich ihr wieder zu. »War es nicht vielleicht eine reine Herrengesellschaft?«
Sie blickte zu Boden. »Ich glaube schon.«
»Hatten Sie die einzige weibliche Rolle?«
Sie nickte. »Ja.«
»Was für eine Rolle spielten Sie?«
Ihre Stimme war an meinem Tisch kaum noch zu hören. »Ich war ein Mädchen auf einer Farm.«
»Und was war der Inhalt des Stückes? Hatten Sie viel zu sagen, war Ihre Rolle lang?« Seine Stimme war scharf, er schaute die Zeugin durchdringend an.
»Es handelte von diesem Mädchen auf der Farm und den drei Männern, die auf der Farm arbeiteten: der Farmer, sein Sohn und ein Farmarbeiter. Und es handelte von dem, was sich in dieser Nacht ereignete. Ich hatte überhaupt nichts zu sagen, denn es war alles nur Pantomime. Der Professor hielt sehr viel von Stanislawskij.«
»Stanislawskij, hm ...« Vito kratzte sich den Kopf. »War das

nicht der Russe, der das unmittelbare Handeln jedem Dialog vorzog?«
»Das stimmt«, gab sie zu.
»Und das Stück des Professors bestand also nur aus Handlung?« fügte er hinzu.
Sie nickte. »Ja.«
Er verlieh seiner Stimme besonderen Nachdruck, als er spöttisch erklärte: »Soviel Handlung, daß die Polizei all dem ein Ende setzte und gegen alle Anzeige wegen unzüchtiger Handlungen erstattete. Die Folge davon war, daß Sie und der Professor ihrer Stellungen in der Schule enthoben wurden. Trifft das zu?«
Sie antwortete nicht. Sie biß sich auf die Unterlippe.
Vito brüllte sie jetzt an. »Besinnen Sie sich, Miß Marnay. Beantworten Sie meine Frage.«
Alle Farbe war aus ihrem Gesicht gewichen; nur die Schminke hob sich in einer dunkleren Tönung auf ihren Wangen ab. Sie blickte zu Boden, und ihre Stimme war zu einem fast unhörbaren Geflüster abgesunken. »Ja.«
»Das wäre alles, Miß Marnay.« Vito sah die Geschworenen an, als wollte er sagen: *Wie können Sie irgend etwas von dem glauben, was ein solches Mädchen sagt?* Er zuckte leicht die Achseln und kehrte zu seinem Tisch zurück.
Joel und Alec beugten sich zu mir vor, als ich die nächste Zeugin aufrief. Ich hörte ihr rauhes Flüstern an meinen Ohren.
»Vito hat ihr gewaltig die Hölle heiß gemacht«, sagte Joel.
»Kann man wohl sagen«, meinte Alec, während seine Blicke dem Mädchen folgten, das sich wieder hinsetzte. »Er hat sie richtig zerrissen.«
Ich atmete tief ein. »Ihr beiden vergeßt nur eins. Er hat wohl sie zerrissen, aber nicht ihren Bericht über die Flood. Habt ihr nicht bemerkt, daß er den völlig aus dem Spiel ließ?«
Joel nickte. »Aber er weiß, was er tut. Er versucht, ihre Glaubwürdigkeit zu untergraben.«
»Das wird ihm nicht viel nützen«, antwortete ich. »Das Ergebnis wird durch die Tatsachen bestimmt, die sich unmittelbar auf den Fall beziehen. Und das weiß er.«
»Trotzdem würde ich vorsichtig sein, Mike«, flüsterte Alec. »Der hat immer einen ganzen Sack voller Überraschungen.«
Der Gerichtsschreiber nahm einem anderen Mädchen den Eid

ab; die zweite Zeugin der Staatsanwaltschaft. Ich erhob mich langsam. »Er wird bestimmt etwas Besseres als die Wahrheit finden müssen, wenn er die Absicht hat, mit der da zu Rande zu kommen«, erklärte ich, als der Gerichtsschreiber mir zunickte. Ich trat um meinen Tisch herum und ging zum Zeugenstand hinüber.

Das Zimmer im Krankenhaus war dunkel und still, als ich eintrat. Ich hörte den Alten atmen. Er atmete langsam und gelöst. Eine Krankenschwester hielt die Finger an die Lippen. »Er schläft.«

Ich nickte und wollte das Zimmer wieder verlassen.

»Wer schläft hier?« Die Stimme des Alten klang in der Stille besonders laut und kräftig. »Sind Sie das, Mike?«

Wieder trat ich vor. »Ja, Sir.«

»Kommen Sie näher und reden Sie etwas lauter«, rief er gereizt. »Ich kann Sie nicht hören.«

Ich trat ans Kopfende des Bettes. Er blickte zu mir auf, und der Anflug eines Lächelns lag auf seinen Lippen. »Wie ist es Ihnen heute ergangen, Herr Staatsanwalt?«

»Befriedigend«, erwiderte ich. »Wir haben die ersten vier Zeuginnen vernommen. Vito konnte an ihren Aussagen sachlich nichts aussetzen. So hat er sich darauf beschränkt, auf die Leute selber loszugehen. Ich glaube, im großen und ganzen haben wir nicht schlecht abgeschnitten.«

»Ich weiß«, sagte der Alte. »Ich habe schon gehört.«

Ich warf einen Blick auf das Telefon neben dem Bett.

»Aber eins macht mir trotz allem Sorge«, erklärte er. »Ich sehe noch immer nicht klar, welche Strategie Vito verfolgt. Im Augenblick hat man den Eindruck, als wollte er die Angeklagte den Raubtieren vorwerfen.«

Ich antwortete nicht. Mich erfüllte ein seltsam bedrückendes Gefühl. »Man hat fast den Eindruck, als wäre es ihm völlig gleichgültig, was aus seiner Mandantin wird. Er läßt mir so gut wie alles durchgehen.«

»Wie sah die Flood aus?« fragte der Alte und beobachtete mich dabei genau.

»Sie wirkte ganz unbeschwert.«

»Mike«, fuhr er fort, »jetzt reden Sie mit mir.«

»Sie sieht gut aus«, sagte ich. »Wirklich gut.«
»Haben Sie ihr gegenüber noch immer die gleichen Gefühle? Auch jetzt noch?«
»Ich . . . ich weiß es nicht, John«, antwortete ich. »Ich weiß nur, daß ich fast ersticke, wenn ich sie ansehe.«
Er nickte bedächtig. »Ich weiß, was Sie damit sagen wollen, Mike. Ich habe ein paarmal mit ihr gesprochen. Sie ist eine starke Persönlichkeit und tapfer, mein Junge. Es hätte eine große Frau aus ihr werden können, wenn sie einen anderen Weg eingeschlagen hätte.«
»Vielleicht hat sie dazu niemals Gelegenheit gehabt, Sir«, erwiderte ich.
Seine Augen sahen aus, als wüßte er mehr. »Sie hatte ihre Gelegenheit, Mike. Ganz gleich, was Sie sagen oder was irgend jemand getan hat, ihr blieb bei allem die letzte Entscheidung. Sie selber hat alles von sich geworfen.«
Ich antwortete ihm nicht. Ich mußte an einen Tag zurückdenken, der nun in ferner Vergangenheit lag. Jener Tag, an dem sie mich auf der Straße stehenließ, als ich sie mitnehmen wollte. Es war der Tag, an dem sie aus der Geyer-Anstalt entlassen wurde. Irgend etwas war dort mit ihr geschehen. Ich erkannte es in dem Augenblick, als ich sie den Weg von der Anstalt her auf mich zukommen sah. Sie hatte sich verändert. Erst als ich in ihre Augen sehen konnte, erkannte ich, was es war. Sie war älter geworden. Weit älter, als ich es jemals sein würde. Ich konnte sie noch vor mir sehen, wie sie in ein Taxi stieg und mich dort auf dem Bürgersteig stehenließ.
Ich kehrte zu dem Wagen zurück, den ich mir für diesen Tag geliehen hatte, um sie mit nach Hause zu bringen, und fuhr langsam allein in die Stadt zurück. Ich betrat unsere Wohnung.
Meine Eltern saßen am Küchentisch. Mein Vater trug seinen Sonntagsanzug und einen Schlips. Meine Beine waren wie aus Blei, als ich mich in die Küche schleppte. Ich sah, wie sie an mir vorbei zur Tür blickten.
»Sie ist nicht mitgekommen, Mutter«, sagte ich niedergeschlagen.
Meine Mutter war aufgestanden; ihre Augen waren sanft und ruhig. »Vielleicht ist es das beste, mein Junge«, sagte sie tröstend.

Ich schüttelte heftig den Kopf, so heftig, daß ich die Tränen in meinen Augen spürte. »Nein, Mutter«, rief ich, »so ist es nicht das beste. Sie braucht mich. Ich weiß, daß sie mich braucht. Aber es gibt etwas, das sie zurückhält, und ich weiß nicht, was es ist.«
Mein Vater war aufgestanden. »Ich bringe deine Sachen in dein Zimmer zurück, Mike«, sagte er. Langsam ging er aus der Küche.
Ich blickte ihm nach. Armer Vater. Er verstand ganz einfach nicht, worum es ging. Ich wandte mich erneut an meine Mutter. »Was soll ich jetzt tun?« fragte ich.
Sie sah mich einen Augenblick an, und dann sagte sie leise: »Vergiß sie, mein Sohn. Sie ist nichts für dich.«
»Das ist so leicht gesagt, Mutter. Ich bin kein kleiner Junge mehr. Ich bin fast einundzwanzig, und ich liebe sie noch immer.«
»Du liebst sie?« Die Stimme meiner Mutter klang spöttisch. »Was weißt du denn schon von Liebe? Du bist noch immer ein kleiner Junge. Du verstehst nur weh zu tun und zu schreien.« Plötzlich brach ihre Stimme, und sie wandte sich von mir ab.
Rasch trat ich zu ihr und nahm sie in meine Arme. Ihre Augen waren von unvergossenen Tränen erfüllt. »Hör auf, Mutter«, sagte ich. »Hör auf. Es ist so schon schlimm genug.«
In den Augen meiner Mutter lag ein Ausdruck, den ich nie zuvor gesehen hatte. »Aufhören?« rief sie. »Ich hasse sie! Möge mir Gott verzeihen, aber ich wünsche ihre Seele für das, was sie meinem Jungen angetan hat, zur Hölle.«
»Vielleicht kann sie gar nicht anders, Mutter«, entgegnete ich.
Meine Mutter blickte zu mir auf. »Sie könnte anders, mein Junge«, sagte sie bedächtig. »Vergiß das nie. Ihr bleibt stets die Entscheidung darüber, was sie tun will.«
Das war nun viele Jahre her, und es war seltsam, den Alten fast das gleiche sagen zu hören. Ich fragte mich, ob ich jemals ihre Ansichten verstehen würde. Ich hatte schon seit langem jede Hoffnung aufgegeben, sie könnten die meinen begreifen.
»Wen rufen Sie morgen auf?« fragte mich der Chef.
Ich sagte es ihm.
Er überlegte. »Bei diesem Tempo sollten Sie in weniger als zwei Wochen das Schlußplädoyer halten können.«
Ich nickte.

»Bis dahin bin ich draußen. Vielleicht kann ich Ihnen noch ein bißchen helfen.«
»Wir hatten eine Vereinbarung getroffen, John«, sagte ich. »Es ist mein Prozeß. Sie hatten es mir versprochen.«
»Oh«, rief er unschuldig, »ich hatte nicht die Absicht, Ihnen vorzuschreiben, was Sie tun sollen. Ich wollte Ihnen nur ein paar Ratschläge geben.«
Ich mußte lächeln. Seine Art Hilfe kannte ich – sie bestand darin, daß er schließlich immer die Sache selbst in die Hand nahm.
»Nein, danke«, erklärte ich kurz und bündig.
»Schon gut, schon gut«, murmelte er verletzt.

Als ich nach Hause kam, legte ich mich sofort ins Bett. Ich war eigentlich froh, daß niemand daheim war. Es war besser so. Ich hatte meine Mutter überreden können, draußen auf dem Land zu bleiben. Ich glaube, sie war nur deshalb auf meinen Vorschlag eingegangen, weil sie wußte, daß ich sie nicht in der Nähe haben wollte, solange der Prozeß dauerte.
Ich streckte mich auf dem Bett aus und schloß die Augen. Marjas Gesicht tauchte vor mir auf. Der Ausdruck ihres Gesichts war der gleiche, den sie auch an diesem Tag im Gerichtssaal gehabt hatte. Ich hatte ihn noch immer nicht ergründet.
Warum sollte sie stolz auf mich sein? Ich versuchte doch, sie ins Gefängnis zu bringen. Ein Gefühl der Schuld durchdrang mich. Wäre es denn möglich, daß sie von mir erwartete, ich würde sie schonen? Rechnete sie mit meinen Gefühlen ihr gegenüber? Aber sie wußte doch nicht, wie ich heute empfand. Ich hätte mich auch ebensogut verändert haben können. Es konnte jetzt eine andere Frau für mich geben.
Kaum aber kam mir dieser Gedanke, als ich auch schon begriff, daß sie Bescheid wußte. Das war uns beiden gemein: eine Fähigkeit, in den anderen hineinzublicken, die niemand mit uns teilte.
Ich versuchte, sie aus meinen Gedanken zu verbannen. Aber es gelang mir nicht. Was ich auch tat, sie kam immer wieder. Ich dachte über sie nach; denn es gab so vieles, wovon ich nichts wußte. So vieles war ihr zugestoßen, woran ich keinen Anteil hatte.
Mir fiel ein, wie ich draußen im Krankenhaus an sie gedacht

hatte. Es war seltsam, daß ich wegen der Worte des Alten an sie hatte denken müssen.
Aber es gab eine Zeit, von der ich nichts wußte – jene vier Monate von dem Tag an, an dem sie die Anstalt verließ, bis zu jenem Tag, an dem ihr Name zum erstenmal wieder in den Polizeiakten erschien. Da mußte sie eine Hölle durchgemacht haben. Ich versuchte mich zu erinnern, was ich während jener Zeit getan hatte. Aber meine eigenen Erinnerungen waren zu verschwommen, so daß ich immer wieder zu ihr zurückkehrte. Was hatte sie getan? Wohin war sie gegangen? Ich wußte es nicht.
Ich fühlte nur, daß sie mich damals dringender gebraucht hätte als zu jedem anderen Zeitpunkt ihres Lebens.
Und mich erfüllte das Bewußtsein, daß ich sie damals im Stich gelassen hatte.

Zweites Buch

Mary

1

Sie stand in der offenen Tür, und das Licht der Sonne schimmerte auf ihrem goldenen Haar. Sie zögerte einen Augenblick, dann nahm sie den kleinen Handkoffer aus der rechten in die linke Hand und streckte der Frau, die ihr gegenüberstand, die Hand hin. »Auf Wiedersehen, Mrs. Foster«, sagte sie leise.
Die Frau ergriff ihre Hand mit einer fast männlichen Festigkeit. »Auf Wiedersehen, Mary«, antwortete sie. »Paß auf dich auf.«
Mary lächelte. »Das werde ich, Mrs. Foster«, versprach sie. »Ich habe in den anderthalb Jahren eine Menge gelernt.«
Es lag keine Wärme in der Stimme der Frau, als sie antwortete: »Das hoffe ich, Mary. Ich möchte es nicht erleben, daß du wieder in Schwierigkeiten gerätst.«
Das leichte Lächeln verschwand um Marys Mund. »Das werden Sie auch nicht«, erwiderte sie ruhig. Sie ließ die Hand der Frau los und trat schnell zur Tür hinaus. Das helle Sonnenlicht traf ihre Augen, sie blieb oben auf den Stufen stehen und blinzelte.
Sie hörte hinter sich die Tür mit einem dumpfen, metallischen Laut ins Schloß fallen. Jäh durchrieselte sie das Gefühl, nun frei zu sein. Es war ein erregendes Gefühl. Noch einmal drehte sie sich um und sah die geschlossene Tür an.
»Du wirst mich hier nicht wiedersehen«, flüsterte sie zur Tür gewandt. »Ich habe zuviel gelernt. Man hat mir hier zuviel beigebracht.«
Die Tür starrte sie an. Ihre zwei kleinen Fenster waren den nichtssagenden Augen eines Fremden ähnlich. Plötzlich überlief sie ein Schauer, als ein Gefühl der Leere das Bewußtsein der Freiheit verdrängte. Sie ging auf die Straße zu.
In dem dünnen dunklen Mantel, den der Staat ihr geschenkt hatte, wirkte sie groß und schlank. Der Novemberwind preßte

ihn fest an ihren Körper, so daß sich ihre vollen Brüste, die schlanke Taille und ihre gerundeten Hüften deutlich abzeichneten.
Der alte Mann, der in dem kleinen Haus neben dem Tor saß, trat heraus, als er sie kommen sah. Er lächelte sie aus wässerigen Augen an. »Geht's nach Hause, Marja?«
Auch sie lächelte. »Ich habe kein Zuhause, Großväterchen«, sagte sie. »Alles hat sich für mich verändert. Auch mein Name. Ich heiße Mary, vergessen Sie das nicht.«
Der Alte lächelte sie verständnisvoll an. »Ich werde es nicht vergessen, aber es wird dir nicht viel nützen. Für mich siehst du noch immer wie Marja aus. Das heiße Polenblut läuft noch immer in deinen Adern, daran kannst du nichts ändern.«
Noch immer lächelnd sah sie ihn an. »Ich werde noch sehr viel ändern, bevor ich ans Ende komme.«
»Aber nicht dich selbst«, erwiderte er rasch. Er drehte den Hebel herum, durch den das Tor geöffnet wurde. »Wohin gehst du?« fragte er.
»Ich weiß nicht«, antwortete sie. »Zunächst nehme ich mir ein Zimmer in einem Hotel und setze mich zwei Stunden lang in eine Badewanne, ohne daß mich jemand herausholen kann. Dann werde ich mir einige Kleider kaufen, die mir gefallen. Ich kann nicht mehr in diesem Zeug herumlaufen. Danach werde ich mir ein großes Essen leisten und hinterher in ein Kino gehen, vielleicht ins *Radio City*. Dann spendiere ich mir zwei Eis, gehe ins Hotel und schlafe bis morgen nachmittag.«
»Und danach? Was tust du dann?« fragte er.
»Ich suche mir eine Stelle und fange an zu arbeiten.«
»Tu das als erstes«, riet er ihr. »Vielleicht wirst du dein Geld noch brauchen.« Das eiserne Tor war nun offen, und er machte eine auffordernde Handbewegung. »Deine Welt erwartet dich, Marja. Ich hoffe, sie ist gut zu dir.«
Sie trat zögernd auf das Tor zu und wandte sich dann zu dem alten Mann um. Rasch küßte sie ihn auf die Wange. »Auf Wiedersehen, Großväterchen.«
»Auf Wiedersehen, Marja«, sagte er, und es lag unerwartete Traurigkeit in seiner Stimme.
Es fiel ihr auf, und sie blickte in die Augen des Alten. »Sie sind der einzige hier, der mir fehlen wird, Großväterchen.«

»Schon gut«, meinte er etwas rauh und verlegen. »Ich wette, das erzählst du allen Männern.«
Ein schelmisches Lächeln erschien um ihre Lippen. »Nein, Großväterchen, nur Ihnen.«
Impulsiv küßte sie ihn nochmals auf die Wange. »Ich danke Ihnen.« Sie drehte sich um und ging durch das Tor.
»Sei brav, Marja«, rief er ihr nach.
Noch einmal sah sie sich zu ihm um. »Ich will es versuchen«, rief sie lachend. Klirrend fiel das Tor hinter ihr ins Schloß. Sie trat auf die Straße hinaus. Sie ging über den Bürgersteig bis zum Rinnstein, blickte zu Boden und stampfte mit ihrem Absatz auf der Straße auf.
Dieses Aufstampfen klang dumpf, der Boden mutete seltsam weich an. Asphalt und kein Beton. Betonböden klangen ganz anders unter den Füßen und gaben nicht nach. Dort hinter ihr war alles aus Beton. Auf den Gängen und auf den Wegen draußen. Man hörte sich selber, wohin man auch ging. Hier aber war alles gedämpft. Glücklich schritt sie den Rinnstein entlang. Sie war frei, wirklich frei.
Eine starke Hand schloß sich um die ihre, in der sie den Handkoffer trug, und eine vertraute Stimme sagte zu ihr: »Wenn du eine Straße so entlanggehst, kannst du bald tot sein. Hast du die Autos vergessen?«
Ohne aufzublicken, wußte sie, wer es war. Sie hatte ihn von dem Augenblick an, als sie durch das Tor hinaustrat, erwartet. Nun sah sie langsam auf und hielt noch immer ihren Handkoffer fest. Ihre Stimme war ebenso ausdruckslos wie ihre Augen.
»Man vergißt vieles in anderthalb Jahren, Mike.«
Ein nervöses Lächeln zuckte in Mikes Gesicht auf. »Ich bin hier, um dich mit nach Hause zu nehmen, Marja.«
Sie antwortete nicht.
»Ich habe den ganzen Vormittag gewartet.«
Sie holte tief Atem und schüttelte den Kopf. »Nein«, sagte sie. »Nein.«
Sie sah den Schmerz in seinen Augen erwachen. »Aber Marja, ich . . .«
Sie riß den Handkoffer wieder an sich. »Du hast dir das falsche Mädchen ausgesucht, Mike. Alles hat sich verändert, sogar der Name.«

»Es ist mir egal, was sich verändert hat, Marja. Und ich kümmere mich nicht um das, was geschehen ist. Du hast zwar niemals meine Briefe beantwortet, aber jetzt bin ich hier, um dich mitzunehmen.«
Sie trat wieder auf den Bürgersteig und blickte ihm in die Augen. »Wer hat dich geschickt?« fragte sie abweisend.
Seine Augen starrten in die ihren. »Ich liebe dich, Marja. Und du hast auch einmal gesagt, daß du mich liebst.«
»Damals waren wir noch Kinder«, entgegnete sie rasch. »Damals hatten wir noch keine Ahnung.«
»Kinder!« rief er zornig. »Wieviel älter bist du denn heute? Können zwei Jahre soviel ausmachen?«
»Ja, Mike«, erwiderte sie langsam, »zwei Jahre können wie tausend Jahre sein. Ich bin sehr schnell erwachsen geworden.«
»Auch ich bin erwachsen geworden«, antwortete er fast jungenhaft, »aber dir gegenüber empfinde ich noch immer dasselbe. Das wird immer so sein.«
»Ich nicht.«
»Was hat man dir getan, Marja?« Tiefe Angst klang in seiner Stimme auf.
Matt schüttelte sie den Kopf. »Nichts. Was geschehen ist, habe ich mir selber zuzuschreiben. Es ist vorbei, Mike. Wir können nicht zurück. Wir können niemals mehr Kinder sein.«
Sie wandte sich von ihm ab, aber seine starken Hände auf ihren Schultern drehten sie herum. »Warum, Marja? Was ist geschehen?«
Sie antwortete ihm nicht.
Seine Blicke bohrten sich in ihr Gesicht. »Soviel bist du mir nach allem, was zwischen uns war, schuldig. Sag es mir!«
Niemals würde er den Schleier vergessen, der sich in dieser Sekunde über ihre Augen senkte. Plötzlich schienen sie so tief zu sein, daß sich nichts mehr in ihnen spiegelte, nicht einmal der Sonnenschein dieses Vormittags. »Sag es mir, Marja!«
»Ich habe ein Kind bekommen, Mike. Während ich dort drinnen war, habe ich ein Kind bekommen. Und ich weiß nicht einmal, ob es ein Junge oder ein Mädchen ist. Ich habe noch vor der Geburt schriftlich auf dieses Kind verzichtet.« Ihre Stimme war leise und ausdruckslos. »Willst du noch immer wissen, was geschehen ist, Mike?«

Auf seinem Gesicht lag ein ungläubiger Ausdruck, aber die Hände auf ihren Schultern hatten sich gelockert. »Wessen Kind war es? Ross'?« fragte er rauh.
Sie schüttelte den Kopf. »Das wäre unmöglich. Er war nicht da. Entsinnst du dich?«
Seine Hände glitten von ihren Schultern herab, und der Schmerz verzog seinen Mund. »Hat es denn andere gegeben?«
Sie antwortete ihm nicht.
Er hatte Tränen in den Augen. »Wie hast du das tun können, Marja? Du hast mich doch geliebt.«
Ihre Stimme war noch immer kalt, noch immer ruhig. »Es gibt noch anderes, Mike. Dort in der Anstalt war ein Mädchen, das mich gern mochte. Sie hat mich Spiele gelehrt, um uns die Zeit zu vertreiben. Willst du auch von ihnen hören, Mike? Das hat Spaß gemacht.«
»Ich will nichts mehr hören«, entgegnete er mit bebender Stimme. »Du bestätigst ja nur, was Ross immer gesagt hat. Er hat recht behalten. Er sagte, du seist eine billige . . .« Er brachte es nicht über sich, das Wort auszusprechen.
Sie sagte es an seiner Stelle. »Hure.«
Seine Hände packten fest ihre Schultern, und er starrte ihr ins Gesicht.
»Warst du es, Marja? Warst du, was er sagte?«
Sie antwortete nicht.
»Warum hast du mich belogen, warum?« fragte er verzweifelt. »Alles hätte ich für dich getan. Warum hast du mich belogen?«
Ihre Augen begegneten, ohne auszuweichen, seinen Blicken. »Jetzt ist alles gleichgültig, Mike«, sagte sie langsam. »Die Wahrheit ist etwas, das man glaubt. Und nicht das, was jemand einem erzählt.«
Ein Taxi kam die Straße entlang. Sie machte dem Fahrer ein Zeichen, und er fuhr an den Bürgersteig heran. »Laß mich jetzt los, Mike, das Taxi wartet.«
Seine Hände glitten von ihren Schultern herab. Schnell stieg sie ins Taxi und schloß die Tür. Als es vom Bürgersteig wegfuhr, blickte sie zum Fenster hinaus. Mike stand da und sah ihr nach. Plötzlich fühlte sie Tränen aufsteigen. Verzweifelt drängte sie sie zurück, bis ihre Augen brannten. Die Freiheit bestand aus so vielem, was sie inzwischen fast vergessen hatte. Sie bestand

auch aus Menschen, die man liebte, und aus Menschen, denen man weh tat. »Ich liebe dich, Mike«, flüsterte sie.
»Wohin, Miß?«
Die Stimme des Taxifahrers riß sie aus ihren Gedanken.
»Hotel Astor am Broadway«, sagte sie mit zitternder Stimme.
Als sie wieder zum Fenster hinausblickte, war Mike nicht mehr zu sehen. Nun konnte sie die Tränen nicht mehr zurückhalten. Sie konnte ihm niemals gerecht werden. Zuviel war ihr zugestoßen. Sie war mit einer häßlichen Narbe behaftet, die sie ihr ganzes Leben hindurch mit sich herumtragen würde. Er verdiente etwas Besseres. Einen sauberen, unberührten, reinen Menschen. Jemand, der so strahlend war wie er. Nicht jemand wie sie, die ihn um das betrügen würde, was ihm zukam.

2

Sie blickte auf den Anmeldeblock, den ihr der Portier hinschob. Einen Augenblick zögerte sie. Dreieinhalb Dollar am Tag waren sogar für ein Luxuszimmer mit eigenem Bad und eigener Dusche sehr viel Geld. Ihre Ersparnisse würden bei diesem Preis nicht lange reichen. Sie besaß nur etwas über hundert Dollar. Aber allzu lange hatte sie auf dieses Ereignis gewartet, um sich nun aufhalten zu lassen. Sie hatte sich diesen Genuß versprochen. So schrieb sie nun rasch das Formular aus:
Mary Flood ... Yorkville, N. Y. ...
Sie schob dem Portier den Block wieder hin. Er überflog ihn und drückte dann auf eine Klingel an seinem Tisch. Er lächelte sie an.
»Gerade aus der Schule heraus, Miß Flood?«
Sie nickte. Der gute Mann ahnte nicht, wie richtig er geraten hatte.
Ein Boy näherte sich und nahm ihr den Koffer ab. Der Portier reichte ihm den Schlüssel. »Begleite Miß Flood auf Zimmer 1204.«

Sie wartete, bis sich die Tür hinter dem Boy geschlossen hatte. Dann warf sie sich aufs Bett. Genießerisch fühlte sie sich tief einsinken. Es war, als schwebte sie auf einer Wolke. Das war ein

Bett, ein richtiges Bett, nicht eins von diesen sogenannten Betten, die man in der Anstalt hatte. Sie rollte sich über die ganze Breite des Bettes, sprang auf und öffnete die Tür zum Badezimmer.

Glänzendweiße Fliesen und schimmerndes Porzellan. Bewundernd betrachtete sie die Badewanne. Sie gehörte zu der neuen Art, die im Fußboden versenkt ist. Behutsam tastete sie die Wandungen ab. Glatt und nicht so rauh wie die alten Zinkwannen. Sie ließ ihre Hand auf dem Rand ruhen und blickte um sich. Große Badetücher hingen über der Stange. Rasch nahm sie eines. Es war leicht, weich und flauschig. Sie begrub ihr Gesicht in ihm. Es war nicht so grob wie die Tücher aus Baumwolle. Sie atmete tief ein. Das war das Leben.

Sie warf einen Blick auf die Uhr. Es war fast Mittag. Sie mußte noch einige Einkäufe machen, bevor sie sich träge und lange ins Wasser legen durfte, wie sie es sich vorgenommen hatte. Fast widerstrebend hängte sie das Badetuch auf die Stange zurück und verließ das Badezimmer.

Sie nahm ihre Handtasche und öffnete sie. Wieder einmal zählte sie das Geld. Einhundertundachtzehn Dollar. Das war von dem Lohn übriggeblieben, den man ihr für ihre Arbeit in der Wäscherei gezahlt hatte. Einen Augenblick schüttelte sie den Kopf, als wollte sie sich von dem Dampf, dem bitteren Geruch der scharfen Seife und der Natriumhypochloridlauge befreien, die sie so lange umgeben hatten. Entschlossen ließ sie die Handtasche wieder zuschnappen und ging zur Tür.

Auf den Stufen des Hotels blieb sie stehen und blickte auf den Broadway hinab. Es war Mittagszeit, und auf den Straßen wimmelte es noch mehr von Menschen als üblich. Alle gingen irgendwohin. Die Menschen hatten gespannte, ernste Gesichter und nahmen sich nicht die Zeit, sich umzusehen. Mary wunderte sich über sie. Sie betrachteten so vieles als selbstverständlich, so vieles, was ihr niemals mehr als selbstverständlich erscheinen würde.

Sie sah die Straße entlang. Im *Nedick* auf der anderen Straßenseite herrschte großer Betrieb, die Gäste standen in drei Reihen hintereinander an der Theke. Das chinesische Restaurant zwischen der 42. und der 43. Straße bot noch immer einen Lunch zu

35 Cent an. Das *Café Hector*, dem Hotel gegenüber, machte noch immer mit der größten Küchenauswahl der ganzen Stadt Reklame, und die leisen Klänge einer Kapelle aus dem Tanzlokal in der 45. Straße vermischten sich mit dem ohrenbetäubenden Lärm des Verkehrs.
Mit einem Gefühl der Zufriedenheit ging sie die Stufen hinunter, um mit ihren Einkäufen zu beginnen. In der Nähe gab es, wie sie wußte, einige Geschäfte, in denen sie Kleider und Wäsche ziemlich billig kaufen konnte. Sie summte vor sich hin, als sie die Straße überquerte. Sie hatte mit dem, was sie Großväterchen heute vormittag erzählt hatte, unrecht gehabt.
Sie war zu Hause.

Träge lehnte sie sich in der Badewanne zurück, während ein köstliches Gefühl der Mattigkeit sie durchzog. Das Wasser war mit schimmernden, platzenden Seifenblasen bedeckt, und in der Luft lag ein schwerer Duft. Sie bewegte sich ganz langsam und ließ die Hände über ihren Körper gleiten. Sie dachte an das Brennen der billigen Seife zurück, die sie in der Anstalt benutzt hatten. Nach ihrem Gebrauch hatte sie sich niemals wirklich sauber gefühlt. Es war immer so, als hätte sie eine rauhe Schicht auf ihrer Haut zurückgelassen. Das hier war etwas ganz anderes. Sie fühlte, wie ihre Haut im Wasser weich wurde.
Sie zog ein Tuch von der Stange neben der Badewanne und faltete es zu einem kleinen Kissen. Sorgfältig legte sie es auf den Rand der Wanne und lehnte sich zurück. Sie schloß die Augen. Sie fühlte sich warm, wohl und sicher. Niemand konnte ihr sagen, was sie zu tun hatte. Sie begann einzuschlummern. Es war ganz anders als in der Anstalt.
Und ganz anders als damals, als das Kind geboren wurde.
Fast den ganzen Vormittag hatte sie heftige Schmerzen gehabt. Schließlich hatte die Schwester sie in die Krankenstation hinuntergebracht. Der Arzt hatte sie rasch untersucht und dann der Schwester zugenickt. »Machen Sie sie fertig. Jetzt dauert es nicht mehr lange.«
Stöhnend hatte sie sich auf einem harten, weißen Bett ausgestreckt. Die Schwester bereitete sie für die Entbindung vor. Als sie fertig war, deckte sie sie mit einem weißen Laken zu und verließ das Zimmer.

Sie schloß die Augen und atmete schwer. Sie war froh, daß es fast vorbei war. Neben dem Bett hörte sie ein Rascheln und wandte den Kopf.
Die Leiterin der Anstalt stand neben ihr. Sie hielt einen Bogen Papier in der Hand.
»Wie geht es dir, Mary?«
Sie nickte. »Es geht schon, Mrs. Foster.«
»Du hast mir noch immer nichts über das Kind gesagt, Mary.«
Sie brachte ein schwaches Lächeln zustande. Da gab es nichts zu sagen. Es dauerte nicht mehr lange, und es würde da sein.
»Der Vater, Mary«, fuhr Mrs. Foster beharrlich fort. »Er sollte für den Unterhalt des Kindes aufkommen.«
Ein Schmerz durchfuhr sie, und sie schloß die Augen. Dann war es vorbei. »Das ist nicht notwendig«, erklärte sie mit zitternder Stimme.
Mrs. Foster zuckte die Achseln und sah auf das Schriftstück in ihrer Hand.
»Na gut, Mary. Nach dem, was hier steht, hast du den Wunsch, das Kind adoptieren zu lassen.«
Mary nickte.
»Du weißt auch, was das bedeutet«, fuhr Mrs. Foster fort. Ihre Stimme war kalt. »Du wirst es niemals zu sehen bekommen und niemals erfahren, bei wem es ist. Du gibst alle Rechte an dem Kinde auf. Für dich ist es so, als wäre es nie geboren.«
Das Mädchen schwieg.
»Hast du mich verstanden, Mary?« fragte Mrs. Foster.
Sie nickte.
»Du wirst nichts mehr über dieses Kind erfahren«, sagte die Frau unbarmherzig.
In Marys Stimme schlug der Schmerz in Zorn um. »Ich habe Sie verstanden, Mrs. Foster!« schrie sie. »Ich habe Sie von Anfang an verstanden! Was glauben Sie denn, was ich daran ändern kann? Könnte ich mich etwa hier um das Kind kümmern? Würden Sie es mir denn hier lassen?«
»Wenn wir wüßten, wer der Vater ist«, erwiderte Mrs. Foster ungerührt, »könnten wir uns von ihm einen Unterhaltsbeitrag für das Kind zahlen lassen. Dann könnten wir es für dich in ein Heim geben, bis du in der Lage bist, für es zu sorgen.«
»Und wann wäre das?« fragte Mary mit zitternder Stimme.

»Sobald du bewiesen hast, daß du in moralischer und finanzieller Hinsicht für das Kind sorgen kannst«, antwortete die Frau.
»Und wer entscheidet das?«
»Das Gericht.«
»Dann kann ich es also erst bekommen, wenn das Gericht einverstanden ist? Stimmt das?« fragte Mary ruhig.
Mrs. Foster nickte.
»Und sonst wird es adoptiert und kommt sogleich in eine Familie?«
Mrs. Fosters Stimme war leise. »Ja.«
Mary atmete tief ein. »So will ich es haben.« Ihr Ton offenbarte ihre endgültige Entschlossenheit.
»Aber . . .« Jetzt zitterte Mrs. Fosters Stimme.
Schmerz durchfuhr das Mädchen. Er zwang sie, sich auf dem Bett halb aufzusetzen. »So will ich es!« schrie Mary. »Sehen Sie denn nicht ein, daß das die einzige Chance ist, die ich dem Kind geben kann?«
Die Frau wandte sich um und verließ den Raum. Erst drei Stunden später sah Mary sie wieder. Da war schon alles vorbei. Wieder stand Mrs. Foster neben ihrem Bett und sah sie an.
Marys Gesicht war bleich und eingefallen; kleine Schweißtropfen standen auf ihrer Oberlippe. Ihre Augen waren fest geschlossen.
»Mary«, flüsterte Mrs. Foster.
Sie rührte sich nicht.
»Mary«, sagte die Frau nochmals. »Marja.«
Langsam schlug Mary die Augen auf, und die Frau erkannte, daß sie geschlafen hatte.
»Es ist alles vorbei«, flüsterte Mrs. Foster. »Es ist ein gesundes Kind . . .«
»Sagen Sie mir nichts!« Die Stimme des Mädchens klang schroff und abweisend. »Ich will nichts wissen!«
»Aber . . .« Die Frau zögerte.
Plötzlich war Marys Stimme von tiefer Erschöpfung erfüllt. Sie drückte ihren Kopf ins Kissen. »Ach, lassen Sie mich . . .« flüsterte sie. »Es ist so schon schlimm genug.«
Mrs. Foster sagte nichts mehr. Das Gemeinsame ihres Geschlechts führte sie zusammen. Ihre Hand suchte die des Mädchens unter der dünnen Decke.

Mary wandte ihr Gesicht der Frau zu; ihre Augen wirkten unnatürlich groß, sie waren tief und dunkel. Die Frau erschrak – es war ihr, als blickte sie in einen bodenlosen Abgrund. Sie spürte den leichten Druck von Marys Fingern, als sie zu sprechen begann.

»Es hat mir so weh getan«, flüsterte Mary, und der Schmerz klang in ihrer Stimme nach. »Es hat mir so weh getan, als es herauskam.«

»Ich weiß, mein Kind«, sagte die Frau sanft. »Es tut immer weh.«

»Wissen Sie es wirklich, Mrs. Foster?« fragte Mary mit verwunderter Stimme. Und bei ihren nächsten Worten begriff die Frau, daß sie es wirklich nicht wußte. »Es hat nicht so weh getan, wie sein Vater mir weh getan hat. Aber so, wie es einem weh tut, wenn man etwas bekommt, von dem man genau weiß, daß man es nicht behalten kann.«

Plötzlich verstand die Frau. Es fiel ihr nun wieder ein, was dieses Mädchen hierhergeführt hatte. Ihre Augen hinter der Brille waren von Mitleid erfüllt. Nun erkannte sie in den Augen des Mädchens das ganze Ausmaß des Schmerzes.

Sie sahen einander eine flüchtige Sekunde lang tief in die Augen. Dann sprach Mary erneut. Ihre Stimme klang nun sanft. »Geben Sie es weg.«

Fast ohne sich dessen bewußt zu werden, nickte die Frau zustimmend. »Ja, Mary.«

Nun quollen die Tränen ungehemmt aus Marys Augen hervor und rannen über ihre Wangen. Sie weinte lautlos.

3

Der Kriminalbeamte war ein schlanker, höflicher Mann. Er schob ihr sogar den Stuhl hin, als sie sich vor seinem Schreibtisch hinsetzte. Er sah sie einen Augenblick lang forschend an, ehe er seinen Platz hinter dem Schreibtisch einnahm. Es ging etwas Besonderes von ihr aus.

Sie hatte nichts Gewöhnliches an sich. Sogar das goldblonde Haar, das manche so flittchenhaft wirken ließ, stand ihr. Aber

ihr Gesicht, ihr Körper, die Art, in der sie sich bewegte – das alles verriet: sie war eine Frau. Eine von der Art, die für Männer geschaffen ist.
Er warf einen Blick auf die Karteikarte auf seinem Tisch. *Mary Flood.* Seine Augen weiteten sich. Jetzt verstand er. Er sah sie an.
»Wo wohnen Sie, Miß Flood?«
»Im Hotel Astor.« Ihre Stimme klang belegt. Sie nahm eine Zigarette heraus.
Rasch entzündete er ein Streichholz und hielt es ihr hin. Er glaubte, das Aufschimmern eines Lächelns in ihren dunkelbraunen Augen zu erkennen, als sie ihn über die Flamme hinweg ansah. Aber vielleicht hatte er sich auch geirrt. Kein Mädchen in diesem Alter konnte beim ersten Besuch bei der Polizei so selbstsicher sein. Wahrscheinlich war es nur der Widerschein des Lichtes gewesen. »Ziemlich teurer Spaß«, sagte er.
»Es ist ein Luxus, den ich mir selber versprochen hatte«, antwortete sie, als sei damit alles erklärt.
Wieder warf er einen Blick auf die Karteikarte. »Haben Sie schon eine Stellung gefunden?« fragte er.
Sie schüttelte den Kopf. »Ich bin doch erst seit zwei Tagen draußen. Ich habe mich noch nicht einmal darum bemüht.«
»Meinen Sie nicht, Sie sollten es lieber tun?« fragte er freundlich. »Man findet heute ziemlich schwer etwas.«
»Ich werde mich umsehen«, versicherte sie.
»Sie können nicht mehr viel Geld übrig haben«, fuhr er fort. »Wie ich sehe, haben Sie sich auch neu eingekleidet.«
Zum erstenmal hatte ihre Stimme einen herausfordernden Ton. »Es ist mein Geld. Es gibt doch wohl keine Bestimmung, die mir verbietet, damit zu machen, was ich will. Oder?«
Er schüttelte den Kopf. »Nein, Miß Flood. Wir wollen nur sichergehen, daß Sie nicht wieder in Schwierigkeiten geraten. Wenn man aber kein Geld mehr hat, ist das schnell geschehen.«
»Noch habe ich Geld.«
Er antwortete ihr nicht, sondern lehnte sich zurück und musterte sie still, während er sich eine Zigarette anzündete. Diesem Mädchen würde es nicht schwerfallen, Geld zu verdienen. Mary Floods Problem lag vielmehr darin, daß sie zu vielen Männern begegnen würde, die bereit wären, es ihr zu geben. Er war-

tete darauf, daß sie weitersprach. Das einzige, was diese Menschen nicht ertragen konnten, war längeres Schweigen.

Dieses Mädchen war anders. Sie saß nur da und beobachtete ihn, die Augen fest auf sein Gesicht gerichtet. Er räusperte sich.

»Sie kennen die Bestimmungen, Miß Flood«, sagte er. »Man hat Sie in der Anstalt entsprechend belehrt.«

Sie nickte.

Trotzdem wiederholte er sie ihr. »Sie haben sich jeden Monat hier zu melden. Sie haben jeden Verkehr und jede Verbindung mit Menschen, die im Strafregister stehen, zu meiden. Sie haben uns von jeder Änderung Ihrer Adresse zu unterrichten. Sie haben uns, sobald Sie eine Stellung haben, Ihren Arbeitsplatz zu melden. Sie dürfen nur mit unserer Erlaubnis den Staat verlassen. Sie dürfen keine Handfeuerwaffen oder ähnliche gefährliche Waffen besitzen . . .« Verwundert hielt er inne. Sie lächelte.

»Was finden Sie daran so komisch, Miß Flood?«

Sie war aufgestanden und ließ mit einem leichten Lächeln um ihre Lippen den Mantel von den Schultern auf den Stuhl fallen. Er hatte das Gefühl, als habe sie sich vor ihm nackt ausgezogen.

»Finden Sie, daß ich welche brauche?« fragte sie.

Er spürte, wie er errötete. »Ich wiederhole Ihnen das nur zu Ihrem eigenen Vorteil, Miß Flood«, erwiderte er gereizt.

»Ich danke Ihnen«, antwortete sie und setzte sich wieder.

»Was für eine Arbeit suchen Sie denn, Miß Flood?« fragte er. »Vielleicht können wir Ihnen behilflich sein.«

Sie sah ihn spöttisch an. »Wüßten Sie etwas für mich?«

Er nickte. »Kellnerin oder Verkäuferin in einem der Kettenläden.«

»Was wird da gezahlt?«

»Zwölf bis fünfzehn Dollar in der Woche.«

»Nein, danke«, erwiderte sie kühl.

»Was haben Sie dagegen einzuwenden?« fragte er, und sein Ärger verriet sich deutlich in seiner Stimme.

»Damit könnte ich nicht einmal meine Miete bezahlen. Ich brauche eine Stellung, die mir viel Geld einbringt.«

»Man muß ja nicht ausgerechnet im Astor wohnen«, entgegnete er scharf.

»Mir gefällt es aber«, sagte sie, noch immer lächelnd. »Ich habe

lange genug in meinem Leben in dreckigen Löchern gehaust. Ich mag nicht mehr!«
»Und wie wollen Sie sich so viel Geld verdienen?«
Sie antwortete ihm nicht.
»Als Nutte?« Seine Stimme klang streng und kalt.
»Was wird da gezahlt?«
Ihre Augen blickten fest in die seinen. Das Lächeln verschwand von ihren Lippen. »Bringt das so viel ein, Leutnant?«
Wieder klang seine Stimme drohend. »Sie werden bald Unannehmlichkeiten haben. Wirkliche Unannehmlichkeiten, das sind keine Jugenddelikte mehr. Ein Frauengefängnis ist etwas ganz anderes als eine Anstalt. Das werden Sie schnell feststellen.«
»Seien Sie dessen nicht so sicher, Leutnant«, erwiderte sie ruhig. »Ich habe nichts getan – noch nicht.«
Er war aufgestanden. »Passen Sie nur auf, daß Sie nichts tun, was Sie eines Tages bereuen könnten.«
Er schob ihr die Karteikarte über den Schreibtisch hinweg zu und reichte ihr seinen Füllfederhalter. »Unterschreiben Sie hier.«
Sie unterschrieb. Er nahm die Karte und betrachtete ihre Unterschrift. »Gut«, sagte er. »Sie können jetzt gehen. Aber vergessen Sie nicht, was ich Ihnen gesagt habe.«
Sie erhob sich, schlüpfte in ihren Mantel und ging zur Tür. Sie öffnete sie und blickte spöttisch zu ihm zurück. »Vielen Dank für Ihre ermutigenden Worte, Leutnant.«
Er sah sie abweisend an. »Nur zu Ihrer Information, ich bin nicht Leutnant. Bleiben Sie also mit uns in Verbindung, das ist alles.«
»Bestimmt«, sagte sie noch immer lächelnd. Sie sah sich in dem kleinen Zimmer langsam noch einmal um. »Vielleicht kommt einmal ein langweiliger Nachmittag, Leutnant, an dem Sie Lust haben, sich die Zeit anders zu vertreiben. Dann besuchen Sie mich. Wir können ein Plauderstündchen abhalten.«
Verblüfft sah er sie an, fand jedoch keine Erwiderung. Er errötete.
Ihr Lächeln wurde noch spöttischer. »Sie wissen ja, wo ich wohne. Zimmer 1204. Sie brauchen nur den Portier zu bitten, Sie anzumelden.«
Die Tür schloß sich hinter ihr, bevor er eine Antwort gefunden

hatte. Nachdenklich starrte er die geschlossene Tür an. Nach einer Weile griff er zu seinem Bleistift, machte auf der Karte einige Eintragungen und nahm den Telefonhörer ab.
»Verbinden Sie mich mit Joker Martin«, bat er die Vermittlung.
Einige Sekunden später raschelte es im Hörer. »Joker?«
Es summte im Apparat.
»Hier spricht Egan vom Polizeirevier in der 54. Straße. Das Mädchen, nach dem Sie suchen, hat sich soeben hier gemeldet ... Jawohl ... Sie nennt sich jetzt Mary, nicht mehr Marja ... Ja, dieselbe ... Blond und gute Figur ... Aber ein scharfes Mundwerk, hat vor nichts auf dieser Erde Angst ... Danke, Joker ... Ich freue mich, Ihnen helfen zu können.«

4

Joker Martin lehnte sich auf seinem Stuhl zurück und hielt ein Streichholz an seine Zigarre. Sein Gesicht spiegelte stille Zufriedenheit. Er hatte das einzig Richtige getan. Seit anderthalb Jahren hatte er gewußt, daß es eines Tages zur Bildung eines Syndikats kommen mußte. Es hatte zu viele Morde gegeben. Er entsann sich des Tages, an dem Mike Rafferty kochend vor Wut ins Klubhaus gekommen war. »Für wen hält sich denn eigentlich dieser Geck?« hatte Eisen-Mike gezischt.
»Was für ein Geck?« hatte Joker gefragt.
»Kane. Frank Kane. Er beruft eine Sitzung im Hotel ein. Wir sind alle da, und er erklärt uns, daß wir alle von jetzt ab bestimmte Gebiete zugewiesen erhalten und niemand die Grenze überschreiten darf.«
Martin dachte über den Namen nach und blickte zu Mike auf. »Meinst du Fenellis Mann? Und welchen Platz nimmt da Silk ein? Gibt er den Ton an?«
Rafferty schüttelte den Kopf. »Nein. Kane hat alles an sich gerissen. Da bin ich abgesprungen. Von solchen Gecken lasse ich mir nicht sagen, was ich zu tun habe.«
»Und die anderen?« fragte Joker. »Sind sie geblieben?«
»Diese feigen Hunde!« fluchte Eisen-Mike. »Natürlich sind sie geblieben.«

Joker zögerte. »Vielleicht hättest du auch bleiben sollen, Mike.«
»Eher werde ich in der Hölle verbrennen!« stieß Rafferty hervor. »Ich habe bis jetzt meine Geschäfte immer selbst gemacht. Es wird sich bei mir keiner einmischen.«
»Wie du willst, Mike«, antwortete Joker.
»Ich gehe jetzt zum Essen nach Hause«, fuhr Mike Rafferty fort. »Wir sehen uns später und überlegen uns, was als nächstes zu tun ist.« Er drehte sich um und stampfte aus dem Zimmer hinaus.
Joker wartete, bis sich die Tür hinter ihm geschlossen hatte. Dann griff er nach dem Telefon. Gerade als er das Amt hatte, hörte er einen Laut, der sich wie die gedämpfte Fehlzündung eines Autos anhörte. Rasch legte er den Hörer wieder auf und lief zum Fenster.
Eine Menschenmenge hatte sich auf der Straße vor dem Klubhaus versammelt. Er konnte nicht erkennen, wer da auf dem Trottoir lag. Aber er sah das Blut, das zum Rinnstein hin versikkerte.
Langsam ging er zum Telefon zurück und nahm den Hörer ab. Eisen-Mike hatte recht behalten. Eher würde er in der Hölle verbrennen. Joker fragte sich, ob es ihm wohl gefiele. Er nannte dem Telefonfräulein eine Nummer, und eine Stimme meldete sich.
»Mr. Kane«, begann er mit leiser, phlegmatischer Stimme, »hier spricht Joker Martin. Nein, Eisen-Mike ist bei seiner Ansicht geblieben. Es ist zu spät. Ich möchte Ihnen nur sagen, daß ich hinter Ihnen stehe. Tausendprozentig . . .«
Die Tips waren richtig gewesen, und er war gut gefahren. Es war ein langer Weg von dem Tanzlokal und dem Spieltisch im Hinterzimmer, den Eisen-Mike ihm zuerst zugeschanzt hatte. Jetzt hatte Kane ihm sein Gebiet überlassen, und niemand konnte ihm in die Quere kommen. Er hatte es geschafft, denn Kane sorgte für Frieden.
Aber das Geschäft hatte einen riesigen Umfang angenommen. Er brauchte Hilfe. Nicht die Hilfe von Handlangern, sondern von Leuten mit Köpfchen, von Leuten, die selbständig denken konnten. Bei der neuen Aufteilung der Gebiete war ihm auch die Park Avenue bis zur 81. Straße zugefallen. Da hatte er zum erstenmal an Ross Drego gedacht.

Er war zwar ein junger, wilder Bursche, aber intelligent. Er hatte auch für das Glücksspiel einen sechsten Sinn. Nur gut, daß sein Vater ihm jede Unterstützung versagt hatte, nachdem er wieder einmal in Schwierigkeiten geraten war. Sechs Monate arbeitete Ross schon für Joker, aber der Junge verdiente auch das Geld, das er ihm zahlte. Er kannte alle Leute in der Park Avenue und die Bosse der Hochfinanz beim Vornamen. Er war unter ihnen aufgewachsen.

In einem Punkt mußte Joker jedoch vorsichtig sein: das war Ross' Ehrgeiz. Er hatte es in allem zu eilig und wollte von allem zuviel haben. Joker lächelte nachdenklich, während er an seiner Zigarre zog. Er konnte Ross im Zaum halten, besonders jetzt, nachdem Kane dem Syndikat das neue Geschäft vorgeschlagen hatte.

Er griff zum Telefon. Seine Sekretärin meldete sich. »Ist Ross schon da?« fragte er.

»Er ist gerade auf dem Weg zu Ihnen, Mr. Martin«, antwortete sie.

In dem Augenblick, in dem er den Hörer hinlegte, öffnete sich die Tür, und Ross trat ein. Er blickte kurz auf den Bogen Papier, der auf dem Schreibtisch vor ihm lag und sah dann Ross wieder an. »Hast du das Geld?« fragte er.

Ross nickte und warf ein Bündel Scheine auf den Tisch.

»Hier sind zehntausend Dollar, Joker. Das ist alles, was ich habe.«

Joker öffnete eine Schublade und legte das Geld hinein. Er nahm aus der gleichen Schublade ein Aktienzertifikat und schob es Ross hin.

Ross nahm es und betrachtete es. Ärgerlich warf er es auf den Tisch zurück. »Was soll das bedeuten, Joker? Das ist ja nur ein Anteilschein. Ich habe geglaubt, es handelt sich um ein großes Geschäft.«

Joker lächelte. »Das ist es auch.«

»Unsinn!« schrie Ross. »Was in aller Welt ist denn diese Blue-Sky-Entwicklungsgesellschaft? Ich habe niemals davon gehört!«

»Das ist Las Vegas«, antwortete Joker.

»Las Vegas? Wo zum Teufel liegt denn das?«

»In Nevada«, antwortete Joker. »Es entwickelt sich zum größten

Geldumschlagplatz dieses Landes. Hotels, Spielhöllen, Nachtlokale. Und alles streng legal.«
»Gib mir mein Geld zurück«, fuhr Ross ihn an. »Wenn du von mir verlangst, daß ich etwas kaufen soll, so verkauf mir ein Stück von Miami oder Reno oder . . .«
»Sei kein Idiot«, entgegnete Joker. »Miami ist vom Pöbel aus Chikago besetzt, und dort stinkt es zum Himmel. Wie lange, glaubst du, wird das noch dauern? Bald werden sie einpacken müssen. Reno ist eine tote Stadt. Auch mit New Orleans geht's zu Ende. Sun Valley, Palm Springs sind nichts fürs Glücksspiel.«
»Na und?« rief Ross. »Zumindest weiß ich aber, was ich dort kriege. Geld.«
»Hier liegst du besser«, erklärte ihm Joker. »Wir kaufen uns die Stadt. Grundstücke und dergleichen. Und wir werden die Gesetze machen. Es wird keinen Ärger geben. Alles ist völlig legal.«
Ross' Stimme klang jetzt ruhiger. »Wann soll das alles über die Bühne gehen?«
»Ein solches Geschäft braucht seine Zeit«, antwortete Joker nachdenklich. »Kane meint, fünf bis zehn Jahre. Kommt auf ein paar günstige Gelegenheiten an.«
»Bis dahin bin ich ein alter Mann«, stieß Ross hervor.
Auf Jokers Gesicht breitete sich ein selbstzufriedenes Lächeln aus. »Du wirst der reichste alte Mann von dreißig Jahren in unserem Land sein.«
»Ich weiß nicht«, meinte Ross zögernd. »Ich könnte das Geld jetzt gut brauchen.«
Joker beugte sich über den Schreibtisch, und seine Stimme nahm einen vertraulichen Ton an. »Wer kann das nicht? Ich habe zehn Aktien. Glaubst du nicht, daß ich diese hunderttausend Dollar lieber in meiner Tasche behalten würde? Bestimmt, aber nicht, wenn sie mir eines Tages eine Million einbringen. Alles legal. Niemand kann dir deswegen etwas anhaben.«
»Du hast hunderttausend da reingesteckt?« fragte Ross ungläubig.
Joker nickte.
»Wieviel Aktien sind ausgegeben worden?« fuhr Ross fort.
»Tausend Stück.« Jokers Stimme war sehr nüchtern.

»Zehn Millionen Dollar!« Ross' Stimme klang verblüfft.
»Und ich lasse dich nur deshalb in dieses Geschäft einsteigen«, sagte Joker rasch, »weil ich große Pläne mit dir habe.«
Ross betrachtete ihn mit zusammengekniffenen Augen. »Was für Pläne?«
Joker lehnte sich auf seinem Stuhl zurück. Er holte sich eine neue Zigarre aus seiner Tasche und zündete sie an. »Das alles geht auf völlig legaler Grundlage vor sich. Es kann also kein Gauner mitmachen. Die Sache muß völlig sauber sein. Ich werde dich bei Kane als den Mann hinstellen, der das ganze Unternehmen für uns durchführen soll.«
»Glaubst du, du kommst damit durch?« fragte Ross. »Natürlich«, erwiderte Joker zuversichtlich.
Ross nahm die Aktie in die Hand und betrachtete sie. »Weißt du, die Sache fängt an, für mich interessant auszusehen.«
Joker lächelte zufrieden. »Es riecht nach Geld, meinst du das?«
Ross lachte auf, als er sich die Aktie in die Tasche schob. »Einer der drei Gerüche, denen ich nicht widerstehen kann: neues Geld, neue Wagen und neue Weiber.«
Joker lachte. »Da fällt mir etwas ein. Ich habe gerade Verbindung zu einem früheren Mädchen von dir hergestellt, falls es dich interessiert.«
»Frühere Mädchen interessieren mich nicht«, entgegnete Ross. »Ich habe dir doch gesagt: neue Weiber.«
»Die vielleicht doch«, meinte Joker. »Weißt du noch, diese junge, blonde Polin . . .«
»Marja?« Ross' Stimme hatte einen seltsamen Unterton. Sie klang, als wäre es ihm fast schmerzlich, den Namen auszusprechen.
»Ja«, fuhr Joker vorsichtig fort, »ich hatte die Absicht, sie mir selber zu angeln, aber zunächst wollte ich feststellen, ob du noch interessiert bist.«
Ross blickte auf seine Hände. Er war Joker ganz schön in die Falle gegangen. Jetzt konnte er nichts mehr tun oder sagen. Er sah Joker an. Der ältere Mann betrachtete ihn wie ein geduldiger Vater sein Kind. Leise sagte er: »Ich bin nicht interessiert, Joker. Sie gehört dir.«

5

Sie saß in ihrem Zimmer und wartete auf das Klingeln des Telefons. In ihrem Aschenbecher häuften sich die Zigarettenstummel. Es war Freitagvormittag. Vier Tage war sie nun schon da und hatte gerade noch genug Geld, um das Zimmer zu bezahlen. Evelyn hatte gesagt, sie würde am Freitagvormittag anrufen. Sie hatten alles miteinander ausgemacht.

Es hatte ungefähr sechs Monate vor ihrer Entlassung in der Wäscherei begonnen. Das schlanke, dunkelhaarige Mädchen, das am Bügelbrett ihr gegenüber stand, blickte plötzlich auf. »Was wirst du tun, wenn du herauskommst, Mary?«

Mary bügelte einen Kissenbezug zu Ende und begann ihn zusammenzulegen. »Ich weiß nicht. Ich werde mir eine Arbeit suchen. Ich habe noch nicht darüber nachgedacht.«

»Was für eine Arbeit?«

Sie fing an, ein Laken zu bügeln. »Ich weiß es nicht. Irgend etwas, was ich kann.«

Evelyn lachte auf. »Da kannst du höchstens verhungern!«

Mary sah sie neugierig an. »Was hast denn du vor?«

»Ich habe Pläne«, antwortete Evelyn geheimnisvoll. »Große Pläne.«

»Und was?«

Evelyn wollte schon antworten, sah dann aber eine der Aufseherinnen den Gang entlang auf sie zukommen. So flüsterte sie ihr nur verstohlen zu: »Komm heute abend zu mir, sobald das Licht ausgegangen ist. Ich glaube, wir könnten etwas zusammen unternehmen.«

Es war fast zehn Uhr, als Mary an Evelyns Bett stand und zu ihr hinabblickte. »Bist du wach?« flüsterte sie.

Das dunkelhaarige Mädchen richtete sich auf. »Ja.«

Mary setzte sich auf den Bettrand. »Was hast du vor?«

»Ich werde richtig Geld verdienen. Ich gehe ins Show-Geschäft. Ich habe einen Freund, der mir eine Stelle verschafft, sobald ich draußen bin.«

»Und wann ist das?« fragte Mary.

»Drei Tage nach dir«, antwortete Evelyn. »Er hat mir gesagt, ich soll mir eine Partnerin suchen und eine Nummer zusammenstellen. Deswegen habe ich dich angesprochen. Ich glaube, wir

würden ein gutes Paar abgeben, du blond und ich schwarz. Das zieht immer. Der Gegensatz.«
Mary zögerte, und der Argwohn erwachte in ihr. »Was für eine Nummer?« flüsterte sie. »Ich habe keine Erfahrungen.«
Evelyn lachte leise auf. »Die bringe ich dir in einer Nacht bei.«
»Ach«, sagte Mary. »Das?«
Evelyn nickte. »Es ist immer noch besser, als sich für zehn Dollar in der Woche die Beine in den Bauch zu stehen.«
»Ich weiß nicht«, meinte Mary. »Daran habe ich nie gedacht.«
»Ruhe!« rief eine Stimme von einem der Betten her. »Wir möchten schlafen.«
Evelyn schlug ihre Decke zurück. »Leg dich zu mir«, sagte sie rasch. »Dann können wir reden, ohne daß diese Ziegen uns hören.«
»Ich glaube, ich gehe besser in mein Bett«, flüsterte Mary.
Evelyns weiße Zähne schimmerten auf. »Angst?«
Mary antwortete nicht. Sie streckte sich auf dem Bett aus, und Evelyn zog die Decke über sie. Eine Weile lagen sie ganz still. Mary spürte die Wärme des Körpers des anderen Mädchens.
»Was verstehst du unter richtigem Geld?« fragte sie.
»Zwanzig bis dreißig Dollar am Tag für jede von uns«, erklärte Evelyn. »Das schafft man leicht.«
Mary schwieg. Geld war das einzige, was zählte. Ohne Geld war man nichts wert. Außerdem blieb ihr gar nichts anderes mehr übrig. Kein anständiger Mann würde sich noch mit ihr abgeben, wenn er feststellte, was geschehen war. »Und was muß man da können?«
Evelyn schwieg. Ihre Hände berührten sie in einer raschen Bewegung, und Mary hielt den Atem an. Sie entzog sich ihr. »Laß das!« stieß sie hervor.
»Du hast gefragt, was man tun muß«, antwortete Evelyn.
»Ja«, flüsterte Mary schroff, »aber ich habe nicht geglaubt, daß du eine . . .«
»Bin auch keine«, erklärte Evelyn. »Aber darin besteht das Ganze.«
Am Tag bevor Mary entlassen wurde, half Evelyn ihr den Handkoffer packen. »Vergiß nicht, was ich dir gesagt habe«, raunte sie. »Warte am Freitagvormittag auf meinen Anruf.«
»Ich vergesse es nicht«, versprach Mary.

Wieder blickte sie auf ihre Uhr. Es war nun fast Mittag. Sie drückte ihre Zigarette aus und stellte ihren Handkoffer aufs Bett. Langsam begann sie zu packen. Niemand würde anrufen, und sie mußte hier heraus, so lange sie noch Geld genug hatte, um die Rechnung zu bezahlen.

Das Telefon klingelte. Hastig nahm sie den Hörer ab. »Evelyn?«

Sie hörte die Stimme eines Mannes. »Hier spricht Joe. Ich bin Evelyns Freund. Sie wartet draußen im Wagen. Können Sie kommen?«

»Ich habe fast fertig gepackt.«

»Gut«, antwortete er. »Ich komme hinauf und hole Sie ab.«

Als er an die Tür klopfte, hatte sie alles gepackt. Sie öffnete. Draußen stand ein großer Mann mit rötlichem Gesicht. »Joe?«

Er nickte, trat ins Zimmer und streckte seine Hand aus. »Sie sind wirklich so hübsch, wie Evelyn Sie geschildert hat«, erklärte er mit gespielter Herzlichkeit.

Sie ließ seine Hand sofort los. »Danke«, sagte sie. »Ich bin jetzt soweit.« Sie trat zum Telefon. »Ich lasse den Boy kommen.«

Er schüttelte den Kopf. »Nicht nötig. Ich trage den Koffer zum Hintereingang hinaus, und Sie gehen vorn hinaus wie sonst auch. Auf diese Weise sparen Sie sich die Rechnung.«

Sie sah ihn fest an. »Ich zahle meine Rechnung, danke.«

Er zuckte die Achseln. »Es ist Ihr Geld.«

Sie griff zum Telefon und rief beim Portier an.

Evelyn saß im Wagen.

»Ich hatte schon alle Hoffnung aufgegeben«, gestand Mary, als sie zu ihr in den Wagen stieg.

Evelyn lachte auf. »Es lag an Joe. Wir mußten noch zu ihm, um seine Koffer abzuholen.«

Mary sah ihre Freundin an. Evelyns Gesicht war leicht gerötet. »Er hat seine Koffer geholt?« fragte sie.

»Natürlich«, brummte Joe, während er anfuhr und den Wagen in den Verkehr hineinsteuerte. »Man kann doch von einem Mann nicht verlangen, daß er ohne seine Sachen verreist.«

»Verreisen?« fragte Mary. »Wohin fahren wir denn?«

»Nach Florida«, antwortete Joe. »Miami. Ich habe eine schöne kleine Wohnung draußen am North Beach. Die Einnahmen werden sich in dieser Saison sehen lassen können.«

Der große grauhaarige Mann trat an den Empfangstisch. »Mary Flood, bitte. Zimmer 1204.«
Der Portier sah zu ihm auf. »Sie haben Miß Flood gerade verfehlt, Sir. Sie ist vor etwa fünf Minuten ausgezogen.«
Joker Martin starrte ihn an. »Ausgezogen?« Ein Argwohn stieg in ihm auf. »War sie mit jemand zusammen?«
Der Portier nickte. »Sie war in Begleitung eines Herrn, Sir.«
»Wie sah er aus?«
»Ein großer Mann, Sir, etwa Ihre Größe. Rötliches Gesicht.«
»Ach.«
Joker wandte sich ab.
»Ist etwas nicht in Ordnung, Sir?« fragte der Portier.
Joker sah ihn an. »Nein, alles in Ordnung.« Er ging durch die Halle auf den Ausgang zu. Zumindest war es nicht Ross. Anfänglich hatte er daran gedacht.
Er trat durch die Drehtür auf die Straße hinaus. Es geschah ihm ganz recht, er hatte viel zu lang gewartet. Er hätte sich sofort melden sollen, nachdem er von ihr gehört hatte. Er hätte wissen müssen, daß ein Mädchen wie sie nicht lange brauchen würde, um eine Bekanntschaft zu machen. Er steckte sich eine Zigarre in den Mund und kaute an ihr, ohne sie anzuzünden. Vorläufig machte es auch nichts aus. Es gab zu viele Dinge, mit denen er sich jetzt befassen mußte. Er konnte warten.
Sie würde wieder auftauchen. Früher oder später tauchten sie alle wieder auf.

6

Drei Vormittage hintereinander hatte er sie aus dem Wasser kommen sehen. Wie eine Göttin entstieg sie dem Meer. Sie trug einen weißen Badeanzug, der sich ihrem Körper anschmiegte, als sei er eine Haut. Ihre hohen, üppigen Brüste, die schlanke Taille, die geschwungenen Hüften wirkten wie aus weißem Marmor gemeißelt. Langsam zog sie ihre weiße Badekappe vom Kopf. Eine Fülle schimmernden goldenen Haares fiel um ihr von der Sonne gebräuntes Gesicht.
Geschmeidig schritt sie den Strand entlang zu ihrer Decke. Sie

beugte sich nieder, nahm ein Handtuch und rieb sich kräftig ab. Niemals zuvor hatte er einen Menschen mit solcher Freude aus dem Wasser kommen sehen wie dieses Mädchen. Er wußte, was sie als nächstes tun würde. Sie würde sich auf der Decke ausstrecken, die Träger ihres Badeanzuges lösen und in der Sonne liegen. Nicht ein einziges Mal blickte sie zu der kleinen Anhöhe hinauf, auf der sein Haus lag. Nachdem sie eine Stunde in der Sonne gelegen hatte, würde sie aufstehen und alle ihre Sachen ordentlich in eine kleine Strandtasche legen. Dann zog sie sich ein Kleid über, ging bis zur Straße, stieg in ein kleines Kabriolett und fuhr davon.

Dies wiederholte sich jeden Vormittag. Er konnte fast seine Uhr nach ihr stellen. Vom Fenster seines Schlafzimmers aus konnte er sie jeden Morgen um elf Uhr über den Strand gehen sehen. Das war, seit er gegen Ende Januar – also vor fast drei Wochen – nach Florida gekommen war, Tag für Tag so gewesen. Das erste Mal hatte er sie nach der Party beim Senator beobachtet.

Er war mit einem üblen Kater aufgewacht und hatte nach seinem Diener gerufen, der ihm etwas Tomatensaft bringen sollte. Aber Tom war halb taub und konnte ihn nicht hören. Vielleicht wollte er es auch nicht. Verärgert taumelte er aus dem Bett und ging zur Klingel in der Nähe des Fensters. Er beugte sich schlaftrunken vor und blickte hinaus.

Sie kam gerade aus dem Wasser. Im dunstigen Licht des Vormittags glaubte er, sie sei nackt. Als er dann in seinem Kopf klarer wurde, sah er, daß sie einen weißen Badeanzug trug. Er wandte sich ab und fand, er sei tatsächlich ein Idiot. Am nächsten Morgen jedoch trat er wieder ans Fenster, um sie zu beobachten.

»Dummkopf!« sagte er zu sich selber. »Du bist Gordon Paynter. Man sagt von dir, du bist die große Attraktion dieser Saison. Jede Mutter in Florida hat dir ihre Tochter zugedacht, und du bist hinter so einem Mädchen am Strand her. Du weißt nicht einmal, wer sie ist. Wahrscheinlich ein Flittchen, das an nichts denkt außer an Sonne und Sand.«

Plötzlich wurde er sich seines Dieners bewußt, der neben ihn getreten war. Rasch wandte er sich um. Tom starrte auf den Strand hinunter. »Sie ist ein wirklich hübsches Mädchen, Mr. Paynter«, sagte Tom.

Gordon lächelte. »Kann ich dich deshalb morgens nie erreichen? Du beobachtest sie wohl auch?«
Tom sah ihn an. Er sprach mit jener Vertraulichkeit, die aus einem langen Zusammensein erwächst. »Ich bin vielleicht alt, Mr. Gordon, aber ich habe gute Augen.«
»Weißt du, wer sie ist?« fragte Gordon.
»Nein«, antwortete der Alte. »Ich habe sie noch nie zuvor irgendwo gesehen. Nur hier.«
»Glaubst du, sie würde zum Mittagessen herkommen?«
Der Alte betrachtete ihn aus klugen, erfahrenen Augen. »Das kann man nicht sagen, bevor man sie nicht gefragt hat.«
Gordon blickte wieder auf den Strand hinunter. Auf der Decke ausgestreckt, unterschied sie sich kaum von dem Sand. Er lächelte. »Geh schon, Tom. Bitte sie zum Essen.«

Sie lag still auf dem Sand. Ihr Kopf ruhte auf ihren Armen. Die warme Sonne brannte auf ihren Rücken herab. Das war eine schöne, saubere Hitze. Keine so schmutzige Hitze wie die der weißen Lampen, die bei der Vorstellung in der vergangenen Nacht auf sie herabgebrannt hatten. Sie dachte an die Männer, deren gierige Blicke sie auf ihrem Körper wie eine Berührung empfunden hatte. Was waren das für Männer, die ihr Vergnügen an solchen Schaustellungen fanden?
Das Schwierigste bei der ganzen Sache war, ihnen nach der Vorstellung begreiflich zu machen, daß dies nun alles war. Sie hatte ihnen nichts mehr zu bieten. Sie und Evelyn zogen sich an und warteten draußen im Wagen, während Joe die zweite Hälfte ihres Geldes kassierte.
Für gewöhnlich gingen Evelyn und Joe noch aus, aber sie kehrte sofort nach Hause zurück und stieg in die Badewanne. Ein heißes Bad konnte viel Schmutz abwaschen. Dann legte sie sich ins Bett, las noch eine Weile und fiel in Schlaf. Zuweilen erwachte sie, wenn Joe und Evelyn nach Hause kamen. Am Morgen war sie immer schon auf, während die beiden noch schliefen. Sie zog ihren Badeanzug an, ging zum Wagen und fuhr zum Strand hinunter. Im allgemeinen waren sie auf, wenn sie vom Strand zurückkehrte. Dann bereitete sie für gewöhnlich das Frühstück zu. Danach machten sich Joe und Evelyn fertig und fuhren zum Rennen. Erst spät am Nachmittag kehrten sie zurück. Hin und

wieder verloren sie dabei ihr ganzes Geld und mußten sich von ihr etwas für den nächsten Tag leihen. Niemals zahlten sie dieses Geld zurück, aber sie hielt es für besser, sie nicht darum zu bitten.

Alles in allem war es nicht so übel. Es war ihr gelungen, ungefähr fünfhundert Dollar zu sparen, die auf einer Bank in Miami lagen. Einmal in der Woche fuhr sie in die Stadt, sah sich einen Film an, aß zu Mittag und ging in die Bank. Die gewissen Erfahrungen, wie Evelyn sie nannte, bedrückten sie schon seit langem nicht mehr. Sie brachte es fertig, diese Dinge ganz unpersönlich zu betrachten. Schließlich war das alles nichts weiter als eine Vorstellung. Man brauchte dabei nichts zu empfinden.

Ihr Rücken war warm und genug von der Sonne verbrannt. Als sie sich auf die andere Seite drehte, bemerkte sie, daß jemand neben ihr stand. Sie setzte sich rasch auf und hielt mit den Händen die Träger des Badeanzuges fest.

Ein runzliger, grauhaariger Neger stand da und lächelte sie an. »Ma'am«, sagte er mit freundlicher Stimme.

»Bitte?« fragte sie kühl.

»Mister Gordon Paynter würde sich freuen, wenn Sie heute zum Essen in sein Haus kämen, Ma'am«, erklärte der alte Mann sehr förmlich.

Ihre Augen folgten der Handbewegung zum Haus auf der Anhöhe hin. Es war ihr schon früher aufgefallen. Das Haus eines reichen Mannes, auf allen Seiten von einem eisernen Zaun umgeben, der bis zum Strand reichte. Sie wandte sich wieder dem Neger zu. »Sagen Sie Mr. Paynter, ich danke ihm für seine Einladung, aber wenn er mich zum Essen bitten möchte, so könne er ebenso gut persönlich kommen und mich einladen.«

Ein Lächeln leuchtete in den Augen des alten Mannes auf. »Ja, Ma'am«, sagte er ernst. »Ich werde es ihm ausrichten.« Er verbeugte sich leicht und kehrte langsam zum Hause seines Meisters zurück.

Mary blickte ihm nach, wie er zum Haus hinaufstieg, dann streckte sie sich auf dem Sand aus und schloß die Augen. Eine seltsame Art, eine Frau kennenlernen zu wollen – einen Diener zu ihr zu schicken. Sie fragte sich, wie Mr. Paynter wohl aussehen mochte. Wahrscheinlich ein alter Bock, der mit einem Fuß schon im Grab stand. Sie hatte ihn ordentlich zurechtgewiesen,

fand sie. Sie schlummerte für ein paar Minuten ein und machte sich dann zum Weggehen fertig.
Sie hatte bereits ihre Tasche gepackt und ging auf den Wagen zu, als sie hinter sich Schritte im Sand vernahm. Sie drehte sich um.
Ein junger Mann kam auf sie zu. Er trug weiße Leinenhosen und ein weißes Trikothemd. Er hatte hellbraunes, vom Seewind zerzaustes Haar. »Miß!« rief er. »Miß!«
Sie wartete auf ihn. Er war groß, und seine Augen waren hellblau.
Sein Gesicht wirkte ein wenig grob. Um die Augen und um den Mund hatte er viele Falten, die auf ein ausschweifendes Leben hindeuteten.
»Ich hatte schon befürchtet, Sie wären nicht mehr da, wenn ich komme.« Seine Stimme keuchte nach dieser ungewohnten Anstrengung. »Aber ich mußte mich erst anziehen.«
Sie sagte nichts.
Plötzlich lächelte er. »Mein Gott, bin ich schlecht in Form! Ich komme kaum zu Atem. Darf ich mich vorstellen: Mein Name ist Gordon Paynter.«
Er beobachtete sie. Nichts verriet, daß ihr dieser Name etwas sagte. Noch immer antwortete sie nicht.
»Ich habe Sie schon oft schwimmen sehen. Im allgemeinen kommen die Leute nicht so weit heraus. Hier ist es zu einsam.« Er atmete nun leichter.
Ihre Stimme war leise. »Deswegen gefällt es mir hier. Ich möchte nicht von anderen Leuten belästigt werden.«
»Entschuldigen Sie«, erwiderte er. »Es war nicht meine Absicht, Sie zu belästigen. Ich hatte nur gedacht, es wäre nett, wenn . . .«
»Danke, Mr. Paynter«, erwiderte sie rasch. »Es war nett von Ihnen. Vielleicht ein anderes Mal.« Sie wandte sich ab.
»Darf ich Sie bis zu Ihrem Wagen begleiten?« fragte er. »Bestimmt habe ich Sie schon irgendwo einmal gesehen. War es vielleicht auf der Party des Senators?«
Sie streifte ihn mit einem raschen Blick. Sein Gesicht war offen und arglos. Er gehörte nicht zu dem Typ von Männern, die zu solchen Partys gingen. Er suchte einfach nur nach einem Anknüpfungspunkt. Sie mußte lächeln. »Ich glaube nicht, daß wir einander schon begegnet sind, Mr. Paynter.«

»Sind Sie sicher, Miß ... Miß ...?«
Sie erwiderte nichts. Als sie zum Wagen gelangten, warf sie ihre Tasche auf den hinteren Sitz und stieg ein.
»Sie sind aus New York«, sagte er nach einem Blick auf das Nummernschild. »Ich auch. Vielleicht sind wir uns dort einmal ...«
»Nein, Mr. Paynter.« Sie ließ den Motor an. »Ich bin ganz sicher, daß wir uns noch nie begegnet sind.«
»Hören Sie, Miß ... Miß ...« Er gab es auf, darauf zu warten, daß sie ihm ihren Namen nannte. »Ich hoffe nur, ich habe Sie nicht von diesem Strand vertrieben.«
»Bestimmt nicht«, entgegnete sie rasch. »Mir gefällt es hier gut.«
»Vielleicht kommen Sie morgen zum Essen?« fragte er ermutigt.
Der Motor heulte auf. »Vielleicht«, rief sie lachend. »Warum fragen Sie mich nicht morgen, Mr. Paynter?« Der Wagen fuhr davon.
Er stand am Straßenrand, blickte ihr nach und kratzte sich den Kopf. Seltsames Mädchen. Sie machte nicht den Eindruck, als hätte sie jemals von ihm gehört. Er fragte sich, ob sie vielleicht nur so tat. Er schüttelte den Kopf, während er sich auf den Weg nach Hause machte. Vielleicht würde er es morgen herausfinden.

7

Als sie am nächsten Morgen an den Strand kam, traute sie ihren Augen nicht. Auf dem Sand erblickte sie einen Tisch, der von einem Schirm überschattet und mit allen möglichen Speisen bedeckt war. Neben ihm stand Gordon Paynter.
Er lächelte. »Sie haben sich zehn Minuten verspätet.«
»Ich ...« Sie konnte nicht sprechen.
»Ich wollte kein Risiko eingehen und habe Tom hier unten für uns decken lassen«, erklärte er.
»Ich habe den Eindruck, daß Sie sich ganz umsonst sehr viel Mühe machen, Mr. Paynter«, antwortete sie.
»Das glaube ich nicht, Miß Namenlos«, erwiderte er.

»Wie haben Sie mich eben genannt?«
»Miß Namenlos«, antwortete er rasch. »Das gefällt mir irgendwie. Das macht Sie sehr geheimnisvoll.«
Ein leichtes Lächeln glitt über ihr Gesicht. »Ich glaube nicht, daß ich sehr geheimnisvoll bin.«
»In Miami ist jedes Mädchen ohne Namen geheimnisvoll.« Er drehte sich zum Tisch herum. »Ich hoffe, Sie mögen Krabben. Tom macht den besten Krabbensalat der Welt.«
»Ich liebe Krabben.«
»Um so besser«, rief er und setzte sich. »Dann wollen wir essen.«
Sie ließ ihr Kleid auf den Sand fallen. »Zunächst möchte ich schwimmen.«
»Einverstanden«, antwortete er, stand auf, zog sein Hemd aus und ließ seine Hose neben ihr Kleid in den Sand fallen. Er trug eine hellgelbe kurze Badehose.
»Gehen wir.«
Er folgte ihr zum Wasser hinunter. Sie warf sich in die Brandung und kam prustend wieder heraus.
»Ist das Wasser kalt!« rief sie ihm zu, und ihre Zähne schlugen aufeinander.
Er lächelte. »Ich werde mit Tom darüber sprechen. Will mal sehen, ob wir nicht einige Rohre mit warmem Wasser für Sie hier reinleiten können.«
»Sie sind ja ganz verdreht«, lachte sie, mit dem Rücken zur Brandung. Eine gewaltige Welle brach sich hinter ihr und warf sie auf die Knie. Sie spürte, wie seine Hände sie unter den Armen packten und sie wieder auf die Beine stellten. Sie stand da und blickte ihm ins Gesicht.
Seine Augen waren ernst. »Nachdem ich Ihnen das Leben gerettet habe, Miß, könnten Sie mir doch Ihren Namen nennen, was meinen Sie?«
Sie hielt den Atem an. In seinen Augen lag etwas, das sie an Mike erinnerte. Es war die gleiche Anständigkeit, die gleiche Freundlichkeit, mit der er sie ansah. Ein Lächeln glitt über ihr Gesicht. »Ich glaube, die Höflichkeit verlangt es«, antwortete sie.
Er nickte, hielt sie aber noch immer fest. »Ganz richtig.«
»Flood«, sagte sie. »Mary Flood.«

»Sehr erfreut, Sie kennenzulernen, Miß Flood.« Er streifte ihre Wange mit einem leichten Kuß und ließ sie los.
»Wirklich sehr erfreut, Sie kennenzulernen, Miß Flood.«

»Niemals in meinem ganzen Leben habe ich soviel gegessen, Gordon«, rief sie und schob ihren Teller von sich.
Er lächelte. »Tom wird sehr glücklich sein. Er mag Menschen, die seine Küche schätzen.«
»Sie können ihm von mir ausrichten, daß es die beste Küche der Welt ist«, sagte sie und lächelte.
»Noch etwas Kaffee?« fragte er.
Sie schüttelte den Kopf. »Nein, danke, ich habe genug.« Sie warf einen Blick auf ihre Uhr. »Mein Gott! Es ist ja schon nach eins! Ich muß los!«
»Wie wäre es mit heute abend, Mary?« fragte er. »Können wir uns nicht verabreden?«
»Nein«, antwortete sie. »Ich käme sehr gern, aber ich kann nicht.«
»Wieso?«
»Ich muß arbeiten.«
»Dann also morgen abend?«
Sie schüttelte den Kopf. »Es geht an keinem Abend. Da arbeite ich.«
»Was tun Sie denn?« fragte er neugierig.
»Meine Freundin und ich haben eine Nummer einstudiert«, erklärte sie vorsichtig. »Wir arbeiten jeden Abend in einem anderen Nachtlokal.«
»Wo werden Sie heute abend arbeiten?« fragte er. »Ich komme und sehe Sie mir an.«
»Das weiß ich nicht«, antwortete sie hastig. »Wir sind eine Ersatznummer. Wir warten beim Agenten, bis ein Anruf kommt. Wenn irgendeine Nummer ausfällt, sausen wir hin und springen ein.«
»Ach«, sagte er. »Aber wenn Sie es einmal im voraus wissen sollten, geben Sie mir Bescheid, nicht wahr?«
Sie nickte. »Bestimmt, Gordon.« Sie nahm die Tasche, die neben ihr im Sand stand. »Vielen Dank für die Einladung.«
»Ich trage Ihnen die Tasche bis zum Wagen«, erklärte er und nahm sie ihr ab.

»Danke.«
Langsam gingen Sie zum Wagen. »Bis morgen«, sagte er.
Sie blickte zu Boden; sie war bereits entschlossen. Sie würde nicht mehr an diesen Strand zurückkehren. Niemals mehr. Sie mußte sich einen anderen Platz zum Schwimmen aussuchen.
»Bestimmt«, erwiderte sie.
Sie waren nun bei ihrem Wagen angelangt. Er öffnete ihr die Tür, und sie stieg ein. Er legte die Tasche auf den Sitz hinter ihr.
»Vielen Dank für alles, Gordon.«
»Ich danke Ihnen, Mary.«
Sie streckte ihre Hand aus. Da überrumpelte er sie. Anstatt die Hand nur zu ergreifen, drückte er sie an seine Lippen. »Bis morgen.«
Er ließ ihre Hand los, und sie drehte den Zündungsschlüssel herum.
Der Motor sprang an.
»Auf Wiedersehen, Gordon«, rief sie. »Sie waren sehr nett zu mir. Nochmals vielen Dank.«
Summend betrat sie die Wohnung. Joe und Evelyn saßen am Tisch und tranken Kaffee. Joe sah sie an. »Woher die gute Laune?«
»Ich fühle mich einfach wohl, das ist alles«, antwortete sie heiter. »Ein netter Mann hat mich heute zum Lunch eingeladen.«
Joe lachte spöttisch auf. »Mehr als ein Essen könnte er wohl springen lassen. Ich habe gerade Nachricht von meinem Vertragspartner erhalten. Wir müssen den Laden ein paar Wochen dicht machen.«
Mary sah ihn an.
»Was willst du damit sagen?«
»Wir müssen uns still verhalten. Die Polizei hat Wind bekommen.«
»Ach was.« Mary setzte sich an den Tisch und betrachtete ihre Fingernägel. »Was werden wir jetzt tun?« fragte sie.
Joe streifte Evelyn mit einem raschen Blick. Ohne zu antworten erhob er sich und ging ins Schlafzimmer.
Mary sah sie an. »Was hat er denn?«
Evelyn zuckte die Achseln. »Du kennst doch Joe«, sagte sie. »In manchen Sachen ist er schrecklich empfindlich.«
Mary lachte auf. Evelyns Worte wirkten auf sie noch komischer,

weil sie mit solchem Ernst gesprochen wurden. »Das einzige, worin er empfindlich ist«, rief sie, »ist seine Brieftasche.«
Evelyn hörte den Spott nicht heraus. »Ja, das ist es gerade«, stimmte sie ihr bei. »Er schämt sich, dich um Geld zu bitten, damit wir von hier verschwinden und uns nach New Orleans absetzen können.«
Mary riß die Augen auf. »Was hat er denn mit seinem Geld gemacht? Er bekommt doch die Hälfte von allem, was wir verdienen.«
Evelyn wich ihrem Blick aus. »Alles verpulvert. Beim Pferderennen. Was weiß ich.« Sie lächelte Mary an. »Ich habe ihm gesagt, er soll sich keine Sorgen machen. Wenn du genug Geld hättest, würdest du es uns sicher gern pumpen.«
Marys Gesicht war undurchdringlich. »Ich habe ungefähr zweiundzwanzig Dollar in meiner Handtasche. Die kann er haben, wenn ihm das hilft.«
Ein Ausdruck der Enttäuschung trat in Evelyns Augen. »Ist das alles? Und was ist mit dem übrigen Geld? Du mußt ein paar hundert Dollar übrig haben. Du hast doch nichts davon verplempert.«
Mary lächelte. »Ich habe alles für Kleider ausgegeben. Wenn man erst einmal anfängt einzukaufen, ist es nicht viel.«
Durch die Tür des Schlafzimmers war Joes verärgerte Stimme zu vernehmen. »Ich habe es dir doch gleich gesagt, Evelyn. Nichts wird sie uns geben. Wir haben sie zu gut behandelt. Es gibt nur eine Methode, so einem Luder beizubringen, wer hier der Chef ist.«
Drohend trat er auf Mary zu.
Ruhig griff sie in ihre Handtasche und nahm das Klappmesser heraus, das sie bei ihrem ersten Einkaufsbummel erstanden hatte. Fest blickte sie ihm in die Augen und ließ das Messer aufschnappen. Die scharfe, schimmernde Klinge reflektierte das Licht im Zimmer. »Hat dir Evelyn jemals erzählt, warum man mich in die Anstalt gesteckt hat?« fragte sie ihn mit ruhiger Stimme.
Joe prallte zurück, sein Gesicht war hochrot. Fragend sah er Evelyn an.
Evelyns Gesicht war weiß. »Sie hat ihren Stiefvater mit einem Messer ziemlich übel zugerichtet.«

Er starrte Mary an. Sie begann sich ihre Fingernägel mit der Spitze des Messers zu reinigen. Erneut wandte er sich Evelyn zu. »Du suchst dir vielleicht feine Freundinnen aus!« rief er gereizt. »Und dabei hast du gesagt, sie sei was Besseres.«

8

Sie zog sich schon früh in ihr Zimmer zurück und las noch eine Weile, bevor sie einschlief. Durch die geschlossene Tür vernahm sie das leise Summen der Unterhaltung. Sie mußte lächeln. Joe hatte die zweiundzwanzig Dollar anstandslos genommen. Was würden sie als nächstes tun, fragte sie sich. Schließlich schaltete sie das Licht aus und schlief ein. Morgen war wieder ein Tag; Zeit genug, darüber nachzudenken.

Als sie erwachte, fiel heller Sonnenschein durch das offene Fenster. Sie rollte sich auf dem Bett herum und streckte sich. Es war wunderbar, zu einer vernünftigen Zeit ins Bett zu gehen. Sie hatte fast vergessen, wie es war. Sie stieg aus dem Bett und nahm ihren Morgenmantel vom Stuhl. In diesem kleinen Zimmer gab es keine Schränke, nur in dem großen Raum, in dem Joe und Evelyn schliefen.

Sie schlüpfte in ihren Morgenmantel und ging in das andere Zimmer hinüber. Verwundert runzelte sie die Stirn. Das Bett war leer. Niemand hatte darin geschlafen. Sie trat ans Fenster und blickte hinaus. Auch vom Wagen war weit und breit nichts mehr zu sehen.

Am Wasserhahn füllte sie die Kaffeekanne, während sie noch immer überlegte. Die beiden waren wahrscheinlich am vergangenen Abend ausgegangen und noch nicht zurückgekehrt. Sie schaltete die Platte unter der Kaffeekanne ein und trat an den Wandschrank.

Alles leer. Alle Kleider verschwunden. Hastig riß sie die Schubladen der Kommode auf. Nichts mehr da. Still fluchte sie in sich hinein. Die einzige Kleidung in der ganzen Wohnung bestand aus dem, was sie im Augenblick trug: ein Nachthemd, ein billiger Morgenmantel und ein Paar Hausschuhe. Sie hatten alle ihre Kleider mitgenommen, sogar den Badeanzug.

Der Kaffee sprudelte auf. Sie goß sich eine Tasse ein, setzte sich hin und dachte nach. Automatisch griff sie nach dem Päckchen Zigaretten, das immer auf dem Tisch lag. Sogar das war verschwunden. Sie ging in ihr Schlafzimmer und holte sich das Päckchen aus ihrer Handtasche.
An der Tür wurde geklopft. Sie öffnete. Der Hauswirt stand draußen.
»Bitte?« fragte sie.
Er war ein untersetzter, dicker Mann, der sie nun unter seinen buschigen Augenbrauen hervor ansah. »Ihre Freunde sind abgereist«, sagte er.
Sie blieb in der Tür stehen. »Ja.«
Er machte eine Bewegung, als wollte er in die Wohnung eintreten, aber sie versperrte ihm den Weg. »Die beiden haben mir gesagt, Sie würden die Miete zahlen«, erklärte er und versuchte dabei, ihr über die Schulter zu blicken und zu sehen, was noch in der Wohnung zurückgeblieben war.
»Wieviel schulden sie Ihnen?«
»Für drei Wochen«, antwortete er, und seine Blicke wichen den ihren aus. »Neunzig Dollar.«
Sie wußte nicht genau, ob er log. Wenn er die Wahrheit sprach, so hatte sich Joe ihren Anteil an der Miete in die Tasche gesteckt.
»Mir hat er gesagt, er hätte bis zur letzten Woche alles bezahlt«, sagte sie.
Er sah sie lauernd an.
»Haben Sie die Quittungen?«
»Sie müssen irgendwo hier sein«, antwortete sie.
Er wußte, daß sie sie nicht hatte. Als er mitten in der Nacht den Motor hatte anspringen hören, war er aus seinem Zimmer hinausgestürzt. Selbst wenn er schlief, lauschte er mit einem Ohr auf seine Mieter. So mußte man sein, wenn man möblierte Wohnungen vermietete und nicht eines Tages ohne Hemd dastehen wollte. Immer gab es den einen oder anderen, der versuchte, einen um die Miete zu prellen.
Der Mann und das Mädchen schoben ihre Koffer in den Wagen.
»Hallo!« rief er sie an. »Wohin fahren Sie?«
Der Mann wandte sich um. »Wir reisen ab.«
»Was ist mit meiner Miete?« fragte er.

»Die Miete ist Ihnen sicher«, erwiderte der Mann. »Die Blonde bleibt da. Sie kommt nicht mit.«
»Woher soll ich wissen, ob sie genug Geld hat?« fragte er.
Der Mann streifte seine Freundin mit einem raschen Blick, ergriff dann den Wirt beim Arm und führte ihn hinter den Wagen, wo sie nichts mit anhören konnte. »Die hat Geld genug«, flüsterte er ihm zu. »Sie können ihr auch noch das Geld für die anderen Wochen abnehmen, nicht nur für diese.«
Unbewußt senkte der Hauswirt die Stimme. »Aber Sie haben doch die Quittungen.«
Der Mann lachte leise auf und holte ein paar Scheine aus seiner Tasche. »Jetzt haben Sie sie wieder.«
Der Wirt blickte auf die Scheine. Es waren die Quittungen für die letzten Wochen.
Wieder lachte der Mann auf. »Ich muß abhauen. Sie wissen doch, wie die Weiber sind. Mein Mädchen ist eifersüchtig, und die Blonde läßt mir keine Ruhe.« Er sah den Hauswirt an, als wäre ihm plötzlich ein Gedanke gekommen. »Sie können mit ihr sogar . . .«
Der Hauswirt spürte, wie sein Mund trocken wurde. Er hatte sie in ihrem Badeanzug zum Wagen hinuntergehen sehen.
»Meinen Sie?« fragte er.
Der Mann nickte: »Ganz klar.«
Unschlüssig war der Hauswirt stehengeblieben. Tatsächlich war die Miete nur für zwei Tage nicht bezahlt. »Wie soll ich das wissen?«
Der Mann legte ihm seine Hand vertraulich auf die Schulter. »Es kann gar nicht schiefgehen.«
Der Hauswirt tat einen tiefen Atemzug.
»Na gut«, sagte er und trat zurück. »Ich nehme das Risiko auf mich.«
Er blickte dem in der Nacht verschwindenden Wagen nach und kehrte in sein Zimmer zurück. Selbst wenn der Mann sich irrte, konnte ihm nichts Schlimmeres passieren, als daß er ein paar zusätzliche Dollar kassierte . . .
Er stellte seinen Fuß auf die Schwelle. »Hören Sie zu«, erklärte er energisch, »die Miete ist nicht bezahlt worden. Und ich verlange mein Geld.«
Mary blickte auf seine Füße und dann in sein Gesicht. »Sie kön-

nen es von mir nicht bekommen«, erklärte sie. »Zuerst muß ich auf die Bank und es mir holen.«
Er schüttelte den Kopf. »Die Tricks kenne ich. Sie verduften, und ich stehe im Hemd da. Ich will es jetzt haben.«
»Aber ich habe es doch nicht hier!«
»Sie haben es«, erwiderte er und ließ seinen Blick anzüglich über sie hingleiten. »Sie haben alles, was Sie brauchen.«
Sie mußte lächeln. Sie hatte sogleich begriffen. »Einverstanden«, sagte sie. »Aber ich brauche etwas Zeit, um mich fertigzumachen. Ich möchte erst baden und ...«
Er streckte eine Hand nach ihr aus. Er fühlte die feste Rundung ihrer Brust unter dem Morgenmantel, aber sie entzog sich ihm geschickt.
Noch immer lächelte sie. »Nicht jetzt«, sagte sie.
Er sah sie an. Der Mann hatte recht gehabt. »Gut«, erklärte er großmütig, »ich gebe Ihnen eine Stunde Zeit.«
»Danke«, antwortete sie kurz.
»Aber ziehen Sie es nicht so lange hin«, warnte er. »Die Polizei hier ist höllisch scharf auf Mietpreller. Vor allem, wenn es sich um Touristen handelt.«
Sie schloß die Tür hinter ihm und lauschte seinen Schritten, die sich den Gang entlang entfernten. Einen Augenblick blieb sie dort stehen und kehrte dann an ihren Tisch zurück. Sie griff zu ihrer Tasse und trank einen Schluck Kaffee, aber er war kalt geworden.
Sie zündete sich eine neue Zigarette an, trug die Kaffeekanne zum Herd zurück, blieb eine Weile dort stehen und blickte nachdenklich die Kaffeekanne an, die sich langsam wieder erwärmte. In ihrem tiefsten Innern hatte sie stets gewußt, daß das eines Tages geschehen würde. Früher oder später mußte sie ihre Entscheidung treffen.
Als der Kaffee wieder heiß war, trug sie ihn an den Tisch zurück und setzte sich. Hätte sie nur ein paar Kleider da, könnte sie verschwinden. Aber selbst wenn ihr das gelang, würde der Hauswart auf jeden Fall die Polizei benachrichtigen. Joe hatte gesagt, die Polizei hätte Wind bekommen. Vielleicht würde man sie dort als eine der beiden Partnerinnen in ihrer Nummer erkennen. Dann wäre alles nur noch schlimmer.
Sie trank von ihrem Kaffee und zündete sich eine neue Zigarette

am Stummel der alten an. Ein verbittertes Lächeln lag auf ihrem Gesicht. Es war nicht so, als ob sie etwas zu verlieren hätte. Sie war keine Jungfrau mehr, die die unsichtbare Grenze zu verteidigen hatte. Und sie wußte auch, was sie zu tun hatte, damit ihr nichts passierte. Was einmal geschehen war, würde nicht wieder vorkommen. Auch das hatte sie in der Anstalt gelernt. Das also war kein Anlaß, um sich Sorgen zu machen. Dennoch – etwas hatte sie stets zurückgehalten.
In einem Gefühl tiefer Ermattung schloß sie die Augen. Darauf hatten es alle Männer abgesehen. Sie waren alle gleich. Sie wußte es. Früher hatte sie darüber gelacht. Für sie war es immer ein Spiel gewesen, festzustellen, wie weit sie mit ihnen gehen und trotzdem ungeschoren davonkommen konnte. Hätte es nur etwas in ihr gegeben, das diesem Begehren der Männer entsprach. Dann würde sie vielleicht anders empfinden. Aber nur in Mikes Nähe hatte sie Erregung verspürt.
Seltsam, daß sie jetzt an ihn dachte. Er schien ihr einer ganz anderen Welt anzugehören. Sie fragte sich, ob es Liebe war, die sie ihm gegenüber empfand, die für sie alles verändert hatte. Es mußte wohl so sein. Keinem anderen Mann gegenüber hatte sie jemals dasselbe empfunden.
Sie leerte ihre zweite Tasse Kaffee und sah auf die Uhr. Noch eine Viertelstunde. Sie erhob sich und spülte Tasse und Untertasse ab. Langsam trocknete sie sie ab und stellte sie ordentlich aufs Regal zurück. Wieder setzte sie sich und blickte auf die Uhr. Noch zehn Minuten.
Sie zündete sich noch eine Zigarette an, während sie die Uhr anstarrte. Wenn sie nur etwas in ihrem Innern empfinden könnte. Irgend etwas. Und sei es Furcht. Aber nicht einmal die verspürte sie. Nur die eisige Gewißheit, daß alles so hatte kommen müssen, daß es nur eine Frage der Zeit gewesen war.
Sie starrte noch immer die Uhr an, als es an der Tür klopfte. Sie erhob sich. »Herein«, rief sie.
Die Tür ging auf, und der Hauswirt erschien. Er zögerte einen Augenblick, betrat dann das Zimmer und schloß die Tür rasch hinter sich. Sein Gesicht glänzte vor Erregung. »Nun?« fragte er.
Sie sah ihn gelassen an. Sie registrierte, daß er sich rasiert und ein sauberes Hemd angezogen hatte. Sie mußte lächeln. »Nun?« antwortete sie.

»Bereit?« Er kam auf sie zu.
»Immer bereit«, erwiderte sie unwillkürlich, ihre Augen noch immer auf sein Gesicht gerichtet.
Seine Hände griffen nach ihr, und er riß sie grob an sich. Er küßte sie. Sie fühlte seine Zähne hart hinter seinen Lippen. Sie rührte sich nicht. Seine Hände bewegten sich schnell, und das Zerreißen ihres Morgenmantels drang wie aus großer Ferne zu ihr. In diesem Augenblick stieß sie ihn zurück.
Bedauernd blickte sie auf den zerrissenen Morgenmantel am Boden. Nun hatte sie nichts mehr anzuziehen. Sie sah ihm ins Gesicht.
Er starrte sie an.
Sie zeigte auf die Schlafzimmertür. Jetzt lag alles klar vor ihr. Es hatte lange gedauert, aber nun begriff sie. Für dieses Leben also war sie geboren. Das war es, was alle anderen in ihr sehen konnten.
»Dort hinein«, sagte sie ruhig und machte ein Zeichen zur Tür hin.
Wieder kam er auf sie zu.
Sie schüttelte leicht den Kopf. »Wozu die Eile?« fragte sie. »Ich laufe Ihnen nicht davon.«
Er zögerte, drehte sich dann um und ging ins Schlafzimmer hinein, wobei er sich im Gehen das Hemd auszog. Sie hob ihren zerrissenen Morgenmantel auf und folgte ihm in das Zimmer.

9

Sie betrat die Hotelhalle und suchte sich in einer etwas entlegenen Ecke einen Platz. Sie schlug ein Exemplar von *Vogue* auf, das sie mitgebracht hatte, und blätterte flüchtig in ihm herum. Jeder, der sie sah, hätte sie für ein hübsches, junges, sonnengebräuntes, frisches Mädchen gehalten, das dort auf seinen Freund wartete. Das tat sie auch – in gewisser Weise. Ein paar Minuten verstrichen. Dann blieb ein Boy vor ihr stehen. »Zimmer 311«, sagte er leise.
»311«, wiederholte sie, ein Lächeln auf ihren Lippen.
Er nickte. »Jawohl. Er wartet jetzt oben.«

»Danke.« Sie lächelte und streckte ihre Hand aus.
»Vielen Dank, Miß«, sagte der Boy und nahm die beiden Scheine entgegen. Dann entfernte er sich rasch.
Langsam schloß sie die Zeitschrift und blickte sich, als sie aufstand, in der Halle um. Alles ging seinen normalen Gang. Der Hausdetektiv blickte in die andere Richtung, die Empfangschefs waren mit Neuankömmlingen beschäftigt, und die anderen Leute in der Halle waren alle Gäste. Befriedigt von dieser raschen Überprüfung schlenderte sie zu den Fahrstühlen hinüber. Es gab nichts, worum sie sich Sorgen zu machen brauchte. Mac, der Wirt ihrer Pension, hatte sie ausgezeichnet beraten.
»Such dir einen festen Platz, von dem aus du operierst«, hatte er ihr aus seiner Erfahrung geraten. »Und bevor du etwas unternimmst, sorg dafür, daß jeder, der sich interessieren könnte, etwas in die Hand gedrückt bekommt. Dann werden sie dich in Ruhe lassen und dir sogar helfen.«
Sie nickte. »Das klingt vernünftig.«
Er sah sie unverwandt an. »Auf keinen Fall darfst du jemanden hierherbringen. Ich habe hier ein sauberes Haus und will keinen Ärger haben.«
»Wenn du willst, kann ich ja ausziehen«, entgegnete sie.
Er dachte einen Augenblick nach. »Nein, warte mal, ich habe eine Idee. Ein Freund von mir hat alle Boys im *Osiris* unter sich. Ich werde mit ihm reden. Vielleicht kann er dir behilflich sein.«
Das *Osiris* war eines der neuen Hotels am Strand. Der Chef der Boys war nur zu bereitwillig gewesen, ihr zu helfen. Neue Mädchen waren immer gefragt. Innerhalb eines Monats hatte sie mehr Geld verdient, als sie jemals in ihrem Leben gesehen hatte. Aber bis sie alle bezahlt hatte, blieb für sie nur ein kleiner Teil.
Sie erreichte einen Durchschnitt von vier Besuchen am Tag, wie sie es nannte. Sie erstreckten sich auf alle Hotels, mit denen der Freund ihres Wirts in Verbindung stand, damit sie nicht allzusehr auffiel. Bei zehn Dollar für einen Besuch kam sie auf vierzig Dollar am Tag. Dreißig Dollar gingen davon als Schweigegelder ab.
Sie drückte auf den Knopf und wartete auf den Fahrstuhl. Während sie wartete, holte sie einen neuen Schein hervor. Der Fahr-

stuhlführer mußte ebenfalls sein Trinkgeld erhalten. Eine Hand legte sich auf ihre Schulter.
Unwillkürlich zuckte sie zusammen und drehte sich um.
Gordon Paynter lächelte sie an. »Ich wollte Sie nicht erschrekken, Miß Flood.«
Sie hielt den Atem an. »Mr. Paynter!«
»Ich hatte mich schon gefragt, was aus Ihnen geworden ist. Sie sind nicht mehr an den Strand zurückgekommen.«
»Am gleichen Tag ist die Nummer geplatzt«, erklärte sie. »Da hatte ich genug zu tun, mich nach etwas anderem umzusehen.«
»Kommen Sie mit in die Bar etwas trinken«, schlug er vor. »Dann erzählen wir uns gegenseitig das Neueste.«
Die Tür des Fahrstuhls öffnete sich und der Fahrstuhlführer streckte den Kopf heraus. »Aufwärts, bitte.«
Sie sah Gordon an. »Ich kann nicht«, erwiderte sie. »Ich habe eine Verabredung.«
»Die kann ein paar Minuten warten«, entgegnete er. »Ich habe in der ganzen Stadt nach Ihnen gesucht.«
Innerlich mußte sie lachen. Es war leicht genug, sie zu finden, wenn man nur die richtigen Leute kannte. Er brauchte nur ein Zimmer im Hotel zu nehmen und eine junge Blondine zu bestellen. »Nein, es geht wirklich nicht«, sagte sie. »Ich muß diesen Mann sprechen. Es handelt sich um eine Arbeit.«
»Dann warte ich«, antwortete Gordon Paynter. »Wird es lange dauern?«
Sie dachte einen Augenblick nach. »Lange nicht. Eine halbe Stunde, vielleicht eine Stunde.«
»Ich werde in der Bar sein. Sie werden mich leicht erkennen. Ich tröste mich inzwischen mit einem Martini.«
»Ich komme, Mr. Paynter.«
»Früher haben Sie sich schon einmal zu Gordon durchgerungen«, sagte er lächelnd.
»Na gut, Gordon«, lachte sie, während sie den Fahrstuhl betrat. »Ich will versuchen, Sie nicht allzu lange warten zu lassen.«
Die Tür schloß sich hinter ihr, und der Fahrstuhlführer wandte sich ihr zu. »Freund oder Kunde?« fragte er neugierig.
»Drittes Stockwerk, Sie Neugieriger«, rief sie und hielt ihm den Dollar hin.

Grinsend nahm er ihn entgegen. »Geben Sie nicht auch mal Rabatt, Mary?«
Sie lächelte ihn an, als der Fahrstuhl hielt. »Das kann ich mir nicht leisten. Die Betriebskosten sind zu hoch.« Die Tür glitt auf, und sie trat hinaus.
»Vielleicht einmal an Ihrem freien Abend«, rief er hinter ihr her.
»Sparen Sie lieber Ihr Geld, mein Freund«, rief sie über ihre Schulter zurück. »Ich habe keine freien Abende.«
Während sie den Gang entlangging, hörte sie die Tür hinter sich zugleiten. Vor Zimmer 311 angelangt, klopfte sie leise an.
Die Stimme eines Mannes war durch die Tür hindurch gedämpft zu vernehmen. »Wer ist da?«
Leise und dennoch laut genug, um durch die Tür hindurch gehört zu werden, antwortete sie: »Das Zimmermädchen.«
Als sie die Bar betrat, sah sie auf ihre Uhr. Eine dreiviertel Stunde war vergangen. Sie blieb stehen, um ihre Augen an das trübe Licht zu gewöhnen. Er saß ganz hinten in einer Nische, winkte ihr zu und erhob sich, als sie auf ihn zuging.
»Haben Sie Ihre Arbeit bekommen?« fragte er, als er einen Stuhl für sie zurückzog.
»In gewisser Weise«, antwortete sie und setzte sich.
Ein Kellner trat an den Tisch. »Noch einen Martini für mich«, bestellte Gordon. »Und Sie?«
Sie sah ihn an. »Cassis und Soda.«
»Wermut, Cassis und Soda«, wiederholte der Kellner. »Keinen Wermut«, verbesserte sie ihn. »Nur Cassis und Soda.« Als sich der Kellner entfernte, sagte Gordon: »Das ist ein seltsames Getränk.«
Sie begegnete seinem Blick. »Aber ich mag es so.«
»Sie sind auch ein seltsames Mädchen«, fuhr er fort und trank den Rest des Martinis, der vor ihm stand, aus.
Sie sah ihn scharf an. Vielleicht hatte ihn einer der Boys aufgeklärt. Sie sagte nichts.
»Sie sind niemals zurückgekommen, haben niemals angerufen. Nichts hat man von Ihnen gehört. Wäre ich Ihnen jetzt nicht zufällig begegnet, hätte ich Sie vielleicht nie wiedergesehen.«
»Vielleicht wäre das für Sie besser gewesen«, erwiderte sie ernst.
Er kniff die Augen zusammen. »Was wollen Sie damit sagen?«
Sie sah ihn fest an. »Ich bin nicht das Richtige für Sie. Ich gehöre

nicht zu jener Art von Mädchen, mit denen Sie im allgemeinen verkehren.«
Seine Lippen öffneten sich zu einem Lächeln. Sie hatte also von ihm gehört. »Was für Mädchen wären das?« fragte er.
»Mädchen aus der Gesellschaft«, erwiderte sie. »Sie wissen, was ich meine.«
»Und weil Sie arbeiten, darf ich mich also mit Ihnen nicht befassen?« fragte er.
Sie antwortete ihm nicht.
Das Lächeln verschwand von seinen Lippen. »Von uns beiden sind Sie der Snob«, fuhr er fort. »Es ist nicht meine Schuld, daß ich nicht zu arbeiten brauche. Auch Ihnen hätte das zustoßen können. Niemand kann sich seine Eltern aussuchen.«
Plötzlich mußte sie lächeln. »Wäre es mir nur zugestoßen«, meinte sie. »Ich könnte mir Schlimmeres vorstellen.«
Er streckte über den Tisch hinweg seine Hand nach der ihren aus. »Ich auch.« Er lächelte sie an.
Der Kellner stellte die Gläser auf den Tisch. Gordon nahm seinen Martini und hielt das Glas hoch. »Ein Toast!«
Sie ergriff ihr Glas. »Worauf?«
»Auf uns«, antwortete er. »Und auf unser gemeinsames Abendessen. Tom wartet schon seit langer Zeit darauf, eine Ente für Sie braten zu dürfen.«
Sie zögerte.
»Eine Absage nehme ich nicht an«, erklärte er rasch. »Nach diesem Cocktail fahre ich mit Ihnen gleich zum Strand hinaus.«
Sie atmete tief ein. Sie war enttäuscht. Er war nicht anders als die anderen auch. Er verlangte das gleiche. »Gut«, sagte sie.
Noch immer hielt er sein Glas hoch. »Und auf keine weiteren Heimlichkeiten. Ich möchte Sie oft sehen.«
Sie nickte müde.
»Tom und ich sind der Ansicht, daß Sie das hübscheste Mädchen in ganz Miami Beach sind«, fuhr er fort. »Ich glaube, wir beide haben uns in Sie verliebt.«
Langsam stellte sie das Glas wieder auf den Tisch. »Sagen Sie das nicht«, bat sie. »Sagen Sie es nicht, wenn Sie nur scherzen.«

10

»Kaffee und Kognak draußen auf der Terrasse«, sagte Gordon und schob seinen Stuhl vom Tisch zurück.
Tom hielt Marys Stuhl, während sie aufstand. »Es hat großartig geschmeckt, Tom.« Sie lächelte. »Niemals zuvor habe ich soviel gegessen.«
Der Alte lächelte sie an. »Sie haben gewiß einen mächtigen Appetit, Miß. Sie essen, wie ein Mensch essen sollte.«
»Daran sind Sie schuld, Tom. Einem solchen Essen kann niemand widerstehen.«
»Danke, Ma'am.« Er verneigte sich und lächelte.
Gordon hielt ihr die Tür auf, und sie trat in die Nacht hinaus. Der Himmel war klar. Eine sanfte, kühlende Brise wehte vom Ozean aufs Land zu.
Sie atmete tief. »Das ist wie im Paradies«, sagte sie.
Er lächelte. »Nicht so einfach wie im Paradies, aber es ist mein Zuhause.«
Sie wandte sich ihm rasch zu. »Laden Sie jeden so in Ihr Haus ein, Gordon?«
Er war verwundert.
»Wie meinen Sie das?«
»Ich meine, ohne ihn wirklich zu kennen? Denn nach dem wenigen, was Sie von mir wissen, könnte ich es doch ebensogut auf Sie abgesehen haben. Das könnte für Sie Unannehmlichkeiten bedeuten.« Ihr Gesicht war ernst.
»Unannehmlichkeiten dieser Art gefallen mir. Können Sie es nicht auf mich absehen?«
»Ich meine es ernst, Gordon«, fuhr sie hartnäckig fort. »Sie sind reich und sehr bekannt. Das könnte jemand ausnützen.«
»Wenn es nur so wäre«, erwiderte er noch immer lachend. »Das würde mir die Mühe ersparen, die anderen auszunützen.«
Sie trat ans Geländer. Das Mondlicht spielte tief unten auf dem Wasser. »Es ist sinnlos, mit Ihnen zu reden.«
Er legte seinen Arm um ihre Schultern und drehte sie zu sich herum. Sein Mund lächelte, aber seine Augen waren ernst. »Sprechen Sie weiter. Es ist so schön, jemanden zu haben, der sich zur Abwechslung einmal Sorgen um mich macht. Für

gewöhnlich sind alle nur hinter mir her und wollen etwas von mir.«
Sie blickte ihm in die Augen. »Sie sind ein netter Mann. Ich verlange nichts von Ihnen.«
»Das weiß ich«, antwortete er. »Wäre es der Fall, dann wären Sie zurückgekommen.«
Sie antwortete ihm nicht.
»Sie sind seit langer Zeit der erste Mensch, der darauf pfeift, daß ich Gordon Paynter bin.«
»Ich mag Sie«, sagte sie. »Sie sind anständig.«
Er ließ die Hände fallen. »Die berühmten letzten Worte. Gerade in dem Augenblick, in dem ich versuchen wollte, etwas von Ihnen zu bekommen, haben Sie mir den Wind aus den Segeln genommen.«
Sie lächelte ihn an. »Verlieren Sie nicht den Mut. Vom Ozean her wehte ein frischer Wind.«

Sie stellte ihre Tasse hin. »Sie trinken entsetzlich viel«, sagte sie. »Warum?«
Er setzte sein viertes Glas Kognak ab und sah sie an. »Es schmeckt mir«, antwortete er. Er begann nun die Wirkung des Alkohols zu spüren, und es fiel ihm nicht mehr ganz leicht, die einzelnen Wörter zu formulieren. »Außerdem habe ich nichts anderes zu tun.«
»Nichts?« fragte sie verwundert.
»Nichts«, erwiderte er niedergeschlagen. »Von Geschäften halte ich mich fern, denn jedesmal, wenn ich etwas unternehme, verliere ich Geld. Da habe ich es schließlich aufgegeben. Ich habe alles, was ich brauche, ohne zu arbeiten.«
Sie sagte nichts.
Er sah sie an. »Sie halten das für falsch, nicht wahr?« fragte er vorwurfsvoll.
Sie schüttelte den Kopf.
Er ergriff ihren Arm. »Das tun Sie doch im Grunde? Alle anderen denken auch so. Sie meinen, es ist schrecklich, daß ich nicht arbeite, während die halbe Menschheit hungert.«
»Mir ist die übrige Menschheit verdammt gleichgültig«, erklärte sie. »Ich kümmere mich nur um mich selber.«
Er ließ ihren Arm los. Er fühlte sich unglaublich traurig und ein-

sam. »Aber mich bedrückt es«, erklärte er. »Ich finde es furchtbar.«
Ihre Augen leuchteten in der Dunkelheit. »Warum tun Sie dann nichts dagegen?«
»Man läßt mich nicht«, antwortete er. Er war sehr niedergeschlagen. »Meine Anwälte lassen mich nicht. Ich kann nicht einmal mein Geld verschenken, auch wenn ich es möchte. Sie würden mich daran hindern.«
»Armer Gordon«, sagte sie und streichelte seine Hand.
»Ja, armer Gordon«, stimmte er ihr bei.
»Zu gern würde ich Sie bemitleiden«, fuhr sie fort.
Er richtete sich jäh auf. Seine Augen waren plötzlich klar. »Was meinen Sie damit?«
Sie lächelte ihn an. »Niemand hatte es jemals so gut.«
Er brach in Lachen aus. Er warf den Kopf zurück, und das Lachen stieg aus ihm herauf. Es prallte gegen das Haus und rollte dröhnend der Brandung entgegen.
Sie sah ihn mit großen Augen an. »Worüber lachen Sie?«
Es gelang ihm, sich einen Augenblick zu fassen. Er betrachtete sie. »Ausgerechnet hier muß man eine ehrliche Frau finden!« stieß er keuchend hervor. »Das hätte ich niemals für möglich gehalten. Ausgerechnet in Miami Beach!«
Ihre Augen nahmen einen verwunderten Ausdruck an. »Was haben Sie an Miami Beach auszusetzen?« fragte sie. »Mir gefällt es gut.«
»Mir auch«, rief er noch immer lachend. Er trat ans Geländer, blickte zum Wasser hinunter und wandte sich dann ihr zu. »Im Haus habe ich Badeanzüge. Wie wär's, wollen wir schwimmen?« fragte er.
Sie nickte schweigend.
In große Badetücher gehüllt, kehrten sie auf die Terrasse zurück. »Tom!« rief er. »Heißen Kaffee. Wir erfrieren!«
Keine Antwort.
Er trat an die Terrassentür und rief: »Hallo, Tom! Mach uns Kaffee!«
Nur ganz schwach war Toms Antwort zu hören. »Müssen ihn selber machen, Chef. Bin schon ins Bett gegangen.«
Gordon trat kopfschüttelnd von der Tür zurück. »Ihm gegenüber bin ich machtlos. Er ist schon zu lange bei mir.«

Sie lächelte. »Den Kaffee kann ich ja machen.«
»Würden Sie das tun?« fragte er.
»Ich verlange es sogar«, erwiderte sie. »Mir ist auch kalt. Das Wasser ist wunderbar, aber man muß es gewohnt sein.«
Er führte sie in die Küche. Dort stand bereits eine Kanne Kaffee auf dem Herd. Sie brauchte nur die Platte einzuschalten. Einige Minuten später saßen sie auf dem großen Sofa und tranken den Kaffee aus riesigen, dampfenden Tassen.
»Das schmeckt«, rief er und stellte seine Tasse ab.
Sie nickte.
Er streckte sich aus. »Haben Sie jemals bemerkt, wie groß die Sterne hier unten im Süden sind?« fragte er.
Sie blickte kurz hinauf und sah dann wieder ihn an. »Mir erscheinen sie nicht anders als sonstwo auch.«
Er wandte sich ihr zu. »Weib, hast du keine Romantik in deiner Seele?«
Sie lächelte. »Es ist schon spät. Ich sollte mich lieber anziehen.« Sie wollte aufstehen.
Seine Hand hielt sie am Arm zurück. »Mary Flood«, sagte er.
Sie blickte auf ihn hinab. »So heiße ich.«
»Gehen Sie nicht weg, nachdem ich Sie gerade erst gefunden habe«, bat er.
»Sie wissen nicht, wovon Sie reden«, erwiderte sie.
Er hielt sie auf dem Sofa zurück. Sie sah ihm in die Augen. Er legte seine Hände um ihre Wangen und zog ihr Gesicht dicht zu sich heran. Sein Mund war warm und weich. Er war nicht wie die anderen. Ein Gefühl der Geborgenheit durchrieselte sie. Sie schloß die Augen.
Sie fühlte seine Hände auf ihren Brüsten. Sie bewegte die Schultern. Die Träger glitten herunter. Sie hörte, wie sein Atem stockte, und öffnete die Augen.
Er betrachtete sie. »Du bist schön«, flüsterte er. »Schön!«
Sie schlang ihre Arme um seinen Nacken und zog seinen Kopf auf ihre Brüste herab. Sie konnte kaum seine Stimme hören.
»Seit ich dich an jenem ersten Morgen aus dem Wasser kommen sah, habe ich gewußt, daß du so aussiehst.«
Sie strich mit ihren Händen seine Hüften entlang und hörte ihn leise aufstöhnen, als ihre Finger ihn berührten.

»Ich habe gewartet und gewartet«, flüsterte er. »So lange habe ich gewartet.«
»Sei still!« sagte sie leise, und eine seltsame Wildheit erwachte in ihr. »Du redest zuviel!«
Zwei Tage später bat er sie, ihn zu heiraten.

11

Der Kaffee sprudelte auf dem Herd, als es an der Tür klopfte.
»Wer ist da?« fragte sie, ohne sich umzudrehen.
»Ich«, antwortete die dunkle, gedämpfte Stimme. »Mac.«
»Die Tür ist nicht verschlossen«, rief sie. »Komm rein.« Sie schenkte Kaffee in zwei Tassen und trug sie zum Tisch.
Er hielt Zeitungen in seinen Händen. »Hast du sie schon gesehen?« fragte er.
Sie sah ihn an.
»Nein«, antwortete sie. »Ich hatte zuviel zu tun.«
»Das schreiben die Zeitungen auch«, erwiderte er eifrig. »Du stehst in allen drin.«
»Ich?« Verblüfft runzelte sie die Stirn.
Er nickte.
»Da steht, daß du Gordon Paynter heiratest.«
Sie zuckte die Achseln. »Warum drucken sie überhaupt so etwas?« Sie trank einen Schluck Kaffee. »Ist es denn so wichtig? Geheiratet wird doch ständig.«
Er starrte sie verwundert an. »Das meinst du doch wohl nicht im Ernst? Ein Gordon Paynter heiratet nicht jeden Tag. Er ist einer der reichsten Leute in Florida.«
Sie antwortete ihm nicht, sondern griff nach den Zeitungen und begann sie zu überfliegen. In einer war sie abgebildet, wie sie zusammen mit Gordon das Standesamt verließ, nachdem sie das Aufgebot bestellt hatten. Sie hatte sich nichts weiter dabei gedacht, als ein Fotoreporter die Aufnahmen machte. Jetzt fiel ihr ein, was Gordon gesagt hatte, bevor sie zum Standesamt fuhren: »Sie werden gewaltig auf die Pauke hauen, aber du mußt gar nicht darauf achten. Die können sagen und tun, was sie wollen. Es wird nichts an meiner Einstellung zu dir ändern.«

Plötzlich hatte sie Angst beschlichen. »Vielleicht sollten wir es doch nicht tun, Gordon. Vielleicht sollten wir noch warten. Du weißt so gar nichts von mir.«
Er hatte sie beruhigend angelächelt. »Ich weiß alles, was ich zu wissen brauche. Es ist mir gleich, was du tust. Ich weiß nur, was du für mich bist. Das ist doch das einzige, worauf es ankommt . . .«
Der Hauswirt trank seinen Kaffee. »Ist es wahr, Mary? Wirst du ihn wirklich heiraten?«
Sie blickte von der Zeitung auf und nickte: »Ja.«
Er stieß einen Pfiff aus. »Das ist ein Haupttreffer. Weiß er denn, daß du . . .«
Sie ließ ihn seine Frage nicht aussprechen. »Er hat gesagt, es sei völlig unwichtig. Nichts sei wichtig«, erklärte sie hastig und wich somit der Wahrheit aus.
»Der muß ja ganz verrückt nach dir sein.« Mac stellte seine Tasse hin und erhob sich. »Das dürfte wohl bedeuten, daß ich einen Mieter verliere.«
Sie antwortete ihm nicht, sondern sah ihn nur an. Etwas in seinem Benehmen hatte sich verändert. Es war eine kaum merkliche Veränderung, aber sie war unverkennbar. Sie spürte eine Unterwürfigkeit in ihm, die ihr neu war. Sie schüttelte den Kopf. »Nicht sofort, Mac«, erwiderte sie. »Wir können erst in drei Tagen heiraten.«
Er ging zur Tür, öffnete sie, blieb dann stehen und wandte sich zu ihr um. »Wenn du irgend etwas haben willst, Mary«, sagte er leise, »brauchst du nur zu rufen. Ich bin gleich da.«
»Danke, Mac«, sagte sie.
Er zögerte einen Augenblick. »Und vergiß bitte nicht, daß ich immer dein Freund war.«
»Ich vergesse es nicht, Mac«, sagte sie. Die Tür schloß sich hinter ihm. Sie räumte die Tassen weg und stellte sie in das Spülbekken. Ein Name und Geld konnten viel ändern. Ihre Lippen verzogen sich zu einem bitteren Lächeln. Sie war entschlossen. Mac hatte ihr den einen Weg gezeigt. Jetzt würde sie den anderen einschlagen, der sich ihr bot. Dann sollte nur noch jemand versuchen, auf ihr herumzutrampeln.

Gordon trat unter der Dusche hervor, nahm sich ein großes Badetuch von der Stange und begann sich abzutrocknen. Er summte vor sich hin. Nur noch ein Tag.
Langsam zog er sich an. Er war noch immer ganz gut in Form. Er war zwar nicht mager, aber auch nicht aufgeschwemmt. Er dachte an das, was Mary gesagt hatte. Weniger trinken. Damit hatte sie recht. Er hatte es immer gewußt, sich aber nicht daran gehalten. Er hatte ja nichts anderes zu tun.
Er ging in sein Schlafzimmer und nahm sein Hemd vom Kissen, das Tom dort hingelegt hatte. Ein schwacher Duft stieg vom Kissen auf – ihr Parfüm. Die Erregung erwachte in ihm. Sie war in ihrer Leidenschaft wie eine Tigerin. In wilder Lust schlug sie ihre Nägel in ihn und war unersättlich. Niemals zuvor hatte es eine solche Frau für ihn gegeben.
Wieder hörte er ihre drängende, halb erstickte Stimme: »Nimm mich ganz, Geliebter! Nimm mich!« Ein Schauer überlief ihn, als spüre er ihre Finger, die sich in seine Haut bohrten. Niemals zuvor hatte er sich so sehr als Mann gefühlt.
»Mr. Gordon!« Toms Stimme drang von unten herauf.
Sie riß ihn aus seinen Erinnerungen. »Ja, Tom?«
»Ein Herr möchte Sie sprechen.«
»Wer ist es?« Gordon war verärgert. Wie oft hatte er Tom schon gebeten, sich den Namen eines Besuchers sagen zu lassen.
»Er will es nicht sagen«, antwortete Tom. »Er sagt, es ist privat und vertraulich. Es handelt sich um Miß Flood.«
Gordon furchte die Stirn. Er fragte sich, was der Mann von ihm wollte. Wahrscheinlich ein Reporter. Diese Leute benahmen sich immer so seltsam. »Er soll warten«, rief er Tom zu. »Ich komme gleich hinunter.«
Einige Sekunden später trat er ins Wohnzimmer. Ein breitschultriger Mann mit rötlichem Gesicht erhob sich aus einem Sessel. »Mr. Paynter?« fragte er.
Gordon nickte und wartete darauf, daß sich der Mann vorstellte.
»Ich heiße Joe«, sagte der Mann nervös. »Der Nachname ist ohne Bedeutung. Ich bin nur gekommen, um Ihnen einen Gefallen zu erweisen. Was wissen Sie über diese Mary Flood?«
Gordon spürte instinktiven Zorn gegen diesen Mann in sich aufsteigen. »Raus!« fuhr er ihn an und zeigte zur Tür.

Der Mann rührte sich nicht. »Sie sollten etwas mehr über sie wissen, wenn Sie die Absicht haben, sie zu heiraten.«
»Ich weiß alles, was ich zu wissen brauche«, entgegnete Gordon und ging drohend auf den Mann zu. »Machen Sie, daß Sie rauskommen!«
Der Mann rutschte nervös auf seinem Sessel herum, griff in die Tasche und holte einige Papiere hervor. »Bevor Sie sich aufregen«, sagte er rasch, »sollten Sie sich lieber das hier mal ansehen.« Er drückte sie Gordon in die Hand.
Unwillkürlich warf Gordon einen Blick darauf. Es waren Fotografien. Zwei Mädchen. Nackt. Er fühlte sein Blut erstarren. Eine von den beiden war Mary. Er sah den Mann an, und seine Stimme bebte. »Wo haben Sie die her?«
Der Mann beantwortete seine Frage nicht. »Ihr richtiger Name ist Marja Fluudjincki. Sie wurde im vorigen Jahr aus einer Erziehungsanstalt in New York entlassen. Ich weiß, wo ich mir die Negative dieser Bilder verschaffen kann, wenn Sie sie haben wollen.«
Gordon preßte die Lippen zusammen. Erpressung. Er durchquerte das Zimmer und griff zum Telefon. »Polizeipräsidium«, sagte er zum Telefonfräulein.
Der Mann starrte ihn an. »Das bringt Sie auch nicht weiter«, sagte er. »Ich gebe Ihnen die Bilder aus Gefälligkeit. Sonst könnten sie in die Zeitungen kommen, und alle Welt würde über Sie lachen.«
Langsam legte Gordon den Hörer auf und sank auf einen Stuhl. Das hätte sie ihm sagen sollen. Das war unrecht von ihr. Er sah zu dem Mann auf. »Wie soll ich feststellen, daß es sich dabei nicht um Fälschungen handelt, um Fotomontage?« fragte er. Eine leise Hoffnung erwachte in ihm.
»Das will ich Ihnen beweisen«, antwortete der Mann. Er ging zur Tür und öffnete sie. »Evelyn!« rief er. »Komm herein!«
Einen Augenblick später trat ein Mädchen ins Zimmer. Sie hatte kurzes schwarzes Haar. Gordon betrachtete die Bilder. Sie war das Mädchen neben Mary.
»Erzähl Mr. Gordon die ganze Geschichte«, befahl der Mann. Das Mädchen sah ihn nervös an. »Aber, Joe . . .«
Die Stimme des Mannes klang schroff.
»Los. Fang schon an. Wir sind doch schließlich nicht umsonst

die ganze Nacht durch von New Orleans hierhergefahren. Pack aus!«

Das Mädchen sah Gordon an. »Ich habe Marja in der Geyer-Erziehungsanstalt für Mädchen kennengelernt. Wir haben eine Nummer einstudiert und sind hierhergekommen. Wir sind in geschlossenen Herrengesellschaften, in Nachtlokalen und bei Partys aufgetreten. Als die Polizei Wind bekam, haben Joe und ich die Stadt verlassen. Mary ist hier geblieben. Dann haben wir gehört, daß . . .«

Gordon sprang auf und durchquerte rasch den Raum. Die Stimme versagte ihr, als sie ihn ansah. Er öffnete die Hausbar und nahm eine Flasche Whisky heraus. Er goß sich ein Glas ein und wandte sich ihnen wieder zu. Ein scharfer, nagender Schmerz plagte ihn. »Wie wär's mit einem Whisky?« fragte er.

»Hätten nichts dagegen«, antwortete der Mann. Er stieß ein gekünsteltes Lachen aus. »Nicht wahr, Evelyn?«

12

Vor dem Haus stieg sie aus dem Autobus. Sie ging zur Tür und klingelte. Gordon öffnete ihr.

Beim Eintreten schlug ihr sein Whisky-Atem entgegen. Sie wandte sich sogleich zu ihm um. »Du hast getrunken«, sagte sie vorwurfsvoll. »Du hast mir doch versprochen, es nicht mehr zu tun!«

Er lachte nervös auf. »Ich feiere gerade, meine Liebe. Nicht jeden Tag kommen einen alte Freunde besuchen.«

»Alte Freunde?« fragte sie.

Er nickte und ging vor ihr in das Wohnzimmer. In jähem Entsetzen blieb sie an der Tür wie angewurzelt stehen. Nur mit Büstenhalter und Höschen bekleidet, lag Evelyn auf der Couch ausgestreckt. Ihre übrigen Sachen waren im ganzen Zimmer verstreut. Offensichtlich betrunken winkte sie Mary zu.

Joe kam auf sie zu gewankt. »Meine liebe, gute Mary!« rief er. »Haste nich'n Kuß für deinen alten Joe?« Plötzlich begann er zu singen: *»Und als die Braut das Haus betrat . . . und als die Braut das Haus betrat . . .«*

»Was habt ihr hier zu suchen?« fragte sie. Ihre Augen blitzten vor Zorn.
Joe lachte auf. »Wir sind nur da, um mit unserer lieben Freundin Hochzeit zu feiern. Das ist alles, meine Süße!«
Sie wandte sich an Gordon. »Seit wann sind die da?«
»Seit nachmittag.« Er bemühte sich, seinen Blick auf sie zu konzentrieren, aber der Schmerz in seinem Kopf war zu heftig. Er mußte unbedingt noch etwas trinken. Er griff zur Flasche und hielt sie ihr hin. »Was trinken?«
Sie schüttelte den Kopf.
Er nahm einen Schluck aus der Flasche. Der Whisky brannte ihm angenehm in der Kehle. Er war warm und beruhigend. Er ließ die Flasche sinken und sah sie an. »Das habe ich gebraucht«, sagte er. »Bist du sicher, daß du keinen willst?«
»Nein, danke«, erwiderte sie abweisend. Sie holte eine Zigarette heraus und zündete sie an. Der Rauch kräuselte sich träge.
Joe war vor ihr stehengeblieben. »Komm, trink mit«, forderte er sie auf. »Ich bring dich für unsere Nummer in Stimmung.«
Ihre Stimme war eisig. »Was für eine Nummer?«
Evelyn taumelte von der Couch hoch. »Wir haben deinem Freund von unserer Nummer erzählt. Joe meinte, es wär' doch lustig, sie ihm mal vorzuführen.«
Sie drehte sich zu Gordon um. »Sie haben dir alles erzählt.« Es war mehr eine Feststellung als eine Frage.
Er nickte.
Ihre Stimme war ruhig. »Und du hast ihnen zugehört, ohne mir die Gelegenheit zu geben, es dir selbst zu sagen?« Das war mehr eine Frage als eine Feststellung.
Er hielt ihr die Fotos hin. »Die Bilder haben mir alles gesagt. Da habe ich nicht mehr zuzuhören brauchen.«
Sie betrachtete flüchtig die Bilder und gab sie ihm dann schweigend zurück. Er warf sie auf den Tisch und wandte sich von ihr ab. Er konnte ihren Blick nicht ertragen. »Du hättest es mir sagen sollen«, murmelte er.
»Du hast mich nicht zu Wort kommen lassen. Jedesmal wenn ich etwas sagen wollte, hast du geantwortet, es sei dir gleichgültig, was ich gewesen bin. Du hast gesagt, du wüßtest genug von mir.«
Er antwortete ihr nicht.

Sie wandte sich zu Joe um, und ihre Stimme war schneidend. »Und unser Joe bleibt sich immer gleich. Der macht alles, wenn ein Dollar für ihn herausspringt. Ich hoffe, daß du dich dieses Mal gesund gestoßen hast!«
»Ach, sei doch nicht gleich so sauer«, rief er und kam auf sie zu. »Die dicke Luft ist vorbei. Jetzt können wir unsere alte Nummer wieder auflegen.« Er versuchte sie am Arm zu packen.
Ihre Hand bewegte sich blitzschnell. Er spürte einen heftigen Schlag. Rot und weiß zeichnete sich der Abdruck ihrer flachen Hand auf seinem Gesicht ab.
»Du Luder!« stieß er hervor und trat zornig einen Schritt auf sie zu. »Dir werde ich's beibringen!«
Ein spöttisches Lächeln erschien um ihren Mund. »Bring's mir doch bei«, sagte sie ruhig.
Er blieb stehen, die Augen auf ihre Hand gerichtet. Die Klinge blitzte in ihrer Hand auf. Rasch trat er einen Schritt zurück.
Gordon starrte sie an. »Mary!« schrie er.
Sie drehte sich zu ihm herum. In ihrer Stimme flackerten Schmerz und Zorn auf. »Du bist genauso schlimm wie die da. Auf mich hast du nicht hören wollen, aber jedem anderen, der dir eine Geschichte erzählt, hörst du zu. Haben sie dir auch erzählt, wie sie mich in der Wohnung ohne Kleider und Geld haben sitzenlassen? Wahrscheinlich bist du auch da auf deine Kosten gekommen!«
Er antwortete ihr nicht, aber seine Augen blickten in die ihren. »Sie haben dir aber noch nicht alles erzählt«, fuhr sie zornig fort. »Nachdem sie verduftet waren, bin ich auf den Strich gegangen. Es blieb mir ja gar nichts anderes übrig. Ich mußte schließlich meine Miete bezahlen und essen. Ich habe nicht schlecht verdient. Vierzig Dollar am Tag. Das war meine Arbeit an dem Tag, an dem du mich in dem Hotel wieder getroffen hast.«
»Nein, Mary!« stöhnte er.
»Es genügte nicht, daß ich dir aus dem Weg gegangen bin«, rief sie. »Du mußtest mir nachlaufen. Du mußtest eine große Sache daraus machen.« Plötzlich brach ihre Stimme. Sie war kaum noch zu hören. »Ich war der Dumme, nicht du. Ich habe geglaubt, daß das Leben endlich auch einmal mir etwas zu bieten hat. Ich habe mich geirrt.«
Sie wandte sich um und ging zur Tür.

Gordon packte ihren Arm. Er spürte in sich ein eigenartiges Schuldgefühl. »Mary!«
Sie sah in sein Gesicht, und in ihren Augen schimmerte eine schwache Hoffnung. »Willst du mich zurückhalten, Gordon?«
Er antwortete nicht. Er sah das Licht in ihren Augen plötzlich erlöschen.
Sie machte sich von ihm frei. Die Tür schloß sich hinter ihr. Er stand da, starrte ihr einen Augenblick nach und wandte sich dann den anderen zu.
Joe zwang sich zu einem Lachen. »Sie sind ohne sie besser dran, alter Freund.«
Gordon antwortete nicht sogleich. Aber als er wieder sprach, erkannte er seine eigene Stimme nicht. Sie war schroff und von Haß erfüllt. »Raus!« brüllte er. »Raus mit euch beiden, bevor ich euch umbringe!«
Wie erblindet schwankte sie den Weg entlang. Tränen füllten ihre Augen und rannen über ihre Wangen herab.
Eine sanfte Stimme sprach neben ihr. »Soll ich Ihnen ein Taxi besorgen, Miß Mary?«
Sie blickte auf. Neben ihr stand der alte Neger, und in seinen Augen lag tiefes Verstehen. Sie schüttelte den Kopf. »Nein, danke, Tom.« Ihre Stimme klang brüchig und rauh. »Ich – ich glaube, ich gehe lieber zu Fuß.«
»Wenn Sie es mir erlauben, begleite ich Sie ein Stück«, sagte er mit sanfter, höflicher Stimme. »Abends ist es hier draußen sehr einsam.«
»Mir kann nichts mehr zustoßen«, erwiderte sie. »Ich habe keine Angst.«
Er nickte bedächtig. »Das glaube ich Ihnen, Miß Mary. Sie sind die tapferste Frau, die ich seit langem gesehen habe.«
Sie starrte ihn schweigend an. Plötzlich hatte sie begriffen. »Sie haben es die ganze Zeit über gewußt?« fragte sie verwundert.
Er nickte.
»Und trotzdem haben Sie ihm nie etwas gesagt. Warum nicht?«
Seine Augen blickten tief in die ihren. »Das habe ich eigentlich schon gesagt. Sie sind eine richtige Frau. Mr. Gordon ist weiter nichts als ein Junge. Ich hatte gehofft, Sie würden sein Glück sein.«

Sie seufzte tief auf. »Danke, Tom.« Dann entfernte sie sich langsam.
Er eilte hinter ihr her. »Ich habe etwas Geld, Miß Mary«, rief er hastig, »falls Sie knapp dran sind.«
Instinktiv ergriff sie die Hand des Alten. »Ich komme schon durch, Tom.«
Der alte Mann senkte die Augen. »Ich bin traurig, mächtig traurig, Miß Mary.«
Sie sah ihn einen Augenblick an, und ein freundlicher Ausdruck trat in ihr Gesicht. »Ich habe es mir anders überlegt, Tom. Sie könnten doch etwas für mich tun.«
Er sah sie rasch an. »Ja, Miß Mary?«
»Ich will doch nach Hause fahren. Besorgen Sie mir ein Taxi«, bat sie.
»Ja, Miß Mary.«
Sie blickte ihm nach, wie er die Straße entlang zur Hauptstraße eilte, wo Taxis vorbeikamen. Dann holte sie eine Zigarette aus ihrer Tasche und zündete sie an. Sie nahm einen tiefen Zug und sah zum Himmel auf.
Die Sterne leuchteten hell, und der Mond hing tief am Himmel. Schwach drang das Brausen der Brandung zu ihr, und vom Ozean her wehte eine warme, sanfte Brise auf das Land zu. Plötzlich warf sie die Zigarette in den Rinnstein. Sie hatte einen Entschluß gefaßt. Sie hatte genug von Florida. Jetzt wollte sie nach New York zurück. Hier im Süden waren die Sterne zu hell.

13

Mike sah von dem Buch auf, das vor ihm lag, und rieb sich ermüdet die Augen. Sie brannten, und er hatte das Gefühl, als seien sie leicht entzündet. Er sah zum Fenster hinaus. Noch immer schneite es. Im Nebenzimmer hörte er das Telefon klingeln und die Stimme seiner Mutter, die sich meldete.
Langsam schlug er das Buch zu. Es war für ihn Zeit, zur Arbeit zu gehen. Er hatte in diesem Monat den Nachtdienst. Er stand auf und ging ins Badezimmer hinüber. Sein Rasierzeug lag bereits auf dem Waschbecken.

Er seifte sich gerade ein, als seine Mutter hinter ihm in die Tür trat. »Ich mache dir das Frühstück zurecht, mein Junge.«
»Danke, Mutter«, antwortete er, nahm den Rasierapparat und begann sich zu rasieren.
Sie blieb stehen und beobachtete ihn. »Du hast nicht viel geschlafen«, meinte sie. »Gegen drei Uhr habe ich dich schon aufstehen hören.«
»Ich war nicht müde«, erwiderte er. »Außerdem hatte ich noch zu arbeiten. In ein paar Monaten steigen die Polizeiexamen. Du möchtest doch nicht, daß ich mein ganzes Leben hindurch nur Pflaster trete?«
»Nein«, antwortete sie. »Aber es wäre mir lieber, du wärst ein bißchen wie andere junge Leute. Es würde dir guttun, hin und wieder auszugehen, anstatt ständig die Nase in die Bücher zu stecken. Die Tochter der Gallaghers, du weißt schon, vom Drogisten, treffe ich übrigens jeden Tag auf der Straße, und fast jedesmal erkundigt sie sich nach dir.«
»Ach, Mutter, wie oft habe ich dir schon gesagt, daß ich keine Zeit für Mädchen habe«, erwiderte er ungeduldig. »Dafür bleibt später noch Zeit genug. Im Augenblick habe ich zuviel zu tun.«
Ruhig begegnete sie seinem Blick im Spiegel. »Wenn es diese Marja wäre, hättest du Zeit.«
Er fühlte, wie er errötete. »Vergiß sie, Mutter. Ich habe dir gesagt, daß das vorbei ist.«
Die Augen seiner Mutter waren voller Güte. »Ich kann sie vergessen, mein Junge«, entgegnete sie und wandte sich ab. »Aber kannst du es?«
Er hörte ihre Schritte sich auf dem Gang entfernen und betrachtete dann sein Gesicht im Spiegel. In Gedanken verloren strich er sich mit dem Rasierapparat über die Wange. Ein scharfes Brennen riß ihn in die Wirklichkeit zurück. »Verdammt!« rief er laut und griff nach dem Alaunstift, um das Blut zu stillen.
Rasch drückte er den weißen Stift auf den Schnitt. Es brannte. Marja, dachte er, Marja. Er fragte sich, ob seine Mutter wohl recht hatte. Er trocknete sich das Gesicht ab und trat ans Fenster. Noch immer schneite es.
Was mochte Marja wohl tun?

Auf der großen Uhr in der Halle war es acht, als Mary aus dem Hotel trat. Der Schnee bedeckte die Straßen und dämpfte alle Geräusche des Verkehrs. Sie bog in die 49. Straße ein und ging zur Sixth Avenue. Um das Rockefeller Centre herum würde etwas mehr los sein.

Dort traf man auch nettere Kunden. Die Touristen und die gehobenen Angestellten in dieser Gegend konnten mehr ausgeben. Broadway und Seventh und Eighth Avenue boten nichts weiter als Zwei-Dollar-Geschäfte. Auf der Sixth Avenue hingegen hatte ein Mädchen Aussicht auf fünf oder zehn Dollar.

Sie blickte zum Himmel empor. Noch immer schneite es heftig. Heute nacht würde nicht viel zu machen sein, aber sie konnte es sich nicht leisten, zu Hause zu bleiben. Sie hatte kein Geld mehr, und die Miete war in einigen Tagen fällig.

Langsam ging sie die Straße entlang, ihr Gesicht den Schaufenstern zugewandt, als interessierte sie sich für die Auslagen. Tatsächlich aber sah sie in die Schaufenster wie in Spiegel. Jeder Mann, der vorbeiging, wurde sorgfältig gemustert und instinktiv abgeschätzt. Sie bog nach links in die Sixth Avenue ein. Es waren kaum Menschen unterwegs. Sie betrat die Cafeteria an der Ecke und bestellte sich eine Tasse Kaffee. Sie nahm sie mit bis zu einem Tisch in der Nähe des Fensters, von wo aus sie den Eingang der Music Hall auf der anderen Seite der Straße beobachten konnte. In etwa zwanzig Minuten war eine Vorstellung zu Ende.

Ihre Tasse war fast leer, als die ersten Menschen herauskamen. Rasch stürzte sie den letzten Schluck hinunter und überquerte die Straße. Sie trat in eine Ecke der Eingangshalle, als hätte sie sich dort mit jemandem verabredet.

Ein Platzanweiser ging vorbei. Sie warf ungeduldig einen Blick auf ihre Uhr, als sei sie des Wartens müde. Nun kamen immer weniger Menschen. Noch ein paar Minuten, und sie mußte wieder in den Schnee hinaus. Es sah so aus, als hätte sie an diesem Abend kein Glück.

Sie wollte sich schon entfernen, als sie instinktiv aufblickte. Ein Mann auf der anderen Seite der Halle beobachtete sie. Rasch warf sie einen Blick auf seine Schuhe. Sie waren braun. Damit gehörte er automatisch zu den Harmlosen. Die Leute von der Polizei trugen schwarze Schuhe. Sie sah ihm wieder ins Gesicht,

blieb aber darauf bedacht, nichts als Gleichgültigkeit zu verraten. Dann wandte sie sich um und schlenderte auf die Straße hinaus.
An der Ecke bei den Verkehrsampeln wartete sie. Ohne sich umzudrehen, wußte sie, daß der Mann ihr in einiger Entfernung gefolgt war. Als das Licht wechselte, überquerte sie die Straße und betrat das R.C.A.-Gebäude. Sie ging eine kleine Treppe hinunter in eine Passage und blieb vor einem Schaufenster stehen. In der Spiegelung sah sie den Mann hinter sich vorbeigehen. Einige Schaufenster weiter blieb er stehen. Langsam ging sie an ihm vorbei durch die Drehtür und die Treppe hinauf. Sie kam am Postamt vorbei und blieb vor einem Restaurant stehen, bei dem der untere Teil der Fenster schwarz gestrichen war, so daß man nicht hineinsehen konnte. Dort öffnete sie ihre Handtasche und holte eine Zigarette heraus. Sie wollte sie gerade anzünden, als neben ihr die Flamme eines Feuerzeugs aufblitzte.
Die Hand des Mannes zitterte leicht, als sie zu ihm aufblickte. Er hatte ein rundliches, glattes Gesicht und dunkle Augen. Er schien ungefährlich. »Danke«, sagte sie.
Er lächelte. »Darf ich Sie zu einem Drink einladen?« Seine Stimme klang kehlig und schwerfällig.
Fragend zog sie eine Augenbraue hoch. Ihre Stimme war freundlich und ohne jede Aggressivität. »Ist das alles, was Sie wollen?«
Der Mann schien verwirrt. »Nein«, stammelte er. »Aber . . .«
»Warum wollen Sie sich dann in zusätzliche Unkosten stürzen?« fragte sie lächelnd.
Er räusperte sich und richtete sich auf, als hoffte er, dadurch eher wie ein Mann von Welt zu erscheinen. »Wie-wieviel?«
»Zehn Dollar«, antwortete sie rasch und beobachtete ihn aufmerksam, bereit mit ihrem Preis herunterzugehen, wenn er davor zurückschrak.
»Gut«, sagte er nur.
Sie lächelte und nahm seinen Arm. Miteinander gingen sie auf die Straße hinaus. Sie führte ihn zum Hotel. »Im Winter gibt es nichts Schöneres als Schnee«, erklärte sie.
»Ja«, antwortete er.
»Aber in der Stadt taugt er nichts. Es ergibt nur Matsch, und alles ist dann so scheußlich.«

Er versuchte es mit einem Scherz. »Ich fühle mich jedenfalls im Augenblick nicht scheußlich.«
Sie lachte auf und drückte seinen Arm fester an sich. Er war gar nicht so übel. Sie waren nun in die Nähe des Hotels gelangt. Sie nahm ihre Hand von seinem Arm. »Ich gehe jetzt da hinein«, sagte sie. »Geben Sie mir fünf Minuten Zeit und kommen Sie dann auf Zimmer 209 im zweiten Stockwerk. Zimmer 209. Haben Sie es sich gemerkt?«
Er nickte. »209. In fünf Minuten.«

Sie trug einen Morgenmantel, als es an der Tür klopfte. Schnell durchquerte sie das Zimmer und öffnete. Zögernd stand der Mann da. »Treten Sie ein«, sagte sie.
Langsam kam er herein und blieb in der Mitte des Zimmers stehen, während sie die Tür verriegelte. Sie wandte sich ihm zu. »Ihr Mantel«, sagte sie.
»Ach, ja.« Er zog seinen Mantel aus und gab ihn ihr. Sie zog ihn über einen Bügel und hängte ihn an die Tür. Als sie sich umdrehte, war er bereits aus der Jacke geschlüpft und löste sich den Schlips.
Sie lächelte und setzte sich mit wippenden Beinen auf den Bettrand. Sie beobachtete ihn, während er sich das Hemd auszog. Die Muskeln an seinen Schultern spielten. »Wie heißen Sie?« fragte er.
»Mary«, antwortete sie.
»Wie kommt es, daß Sie so etwas machen, Mary?« fragte er. »Sie sehen eigentlich wie ein anständiges Mädchen aus . . .«
Sie machte ein gelangweiltes Gesicht. Alle hatten sie die gleiche Frage. Manchmal hatte sie das Gefühl, sie kämen mehr, um ihre Geschichte zu hören als aus dem anderen Grund. Sie zuckte die Achseln. »Auch Mädchen müssen essen«, erwiderte sie.
Er begann seinen Gürtel zu lösen.
»Haben Sie nicht etwas vergessen?« fragte sie.
Überrascht sah er sie an, dann begriff er. »Ach so«, sagte er, griff in die Tasche, zog einen Schein heraus und hielt ihn ihr hin.
Sie legte ihn in ihre Handtasche auf der Kommode. Dann warf sie ihren Morgenmantel ab und ging zum Bett zurück. Völlig nackt streckte sie sich aus und sah ihn an.

Er stand noch da, hatte die Hosen nicht ausgezogen und starrte sie an.
»Kommen Sie«, meinte sie, »worauf warten Sie?«
Er fuhr sich mit der Zunge über die Lippen. Langsam griff er wieder in die Tasche und holte ein kleines schwarzes Lederfutteral heraus. Er klappte es auf. Hell schimmerte das Abzeichen. Er wandte das Gesicht ab. »Detektiv Millersen, Sittenpolizei«, sagte er. »Sie sind verhaftet. Ziehen Sie sich an.«
Jäh richtete sie sich auf. Ihr Herz klopfte. Einmal hatte es ja passieren müssen. Sie hatte es immer gewußt. Aber doch nicht so bald.
Sie zwang sich zu einem Lächeln. »Mein Fehler«, sagte sie. »Für Sie ist's natürlich umsonst.«
Er schüttelte den Kopf. »Ziehen Sie sich an.« Er wich ihren Augen aus.
»Sie sehen für einen Polizisten recht gut aus«, meinte sie und näherte sich ihm.
Er zog sich bereits das Hemd an. »Es nützt nichts«, erklärte er fest. »Ziehen Sie sich lieber an.«
Langsam begann sie sich anzuziehen. »Was bekommt man dafür?« fragte sie.
»Ist es das erste Mal?«
Sie nickte und versuchte, den Haken am Rücken ihres Kleides zu schließen, aber ihre Finger zitterten so sehr, daß sie es nicht schaffte. »Könnten Sie ihr Abzeichen einen Augenblick vergessen und mir diesen Haken zumachen?«
Er trat hinter sie und schloß den Haken. »Dreißig Tage«, sagte er.
»Dreißig Tage wofür?« fragte sie, denn sie hatte ihre Frage bereits vergessen.
»Dreißig Tage für die erste strafbare Handlung«, erklärte er.
»Ach«, rief sie aus. »Und was haben wir heute für einen Tag?«
»Den 27. Februar.«
Sie öffnete den Schrank und holte ihren Mantel heraus. »Das wäre also der ganze März.« Sie drehte sich zu ihm um. »Geben Sie mir noch ein paar Minuten, um meine Sachen zu packen? Sie kennen doch diese Flohkisten. Nach dreißig Tagen werde ich meine Kleider niemals zurückbekommen.«
Er nickte. »Schon gut, aber beeilen Sie sich.«

Er sah ihr zu, wie sie ihren Handkoffer aus dem Wandschrank nahm. Sie hatte nicht sehr viel einzupacken. Alles ging in den kleinen Koffer. Sie schloß ihn und sah Millersen an.
»Ich bin fertig. Vielen Dank.«
Er öffnete die Tür und ging mit ihr aus dem Zimmer. Als sie die Schwelle überschritt, sah sie ihm ins Gesicht. »Es muß doch eine einfachere Art geben, sich den Lebensunterhalt zu verdienen«, meinte sie.
Er nickte düster. »Bestimmt muß es das geben.«
Sie nahm seinen Arm, als wären sie alte Freunde, die miteinander spazierengehen wollten. Ihre Stimme war leise und belegt. »Für uns beide, meine ich.«

Die Staatsanwaltschaft gegen Maryann Flood

Langsam ging ich an den Geschworenen vorbei. Ihre Augen folgten mir interessiert, als ich vor den Richter trat, um auf Vitos Antrag auf Abweisung der Klage zu antworten. Ich hoffte, sie würden mich hören, obwohl ich leise sprach.

»Vor jedem Gericht gibt es zwei Dinge, die man nicht aus den Augen verlieren darf. Es ist die moralische Schuld und die Schuld vor dem Gesetz. Wir können nur den Verstoß gegen das Gesetz bestrafen. Aber nur selten finden wir vor Gericht moralische Schuld und Schuld vor dem Gesetz so dicht beieinander wie in diesem Fall.

Wir haben dem Gericht und den Geschworenen die Klage gegen die Angeklagte sorgfältig dargelegt. Wir haben sie durch Beweismaterial und Zeugenaussagen untermauert. Wir haben den Standpunkt der Staatsanwaltschaft sachlich dargelegt und waren uns dabei unserer Verantwortung gegenüber allen hier vertretenen Parteien stets bewußt. Wir haben ohne Furcht und ohne Parteinahme unsere Pflicht getan und dabei ein Maß an Schuld festgestellt, das die Angeklagte schwer belastet.

Das Volk des Staates New York blickt auf Sie und erwartet von Ihnen, daß Recht gesprochen wird. Recht kann aber hier nur gesprochen werden, wenn der Antrag der Verteidigung abgewiesen wird!«

Langsam entfernte ich mich vom Richtertisch und hielt, als ich etwa die Hälfte meines Weges zurückgelegt hatte, inne.

Über meine Schulter hinweg vernahm ich die Stimme des Richters:

»Dem Antrag wird nicht stattgegeben.«

Sofort brach die Hölle los. Hinter mir liefen Reporter die Gänge zwischen den Bankreihen entlang, um die Nachricht an ihre Zeitungen weiterzugeben. Der Richter schlug mit dem Hammer

auf den Tisch. Endlich konnte er sich über den Tumult hinweg Gehör verschaffen.
»Das Gericht vertagt sich bis morgen vormittag um zehn Uhr.«
Ich war völlig durchgeschwitzt, als ich in mein Büro ging und dort auf einen Stuhl sank.
Joel und Alec kamen herein. »Mann, Sie brauchen etwas zu trinken«, rief Joel und musterte mich.
Ich nickte und schloß die Augen. Ich brauchte noch etwas ganz anderes. Ich wußte nicht, wie ich die nächsten zwei Wochen des Prozesses durchstehen sollte, während Vito seine Argumente vorbrachte. Ich hatte das Gefühl, alle meine Energiereserven seien erschöpft.
»Hier«, sagte Joel.
Ich öffnete die Augen, nahm das Glas und stürzte den Alkohol hinunter. Er brannte in der Kehle und im Magen. Ich hustete.
»Hundertprozentiger Bourbon«, erklärte er.
Ich blickte zu ihm auf. »Gott sei Dank, daß das vorbei ist«, rief ich erleichtert.
Alec lächelte mir zu. »Sie waren großartig. Wirklich großartig.«
»Danke«, erwiderte ich, »aber das brauchen Sie nicht zu sagen. Ich weiß genau, wie schlecht ich abgeschnitten habe.«
»Sie haben überhaupt nicht schlecht abgeschnitten«, erklärte eine neue Stimme.
Überrascht wandten wir uns zur Tür um. Ich sprang auf. »Chef!«
Er lächelte, als er das Zimmer betrat. »Sie waren sogar recht gut, möchte ich behaupten.«
Alec und Joel wechselten Blicke. Das waren die höchsten Lobesworte, die sie jemals vom Alten gehört hatten.
»Danke, Sir.«
Er hob die Hand. »Danken Sie mir nicht«, erklärte er. »Es ist noch nicht vorbei. Vito hat noch immer seine Chance. Bis zum Spruch der Geschworenen ist nichts gewonnen.«
Ich zog einen Stuhl für den Chef heran. Vorsichtig setzte er sich hin.
»Sie sehen sehr gut aus, Sir«, meinte Joel. Ich streifte ihn mit einem raschen Blick. Der alte Radfahrer! Wie üblich damit beschäftigt, dem Alten um den Bart zu gehen.
Der Chef beachtete ihn nicht. »Ich fühle mich ganz gut«, erklärte er. Er nahm ein Päckchen Zigaretten heraus und steckte sich eine

in den Mund. Alec hätte sich bei seinem Bemühen, Joel mit dem Feuer zuvorzukommen, fast einen Finger gebrochen.
Ich lachte still in mich hinein. Im Handumdrehen war alles wieder so wie früher. Mir war auch schon wieder wohler. Vielleicht war es der Whisky, der meinen Magen durchwärmt hatte.
Der Alte wandte sich an mich. »Was wird Ihrer Ansicht nach Vito unternehmen?«
Ich schüttelte den Kopf. »Ich weiß es nicht, Sir.«
»Mir gefällt sein Gesicht nicht«, fuhr der Chef fort. »Er wirkt zu unbeschwert.«
»Vito sieht immer so aus, ob er Grund dazu hat oder nicht«, warf Joel rasch ein.
Der Alte betrachtete ihn mit einem vernichtenden Blick. »Ich kenne Hank Vito seit fast zwanzig Jahren und sehe es ihm an, wenn er simuliert. Diesmal aber ist es bei ihm echt. Er hat etwas im Hinterhalt. Ich würde noch einen Blinddarm hergeben, um zu erfahren, was er zusammenbraut.«
Schweigend saßen wir eine Weile da. Jeder bemühte sich, eine Möglichkeit ins Auge zu fassen, die uns bis dahin entgangen war.
Schließlich stand der Alte auf. »Wir werden wohl nicht lange zu warten brauchen«, meinte er bedächtig. »Wahrscheinlich wird er uns morgen gleich zu Anfang damit ins Gesicht springen.«
»Wie kommen Sie darauf, Sir?« fragte Joel.
Der Alte ging zur Tür und blickte zu uns zurück. »Er hat für morgen keine Zeugen vorgeladen. Keinen einzigen.«
Wir sahen einander verwundert an. Alec war der erste, der Atem holte. Die Mitteilung des Alten hatte uns unvorbereitet getroffen.
Listig sah er uns drei an. »Hätte einer von euch dreien den richtigen Riecher gehabt, dann hätte er das vor Verlassen des Gerichtssaales nachgeprüft.« Er trat auf den Gang hinaus und schloß die Tür hinter sich.
Joel war es, der unserer widerwilligen Bewunderung als erster Ausdruck gab. »Das muß man dem alten Teufel lassen«, meinte er anerkennend. »Alt mag er sein, aber ihm entgeht auch rein gar nichts.«
Ich blieb an diesem Abend bis nach elf Uhr im Büro, um den ganzen Fall noch einmal durchzudenken. Ich ließ nichts aus. Ich

überprüfte alle Angaben, die wir über Vitos Zeugen hatten. Ich ging alle Fragen durch, die er den Zeugen der Staatsanwaltschaft gestellt hatte. In diesem ganzen Material fand ich nicht den geringsten Hinweis auf den Kurs, den er einschlagen würde. Schließlich schloß ich meinen Schreibtisch ab und nahm Hut und Mantel vom Kleiderständer.
Ich war müde, aber nicht schläfrig. Draußen war es unangenehm kalt, aber ich beschloß, ein wenig zu gehen. Ich hoffte, die frische Luft würde meine Gedanken klären. So schlug ich den Weg zum Broadway ein.
In diesem Teil war der Broadway eine dunkle, verödete Straße. Zur Stadtmitte hin sah ich den Lichtschein, den der Times Square grell in die Nacht warf. Hier jedoch ragten die Bürohäuser riesig und dunkel zum Himmel empor. Nur hier und dort ein Licht, wo Putzfrauen arbeiteten.
Ich schlug den Mantelkragen hoch und begann rascher zu gehen. Ich war fast vier Blocks gegangen, als ich das Auto bemerkte, das auf der Straße langsam neben mir her fuhr. Neugierig blickte ich hin, konnte aber nicht hineinsehen. Es war zu dunkel.
So ging ich, in meine Gedanken verloren, weiter. Als ich zur nächsten Ecke gelangte, schnitt mir der Wagen den Weg ab. Fluchend sprang ich auf den Bürgersteig zurück.
Ein leises Lachen drang an mein Ohr. Es war ein vertrautes Lachen. Ich faßte nach dem Griff der vorderen Wagentür und öffnete sie.
Sie saß am Steuer. Im schwachen Licht des Armaturenbrettes sah ich ihre Zähne schimmern. »Hallo, Mike«, sagte sie mit leiser Stimme.
»Marja!«
Ich konnte die Überraschung in meiner Stimme nicht verbergen und stand wie angewurzelt am Rinnstein.
»Steig ein«, forderte sie mich auf. »Ich fahre dich nach Hause.«
Ich zögerte einen Augenblick und stieg dann ein. Sofort fuhr sie weiter. Ich starrte sie an.
An der nächsten Ecke brachte eine Ampel den großen Wagen zum Stehen. Sie wandte sich mir zu und sah mich an. »Du arbeitest ziemlich lange«, meinte sie. »Seit sechs Uhr habe ich draußen vor deinem Büro gewartet.«

»Warum hast du mir nicht Bescheid gegeben?« erwiderte ich spöttisch. »Ich hätte dich nicht warten lassen.«
»Oh, oh«, rief sie, während sie wieder anfuhr. »Der junge Mann ist böse.«
Ich nahm eine Zigarette und zündete sie an. Im Licht der Streichholzflamme wirkte ihr Haar fast weiß. Um ihren Mund lag ein stilles Lächeln. Sie fuhr schweigend und mit einer gewissen gleichgültigen Unbeschwertheit.
Erst nach einer Weile begann sie zu reden. »Du warst sehr gut heute, Mike.« Es klang fast so, als sei sie bei diesem Prozeß nur Zuschauerin.
»Danke«, antwortete ich.
Sie bog in eine Nebenstraße ein, fuhr an den Bürgersteig heran und schaltete den Motor ab. Von irgendwoher holte sie eine Zigarette. Ich hielt ihr das Streichholz hin.
Über die Flamme hinweg suchten ihre Augen die meinen. »Es ist lange her, Mike.«
Ich nickte. »Ich glaube, diese Worte habe ich früher schon einmal gehört.«
Das Streichholz erlosch, aber erst, nachdem ich einen seltsamen Schmerz in ihren Augen erwachen sah. Da wurde ich froher. Ich hatte nicht geglaubt, daß irgendein Mensch noch die Macht hatte, ihr einen Schmerz zuzufügen.
Sie legte ihre Hand auf die meine. »Wir wollen uns nicht streiten, Mike.« Ihre Stimme war sanft.
»Was haben wir denn deiner Ansicht nach getan, seit dieser Prozeß begann?« fragte ich zornig. »Hier handelt es sich schließlich nicht um ein Spiel.«
Über das Aufglühen ihrer Zigarette hinweg sah sie mir in die Augen. »Das ist etwas anderes, Mike. Das hat mit uns persönlich nichts zu tun.«
Ich empfand die magnetische Kraft in diesen Augen und verlor mich in ihren Tiefen, als hätte mich ein Schwindel erfaßt. Nicht das geringste hatte sich verändert. Ich beugte mich vor und küßte sie.
Ihr Mund war weich und warm. Ich fühlte das jähe Erwachen der Leidenschaft. Ich ließ sie los. Das war ja reiner Wahnsinn.
Ihre Augen waren noch immer geschlossen. »Mike«, flüsterte

sie. Ihre Hand suchte die meine und hielt sie fest. »Warum hat das mit uns so gehen müssen?«
Ich zog an meiner Zigarette. »Ich weiß nicht«, erwiderte ich rauh. »Ich habe mich das selbst viele Male gefragt.«
Langsam öffnete sie die Augen. Niemals zuvor waren sie mir so sanft erschienen.
»Danke, Mike«, sagte sie leise. »Ich hatte schon befürchtet, du hättest dich verändert.«
Ich antwortete ihr nicht.
Nach einer Weile begann sie erneut zu reden. »Wie geht es deinen Eltern?«
Ich sah sie nicht an. »Mein Vater ist vor zwei Jahren gestorben. Herzschlag.«
»Das tut mir sehr leid, Mike«, flüsterte sie. »Das habe ich nicht gewußt.« Sie zog an ihrer Zigarette. »Und deine Mutter?«
Ich streifte sie mit einem raschen Blick und fragte mich, ob sie wußte, was meine Mutter von ihr dachte. Wieder blickte ich zur Seite. Natürlich nicht. Wie hätte sie das wissen sollen? »Meiner Mutter geht es gut. Sie ist zur Zeit auf dem Land, aber in ein paar Wochen erwarte ich sie zurück.«
Wieder verfielen wir in Schweigen. Wir hatten unsere Zigaretten zu Ende geraucht. Wir schienen unseren Gesprächsstoff aufgebraucht zu haben. »Wie ich höre, hast du eine Tochter«, sagte ich.
Ein Lächeln kam auf ihre Lippen. »Ja.«
»Sie muß sehr hübsch sein«, meinte ich. »Jedes Kind von dir muß es sein.«
Ein seltsamer Blick trat in ihre Augen. Ihre Stimme war sehr leise. »Das ist sie.«
Wieder hüllte uns das Schweigen ein. Es gab unzählige Dinge, die ich ihr zu sagen hatte, Tausende von Fragen, die ich ihr gern gestellt hätte. Aber meine Zunge war mir durch den besonderen Zeitpunkt und die Umstände gebunden. Ich räusperte mich.
»Was ist, Mike?« fragte sie.
Ich sah sie an. »Ich habe nichts gesagt«, erwiderte ich verlegen.
»Oh«, sagte sie.
Ein Polizeiwagen kam die Straße entlang. Ich mußte mich gegen den jähen Impuls wehren, meine Hand zu heben und mein Gesicht zu verdecken, aber der Wagen fuhr ohnehin weiter.

Ich wandte mich ihr zu. »Das war ein ganz verrückter Einfall«, meinte ich.
Sie lächelte. »Ich mag verrückte Einfälle.«
»Ich nicht«, entgegnete ich. »Das war stets einer der Unterschiede zwischen uns.«
»Halte mir keine Predigt, Mike«, erwiderte sie ruhig. »Davon habe ich in den letzten Wochen genug zu hören bekommen.«
Ich starrte sie an. »Warum, Marja? Warum?«
Sie zuckte die Achseln. »So etwas geschieht eben.«
»Warum konnten es nicht zwei andere Menschen sein, Marja? Warum wir?«
Sie antwortete mir nicht.
Ich streckte die Hand aus und drehte den Zündschlüssel ärgerlich herum. »Fahren wir weiter«, sagte ich.
Gehorsam fuhr sie an und wieder zur Hauptstraße zurück. »Wohin?« fragte sie.
»Du kannst mich am Broadway absetzen«, sagte ich. »Dort kann ich mir ein Taxi nehmen.«
»Gut.«
Einige Minuten später waren wir dort. Sie fuhr an den Bürgersteig heran. Ich öffnete die Tür und war schon halb draußen, als sie wieder zu sprechen begann. Ich sah sie an. Das Licht eines Schaufensters an der Ecke fiel auf ihr Gesicht.
»Wären es doch nur zwei andere Menschen gewesen, Mike«, sagte sie.
In mir erwachte erneut der Schmerz. »Jetzt ist es zu spät.«
»Für eines nicht, Mike.«
Ich starrte sie an. »Wofür?«
Rasch beugte sie sich vor, und ihre Lippen streiften meine Wange. »Ich liebe dich, Mike«, flüsterte sie. »Immer bist du es gewesen, was auch geschehen ist. Ich habe eben keinen besseren Weg gewußt.«
Dann jagte der Wagen mit aufheulendem Motor davon. Die Rücklichter verschwanden um eine Ecke herum, und ich ging zum Taxistand.
Noch immer verspürte ich den leichten Druck ihrer Lippen und ihr Parfüm. Ich verstand sie nicht. Niemals würde ich sie verstehen. Je besser ich sie kannte, desto weniger verstand ich sie.
Zum Beispiel damals, als ich Soldat war. Es war ein wunderbares

Wochenende gewesen. Damals gehörte sie mir – ich wußte es, ich konnte es fühlen. Aber sie war mit Ross weggegangen. Nachdenklich rieb ich meinen gebrochenen Nasenrücken. Das hatte Ross damals getan.
Ich stieg in ein Taxi, nannte dem Fahrer meine Adresse und lehnte mich auf dem Sitz zurück. So viele Jahre. So viel hatte sich verändert. Ross war tot. Nichts war mehr wie früher. Ich seufzte tief auf. Nichts – außer meinen Gefühlen ihr gegenüber.

Drittes Buch

Maryann

1

Als Henry Vito in sein Büro kam, wartete schon der Schuhputzjunge auf ihn. Mit energischen Schritten trat er ein, warf seinen Mantel auf das kleine Ledersofa und setzte sich an seinen Schreibtisch. Er streckte einen Fuß zum Boy hin aus, sagte »Guten Morgen, Tony«, und griff nach den Zeitungen auf seinem Schreibtisch.

»*Buon giorno,* Signor Vito«, antwortete der Junge und begann den Schuh mit einem Lappen abzureiben.

Vito überflog rasch die ersten Seiten der Zeitungen. Die Schlagzeilen waren die gleichen wie am Tag vorher. Er warf die Zeitungen in den Papierkorb und begann die Morgenpost zu sichten. Nichts Wichtiges. Nervös stellte er auf ein Klopfen des Jungen hin den anderen Fuß auf den Schuhkasten und blickte zum Fenster hinaus.

Jenseits der Straße lag ein Park, und dahinter erhob sich das graue Steingebäude des Kriminalgerichts. Er kam sich wie ein Gladiator vor, der die Arena betrachtet. Stets war es so gewesen, schon damals, als er noch als Junge im Klein-Italien der Stadt herumlief. Diese gewisse Herausforderung, die in diesem Symbol der Autorität lag. Das Gesetz nur zu verhöhnen, war zu einfach; der eigentliche Spaß lag darin, es durch sich selbst lächerlich zu machen. Darin steckte auch der Gewinn. Das schuldbewußte Gewissen von seinen gesetzlichen Fesseln zu befreien war ein einträglicher Beruf.

Er spürte ein leichtes Klopfen an seinem Fuß. Das bedeutete, daß das Schuhputzen beendet war. Er gab dem Jungen eine Münze und drehte sich wieder zu seinem Schreibtisch herum. In diesem Augenblick klingelte das Telefon. Er nahm den Hörer ab. »Eine Miß Maryann Flood ist da und möchte Sie sprechen«, sagte die Stimme der Sekretärin.

Der Name war ihm nicht vertraut. »Was will sie?«
»Mandantin«, erwiderte die Sekretärin lakonisch. »Sie sagt, Sie seien ihr empfohlen worden.«
»Von wem?« fragte er.
»Sie sagt, das würde sie Ihnen persönlich erklären. Sie sagt auch, sie zahlt im voraus bar.«
Vito mußte lächeln. Wer die Frau auch sein mochte, sie wußte, was sie wollte.
»Schicken Sie sie herein«, sagte er.
Einen Augenblick später öffnete sich die Tür, und seine Sekretärin erschien, von einer jungen Frau gefolgt. Vito erhob sich. »Mister Vito, Miß Flood«, stellte die Sekretärin vor.
Die junge Frau kam mit ausgestreckter Hand auf ihn zu. Vito ergriff sie. Der Händedruck war fest und sachlich wie der eines Mannes, und dennoch strahlte etwas von ihm aus, das einen fühlen ließ, daß man es mit einer Frau zu tun hatte. »Ich danke Ihnen, daß Sie mich empfangen«, erklärte sie. Ihre Stimme war leise und angenehm.
»Ich freue mich, Ihnen dienlich sein zu können.« Vito wies auf den Stuhl seinem Schreibtisch gegenüber. »Nehmen Sie doch bitte Platz.«
Die Sekretärin nahm seinen Mantel von dem Sofa, wohin er ihn geworfen hatte, und ging damit hinaus. Vito setzte sich und sah die junge Frau an.
Sie hatte schöne Hände. Sie trug keinen Schmuck und hatte kein Make-up außer ein wenig Lippenrot. Ihre Augen, die weit auseinander lagen, waren groß, dunkelbraun, fast schwarz. Feines blondes Haar quoll unter einer cremefarbenen Kappe hervor.
Vito war stolz auf seine Fähigkeit, einen Mandanten gleich richtig einschätzen zu können. Dieses Mädchen war aus guter Familie. Alles an ihr verriet es. Wahrscheinlich wollte sie ihn wegen eines Bruders oder eines anderen Verwandten sprechen, der in Schwierigkeiten geraten war. Das waren die Fälle, die er mochte. Sie bedeuteten Geld. Er lächelte sie an. »Was kann ich für Sie tun, Miß Flood?« fragte er.
Die junge Frau antwortete ihm nicht sofort. Sie nahm eine Zigarette heraus und wartete darauf, daß er ihr Feuer gab. Er tat es und war jetzt seiner Analyse nur noch sicherer. Nur Frauen aus guter Familie warteten in so überlegener Art darauf, daß man

ihnen Feuer gab. Er beobachtete sie, wie sie den Rauch langsam inhalierte.

»Wie ich höre, Mr. Vito, sind Sie ein guter Anwalt«, begann die junge Frau. »Der beste in New York.«

Er strahlte innerlich. »Das ist sehr schmeichelhaft, Miß Flood«, erklärte er bescheiden, »aber es trifft nicht ganz zu. Ich tue nur mein Bestes, das ist alles.«

»Ich bin überzeugt, das ist mehr, als andere tun«, erwiderte Miß Flood. In ihren Augen blitzte ein ironisches Lächeln auf.

Er bemerkte es und ging sogleich zur Defensive über. Er würde es nicht zulassen, daß sich eine Dame der Gesellschaft über ihn lustig machte. »Ich gebe mir die größte Mühe, Miß Flood«, erklärte er mit kühlerer Stimme.

Seine Besucherin blickte ihm gerade in die Augen. »Deswegen bin ich auch zu Ihnen gekommen. Ich brauche einen Anwalt, und ich möchte den besten haben.« Nun lag in ihren Augen kein Lächeln mehr.

»Aus welchem Grund?« fragte er.

»Ich bin heute früh von einem Freund angerufen worden. Es läuft ein Haftbefehl gegen mich, und heute nachmittag soll ich verhaftet werden.« Ihre Stimme klang nüchtern und ungerührt.

Überrascht sah er sie an. »Sie sollen verhaftet werden? Mit welcher Begründung?«

Sie blickte ihn noch immer an. »Schwerer Diebstahl nach Durchführung eines Aktes der Prostitution.«

Einen Augenblick versagte ihm die Stimme. »Was?« brachte er schließlich mühsam hervor.

Sie lächelte, als amüsierte sie dies ungemein, und wiederholte die Beschuldigung. »Deswegen bin ich hier«, fügte sie hinzu.

Niemals hatte er sich in der Beurteilung eines Mandanten so sehr getäuscht. Er holte eine Zigarre hervor, biß das Ende ab und hielt ein Streichholz daran, bis die Spitze aufglühte. Dann legte er das Streichholz in den Aschenbecher. Inzwischen hatte er die Beherrschung wiedererlangt. »Erzählen Sie mir, was geschehen ist«, bat er sachlich.

»Ich saß gestern abend etwa gegen elf Uhr im *Sherry* an der Bar und trank noch eine Kleinigkeit, als ein Mann hereinkam. Er war betrunken und bestand darauf, mich zu einem Glas einzuladen. Er erzählte mir, er sei sehr reich, und um es zu beweisen, fuchtelte er mit einem dicken Bündel Scheinen herum. Wir tranken dort ein paar Gläser. Dann kam er zu mir hinauf, und dort tranken wir weiter.« Ihre Stimme klang so nüchtern und gelassen, als erzählte sie von einem anderen Menschen. »Gegen halb fünf ist er weggegangen. Er gab mir zwanzig Dollar und ich ihm zum Abschied einen Gutenachtkuß.«

»Was ist dann geschehen?« fragte er.

»Ich legte mich schlafen«, fuhr sie fort. »Heute früh klingelte mein Telefon. Ein Freund rief mich aus dem Präsidium an. Er berichtete mir, dieser Mann sei heute früh erschienen und habe Anzeige erstattet.«

»Haben Sie ihm sein Geld genommen?« fragte Vito.

»Nein«, antwortete die junge Frau. »Er stopfte das Bündel in seine Tasche zurück, nachdem er mir die zwanzig Dollar gegeben hatte.«

»Wer hat mich empfohlen?« fragte er.

»Detektivleutnant Millersen vom Revier in der 54. Straße«, antwortete sie. »Ich kenne ihn jetzt seit ungefähr fünf Jahren. Er weiß, daß ich so etwas nie tun würde.«

Er kannte Millersen. Ein guter Kriminalbeamter, der ihm keine faule Sache zuschieben würde. Aber auch ein Kriminalbeamter konnte sich einmal irren. Er streifte sie mit einem lauernden Blick. »Sind Sie sicher, daß Sie ihm das Geld nicht abgenommen haben?« fragte er. »Mir können Sie es sagen. Es ist mir gleich, ob Sie es getan haben oder nicht. Ich werde den Fall ohnehin übernehmen. Trotzdem ist es für mich wichtig, es zu wissen.«

Sie sah ihn mit großen, ruhigen Augen an. Langsam streckte sie die Hand aus und nahm ihre Kappe ab. Sie schüttelte den Kopf, und ihr schimmerndes Haar umfloß ihr Gesicht. »Mister Vito«, erklärte sie mit leiser, rauher Stimme, »ich bin eine Hure, keine Diebin.«

2

»Mr. Bell, wie viele Gläser hatten Sie getrunken, bevor Sie Miß Flood an jenem Abend kennenlernten?« Vitos Stimme war klar und sachlich.

Der kräftige Mann im Zeugenstand sah den Richter unruhig an. Der Richter blickte starr geradeaus. »Ich weiß es nicht«, antwortete Bell mit gepreßter Stimme. »Ich hatte eine ganze Menge getrunken.«
»Zehn Gläser? Zwölf? Zwanzig?«
»Vielleicht zehn«, gab der Mann zu.
»Vielleicht zehn.« Vito wandte sich wieder an seine Mandantin. Sie nickte bedächtig. Dann drehte er sich wieder dem Mann zu. »Und wie viele Gläser haben Sie zusammen mit ihr in der Bar getrunken?«
»Vier?« antwortete der Mann in fragendem Ton.
»Ich kann es wirklich nicht wissen, Mr. Bell«, erwiderte Vito spöttisch. »Sie waren dort, nicht ich.«
»Aber ich bin nicht sicher«, sagte der Mann.
»Sie sind nicht sicher«, wiederholte Vito. Er entfernte sich ein paar Schritte vom Zeugenstand. »Sie sind nicht sicher, wie viele Gläser Sie getrunken hatten, bevor Sie meiner Mandantin begegneten. Sie sind nicht sicher, wie viele Gläser Sie mit ihr zusammen an der Bar getrunken haben. Ist es vielleicht möglich, daß Sie wissen, wieviel Sie in ihrer Wohnung getrunken haben?«
»Ich . . . ich weiß es nicht«, antwortete der Mann. »Ich bin nicht sicher. Ich habe in jener Nacht sehr viel getrunken.«
Vito lächelte. »Darüber sind wir uns wohl alle einig. Mr. Bell.« Er drehte sich um, damit das leichte Gelächter, das in dem fast leeren Gerichtssaal entstand, erstarb. Er wandte sich wieder dem Mann im Zeugenstand zu. »Wie es scheint, Mr. Bell, wissen Sie überhaupt nicht sicher, was in jener Nacht geschehen ist. Oder?«
Bell errötete. »Als ich an jenem Abend losging, hatte ich fünfzehnhundert Dollar in meiner Tasche«, erklärte er gereizt. »Am nächsten Morgen hatte ich sie nicht mehr.«
»Wann haben Sie den Verlust bemerkt, Mr. Bell?«
»Als ich aufwachte. Ich blickte auf die Kommode. Als ich das Geld dort nicht sah, habe ich alle meine Taschen durchsucht. Es war weg.«
»Wo war das und um wieviel Uhr, Mr. Bell?«
»In meinem Hotelzimmer, ungefähr um halb zehn Uhr morgens.«

»Und Sie haben die Polizei sofort angerufen und den Diebstahl gemeldet?« fuhr Vito fort.
»Nein«, antwortete Bell. »Ich habe mich angezogen und unten beim Portier angerufen, um festzustellen, ob vielleicht jemand das Geld gefunden hätte.«
»Und dann haben Sie die Polizei angerufen?« Vitos Stimme klang freundlich.
»Nein, ich habe beim Taxiunternehmen angerufen, um festzustellen, ob einer der Fahrer etwa das Geld abgeliefert hätte.«
»War dies das ganze Geld, das Sie bei sich hatten, Mr. Bell?« fragte Vito leichthin.
Mr. Bell nickte. »Ja, ich habe niemals Kleingeld in den Taschen. Es stört mich. Ich nehme auch niemals welches an. Ich sage immer, die anderen sollen es behalten.«
»Das wäre alles, Mr. Bell. Danke.« Vito entfernte sich mit raschen Schritten.
Der Mann blickte sich verlegen um, erhob sich dann aus dem Zeugenstand und kehrte an seinen ursprünglichen Platz zurück.
Vito wartete einen Augenblick und rief dann einen Namen auf. Ein kleiner, magerer Mann erhob sich und trat in den Zeugenstand. Der Gerichtsschreiber vereidigte ihn, und der Mann setzte sich.
Vito ging auf ihn zu. »Welchen Beruf üben Sie aus, Mister Russo?«
»Ich bin Taxifahrer, Sir«, antwortete er mit kehliger Stimme.
»Und für wen arbeiten Sie?« fragte Vito.
»Für die *Shaggy Dog Cab Company*«, erklärte der Zeuge. »Ich arbeite nachts.«
»Erkennen Sie jemand in diesem Gerichtssaal?« fragte Vito.
»Jawohl, Sir.« Er blickte rasch um sich. »Den da«, sagte er und deutete auf Bell.
»Haben Sie ihn, bevor Sie in diesen Gerichtssaal kamen, namentlich gekannt?«
»Nein«, erwiderte Russo. »Ich habe ihn wiedererkannt, weil ich ihn einmal nachts gefahren habe.«
»Wann war das?«
Russo holte einen Bogen Papier hervor. »Ich habe mein Fahrtenverzeichnis für diese Nacht hier. Es war Dienstag nacht vor einer Woche.«

Vito nahm den Bogen von ihm entgegen. »Was ist das?«
»Das ist mein Fahrtenverzeichnis. Da drin steht, wo ich einen Fahrgast aufnehme, wo ich ihn absetze und wieviel die Fahrt kostet. Auch die Zeit jedes Anrufs ist vermerkt.«
Vito betrachtete die Aufstellung. »Haben Sie dann auch Mr. Bells Fahrt in diesem Verzeichnis?«
Der Fahrer nickte. »Ja, da ist sie. Vier Uhr vierzig.«
»Vier Uhr vierzig«, wiederholte Vito. »Von der 72. Straße zum *Sherry-Hotel.*« Er sah den Zeugen an. »War das die Fahrt?«
»Ja«, antwortete der Fahrer.
»Sechzig Cent«, las Vito aus dem Verzeichnis vor.
»Das stand auf der Uhr«, erklärte der Fahrer rasch.
Vito sah ihn an. »Und wie hat er Sie bezahlt?«
»Er hat einen Dollarschein aus seinem Bündel gezogen und mir gesagt, ich soll das Wechselgeld behalten.«
Vito blickte mit völlig ausdruckslosem Gesicht zum Richter hinauf. »Nur noch eine Frage, Mr. Russo. In welchem Zustand befand sich Ihr Fahrgast? War er betrunken?«
»Betrunken wie ein Seemann«, erklärte der Fahrer rasch.
»Das wäre alles, Mr. Russo, danke.« Vito blickte noch immer zum Richter auf. Er wartete, bis der Zeuge den Stand verlassen hatte. Ein leichtes Lächeln spielte um seine Lippen.
Auch in den Augen des Richters war ein Anflug von Belustigung zu erkennen. Er nickte Vito leicht zu.
Jetzt lächelte Vito ganz offen. »Ich beantrage, daß das Verfahren gegen meine Mandantin eingestellt wird, da kein Beweis für irgendeine verbrecherische Handlung ihrerseits vorliegt.«
»Dem Antrag wird stattgegeben. Die Klage wird abgewiesen«, erklärte der Richter.
»Ich danke Ihnen, Euer Ehren.« Vito wandte sich Maryann zu, nachdem der Richter die weiteren Verhandlungen vertagt hatte.
Lächelnd streckte sie ihm die Hand hin. »Ich danke Ihnen, Hank.«
Er grinste sie an. »Sie haben doch gesagt, ich sei der Beste. Deshalb habe ich nicht gewagt, Ihnen weniger zu bieten.«
Sie erhob sich, und er half ihr in den Mantel. Aus dem Augenwinkel sah er, wie ein Mann Bell ein Schreibstück überreichte. Er lachte in sich hinein, als sie miteinander hinausgingen.
Unterwegs drängte sich Bell an ihn heran. »Mr. Vito«, rief er

erzürnt und fuchtelte mit dem Papier herum. »Was soll das bedeuten?«
Ruhig antwortete Vito: »Was denn?«
»Diese Klage gegen mich wegen falscher Anschuldigung. Wegen Verleumdung – Schädigung des Rufes Ihrer Mandantin. Zweihundertundfünfzigtausend Dollar!« Bells Stimme zitterte vor Zorn.
Vito schob Maryann den Gang entlang vor sich her, während er antwortete: »Ich bin überzeugt, Mr. Bell, daß Sie das nächstemal, wenn Sie einen armen, unschuldigen Menschen anklagen, daran denken werden, daß es auch Gesetze zu seinem Schutz gibt.«
Maryann lachte, als sie das Gericht verließen. »Sie hatten diese Klageschrift für ihn schon fertig! Und wenn wir nun verloren hätten?«
Vito lächelte. »Wir konnten nicht verlieren.«
»Konnten wir nicht?« fragte sie zweifelnd.
Er beantwortete ihre Frage nicht.
»Wollen wir heute abend nicht zusammen essen?« fragte er.
Sie nickte.
»Um wieviel Uhr?«
»Holen Sie mich doch in meiner Wohnung ab. Um halb acht«, antwortete sie.
»Gut. Ich muß jetzt in mein Büro zurück. Ich besorge Ihnen ein Taxi.« Er winkte, und ein Taxi hielt an. Er öffnete ihr die Tür.
Sie stieg ein und sah ihn an. »Was wollten Sie damit sagen, daß wir nicht verlieren konnten? Hätten Sie diesen Taxifahrer nicht gefunden, hätte es für uns schlimm ausgehen können.«
»Wer hat den Taxifahrer denn gefunden?« fragte er, ohne das Gesicht zu verziehen.
»Wollen Sie damit sagen, daß Sie . . .?« Sie unterbrach sich, und allmählich dämmerte das Verstehen in ihren Augen auf.
Er lächelte sie an. »Bell war so betrunken, daß er sich unmöglich daran hätte erinnern können, wer ihn gefahren hatte. Es war ziemlich einfach, einen Mann des gleichen Unternehmens zu finden, der sich an mehr erinnerte als Bell selbst. Vor allem einen Mann, der in der Nacht arbeitet und bereit war, sich durch eine leichte Nachmittagsarbeit ein paar zusätzliche Dollar zu verdienen . . .«

»Sie sind wirklich der Beste«, sagte sie lächelnd.
Er schloß die Tür. »Also pünktlich um halb acht«, rief er und ging pfeifend davon.

Er warf einen Blick auf seine Armbanduhr. Es war fast sechs Uhr. Er griff zum Telefon, und als sich seine Sekretärin meldete, sagte er: »Rufen Sie meinen Friseur an und sagen Sie ihm, er soll auf mich warten. In ein paar Minuten bin ich unten; er soll mich noch rasieren.«
»Jawohl, Mr. Vito«, antwortete die Sekretärin. Er wollte schon den Hörer hinlegen, als sie fortfuhr: »Ich habe Mr. Drego hier in der Leitung.«
»Ich habe ihn nicht angerufen.«
»Er hat gerade angerufen, als Sie den Hörer abnahmen«, erklärte die Sekretärin.
Vito drückte auf den Knopf. »Ja, Ross?«
»Ich muß dich heute abend noch sprechen, Hank.« Ross' Stimme klang ernst.
»Kann es nicht warten, mein Junge?« fragte Vito. »Ich habe meine Alte dazu überredet, mir einen Abend freizugeben, und ich habe ein so hübsches Kind aufgetrieben. Zu jeder anderen Zeit.«
»Es muß aber noch heute abend sein«, entgegnete Ross. »Ich soll nächste Woche nach Westen reisen. Aber vorher muß noch einiges geklärt werden.«
»Ach, zum Teufel! Ich habe wirklich kein Glück!« rief Vito.
Ross lachte auf. »Ich werde dich nicht lange aufhalten.«
»Jaja.«
Wieder lachte Ross auf. »Muß ja ein tolles Kind sein. Ich habe dich noch nie einer Frau wegen so wimmern hören.«
»Ich glaube, es gibt keine zweite wie sie auf der ganzen Welt«, erklärte Vito. »Sie ist zur Frau geboren.«
»Die muß ich sehen«, rief Ross. »Bring sie doch mit, vorausgesetzt, daß sie den Mund halten kann.«
»Gut«, antwortete Vito. »Um acht Uhr sind wir bei dir.«
»Nein«, meinte Ross, »sagen wir lieber um halb neun im *Shelton-Club.* Ich bringe auch ein Mädchen mit. Wenn uns dann jemand zusammen sieht, wirkt die Sache ganz harmlos.«
»Einverstanden«, sagte Vito. Er legte den Hörer auf. Ross war

ein intelligenter Bursche. Manchmal etwas zu gescheit. Wieder griff er zum Telefon und wählte eine Nummer.
Als sich auf der anderen Seite jemand meldete, sagte er: »Ich möchte Joker sprechen!« Joker hatte ganz recht. Vor vielen Jahren hatte er einmal gesagt, daß dieser junge Mann eine starke Hand brauche.

3

Das Taxi hielt vor einem älteren Haus im Westteil der 73. Straße. Er zahlte den Fahrer und ging die Stufen zum Haus hinauf. Das Licht am Eingang war trübe, und er mußte ein Streichholz anzünden, um ihren Namen zu finden. *Maryann Flood.* Er drückte auf den Knopf.
Fast sogleich schnarrte der Türöffner. Er trat ein und stand in einem altmodischen Hausflur. Ihre Tür, an einem goldenen C zu erkennen, lag am Ende einer Treppe. Er wollte gerade anklopfen, als sie ihm schon öffnete.
»Kommen Sie herein«, sagte sie lächelnd und trat zurück, um ihn einzulassen.
Er ging hinein und nahm den Hut ab. Er war überrascht. Die Wohnung war geschmackvoll und einfach eingerichtet, aber dennoch hatte sie etwas Exotisches an sich. Es mochte an den dicken luxuriösen Teppichen liegen, an dem ungewöhnlichen Zierat an den Wänden – ein Säbel, ein altes Gewehr und eine neunschwänzige Geißel. Das Licht warf einen matten Schimmer auf Wände und Decke, die in einem bräunlichen Ton gehalten waren. Unter den Fenstern standen Regale, die mit Büchern und allen möglichen Kleinigkeiten gefüllt waren.
»Ihr Mantel?« fragte sie noch immer lächelnd.
»Ach ja – natürlich.« Er zog ihn aus.
Sie nahm ihn ihm ab. »Auf dem Tisch dort stehen Eis und Whisky«, sagte sie. »Ich bin gleich fertig.«
Er trat an den kleinen Tisch. Die Eisschale war aus massivem Silber. Daneben standen schwere Gläser und verschiedene Whiskysorten.
»Sie leben nicht schlecht«, meinte er.

Ihr gestepptes Hauskleid aus grünem Samt wirbelte herum, als sie sich umwandte und ihn ansah. »So muß es auch sein«, erwiderte sie ohne ein Lächeln. »Das ist der einzige Ausgleich, den mir mein Beruf bietet. Und da es keine Sicherheit dafür gibt, daß es immer so weitergehen wird, versuche ich die Gegenwart voll und ganz auszukosten.«
Er schenkte sich ein Glas ein und trat an die Bücherregale. Sie enthielten Romane aus jüngster Zeit, gute und schlechte.
»Haben Sie die alle gelesen?« fragte er neugierig.
Sie nickte. »Für gewöhnlich habe ich den ganzen Tag für mich. Und irgendwie muß ich ihn ja totschlagen.«
Er versuchte seinen Whisky. »Kann ich Ihnen einen Drink zurechtmachen?« fragte er.
»Nein, danke«, erwiderte sie. »Den mache ich mir selber.«
Sie goß etwas *Crème de Cassis* in ein Glas, tat ein paar Eiswürfel dazu und füllte mit etwas Mineralwasser nach. Sie hob ihr Glas. »Auf den gerissensten Anwalt von New York.«
Er lächelte. »Ich danke Ihnen.« Auch er hob das Glas. »Auf die bezauberndste Mandantin, die ein Anwalt jemals zu vertreten das Glück hatte.«
»Danke.« Sie setzte das Glas ab und ging ins Schlafzimmer hinüber. »Was soll ich anziehen? Wohin gehen wir?«
Er folgte ihr bis zur Tür des Schlafzimmers und betrachtete sie. »Schick«, sagte er. »Wir gehen in den *Shelton-Club.* Ich muß mich dort mit einem Mandanten treffen.«
Sie zog die Augenbrauen hoch. »In den *Shelton-Club* – das ist ja ganz groß.«
»Für uns nur das Beste«, erklärte er strahlend.
Sie schlüpfte aus ihrem Hauskleid und setzte sich an einen Toilettentisch. Es verschlug ihm fast den Atem, mit welch einer Selbstverständlichkeit sie es tat. Sie trug nichts weiter als einen trägerlosen Büstenhalter, Höschen und lange Seidenstrümpfe, die an einem schmalen Strumpfgürtel um ihre Hüften befestigt waren. Sie sah ihn schelmisch an. »Entschuldigen Sie die Arbeitskleidung.«
Er hielt sich die Hand vor die Augen. »Ich komme gleich wieder zu mir«, sagte er. »Ich bin nur Frauen nicht gewöhnt.«
Sie lachte auf, als sie begann, ihr Make-up aufzulegen. »Sie sind sehr nett, Hank. Ich mag Sie.«

»Danke.«

Sie wandte sich ihm zu. »Ich meine es wirklich. Es gibt wenige Männer, die ich wirklich mag. Die meisten sind nichts weiter als Tiere.«

Sein Gesicht wurde plötzlich ernst. Sie mußte es ja wissen. »Ich hoffe, wir können gute Freunde werden«, sagte er.

Ihre Augen waren voll tiefer Erfahrung. »Ich hoffe es«, erwiderte sie aufrichtig, »aber ich bezweifle es.«

Er war überrascht. »Wieso?«

Sie erhob sich und drehte sich zu ihm herum. Eine unerklärliche Veränderung war mit ihr vorgegangen. Er spürte den Pulsschlag an seinen Schläfen. Im sanften Licht dieses Zimmers schien sie sich plötzlich in eine Statue der Sinnenlust verwandelt zu haben: Ihre Brüste waren üppig und doch fest, die Rundung ihres Leibes sanft und herausfordernd, ihre Beine glichen langstieligen Blumen. Plötzlich wurde ihm der Mund trocken. Er hob das Glas an die Lippen, trank aber nicht. Er wollte nur die kühle Feuchtigkeit an den Lippen spüren. »Sie sind schön«, flüsterte er.

»Bin ich das?« fragte sie. »Eigentlich nicht. Meine Beine sind zu lang, meine Brüste zu voll, meine Schultern zu breit, meine Augen zu groß, mein Kinn zu kantig, meine Backenknochen zu hoch angesetzt und mein Mund zu kräftig. Nichts stimmt mit dem heutigen Typ überein. Und trotzdem behaupten Sie, ich sei schön!«

»Das sind Sie auch.«

Ihre Augen blickten durch ihn hindurch. »Sie meinen etwas anderes, nicht die Schönheit. Stimmt's?«

»Was sonst wäre der Maßstab der Schönheit?« fragte er.

Das Lächeln verschwand von ihren Lippen. »Das meine ich eben. Deshalb zweifle ich daran, daß wir Freunde sein können. Es läuft immer wieder darauf hinaus.«

Er lächelte sie an. »Ich kenne Sie«, entgegnete er leise. »Sie wollen es gar nicht anders haben. Es ist Ihre einzige Waffe. Es ist Ihre einzige Möglichkeit, es mit Männern aufnehmen zu können.«

Sie starrte ihn einen Augenblick an und setzte sich dann wieder an ihren Toilettentisch. Sie griff zu einer Puderdose und hielt sie ihm hin.

»Pudern Sie mir den Rücken«, bat sie. »Vielleicht sind Sie anders als alle die anderen. Sie sind klüger.«
Er sah einen Augenblick die Puderdose an und wandte sich dann ab. »Wenn wir Freunde sein wollen«, erklärte er, »pudern Sie sich den Rücken selber. Ich bin auch nur ein Mensch.«

Als sie aus dem Schlafzimmer trat, erhob er sich und stieß einen Pfiff zwischen den Zähnen hervor. Sie trug ein einfach geschnittenes schulterfreies Kleid aus Goldlamé, das sich ihrem Körper eng anschmiegte. Glatte Seidenstrümpfe und Goldschuhe. An den Ohren hatte sie kleine herzförmige goldene Ohrringe und um den Hals eine Kette aus Goldgeflecht mit einem einzelnen großen, topasähnlichen Stein. Ihr Haar war hellblond und hob sich schimmernd gegen das dunklere Gold ihres Kleides ab.
Sie lächelte. »Gefällt es Ihnen?«
Er nickte. »Fabelhaft!«
Sie holte seinen Mantel aus dem Schrank und warf sich eine helle Nerzstola um die Schultern.
»Bereit?« fragte er lächelnd. Ross würden die Augen heraustreten.
»Immer bereit«, antwortete sie.
Als sie zur Tür gingen, klingelte das Telefon. Er blieb stehen und sah sie an. »Wollen Sie denn nicht an den Apparat gehen?«
Sie sah ihn an. »Mein Kundendienst übernimmt das. Wahrscheinlich ein Kunde, der nicht weiß, daß ich mir einen freien Abend mache.«
Sie setzten sich in ein Taxi. Er nannte dem Fahrer die Adresse. Sie nahm seinen Arm, und der leichte Duft ihres Parfüms umwehte ihn.
»Was wünschen Sie sich eigentlich vom Leben, Maryann?« fragte er.
Die Dunkelheit verbarg ihm ihre Augen, als sie antwortete: »Alle stellen mir die gleiche Frage. Erwarten Sie die übliche Antwort oder die Wahrheit?«
»Die Wahrheit, wenn wir Freunde sein wollen.«
»Das gleiche wie alle anderen auch«, erwiderte sie. »Liebe. Ein Heim. Familie. Sicherheit. Ehe. Ich bin nicht anders als andere Frauen auch.«
Er zögerte. »Aber . . .« begann er.

Sie unterbrach ihn. »Ich bin eine Hure, wollten Sie sagen.« Sie hatte seine Gedanken genau erraten. Verlegen räusperte er sich.
»Das macht mich noch lange nicht zu einem Staatsbürger zweiter Klasse«, fuhr sie gelassen fort. »Ich empfinde genauso wie jede andere Frau. Ich blute ebensosehr, wenn ich mich schneide, und ich weine genauso, wenn mir etwas weh tut. Ich arbeite in meinem Beruf ebenso angestrengt wie andere in dem ihren. Es ist bestimmt schwieriger, eine tüchtige Hure zu sein als eine tüchtige Sekretärin oder Verkäuferin.«
»Warum haben Sie dann niemals etwas anderes versucht?«
»Woher wollen Sie wissen, was ich versucht habe?« entgegnete sie ruhig. »Warum sind Sie Anwalt und nicht Arzt? Weil Sie sich auf den Beruf des Anwalts am besten verstehen. Nun, ich bin eben darin am besten.«
»Ich bin auch Anwalt, weil es das ist, was ich sein möchte und wofür ich geboren bin.«
»Von Kollege zu Kollege« – sie lächelte –, »mein ganzes Leben hindurch habe ich mich dagegen gewehrt. Schon als junges Mädchen, als die Jungen hinter mir her waren, habe ich mich dagegen gewehrt. Jemand hat mir mal gesagt, dazu sei ich geboren. Ich habe ihm nicht geglaubt, und er hatte recht. Jetzt weiß ich es.«
Er nahm ihre Hand und streichelte sie zart. Plötzlich wurde ihm bewußt, daß er diese Frau sehr gern hatte. Sie besaß eine seltsame Aufrichtigkeit. »Ich hoffe, eines Tages bekommen Sie alles, was Sie sich wünschen.«

Im Restaurant wartete sie, während Vito Hut und Mantel an der Garderobe abgab. Dann näherten sie sich dem Tisch, an dem Ross Drego mit dem Rücken zu ihnen saß. Er schien sich angeregt mit einem dunkelhaarigen Mädchen neben ihm zu unterhalten.
Vito trat hinter ihn, seine Hand auf Maryanns Arm. »Ross«, sagte er.
Ross wandte sich rasch um und blickte lächelnd und mit lebhaften, dunklen Augen zu ihm auf. »Hank!«
»Ich möchte dir Maryann Flood vorstellen, Ross«, sagte Vito. »Maryann, das ist Ross Dre . . .« Seine Stimme brach abrupt ab.

Ross' Gesicht war weiß geworden. Einen Augenblick glaubte Vito, ihm würde übel, und es lag ein unerklärlicher Schmerz in seinem Gesicht. Nur Ross' Augen schienen noch lebendig – lebendig und von einem gierigen Verlangen erfüllt, das Vito nie zuvor in ihnen gesehen hatte. Schließlich öffnete Ross den Mund. Seine Stimme zitterte. »Marja!« brachte er mühsam hervor.

Vito sah Maryann an. Unter ihrem Make-up war ihr Gesicht bleich, aber sie war gefaßter als Ross. Sie streckte ihre Hand aus. »Ross!« rief sie leise. »Es ist lange her!«

»Sehr lange, Marja«, antwortete Ross und erhob sich verwirrt. »Nimm doch Platz, Hank.«

Sie setzten sich. »Wir sind zusammen aufgewachsen, Hank«, erklärte Ross, ohne seine Augen von Maryann abzuwenden. »Weißt du noch, was du mir am Telefon gesagt hast, Hank? Es gäbe kein zweites Mädchen wie sie in der ganzen Welt!«

Vito blickte die beiden abwechselnd an. Beide waren von der gleichen Vitalität erfüllt. Sie waren sich bei allen ihren Verschiedenheiten doch so ähnlich, daß man meinen konnte, sie wären aus der gleichen Form gegossen. Er legte seine Hand auf den Tisch und beugte sich vor. »Erzählt mir von früher«, sagte er.

4

Das dunkelhaarige Mädchen, das Ross mitgebracht hatte, war verärgert. Während des ganzen Essens hatte man sie so wenig beachtet, als wäre sie gar nicht anwesend. Ihr aber war es schließlich völlig gleichgültig, was Ross und Maryann vor Jahren getrieben hatten.

Hank Vito dagegen interessierte es sehr. Es sagte ihm so vieles über Ross und Maryann. Vieles, woran er herumgerätselt hatte. Schweigend registrierte er ihre Erinnerungen. Er war es gewohnt, sich aus Bruchstücken langsam ein Bild von Menschen zusammenzusetzen. In seinem Beruf kamen einem solche Informationen eines Tages recht gut zustatten.

Eines erkannte er sofort: jetzt mußte er warten, bis er bei Maryann an der Reihe war. Wenn es jemals etwas Unerledigtes zwi-

schen zwei Menschen gegeben hatte, dann zwischen diesen beiden. Er sah das dunkelhaarige Mädchen an und lächelte.
»Was meinen Sie, wollen wir nicht abschwirren und die beiden ihrer Wiedersehensfreude überlassen?«
Dankbar erwiderte das Mädchen sein Lächeln. »Nichts wäre mir lieber, Mr. Vito. Die Erinnerungen anderer Leute sind so langweilig.«
Vito fand das ganz und gar nicht, stand aber auf. »Dann gehen wir.«
Ross blickte zu ihm auf. »Aber wir haben doch unsere geschäftliche Angelegenheit noch gar nicht erörtert«, widersprach er.
Vito lächelte. »Komm gleich morgen früh in mein Büro.« Er streckte Maryann die Hand hin. »Gute Nacht, meine Freundin.«
Ihr Lächeln war strahlend und herzlich. »Gute Nacht, mein Anwalt.«
Ross sah ihnen nach und wandte sich dann an Maryann. »Setz dich neben mich.«
Schweigend nahm sie den Platz des Mädchens ein. Ross legte seine Hand auf die ihre.
»Noch etwas zu trinken?« fragte er.
Sie schüttelte den Kopf. »Nein, danke.«
»Ich nehme noch etwas.« Er machte dem Kellner ein Zeichen, und dieser brachte ihm noch einen Whisky. »Wie hast du Hank Vito kennengelernt?« fragte er.
Sie sah ihn an. »Ich hatte Unannehmlichkeiten und brauchte einen Anwalt.«
»Du hast dir den besten ausgesucht«, meinte Ross. »Er ist teuer, aber es gibt keinen besseren.«
»Manchmal ist auf lange Sicht der teuerste auch der billigste«, antwortete sie.
»Er ist auch mein Anwalt«, sagte Ross.
Fragend zog sie die Augenbrauen hoch.
»Ich arbeite für das Syndikat«, erklärte Ross. »Du weißt, was das ist?«
Sie nickte.
»Meine Hände sind allerdings sauber«, fügte er rasch hinzu. »Ich erledige die legitimen Geschäfte. Im Augenblick soll ich nach Los Angeles, um dort eine Baufirma zu gründen. Deswegen hatte ich heute abend noch mit Vito reden wollen.«

Sie antwortete nicht.
»Erinnerst du dich noch an Joker Martin?« fragte Ross.
Sie nickte.
»Er ist jetzt einer der Großen. Früher habe ich bei ihm mitgemacht, aber jetzt bin ich unabhängig. Ich habe die anderen davon überzeugen können, daß ich bessere Arbeit leiste, wenn ich auf mich allein gestellt bin.« Ross bot ihr eine Zigarette an und gab ihr Feuer. »Er war der einzige, der mir damals Arbeit gab, als mich mein Alter auf die Straße setzte und mir keinen Cent mehr gab.«
Sie sah ihm in die Augen. »Du bist ziemlich erfolgreich.«
Er nickte voller Zufriedenheit. »Das Geld liegt auf der Straße, Baby. Ich brauche es nur aufzuheben.«
»Wenn dich nicht die Armee holt«, meinte sie.
Er lachte auf. »Mich holt sie nicht.«
»Du bist deiner Sache sehr sicher.«
»Es ist einfach, sich um die Einberufung zu drücken, wenn man nur die richtigen Ärzte kennt«, erklärte er.
»Die können dir auch nicht helfen, wenn du erst einmal gemustert wirst«, entgegnete sie. »Alle Zeugnisse der Welt sind da umsonst.«
Er zupfte an seinem Ohrläppchen. »Ich bin eine Versicherung gegen die Einberufung eingegangen. Ein Loch in meinem Trommelfell, das mich zweitausendfünfhundert Dollar gekostet hat.«
Sie schüttelte den Kopf. »Du hast dich nicht im geringsten geändert, Ross. Noch immer weißt du für alles einen Ausweg.« Plötzlich war sie müde. Ross erinnerte sie an lang vergangene Zeiten und an Dinge, an die sie nicht mehr denken wollte. Sie griff nach ihrer Stola. »Es ist spät geworden, Ross. Ich glaube, ich gehe heim.«
»Ich bring dich nach Hause«, erwiderte er rasch. »Mein Wagen steht draußen.«

Sie nannte ihm ihre Adresse und lehnte sich im Wagen zurück, als er durch die Nacht jagte. Sie schloß die Augen und fühlte sich weit weg von den Menschen und den Orten, die sie kannte. Erst als der Wagen hielt, öffnete sie die Augen. Sie waren nicht vor ihrem Haus. »Ross!« rief sie scharf.

»Sieh doch mal, Baby«, sagte er und deutete durch das Wagenfenster. »Es ist so lange her.«
Sie wandte sich zum Fenster und blickte auf den Fluß hinaus, auf dem sich hier und dort Lichter spiegelten. Riverside Drive – wo sie so viele Male zusammen gewesen waren.
Sie fühlte seinen Arm auf der Lehne hinter ihr und sah ihn an. »Laß das sein, Ross. Es ist tatsächlich lange her. Man kann nicht mehr zurück. Bring mich nach Hause.«
Sie betrachtete seinen Mund und entdeckte jenen verdrießlichen Zug, dessen sie sich so gut entsann. Er startete den Wagen. Einige Minuten später waren sie vor ihrer Tür angelangt.
Ross sah sie an. »Du könntest mich zu einem Drink einladen«, meinte er. »Um der alten Zeiten willen.«
»Na gut«, antwortete sie widerstrebend. »Aber wirklich nur einen.«
Er folgte ihr in die Wohnung. »Auf dem kleinen Tisch steht alles«, sagte sie.
Sie legte seinen Mantel auf einen Stuhl und ging ins Schlafzimmer. Bald darauf kam sie zurück; sie trug nun ein grünes Hauskleid aus Samt.
Er blickte zu ihr auf und rief: »Du bist noch immer die Beste!«
»Danke«, antwortete sie abweisend.
Fragend furchte er die Stirn. »Was plagt dich, Baby? Bist du mir noch immer wegen der Sache damals böse?«
Sie schüttelte den Kopf. »Nein, nicht mehr, Ross. Seitdem ist mir so viel anderes zugestoßen. Wegen der alten Sache kann ich dir nicht böse sein.«
Er griff nach ihrem Arm, aber sie entzog sich ihm. »Was ist es dann? Ich habe noch immer das gleiche große Verlangen nach dir, ganz wie früher.«
Sie lächelte zurückhaltend. »Ich weiß. Das gleiche Verlangen wie nach allen anderen Mädchen.«
Er senkte die Stimme. »Bei dir ist es anders, Baby. Es ist immer anders gewesen.«
»Ach ja, Ross, ja.« Ihre Stimme klang spöttisch.
Er setzte sein Glas ab und trat mit ein paar raschen Schritten auf sie zu. Seine kräftigen Hände packten ihre Schultern, und er hielt sie fest. Furchtlos sah sie ihn an. »Du treibst immer noch das gleiche Spiel, nicht wahr, Baby?«

»Und du bist immer noch genauso unbeherrscht wie früher, nicht wahr, Ross?«
»Ich bin jetzt älter«, entgegnete er. »Jetzt wirst du mich nicht mehr so leicht los wie beim erstenmal.« Er zog sie an sich, und ihre Arme umschlangen seinen Nacken. Er lächelte. »So ist es schon besser, Baby.« Er beugte den Kopf herab, um sie zu küssen.
Ein jäher, betäubender Schmerz zuckte in seiner Schläfengegend auf. Mit einem Fluch stürzte er zu Boden und blickte zu ihr empor. Kaum hatte er sie losgelassen, war auch der Schmerz vergangen. Es blieb nur noch ein dumpfes Gefühl im Nacken.
»Du Luder!« stieß er hervor. »Was hast du gemacht?«
Sie lächelte auf ihn hinab. »Ich habe einen Freund bei der Polizei. Sie nennen es Schmerzpunkte. Judo.«
Er stand auf und griff nach seinem Glas. »Du hast dich nicht im geringsten verändert, was?«
Ohne zu antworten, drehte sie sich um und bereitete sich einen Drink zu. Er beobachtete sie. »Was ist das?« fragte er.
»Cassis und Soda.«
Er verzog das Gesicht. »Das schmeckt doch wie Medizin.«
»Ich mag es.«
Er blickte sich in der Wohnung um. »Du hast es hübsch hier.«
»Danke.«
»Du mußt gut dastehen.«
»Ich komme zurecht.«
»Was arbeitest du?« fragte er neugierig.
Sie starrte ihn einen Augenblick an. Das Telefon klingelte. Sie ging zum Apparat und nahm den Hörer ab. Mit einer Hand bedeckte sie die Muschel und blickte ihm in die Augen. »Ich bin eine Hure«, antwortete sie.
Er hatte das Gefühl, als könne er nicht mehr atmen. Wie aus weiter Ferne hörte er sie in den Apparat sagen: »Jetzt nicht, Liebling. Ich habe zu tun. Versuch es doch morgen.«
Sie legte den Hörer auf, ging durch das Zimmer und nahm seinen Mantel, den sie ihm hinhielt. »Würdest du jetzt bitte gehen, Ross? Ich bin müde.«
Er rührte sich nicht von der Stelle. Seine Blicke ruhten noch immer auf ihrem Gesicht. Er fuhr mit der Hand in die Tasche und holte ein Bündel Scheine hervor. Mit einer raschen Bewegung

warf er das Bündel in die Luft, so daß die Scheine um sie herum zu Boden flatterten. »Ich habe eben den Rest der Nacht gekauft«, sagte er.

Still lagen sie auf ihrem Bett. Durch die geschlossenen Fenster drangen die nächtlichen Geräusche der Stadt gedämpft bis zu ihnen. Ihre Zigarette glühte auf und warf ein sanftes rotes Licht auf ihr Gesicht.
Etwas schmerzte in ihm. Er berührte sie. Ihre Haut war zart und kühl. Er erinnerte sich an ihre Berührung und an die wilde Erregung, die sie in ihm ausgelöst hatte. »Marja«, flüsterte er.
Er spürte den leichten Druck ihrer Finger, mit dem sie ihm antwortete. »Marja«, flüsterte er leise, »hast du nichts empfunden? Überhaupt nichts?«
Ihre Stimme klang dumpf und belegt. »Gewiß, mein Liebling. Du bist wirklich ein Mann.«
»Das meine ich doch nicht, Marja!« Seine Stimme war nur noch ein schmerzliches Flüstern. Plötzlich zerbrach etwas in ihm, und er begann zu weinen. So vieles war verlorengegangen. Lautes Schluchzen erschütterte ihn.
Sie schlang ihre Arme um ihn und zog seinen Kopf an ihre Brust. »Schon gut, mein Junge, schon gut«, flüsterte sie beschwichtigend.

5

Der Geruch von gebratenem Speck drang ihm entgegen, als er noch warm von der Dusche aus dem Badezimmer trat. Er trocknete sich rasch ab, schlang sich das Tuch um die Hüften und ging in die Küche hinaus.
Maryann stand in einem einfachen Hauskleid an dem kleinen Herd und schlug gerade Eier in eine Pfanne. Sie streifte ihn mit einem raschen Blick. »Zieh dich an«, sagte sie. »Das Frühstück ist gleich fertig.«
Er starrte sie an. Ihre Augen waren klar, und sie verriet nicht die geringste Spur dieser langen, stürmischen Nacht. Sie war nicht geschminkt, und dennoch zeigte ihre Haut die gleiche gesunde

Frische wie immer. »Wozu?« fragte er. »Ich gehe nirgends hin.«
»Doch, du gehst«, sagte sie und deutete auf eine kleine Uhr über dem Herd. »Es ist fast Mittag. In diesem Hotel die Zeit, in der man sein Zimmer zu verlassen hat. Mach dich also fertig!«
Das Blut schoß ihm ins Gesicht. Es war fast so, als verspürte er die Scham, die sie hätte empfinden sollen. »Du gehst mit mir«, erwiderte er.
»Du bist verrückt«, antwortete sie ruhig. »Das kannst du dir gar nicht leisten.«
Er trat zu ihr und ergriff ihre Hand. »Marja«, sagte er fast flehend, »ist das alles, was ich für dich bin? Nur ein weiterer Mann?«
Ruhig begegnete sie seinem Blick. »Ich heiße Maryann. Marja gibt es schon lange nicht mehr, und für Maryann sind alle Männer gleich.«
Er senkte den Blick. »Ich möchte, daß es wie früher ist, Marja. Ich möchte, daß wir noch einmal von vorn anfangen. Du und ich. Ich bin jetzt erwachsen. Wir können so vieles miteinander erleben.«
»Was denn?« fragte sie spöttisch. »Heiraten?«
Wieder errötete er.
Sie gab ihm nicht die Zeit zu einer Antwort. »O nein. Ich bin mit dem zufrieden, was ich jetzt habe. Ich brauche mich an niemanden zu binden.« Sie ließ die Eier auf einen Teller gleiten. »Beeil dich lieber«, rief sie, »oder die Eier werden kalt.«
Hilfloser Zorn stieg in ihm auf. »Bestimmt würdest du anders reden, wenn es Mike wäre!« Nun schoß ihr das Blut ins Gesicht, und er wußte, daß er sie getroffen hatte. »Was hat dir denn dieser Trottel schon zu bieten? Er wird nichts weiter sein als ein kleiner Polizist, wenn er aus der Armee heraus ist.«
Ihre Stimme war leise. »Mike ist in der Armee?«
»Ja«, antwortete er. »Bei der aktiven Truppe.«
»Ist er in Übersee?«
»Woher soll ich denn das wissen?« knurrte er. »Ich habe Wichtigeres zu tun, als mich über ihn auf dem laufenden zu halten!« Er ging ins Schlafzimmer zurück. »Vielleicht möchtest du, daß ich ihn dir suche«, rief er bösartig über seine Schulter hinweg. »Ich werde ihm sagen, daß du für Soldaten einen besonderen Tarif hast!«

Joker Martin betrat das Restaurant und ging an Vitos Tisch. Vito blickte zu ihm auf und machte dem Kellner ein Zeichen. »Du siehst besorgt aus, Joker«, sagte er.
»Ich mache mir auch Sorgen«, antwortete Joker. »Ich kann Ross nicht dazu bewegen, im Westen zu bleiben. Jeden zweiten Monat kommt er zurück. Jetzt habe ich schon wieder ein Telegramm von ihm. Er ist bereits unterwegs hierher.«
Vito bestellte zwei Cocktails. »Wie wär's, wenn du dir einen anderen suchtest?« fragte er.
Joker starrte die Tischplatte an. »Auch darüber habe ich nachgedacht, aber wen könnte ich nehmen? Die Leute dort drüben mögen Ross. Seine Familie ist eine großartige Tarnung. Außerdem gibt es keinen anderen, der so geschickt ist wie er. Und wenn man einen fände, so kann man ihm nicht über den Weg trauen.«
Vito kritzelte nachdenklich mit einem Bleistift auf dem Tischtuch herum. »So geht es also jetzt seit rund fünf Monaten?«
Joker nickte.
Vito warf den Bleistift hin. »Es ist diese Frau«, erklärte er.
Lauernd sah Joker ihn an. »Was für eine Frau?«
»Maryann«, antwortete Vito. »Sie hat mir gesagt, Ross sei hinter ihr her und verlange von ihr, daß sie mit ihm nach dem Westen gehe. Aber sie will nicht.«
»Maryann?« fragte Joker verwundert. »Wer ist das? Will Ross sie heiraten?«
Vito schüttelte den Kopf. »Nein, er will sie nicht heiraten. Jedenfalls hat sie niemals etwas davon gesagt. Er will sie nur für sich haben, das ist alles.« Er lachte auf. »Ich kann es ihm nicht verdenken. Ich war selber einmal fast soweit.«
»Ross hat mir nie von einer Frau erzählt«, sagte Joker. »Was für ein Mädchen ist sie denn?«
Vito sah ihn an. »Sie ist eine besondere Art von Hure. Dazu geboren. Eine Hure mit Moralgesetzen!«
»Eine Hure mit Moral gibt es nicht«, entgegnete Joker. »Die einzige Sprache, die diese Sorte von Menschen versteht, ist das Geld.«
»Du kennst Maryann nicht«, erwiderte Vito. »Du kannst ihre Zeit kaufen, aber nicht sie.«
»Maryann«, wiederholte Joker leise. »Ein seltsamer Name für eine Hure.«

»Maryann Flood«, sagte Vito.

Jokers Gesicht war plötzlich gerötet, und er wirkte erregt. »Eine Blondine mit großen braunen Augen, die durch einen hindurchsehen?«

»Ja«, antwortete Vito gespannt, »kennst du sie?«

Joker antwortete nicht. Leise schlug er mit der Faust auf den Tisch. »Dieser Schweinehund!« fluchte er. »Dieser gemeine Lump!«

»Was ist in dich gefahren?« fragte Vito. »Was erregt dich so?«

Joker griff zu seinem Glas und nahm einen großen Schluck. »Das hätte ich mir denken können. Marja Flood!«

»So nennt Ross sie auch«, rief Vito verwundert. »Du kennst sie also?«

Joker nickte. »Und ob ich sie kenne. Sie hat im *Golden Glow* für mich gearbeitet. Fast hätte ich damals meine Konzession verloren, weil ich sie einstellte. Sie war noch minderjährig.«

»Ach«, sagte Vito.

»Dann wurde sie in eine Anstalt gesteckt, weil sie mit einem Küchenmesser auf ihren Stiefvater losgegangen war. Ich habe noch einmal von ihr gehört, als sie herauskam, habe dann aber jede Spur verloren«, fuhr Joker fort. Er machte dem Kellner ein Zeichen, ihm noch etwas zu trinken zu bringen. »Ross hatte stets eine Schwäche für dieses Mädchen, aber sie mochte ihn nicht. Da war noch ein anderer, ein Freund von Ross. Das war ihr Freund.«

»Und was dann?«

»Sie kam in diese Anstalt, wie ich schon sagte«, erzählte Joker. »Was danach geschehen ist, weiß ich nicht.«

Vito war zu sehr Jurist, als daß er sich mit halben Sachen abfinden konnte. »Ich meine diesen jungen Mann, mit dem Ross befreundet war. Was ist aus ihm geworden?«

»Er ist zur Polizei gegangen, jetzt ist er Soldat. Ross hat es einmal erwähnt, bevor er nach Westen fuhr.« Joker nahm nachdenklich einen Schluck. »Schon als Kind war sie ein tolles Weib. Schon damals machte sie alle Männer verrückt. Ist sie immer noch so?«

Vito lachte auf.

Joker hob eine Hand. »Du brauchst mir nichts zu sagen, ich weiß

Bescheid.« Er zündete sich eine Zigarette an, und Vito bemerkte, daß seine Hände zitterten. »Ich hatte selber große Pläne mit diesem Mädchen«, erklärte Joker.

Das Klingeln des Telefons drang gedämpft bis in ihren Schlaf. Sie drehte sich auf dem Bett herum und drückte ihr Gesicht ins Kissen. Das Klingeln hörte jedoch nicht auf. Widerstrebend erwachte sie. Nur in besonderen Fällen ließ der Kundendienst das Telefon klingeln. Sie griff zum Hörer. »Hallo«, sagte sie.
»Maryann?« fragte eine vorsichtige Stimme. »Hier ist Frank.«
Jetzt war sie hellwach. Es war Frank Millersen, Detektivleutnant Millersen. »Wieder etwas Unangenehmes, Frank?« fragte sie und sah auf die Uhr. Es war fast zehn Uhr morgens. Seit sie damals wegen schweren Diebstahls unter Anklage gestellt worden war, hatte er nicht mehr angerufen.
»Nein.« Die vorsichtige Stimme lachte leise auf. »Mit dir hat es nichts zu tun.«
Sie seufzte erleichtert auf. Es war lange her, seit Millersen sie verhaftet hatte. Damals war sie noch sehr unerfahren gewesen. Dreißig Tage hatte sie sitzen müssen, hatte sich aber mit ihm angefreundet. »Was ist los?« fragte sie, und ihre Stimme klang belegt. »Willst du zu mir kommen?«
Wieder lachte die Stimme auf. »Nein, danke, Maryann. Das kann ich mir mit dem Gehalt eines Polizeibeamten nicht leisten.«
»Du weißt genau, Frank, bei dir spielt Geld keine Rolle«, entgegnete sie. »Ich mag dich.«
»Verführ mich nicht, Maryann«, rief er lachend. »Ich habe dich nur angerufen, um dir zu sagen, daß ich den ehemaligen Polizisten gefunden habe, nach dem du mich vor einigen Monaten gefragt hast. Ich meine den, der zur Armee gegangen ist. Mike Keyes, der Bruder deiner Freundin.«
Jäh durchrieselte sie die Erregung. Sie hatte Millersen damals sofort angerufen, nachdem sie Ross verlassen hatte, und ihm das erste beste erzählt, was ihr einfiel. »Ach was!« rief sie und versuchte, ihre Stimme zu beherrschen. »Wo ist er denn?«
»Im Lazarett von St. Alban«, antwortete er. »Seit drei Wochen.«
Gegen ihren Willen schlug die Sorge in ihrer Stimme durch. »Er ist verletzt?«

»Ja. Aber nach allem, was ich gehört habe, nicht so schlimm. Morgen früh erhält er einen Urlaubsschein für das Wochenende. Wenn deine Freundin ihn sehen will, sollte sie am besten noch vor acht Uhr dort erscheinen. Sonst ist es zu spät. Du weißt doch, wie die Soldaten sind.« Millersen lachte wieder in sich hinein. »Der letzte Mensch, nach dem sie Ausschau halten, ist die eigene Schwester.«

»Vielen Dank, Frank«, sagte sie und legte den Hörer auf. Sie griff nach einer Zigarette und zündete sie nachdenklich an. Im blauen Rauch sah sie Mikes Gesicht vor sich. Und sie entsann sich auch des Schmerzes in seinen Augen, als sie ihn das letztemal gesehen hatte.

Sie fragte sich, was er wohl während seines Wochenendurlaubs unternehmen würde. Seine Eltern waren in Kalifornien. Das hatte man ihr erzählt, als sie in dem Haus anrief, in dem Mike gewohnt hatte. Sie fragte sich auch, ob er wohl eine Freundin hatte, die er aufsuchen würde. Dieser Gedanke schmerzte sie. Wahrscheinlich dachte er überhaupt nicht mehr an sie. Langsam zerdrückte sie die Zigarette im Aschenbecher. Sie bedauerte, jemals dem Impuls nachgegeben zu haben, Frank darum zu bitten, Mike für sie ausfindig zu machen.

Sie parkte ihren Wagen auf der anderen Straßenseite, dem Tor des Lazaretts gegenüber. Drei große Autobusse, die die Soldaten in die Stadt bringen sollten, standen an der Ecke. Sie warf einen Blick auf ihre Uhr. Es war halb acht. Sie fröstelte leicht und zündete sich eine Zigarette an. Es war lange her, seit sie so früh aufgestanden war.

Nach einer Weile kam sie sich ein wenig töricht vor. Es war doch dumm, mitten in der Nacht aufzustehen und so weit zu fahren, nur um ihn einmal zu sehen. Sie wollte nicht mit ihm reden, ihn nicht anrühren. Sie wollte ihn nur ein paar Schritte gehen und in den Bus steigen sehen. Er würde nicht einmal wissen, daß sie da war.

Sie war bereits bei der dritten Zigarette angelangt, als die erste Gruppe von Soldaten herauskam. Plötzliche Angst befiel sie. Sie ähnelten einander in ihren Uniformen so sehr. Ob sie ihn wohl erkennen würde? Vielleicht hatte er sich verändert.

Erregt musterte sie die Gesichter der Soldaten. Der erste Bus war

nun besetzt. Er fuhr ab, und der zweite Bus rückte an seine Stelle. Das rauhe Lachen der Männer drang bis zu ihr.
Auch der zweite Bus fuhr davon, und der letzte Bus rückte nach. Nervös blickte sie auf die Uhr. Es war viertel vor neun. Millersen hatte sich geirrt. Mike würde nicht kommen. Es erschienen nur noch wenige Soldaten. Der erste Ansturm war vorbei.
Rasch musterte sie jedes Gesicht. Vielleicht hatte sie ihn in der Menge, die zu den ersten Bussen drängte, übersehen. Sie zerdrückte ihre Zigarette in dem Aschenbecher am Armaturenbrett und drehte den Zündschlüssel herum. Der Motor sprang an. Der letzte Bus fuhr vor ihr auf die Straße hinaus.
Sie legte den Gang ein und fuhr an. Einem plötzlichen Einfall folgend, sah sie noch einmal über die Straße zurück. In diesem Augenblick trat er aus dem Tor. Automatisch bremste sie und starrte ihn an.
Er war mager, entsetzlich mager; seine Backenknochen zeichneten sich deutlich ab, und seine Augen lagen tief in den Höhlen. Er ging mit einem leichten Hinken. Als er den Bus um die Ecke herum verschwinden sah, blieb er stehen, und sie sah ihn in einer ihr so vertrauten Geste der Enttäuschung mit den Fingern schnipsen. Fast hörte sie sein »Verdammt!«
Langsam nahm er die kleine Leinwandtasche von der rechten in die linke Hand. Er zündete ein Streichholz an, hielt es an eine Zigarette, warf das Streichholz in den Rinnstein und begann die Straße entlangzugehen.
Wie gelähmt saß sie da und blickte ihm nach. In der Uniform wirkte er so fremd, und dennoch hatte sie den Eindruck, als habe er sie schon immer getragen. Alles an ihm war ihr so vertraut. Als sie aus dem Wagen stieg, hatte sie fast das Gefühl, als werde sie von einem Magneten angezogen. Sie konnte nicht anders, sie mußte hinter ihm herlaufen.
Sie streckte die Hand aus und bedeckte die seine am Riemen der Tasche. Das Blut pochte dermaßen in ihren Ohren, daß sie ihre eigene Stimme kaum hörte. »Darf ich deine Tasche tragen, Soldat?«
Langsam wandte er sich zu ihr um. Ihr Blick verschleierte sich, und sie konnte sein Gesicht nicht mehr klar erkennen. War ihm das alles peinlich? Ängstlich begann sie wieder zu reden. »Darf ich deine Tasche tragen?« wiederholte sie.

Die Zigarette, die er im Mundwinkel gehalten hatte, fiel heraus. Sie rollte langsam über seinen Jackenaufschlag und fiel zwischen ihnen auf das Trottoir. Zitternd stand sie da und wartete darauf, daß er etwas sagte.
Seine Lippen bewegten sich, aber es kam kein Laut. Sein Gesicht wurde blaß, und er schien zu schwanken. Sie streckte eine Hand aus, um ihn zu stützen. Dann war es, als loderte ein Feuer zwischen ihnen auf, denn sie lag in seinen Armen und küßte seinen Mund.

Sie drehte den Schlüssel im Schloß herum, drückte die Tür auf und sah ihn im Halbdunkel des Hausflurs an. »Wir sind zu Hause, Mike«, sagte sie.
Er trat ins Zimmer, wandte sich um und sah sie an. Sie hatte ihm schon alles erklärt und ihm von dem Freund erzählt, der ihn für sie gesucht hatte.
Sie schloß die Tür hinter sich, und plötzliche Scheu befiel sie. »Setz dich und ruh dich aus«, sagte sie. »Ich mache dir etwas zu trinken zurecht.« Sie ging zum kleinen Tisch hinüber. »Was willst du haben?«
»Gin auf Eis«, antwortete er, und seine Blicke folgten ihr unbeirrbar.
Rasch schenkte sie ein und reichte ihm das Glas. Sie nahm ihm die Mütze ab und betrachtete sein Gesicht. »Du hast dich verändert, Mike.«
Er lächelte. »Ich bin jetzt ein Mann, Marja. Ich konnte doch nicht ewig ein Junge bleiben. Das hast du mir einmal gesagt. Erinnerst du dich?«
Sie nickte.
Er hob sein Glas. »Auf die Kinder, die wir einmal waren!«
»Ach, Mike!« Der Schmerz belegte ihre Stimme. »Wir wollen nicht an gestern denken. Tun wir so, als ob die Vergangenheit vergessen wäre und eine helle Zukunft vor uns läge.«
Es zuckte um seinen Mund. »Es ist ziemlich schwierig, so zu tun, Marja. Zuviel geschieht rings um uns herum.«
»Dann wenigstens für die paar Tage, Mike. Bitte!«
Er setzte sein Glas ab und streckte seine Arme nach ihr aus. Schnell drängte sie sich an ihn. Er drückte ihr Gesicht an seine Brust. »Ich brauche mir nichts vorzumachen, Marja. Ich habe

mir nichts mehr gewünscht, als dich wiederzusehen und mit dir zusammen zu sein.«
Das Telefon klingelte, und er ließ sie los.
Sie schüttelte den Kopf. »Ich will mich nicht melden.«
»Es könnte aber wichtig sein«, meinte er.
»Das einzig Wichtige während dieses Wochenendes sind wir beide«, antwortete sie.
Als das Telefon zu klingeln aufhörte, wählte sie eine Nummer. »Hier spricht Miß Flood. Ich verreise über das Wochenende. Würden Sie bitte alle Mitteilungen entgegennehmen und es allen ausrichten, die mich sprechen wollen.«
Er betrachtete sie, als sie den Hörer auflegte. »Du mußt eine recht gute Stellung haben, um dir eine solche Wohnung leisten zu können.«
Sie lächelte. »Ich hatte Glück.«
Fast stolz sah er sie an. »Du mußt auch auf Draht sein. Das alles schafft man nicht, wenn man nicht auf Draht ist.«
Sie fühlte sich plötzlich gewarnt und forschte in seinem Gesicht nach verborgenen Andeutungen. »Ich möchte aber nicht fachsimpeln«, erklärte sie dann. »Davon habe ich die ganze Woche mehr als genug. Dieses Wochenende gehört mir.«

Es war fast Mitternacht, als sie vom Abendessen heimkehrten. Sie lachten noch immer über etwas, das er im Taxi erzählt hatte. Aber sein Gesicht wirkte, wie sie bemerkte, erschöpft und eingefallen.
»Es war alles so herrlich«, rief sie, »und dabei habe ich völlig vergessen, daß du gerade erst aus dem Lazarett kommst.«
»Ich fühle mich aber wohl«, erwiderte er.
»Nein, das stimmt nicht«, behauptete sie und ging ins Schlafzimmer hinüber. »Ich mache das Bett zurecht und lasse dir ein Bad ein. Du gehst sofort schlafen.«
»Aber Marja«, widersprach er, »du behandelst mich, als wäre ich ein kleines Kind.«
»Für dieses Wochenende«, erklärte sie und lächelte ihn an, »bist du auch nichts anderes. Mein Baby.«
Rasch schlug sie die Decken auf dem Bett zurück, ging ins Badezimmer und drehte das heiße Wasser auf. Als sie ins Schlafzimmer zurückkam, stand er in der Tür und sah sie an.

»Du brauchst mir dein Bett nicht abzutreten«, erklärte er. »Ich kann doch auf der Couch schlafen.«
Sie fühlte, wie ihr die Glut ins Gesicht stieg. Sie ging auf ihn zu und schlang ihre Arme um seinen Nacken. »Mike«, flüsterte sie, »du bist ein solcher Dummkopf.« Sie küßte ihn.
Er stand einen Augenblick ganz still, dann schlossen sich seine Arme um sie, bis sie kaum noch atmen konnte. Vor ihren Augen tanzten Lichter, und das Zimmer schien mit ihr zusammen in einen Wirbel gerissen. Sie schloß die Augen. Niemals zuvor war es so gewesen. Niemals. Das galt ihr. Endlich empfand sie wirklich etwas, als wäre nun erst ihre Lebenskraft erwacht.
»Mike!« stieß sie hervor. »Mike, ich liebe dich!«

Still lag sie im Bett und betrachtete ihn im Schlaf. Das graue Licht des Morgens sickerte durch die heruntergelassenen Jalousien herein. Ein verirrter Sonnenstrahl fiel auf seinen Mund. Er schien zu lächeln. Sie legte den Kopf aufs Kissen zurück und wagte aus Angst, ihn zu wecken, kaum zu atmen. Das Wochenende war so schnell zu einem Gestern geworden. Sie schloß die Augen, um sich alles wieder zu vergegenwärtigen.
»Wir könnten heiraten, bevor ich mich zurückmelden muß«, sagte er leise.
Überrascht öffnete sie die Augen. »Ich dachte, du schliefest noch.«
»Wir haben Zeit genug. Ich brauche mich erst am Mittag zurückzumelden.« Er blickte ihr fest in die Augen.
Aber sie antwortete ihm nicht.
»Was ist, Marja?«
Sie schüttelte den Kopf. »Nichts.«
»Aber etwas stimmt doch nicht«, fuhr er fort. »Das fühle ich, seit ich dich gestern zum erstenmal gefragt habe. Willst du mich nicht heiraten?«
Sie wandte ihm ihr Gesicht zu. »Das brauche ich dir doch nicht erst zu sagen.«
»Was ist dann der Grund?« fragte er.
»Mike«, flüsterte sie, »frag mich nicht. Bitte mich nicht mehr darum.«
»Aber ich liebe dich doch. Ich will dich immer bei mir haben. Liegt es an deinem Beruf? An dem Geld, das du verdienst?«

Sie schüttelte den Kopf.
»Wenn ich entlassen werde, studiere ich Jura«, erklärte er. »Anwälte verdienen ganz gut.«
»Nein, Mike. Nein.«
Er zog sie an sich und küßte sie. »Wenn du vor irgend etwas Angst hast, dann sag es mir. Nichts, was du tust oder jemals getan hast, kann uns trennen. Dazu liebe ich dich zu sehr.«
Sie blickte in seine Augen. »Meinst du das wirklich?« flüsterte sie.
Er nickte.
»Das hat mir schon mal jemand gesagt, aber er hat es nicht gemeint.«
»Er hat dich nicht so geliebt wie ich«, entgegnete er. »Niemand hat dich je so geliebt, und niemand wird es je können.«
Sie seufzte auf. »Ich möchte es zu gern glauben. Vielleicht eines Tages . . .«
»Heirate mich, dann wirst du schon sehen«, rief er lächelnd.
Es klingelte an der Haustür, und er sah sie an. »Erwartest du jemand?«
Sie schüttelte den Kopf, als es erneut klingelte. »Wahrscheinlich der Milchmann. Er wird weggehen.«
Aber es hörte nicht auf zu klingeln. »Vielleicht siehst du doch besser nach«, meinte er.
»Na schön«, sagte sie und griff nach ihrem Morgenmantel. Sie schlüpfte hinein, ging ins andere Zimmer und schloß die Tür hinter sich.
Sie öffnete die Tür zum Hausflur. »Bitte?« fragte sie.
»Ich habe doch gewußt, daß du zu Hause bist«, sagte Ross, »obwohl du das ganze Wochenende hindurch nicht ans Telefon gegangen bist.«
Sie stellte den Fuß hinter die Tür. »Du kannst nicht hereinkommen«, flüsterte sie. »Ich habe dir doch gesagt, du sollst nie kommen, wenn wir es nicht ausgemacht haben.«
Er sah sie vorwurfsvoll an. »Wie soll ich es denn mit dir ausmachen können, wenn du nicht ans Telefon gehst?«
»Komm heute nachmittag wieder«, bat sie und wollte die Tür schließen.
Er stieß sie auf, und sie taumelte zurück. Er betrat die Wohnung. Sie merkte, daß er getrunken hatte. »Heute nachmittag komme

ich nicht wieder her«, erwiderte er. »Ich fahre nach Kalifornien, um dort zu bleiben, und du kommst mit!«
»Du bist verrückt, Ross!« rief sie wütend. »Ich fahre nirgendwo mit dir hin!«
Er packte ihren Arm. »Du kommst mit!« brüllte er.
Die Tür zum Schlafzimmer öffnete sich, und Mike stand da. Im ersten Augenblick erkannte er Ross nicht. »Brauchst du Hilfe, Marja?« fragte er.
Ross erkannte ihn sofort. »Mike!« brüllte er. Dann brach er in Lachen aus.
Mike war verwirrt. »Was ist denn mit ihm los?«
»Er ist betrunken.«
Ross schwankte auf Mike zu. »Mein guter alter Freund!« rief er. »Kannst du nicht diesem verrückten Weibsstück sagen, daß sie lieber mit mir nach Kalifornien fahren soll, als hier auf den Strich zu gehen?«
Mikes Stimme war eisig. »Halt den Mund, Ross! So kannst du nicht von Marja reden.«
Ross hielt inne. Er sah erst sie und dann ihn an. Langsam begann er zu begreifen und schien plötzlich nüchtern zu werden. »Deshalb bist du also das ganze Wochenende über nicht ans Telefon gegangen.«
Sie antwortete ihm nicht.
»Du hast dich mit ihm eingesperrt.«
Noch immer sagte sie nichts.
Er wandte sich an Mike. »Ich hoffe, daß sie dir einen besseren Tarif eingeräumt hat als mir. Hundert Dollar die Nacht wäre eine Menge Geld für einen Soldaten. Selbst wenn sie zum Frühstück Eier mit Speck serviert.«
Mike starrte sie an. Ihr Gesicht war weiß.
Ross sah die Frage in Mikes Augen. »Hat sie es dir etwa nicht gesagt?« rief er spöttisch und wandte sich an sie. »Das ist aber nicht anständig von dir, Baby. Bis zur letzten Minute mit der Rechnung zu warten. Vielleicht hat er gar nicht soviel bei sich.« Er holte ein Bündel Geldscheine aus der Tasche und zählte ein paar Noten ab.
»Hier, Marja. Dafür komme ich auf.«
Sie rührte sich nicht, sondern starrte nur Ross an.
Ross wandte sich wieder an Mike. »Komm, Kamerad, nimm das

Geld. Ich habe dir eben ein Wochenende mit der besten Hure von New York gekauft. Ich habe schon immer etwas für das Militär tun wollen.«
Mike sah sie unverwandt an. »Das ist doch nicht wahr«, stieß er rauh hervor. »Sag mir, daß es nicht wahr ist.«
Marja antwortete ihm nicht, aber Ross mischte sich ein: »Sei kein Idiot, Mike. Ich habe es nicht nötig zu lügen.«
»Du hast gesagt, daß du mich liebst«, stieß Mike hervor.
Sie schwieg noch immer.
Ross' Stimme klang brutal und spöttisch. »Und hat sie dir auch gesagt, wie schön du bist, als sie dich umarmte? Und hat sie dich auch aufgefordert, dir noch mehr zu holen, als du sie küßtest? Und als sie dir dann alles gab, hat sie da auch . . .«
Mike stieß einen tierischen Laut aus, als er sich auf Ross stürzte. Zu spät sah er etwas in Ross' Hand aufblitzen. Er verspürte einen heftigen Schmerz am Kopf und taumelte zu Boden. Er versuchte auf die Beine zu kommen, aber ein neuer, betäubender Schmerz hinter seinem Ohr ließ ihn in Bewußtlosigkeit sinken.
Ross stand schwer keuchend über ihn gebeugt. Seine Augen funkelten vor Haß, und der kleine Totschläger schwang noch immer in seiner Hand hin und her. Dann versetzte er Mike einen gemeinen Schlag quer über das Gesicht. »Das war ich dir schon seit langem schuldig«, rief er. Dann verlor er alle Beherrschung.
»Hör auf, Ross, hör auf!« schrie sie und klammerte sich an ihn. »Du bringst ihn um!«
»Genau das will ich!« brüllte er wie von Sinnen. Wieder hob er den Arm. »Seit langem schon!«
Plötzlich hielt er inne, den Arm noch zum Schlag erhoben. Er schüttelte den Kopf, als bemühte er sich, wieder klar zu denken. »Was hast du eben gesagt?«
»Ich komme mit dir, wenn du aufhörst.« Ihre Stimme klang nun deutlicher.
Langsam ließ er die Hand sinken. Er betrachtete den Totschläger in seiner Hand, als sei er überrascht, ihn dort zu sehen. Er ließ ihn in seine Tasche gleiten. Seine Augen waren klar, und seine Stimme war so ruhig, als sei nichts geschehen. »Pack deine Sachen«, sagte er leise.
Sie rührte sich nicht, sondern blickte auf Mike hinab.

Er folgte ihrem Blick. »Mein Gott! Der sieht ja schlimm aus!« Seine Stimme klang leicht verwundert. Er beugte sich nieder und schob einen Arm unter Mikes Schultern. »Ich lege ihn aufs Bett und wasche ihm das Blut ab. Du kannst inzwischen deine Sachen packen.«

Es war fast dunkel, als Mike die Augen öffnete. Er spürte einen dumpfen, pochenden Schmerz im Nasenrücken und unterdrückte ein Stöhnen. »Marja!« rief er.
Keine Antwort.
Nur mühsam kehrte die Erinnerung zurück. Steif und zerschlagen erhob er sich vom Bett. Ein Schwindelanfall erfaßte ihn. Er hielt sich an einem Stuhl fest, bis er ihn überwunden hatte, und taumelte dann ins Badezimmer. In der Dunkelheit drehte er das kalte Wasser auf und trank in durstigen Zügen vom Hahn. Endlich war die Trockenheit in seiner Kehle verschwunden.
Er richtete sich auf und schaltete das Licht ein. Ein fremdes Gesicht starrte ihn aus dem Spiegel über dem Waschbecken an. Die Backenknochen waren geschwollen und wund, die Nase eingeschlagen und die Lippen aufgeplatzt und blutig. Vor allem aber hatten sich seine Augen verändert. Sie lagen tief in ihren Höhlen, von einem Schmerz erfüllt, der keinen körperlichen Ursprung hatte. Langsam schloß er sie, dann öffnete er sie rasch, um festzustellen, ob dieser Ausdruck verschwand. Aber er blieb. Er war nicht auszulöschen. Er würde immer da sein.

6

Die helle Sonne Kaliforniens begann hinter den blauschwarzen Konturen der Berge zu versinken, als der große, grauhaarige Mann die Stufen zum Haus hinaufging und auf die Klingel drückte.
Vom Schwimmbecken her hörte er das Lachen eines Kindes und die besorgten warnenden Worte eines schwarzen Kindermädchens, das wachsam um das Schwimmbecken herumging. Er nickte zufrieden, als sich die Tür öffnete.
Ein alter farbiger Diener sah ihn an, und ein höfliches Lächeln

des Erkennens breitete sich auf seinem Gesicht aus. »Treten Sie ein, Mr. Martin«, sagte er mit tiefer, dunkler Stimme. »Ich gebe Mrs. Drego gleich Bescheid, daß Sie da sind.«

Joker Martin folgte dem Alten in den großen Wohnraum und trat an das Panoramafenster, von dem aus man das Schwimmbecken sehen konnte. Er beobachtete, wie das kleine Mädchen mit dem schimmernden goldenen Haar aus dem Wasser kletterte. Rasch hüllte das Kindermädchen das Kind in ein großes Badetuch und begann es abzutrocknen.

Das Kind, dachte er, ähnelt seiner Mutter. Nichts von Ross war in ihm. Es war schon seltsam, daß ein so vitaler Mensch wie Ross in seinem Kind nicht die geringste Spur hinterließ. Ein leichtes Lächeln spielte über seine Lippen hin. War denn Michelle wirklich Ross' Kind? Nur Marja vermochte darauf zu antworten, und er war klug genug, sie nicht zu fragen. Er dachte, daß wohl auch Ross eine solche Frage nicht stellte. Joker Martin war überzeugt, daß Marja, falls Ross jemals fragen sollte, ihm die Wahrheit sagen würde, selbst wenn ihm diese Wahrheit nicht gefiele.

Er hörte Schritte hinter sich und drehte sich um. Immer wenn er sie sah, verspürte er eine leichte Unruhe. Es lag in ihr etwas so Natürliches und Lebendiges, es ging eine solche Kraft von ihr aus, daß man fast das Gefühl einer körperlichen Berührung hatte. Nun verschwand das Lächeln von seinen Lippen, und er streckte die Hand aus. »Maryann«, sagte er.

Sie ergriff sie. Ihr Händedruck war warm und fest. Ihre gleichmäßigen weißen Zähne schimmerten auf.

»Joker«, rief sie, »es ist lange her, seit wir uns das letztemal sahen.«

Er nickte. »Vier Jahre.« Er machte ein Zeichen zum Fenster hin. »Michelle war damals erst zwei Jahre alt. Sie ist jetzt ein großes Mädchen.«

Maryann lächelte. »Sechs Jahre.«

»Sie ist ganz die Mutter und wird eines Tages die Herzen der Männer brechen«, sagte Joker Martin lachend.

Ein seltsamer Ausdruck glitt über Maryanns Gesicht hin. »Das hoffe ich nicht«, erwiderte sie heftig.

Joker Martin holte seine Zigaretten hervor. »Sie haben dabei nicht schlecht abgeschnitten.«

Ein Schatten verdunkelte ihre Augen. »Es kommt ganz darauf an, wie man es betrachtet, Joker. Jeder sucht etwas anderes.«
»Richtig«, antwortete er.
Sie zog an der Klingelschnur neben dem Fenster. »Darf ich Ihnen etwas zu trinken bringen lassen, während Sie warten, Joker? Ross wird erst in etwa einer Stunde nach Hause kommen.«
»Danke, gern, ich kann was brauchen.«
Sie sah ihn scharf an. »Ist etwas geschehen?«
Seine Augen blickten listig. »Es kommt ganz darauf an, wie man es betrachtet, Maryann.« Er zündete sich eine Zigarette an. »Diesmal bin ich nicht gekommen, um mit Ross zu sprechen. Ich habe mit Ihnen zu reden.«
Ihr Gesicht war undurchdringlich. »Ja?« Sie hatte gerade das richtige Maß höflicher Neugier in ihre Stimme gelegt.
Der alte Diener trat ein. »Bitte, Mrs. Drego?«
Maryann wandte sich nach ihm um. »Bringen Sie Mr. Martin einen Whisky.«
Der Alte drehte sich um und verschwand, während Joker ihm nachblickte. »Wie ich sehe, haben Sie noch immer den gleichen Mann.«
Sie nickte. »Ich wüßte wirklich nicht, wie ich jemals ohne Tom auskommen sollte. Er ist für mich ein wirklicher Freund geworden.«
»Hat er nicht früher bei diesem Millionär gearbeitet, der bei einem Flugzeugunglück ums Leben gekommen ist? Wie hieß er doch noch?«
»Gordon Paynter«, antwortete sie. »Als ich davon hörte, bin ich hingefahren und habe Tom aufgesucht. Ich hatte Glück, daß er sich bereit erklärte, zu mir zu kommen. Gordon hat ihm ziemlich viel hinterlassen.«
»Dann haben Sie Paynter gekannt?« Seine Stimme klang erstaunt.
»Ich habe ihn gekannt«, antwortete sie kühl. »Wir hätten fast geheiratet.«
Tom kam mit Whisky, Gläsern und Eis zurück. »Soll ich einschenken, Ma'am?« fragte er.
Maryann nickte. Sie schwiegen, bis Tom ihnen die Gläser gereicht und das Zimmer verlassen hatte. Dann hob Joker Martin sein Glas. »Auf Ihre Gesundheit.«

»Danke«, erwiderte sie höflich. Sie setzte sich in einen Sessel dem Kamin gegenüber und sah ihn gespannt an. Sie hatte etwas an sich, das ihn an eine Katze erinnerte. Vielleicht war es der Schnitt ihrer Augen oder die Art und Weise, in der sie dasaß, gespannt und wachsam.

»Haben Sie in letzter Zeit irgendwelche Veränderungen an Ross bemerkt?« fragte er plötzlich.

Der Ausdruck ihrer Augen blieb fast der gleiche. Es lag in ihnen eine Abwehr, die er vorher nicht bemerkt hatte. »Was wollen Sie damit sagen?« entgegnete sie.

Seine Stimme klang schroff. »Sie wissen genau, was ich meine.«

Sie antwortete ihm nicht.

»Ross ist auf dem besten Weg, ein mächtiger Mann zu werden«, erklärte er. »Es gibt Leute, die sich damit nicht abfinden wollen.«

»Er ist sehr nervös«, erwiderte sie. »Er arbeitet zu angestrengt.«

»Das tue ich auch«, sagte Joker kühl. »Eine ganze Menge Menschen tun das, aber trotzdem benehmen sie sich nicht wie Ross.«

»Sie kennen doch Ross«, seufzte sie. »In mancher Hinsicht ist er wie ein Kind.«

»Ich kenne Ross«, antwortete er. »Deswegen bin ich ja hier.«

Ihre Augen sahen ihn fest an. »Und was erwarten Sie von mir?«

Er trat an den kleinen Tisch und schenkte sich noch einen Whisky ein. Dabei blickte er aus dem Fenster. Das Kind und die Negerin kamen auf das Haus zu und verschwanden um die Ecke herum. »Lieben Sie Ross?« fragte er.

In ihrer Stimme lag eine leichte Mahnung. »Joker, ist das nicht eine törichte Frage?«

Er wandte sich vom Fenster ab und sah sie an. »Ich weiß nicht. Sagen Sie es mir. Ist sie töricht?«

Sie antwortete ihm nicht.

»Sie leben seit sieben Jahren mit ihm zusammen. Sie müssen also etwas für ihn empfinden, sonst wären Sie nicht mehr hier.« Er trank einen Schluck. »Ich möchte nur wissen, ob es Liebe ist oder nicht.«

Sie blickte ihn offen an. »Ich mag Ross, wenn es das ist, was Sie wissen wollen.«

Er schüttelte den Kopf. »Das ist es nicht, was ich wissen will. Ich will wissen, ob Sie ihn lieben.«

Ein Schatten verschleierte ihre Augen. »Nein, ich liebe ihn nicht.«
Er atmete tief auf. Das war die Antwort, die er erhofft hatte. Das machte alles leichter. Er setzte sich in den Sessel ihr gegenüber.
»Ross leidet an einer unheilbaren Krankheit«, erklärte er langsam. »Sie heißt Ehrgeiz. Er wird daran sterben.«
Er beobachtete, wie sie unter der Sonnenbräune erbleichte.
»Ist sie wirklich unheilbar, oder sind nur einige Leute dieser Ansicht?«
Er schüttelte den Kopf. »Sie ist schon zu weit fortgeschritten. Es gibt jetzt keine Möglichkeit mehr, sie zu heilen. Niemand hat mehr Vertrauen zu diesem Patienten.«
»Ist das letzte Hotel die Ursache? Das *Shan Du*?« fragte sie.
»Das und andere Sachen. Es war nur der letzte Anstoß. Er hätte so klug sein sollen, unser Geld nicht für sich selbst zu verwenden.«
»Aber er hat doch alles zurückgezahlt?«
»Das Geld schon«, erwiderte er. »Aber alles andere hat er für sich behalten. Wir haben ihn nicht hierher nach Kalifornien geschickt, damit er selbständig arbeitet. Dazu ist uns das Risiko zu groß.«
»Und wenn ich mit ihm rede?« fragte sie.
»Das würde jetzt nichts mehr helfen«, entgegnete er. »Die anderen haben ihre Entscheidung bereits getroffen.«
»Sie wollen wohl sagen, Sie haben Ihre Entscheidung bereits getroffen«, stieß sie hervor.
Bedächtig schüttelte er den Kopf. »Nein. Ich bin nur hergekommen, um dafür zu sorgen, daß Ihnen nichts zustößt.«

7

»Du wirst zu bekannt, Ross«, sagte Joker, während er nach einem zweiten Brötchen griff. »Du mußt etwas zurückstecken. Es sind zu viele Augen auf dich gerichtet. Von jeder Bewegung, die du machst, wird in den Zeitungen berichtet.«
»Was schadet das?« fragte er verdrießlich. »Ich schaffe doch etwas.«

»Wir können uns aber dieses Aufsehen in der Öffentlichkeit nicht leisten.«
Ärgerlich warf Ross die Gabel hin. »Was habt ihr drüben im Osten eigentlich ständig an mir auszusetzen. Hier erreicht man nur etwas mit großem Getöse. Dann kennen einen alle und bemühen sich, einem zu helfen.«
»Ganz richtig – zusammen mit der Polizei, dem Finanzamt und dem FBI«, fuhr Joker lächelnd fort.
»Bisher hat mir noch niemand etwas anhängen können, oder?«
»Es kommt ganz darauf an, von wem du redest«, antwortete Joker, »und worüber.«
Ross streifte ihn mit einem raschen Blick und schob den Teller verärgert weg. »Du bist doch nicht hierhergeflogen, um mir einen Vortrag über richtiges Benehmen zu halten«, fuhr er ihn an. »Was ist los mit dir?«
Diesen Augenblick wählte Maryann, um aufzustehen. »Ich will nachsehen, ob die Kleine schon im Bett liegt.«
Ross blickte nicht zu ihr auf. Als sie das Zimmer verließ, starrte er Joker an. »Was ist los?« fragte er.
»Zunächst einmal das *Shan Du*.«
»Was ist damit? Es gehört mir.«
Joker schüttelte den Kopf. »Du verstehst noch immer nicht, mein Junge. Genau das ist es ja, was hier nicht stimmt. Wir haben genug Schwierigkeiten und können uns nicht auch noch eine Opposition von innen her leisten.«
»In Las Vegas ist Platz für zwanzig weitere Hotels«, entgegnete Ross.
»Ganz richtig. Deswegen sind wir ja auch in die Sache eingestiegen. Wir möchten, daß uns so viele wie möglich gehören.«
Ross erhob sich. »Willst du damit sagen, daß ich nicht etwas ganz allein besitzen darf?«
Joker hob abwehrend die Hände. »Versteh mich nicht falsch, Ross. Du kannst haben, was du willst. Ich halte es nur nicht für klug.«
»Ich habe für euch alle eine Menge Geld gemacht«, rief Ross.
Joker erhob sich und sah ihn an. »Und du hast deinen Anteil davon erhalten«, erklärte er schroff. »Mehr als nur einen kleinen Prozentsatz. Der Haken bei dir ist der, daß du dir zuviel unter den Nagel reißt. Schon als Kind bist du so gewesen. Immer

mehr an dich reißen, als dir zusteht. Aber diesmal hast du übers Ziel hinausgeschossen.« Er wandte sich um und wollte das Zimmer verlassen.

Ross ergriff seinen Arm. »Was willst du damit sagen?«

Jokers graue Augen waren abweisend. »Erinnerst du dich noch an den Tag, an dem du zum Würfelspiel in das Hinterzimmer des Tanzlokals gekommen bist? Damals, als du Marja mitbrachtest?«

Ross nickte. »Was hat das damit zu tun?«

»Du hast dich auch damals für sehr schlau gehalten, als du mit falschen Würfeln spieltest. Aber so schlau warst du nicht. Ich habe dich damals gedeckt, weil ich glaubte, du würdest eines Tages noch lernen. Jetzt kann ich dich nicht mehr decken.« Er riß sich von Ross los und ging hinaus.

Maryann kam gerade die Treppe herunter. »Gehen Sie schon so früh?« fragte sie.

Er sah sie an. »Ja«, antwortete er, »ich kann nicht länger bleiben. Ich muß noch ein paar Leute aufsuchen.«

»Gibt es denn keine andere Möglichkeit?«

Fast unmerklich schüttelte er den Kopf. Er zögerte einen Augenblick und sagte dann sehr leise: »An Ihrer Stelle würde ich das Kind nehmen und eine Weile verreisen.«

Ganz still stand sie vor ihm. »Ist es schon soweit?«

»Es ist soweit«, erwiderte er. »Werden Sie verreisen?«

Sie schüttelte den Kopf. »Nein. Ich kann ihn jetzt nicht allein lassen. Aber ich werde das Kind morgen früh wegschicken.«

Ein Ausdruck der Bewunderung trat in sein Gesicht. »Na gut, aber seien Sie vorsichtig. Halten Sie sich von offenen Fenstern fern.« Er ging zur Tür, öffnete sie und blickte zu ihr zurück. »Ich werde Sie gelegentlich anrufen.«

Sie sah, wie sich die Tür hinter ihm schloß, und kehrte ins Wohnzimmer zurück. Ross schenkte sich gerade ein Glas ein.

»Was hat Joker gewollt?« fragte sie.

»Nichts.«

»Nichts? Das sieht ihm aber nicht ähnlich. Er hat doch die lange Reise nicht umsonst gemacht.«

Rasch leerte er sein Glas. »Ich habe gesagt: nichts! Und dabei bleibt es.« Er knallte sein Glas auf den niedrigen Tisch. »Laß mich in Ruhe!« rief er. »Ich muß nachdenken.«

Sie sah ihn einen Augenblick an, drehte sich dann um und verließ das Zimmer.
Nachdem sie gegangen war, trat er ans Telefon und wählte rasch eine Nummer. Eine Stimme meldete sich. »Pete«, sagte er, »du mußt mir gleich zwei Männer herschicken. Joker ist gerade weggegangen.«
Es knackte im Hörer. Ross lachte nervös auf. »Einmal mußte es ja kommen«, rief er. »Ewig hätten wir sie nicht bezahlen können ... Nein, nein, ich mache mir keine Sorgen. Sie werden es nicht wagen, etwas zu unternehmen. Sie wissen, daß mich alle beobachten. Ich muß nur vorsichtig sein.«
Er legte den Hörer auf und schenkte sich noch einen Whisky ein. Dann ließ er sich in einen Sessel sinken und fragte sich, wieviel Marja wußte. Nie sah er wirklich in sie hinein. Immer wieder stand man bei ihr wie vor einer Mauer. Er dachte an den Tag zurück, an dem sie ihm gesagt hatte, daß sie ein Kind erwarte. Das war nun lange her. Sie waren damals erst seit zwei Monaten in Kalifornien.
Er war in das Appartement gekommen, das sie vorübergehend gemietet hatten, bis er ein Haus fand. Es war eine luxuriöse Zimmerflucht in einem der großen Hotels. Er fand sie im Schlafzimmer.
Auf dem Bett lag ein Handkoffer. Sie war gerade dabei, Kleider hineinzulegen. Rasch ging er auf sie zu. »Wohin willst du?« fragte er.
Ihre Augen begegneten ruhig den seinen. »Weg.« Ihre Stimme klang sachlich und ruhig.
»Warum?« fragte er. »Ich behandle dich doch gut. Du hast dich nicht zu beklagen.«
Sie nickte. »Ich beklage mich auch nicht.«
»Warum gehst du denn weg?«
Sie sah ihn fest an. »Ich erwarte ein Baby.«
»Ach, das ist es«, sagte er, und ein seltsames Gefühl der Erleichterung durchrieselte ihn. »Das läßt sich doch in Ordnung bringen. Ich kenne einen Arzt, der ...«
Sie schüttelte den Kopf. »Nein, nein. Ich will dieses Kind haben.«
Ein stolzes Lächeln erschien auf seinem Gesicht. »Dann bekomm es. Wir werden heiraten und ...«

»Ich will dich nicht heiraten«, entgegnete sie.
Er war ratlos. »Aber du hast doch eben gesagt, daß du das Baby bekommen willst.«
Sie nickte. »Das will ich auch.« Sie schloß den Handkoffer, holte einen zweiten Koffer aus dem Wandschrank und legte ihn ebenfalls aufs Bett.
Er sah ihr zu, wie sie anfing, den zweiten Koffer zu packen. »Warum heiraten wir denn nicht?« fragte er. »Schließlich ist es doch besser, wenn alles seine Ordnung hat, wenn ich Vater werde.«
Wieder sah sie ihn über das Bett hinweg an. »Das ist es gerade. Es ist nicht dein Kind.«
Wie erstarrt stand er da. Er fühlte, wie alles Blut aus seinem Gesicht wich. Er wurde weiß. »Wessen Kind ist es?« fragte er, und die Kehle schnürte sich ihm zusammen.
Sie zuckte gleichgültig die Achseln. »Was kann dich das interessieren, da es ja doch nicht deins ist?«
Über das Bett hinweg packte er sie und riß sie brutal zu sich hinüber. Sie fiel aufs Bett und blickte zu ihm auf. Ihre Augen verrieten Schmerz, jedoch keine Angst. Haßerfüllt spie er den Namen aus: »Mike?«
Sie antwortete ihm nicht.
Mit der freien Hand holte er aus und schlug ihr mit aller Kraft ins Gesicht. In seinen Schläfen hämmerte es. »Es war doch Mike, oder nicht?« zischte er.
Sie verzog die Lippen in einem schmerzlichen, spöttischen Lächeln. »Was kann dich das interessieren? Es waren so viele Männer.«
Wieder schlug er zu. Ihr Kopf flog zur Seite, und ein leises Stöhnen drang aus ihren Lippen. Blut sickerte aus dem einen Mundwinkel.
»Hure!«
Langsam hob sie die Augen und sah ihn an. »Ich habe dir niemals erlaubt, mich bei meinem Vornamen zu nennen.«
Wieder versetzte er ihr einen Schlag ins Gesicht. Sie rutschte über das Bett und auf den Boden, wo sie zusammengekauert liegenblieb. Er ging um das Bett herum und sah auf sie hinab. Sie rührte sich nicht.
Grob stieß er sie mit dem Fuß an und drehte sie herum. Ausge-

streckt lag sie auf dem Teppich. Ihre Augen starrten ohne jeden Ausdruck zu ihm auf. Das war von allem das Schlimmste. Nicht der geringste Ausdruck. Nicht einmal Haß.
»Du gehst nicht weg«, rief er, »bevor ich dich nicht satt habe und dich an die Luft setze.«
»Es ist Mikes Kind«, sagte sie mit dumpfer Stimme.
»Ist mir gleichgültig«, antwortete er grob. »Ich pfeife darauf, wessen Kind es ist. Du gehörst mir. Das allein zählt.«

8

Sie trank ihren Kaffee, als er zum Frühstück herunterkam. Die Augen brannten ihm und waren geschwollen. Die ganze Nacht hindurch hatte er nicht geschlafen. Mürrisch setzte er sich an den Tisch. »Guten Morgen«, brummmte er.
»Guten Morgen.« Lächelnd stand sie auf und ging in die Küche. Kurz darauf kehrte sie mit einem Tablett mit Toast und einer Kanne frischem Kaffee zurück.
Überrascht blickte er zu ihr auf. »Wo ist Bunny?« Bunny war das Mädchen.
»Ich habe sie mit Michelle weggeschickt«, antwortete sie. »Ich hielt es für besser, wenn sie eine Weile in Arrowhead bleiben. Die Kleine sah in letzter Zeit kränklich aus.«
Er sah sie erstaunt an. Ihr Gesicht blieb ausdruckslos. Aber sie wußte Bescheid, das war ihm klar. »Eine gute Idee«, meinte er. »Ist Tom mitgefahren?«
»Nein, er wollte nicht.«
Sie goß Kaffee in seine Tasse. Er trank hastig. Er brauchte etwas, das ihn wieder auf die Beine brachte. Widerstrebend biß er ein Stück Toast ab. Er schmeckte nach nichts. Trotzdem kaute er weiter.
»Deine Wachhunde warten draußen in einem Wagen«, sagte sie.
Wieder war er überrascht. Es gab kaum etwas, das ihr entging. Eine trotzige Stimmung erwachte in ihm. »Ich werde es Joker schon heimzahlen!«
Sie sagte nichts.

»Hast du mich gehört?« rief er fast hysterisch. »Joker kann überhaupt nichts ausrichten.«
»Ich habe es gehört«, erwiderte sie leise. »Aber weiß es auch Joker?«
Wütend erhob er sich. »Ich habe schon zuviel hinter mir, als daß ich mich von ihnen herumstoßen lasse.«
Sie antwortete ihm nicht.
Er starrte sie einen Augenblick an und ging dann aus dem Zimmer. Einige Minuten später kam er mit einer automatischen Pistole in der Hand zurück. Rasch überprüfte er den Ladestreifen und ließ sie dann in seine Tasche gleiten. Wieder setzte er sich an den Tisch und griff zu seiner Tasse. Seine Hände zitterten, und er verschüttete etwas Kaffee.
»Gib mir die Pistole, Ross«, sagte sie ruhig.
Er sah sie mit gefurchter Stirn an. »Wozu?«
»Du verstehst nichts von Schußwaffen«, erklärte sie. »Und jetzt bist du so nervös, daß du jemanden verletzen könntest, der mit der ganzen Sache nichts zu tun hat.«
Er schob ihr die Pistole über den Tisch hinweg zu. Sie legte sie in eine Schublade. »So ist mir schon wohler«, murmelte sie.
»Vielleicht solltest du auch nach Arrowhead fahren«, meinte er.
»Ich nicht.« Sie lächelte. »Es bekommt meiner Stirnhöhle nicht. Das habe ich dir schon tausendmal gesagt.«
»Du könntest verletzt werden.«
»Ich kann auch die Treppe hinunterfallen.«
Er sagte nichts, sah sie auch nicht an. Nie würde er sie verstehen. Er stellte seine Tasse hin und erhob sich. »Ich muß jetzt fahren.«
Sie stand auf. »Ich werde auf dich warten, Ross.«
Er sah sie dankbar an. »Danke, Marja«, antwortete er fast demütig.

Er stieg in den Wagen und setzte sich zwischen die beiden Männer. »Was gibt's Neues?« fragte er, als der Wagen auf die Straße hinausfuhr.
»Ich habe vor einer halben Stunde mit Pete gesprochen«, erwiderte der eine. »Martin ist seit ein Uhr nachts nicht mehr aus seinem Hotelzimmer gekommen.«
»Gut«, meinte er zufrieden. »Dann fahren wir hin und kaufen ihn uns.«

Ein großer Mann mit Vollbart trat an den Wagen heran, als Ross ausstieg. »Er ist noch immer oben«, flüsterte der Mann. »Ich bin die ganze Nacht über hier gewesen.«
»Danke, Pete.«
»Ich habe den Hauptschlüssel. Außerdem habe ich den Boy vom Lastenaufzug bestochen, wegzugehen und sich Kaffee zu holen«, fuhr der Mann fort.
Ross sah ihn an. »Du denkst auch an alles.«
Das Gesicht des Mannes blieb gleichgültig. »Ich tue das, wofür ich bezahlt werde.«
Ross nickte den beiden Männern im Wagen zu. Schweigend stiegen sie aus und gingen ins Gebäude hinein. Ross fühlte sein Herz pochen. Das war es! Das war der große Wurf. Er konnte es sich nicht leisten, daß dieses Mal etwas schiefging. Geschah es, war er erledigt.
Sie folgten einem langen, grauen Gang im Keller des Hotels. Vor einer Tür blieben sie stehen, und Pete drückte auf einen Knopf. Die Tür öffnete sich zu einem Aufzug. Rasch traten die Männer ein.
Pete drückte erneut auf einen Knopf, und die Tür glitt zu. Der Aufzug setzte sich in Bewegung. Schweigend betrachteten sie den Stockwerkanzeiger. Im fünften Stock hielt der Aufzug an, und die Tür glitt auf.
»Du bleibst hier und hältst den Aufzug besetzt«, befahl Pete einem der Männer.
Der Mann nickte. Die anderen gingen den Gang entlang.
Pete musterte die Türen. Schließlich nickte er. Rasch blickte Ross den Gang in beiden Richtungen entlang. Er war menschenleer.
Pete holte eine Polizeipistole aus der Tasche und schob mit der linken Hand rasch einen Schalldämpfer auf die Mündung. Er reichte Ross den Schlüssel.
Ross sah ihn an. Er blinkte hell in seiner Hand. Er atmete tief ein. Er spürte, wie ihm der Schweiß über das Gesicht lief, und wußte, daß Pete ihn genau beobachtete. »Fertig?« flüsterte er mit rauher Stimme.
Pete nickte.
Ross steckte den Schlüssel in das Schloß. Als er ihn herumdrehte, schien er ein entsetzliches Geräusch zu machen. Schnell

stieß er die Tür auf. Pete sprang ins Zimmer. Ross folgte ihm, von dem Mann hinter ihm fast durch die Tür gestoßen.
Leise fluchte Pete vor sich hin und lief in das nächste Zimmer. Ross rannte hinter ihm her, aber er hörte nichts weiter als Pete, der einen Schwall von Verwünschungen ausstieß. »Was ist denn los?« rief Ross.
Er wußte es sofort, als er das andere Zimmer betrat. Wieder strömte ihm der Schweiß über das Gesicht. Er sah Pete verständnislos an. »Was in aller Welt ist denn schiefgegangen?« fragte er.
Pete schüttelte den Kopf. »Ich weiß nicht.«
Ross blickte sich nochmals im Zimmer um. Es war leer. Joker Martin war verschwunden.

Das Dröhnen der Motoren machte Joker schläfrig. Es machte ihn immer schläfrig. Er wußte aber nie, ob es dieses Dröhnen war oder das Mittel, das er einnahm, damit ihm nicht übel würde. Auf jeden Fall legte er im allgemeinen seine Flüge schlafend zurück.
Ihr Gesicht tauchte vor ihm auf. Er bewegte sich unruhig. Sonst geschah ihm das bei Frauen nicht. Er dachte daran, wie sie ihn als ganz junges Ding vor langer Zeit angesehen hatte. Damals war sie ihm zu jung erschienen. Oder war er ein Narr gewesen? Sie war niemals zu jung gewesen!
Dann kam die Zeit, nachdem sie aus der Anstalt entlassen worden war. Nur um ein paar Minuten hatte er sie verpaßt. Jetzt würde es nicht mehr lange dauern. Jetzt kam er an die Reihe.
Ihr Kind störte ihn allerdings ein wenig. Wenn es nicht Ross' Kind war, so bedeutete dies, daß noch jemand anders eine Rolle spielte. Er fragte sich, wer es sein könnte. Sie war nicht dumm. Bevor er das Flugzeug bestieg, hatte er erfahren, daß sie das Kind um fünf Uhr morgens nach Arrowhead geschickt hatte.
Das war einer der Gründe, warum er sie mochte. Sie war gerissen. Wenn Ross Drego nur die Hälfte ihrer Intelligenz hätte, befände er sich bestimmt nicht in der Klemme, in der er nun saß.

9

Fast ein Monat war verstrichen, seit Joker abgereist war. Ross begann sich wieder sicherer zu fühlen. Er war überzeugt, daß er recht gehabt hatte: sie konnten ihm nichts antun, weil er allzusehr im Blickpunkt der Öffentlichkeit stand. Früher oder später würden sie sich mit ihm an einen Tisch setzen und sich mit seinen Bedingungen einverstanden erklären.

Leise pfeifend betrat er sein Haus. Maryann, die ihn in der Halle erwartete, sah ihn überrascht an. Die Nervosität, die er in den vergangenen Wochen gezeigt hatte, schien völlig verschwunden. Sie blickte an ihm vorbei zur offenen Tür. Aber dort stand niemand.

»Wo sind deine Wachhunde?« fragte sie.

Er lächelte sie an. »Ich habe sie weggeschickt. Es ging mir auf die Nerven, sie die ganze Zeit hier herumsitzen zu sehen.«

Sie sah ihn erstaunt an. »Hältst du das für klug?«

Er ging ins Wohnzimmer und goß sich einen Whisky ein. »Joker weiß, wann er geschlagen ist. Die werden nichts mehr wagen.«

Schweigend beobachtete sie ihn.

Er stürzte den Whisky hinunter. Er brannte ihn etwas in der Kehle und wärmte ihn. Die Abende fingen an, kühl zu werden. »Morgen fahren wir nach Arrowhead, holen Michelle und machen dann einen kleinen Urlaub in Las Vegas«, erklärte er.

Sie schüttelte den Kopf. »Meiner Ansicht nach sollten wir noch ein bißchen warten.«

»Ich kann dieses Herumsitzen nicht mehr aushalten«, erklärte er. »Es gibt gar keinen Anlaß zur Sorge. Wir fahren morgen.«

»Ich will mal sehen, ob Tom das Essen fertig hat«, sagte sie und ging hinaus.

Er blickte ihr nach und goß sich noch einen Whisky ein. Niemals würde er sie verstehen. Warum blieb sie bei ihm, wenn sie Angst hatte? Nichts hielt sie hier. Sie waren nicht verheiratet. Er hätte ihr keinen Vorwurf gemacht, wenn sie ihn jetzt verlassen hätte. Langsam trank er seinen Whisky. Vielleicht würde er es eines Tages erfahren. Vielleicht würde er über jene Schranke hinweggelangen, die noch immer zwischen ihnen lag.

Sie trat wieder ins Zimmer. »Das Essen ist fertig.«

Einen Augenblick stand er da und sah sie an. Plötzlich glaubte er, alles zu verstehen. Er durchquerte das Zimmer und ergriff ihre Hand. »Marja«, sagte er zärtlich, »heiraten wir doch morgen. Dann werden es richtige Flitterwochen.«
Sie wußte nicht warum, aber sie fühlte, wie ein leichter Schmerz in ihr erwachte. »Wünschest du dir das wirklich, Ross?«
Er nickte. »Ich weiß es jetzt. Ich brauche dich. Es ist nicht mehr so wie früher.«
Sie betrachtete ihre Hand. Seine starken, braunen Finger hielten sie fest umschlossen. Sie wußte, was er meinte. Etwas in ihm hatte sich verändert. Es war, als sei jener Ross, den sie nun schon so lange kannte, plötzlich erwachsen geworden. Sie blickte in seine Augen und entdeckte in ihnen zum erstenmal Leere und Einsamkeit. Die Kehle schnürte sich ihr zusammen. »Gut, Ross«, flüsterte sie. »Morgen heiraten wir.«
Er zog sie fest an sich und küßte sie. »Du wirst es nicht bereuen.«
Beim Essen war er lustig und voller Pläne. Er bat Tom, eine Flasche Champagner zu öffnen. Seine gute Stimmung steckte sie an.
»Wir werden uns ein Haus bauen«, erklärte er.
Sie lachte auf. »Und was ist mit diesem?«
»Ich möchte eins für uns selber. Nach unseren eigenen Plänen«, erklärte er. »Dieses hier können wir nicht kaufen. Der Eigentümer will es nicht verkaufen, nur vermieten.«
»Wir können noch ein bißchen warten«, meinte sie.
Er schüttelte den Kopf. »Nein, wir tun es jetzt. Ich habe da ein Grundstück in den Bergen entdeckt.«
»Du bist der Chef«, sagte sie und machte ein gehorsames Gesicht.
Er setzte seine Kaffeetasse ab, stand auf und trat zu ihr. »Ich möchte, daß du glücklich bist. Das ist jetzt das einzige, worauf es ankommt.«
Sie ergriff seine Hand. »Ich werde es sein, Ross.«
Es schlug zehn Uhr, als sie ins Wohnzimmer hinübergingen. Er streckte sich auf der Couch aus und nahm eine Zigarette. »Jetzt fühle ich mich wohl«, erklärte er. »Ich bin sicher, daß ein herrliches Leben vor uns liegt.«
Sie entzündete ein Streichholz und hielt es ihm hin. »Es wird

auch herrlich sein, Ross. Wir brauchen es nur wirklich zu wollen.«
Er zog sie neben sich auf die Couch und küßte ihre Wange. »Ich habe dir nie gesagt, wie sehr ich dich bewundere. Oder habe ich das, Liebling?« flüsterte er.
Sie schüttelte den Kopf.
Er drückte ihren Kopf an seine Brust. »Ich liebe dich. Das weißt du, oder? Ich glaube, ich habe dich immer geliebt, es aber niemals richtig gewußt. Ich habe geglaubt, ich würde mir etwas vergeben, wenn ich es dir sage.«
Sie antwortete nicht.
»Ich weiß noch, was ich immer empfunden habe, wenn ich dich ansah«, fuhr er fort. »Es hat mich immer fast zerrissen.«
Sie lächelte. »Du brauchst gar nicht so nett zu mir zu sein, Ross«, meinte sie neckend. »Ich habe bereits ja gesagt.«
Er sah ihr lächelnd ins Gesicht. »Ich meine es wirklich«, sagte er ernst. »Es gibt so vieles, was ich dir habe sagen wollen und doch nie gesagt habe.«
Ein zärtlicher Ausdruck trat in ihre Augen. Impulsiv drückte sie ihre Lippen auf seine Wange. »Ich danke dir, Ross«, flüsterte sie.
Er räusperte sich verlegen, denn er war es nicht gewohnt, daß sie ihm dankte. Er setzte sich auf. »Wie wär's mit etwas Fernsehen?« fragte er. »Wir müssen uns doch jetzt langsam daran gewöhnen, uns wie ein richtiges Ehepaar zu benehmen.«
Sie lächelte. »Einverstanden.«
Er ging zum Apparat und stellte ein. »Wie ist das Bild?« rief er über die Schulter hinweg.
»Recht gut«, antwortete sie und betrachtete die Gestalten, die sich auf dem Bildschirm bewegten.
»Schärfer bekomme ich es nicht«, erklärte er und kehrte zur Couch zurück. »Es ist ein Film.«
»Ich habe nichts dagegen«, meinte sie.
Er setzte sich neben sie und nahm ihre Hand. Schweigend betrachteten sie den Komiker auf dem Bildschirm. Er war eigentlich nicht sehr komisch, gab sich jedoch alle Mühe.
Sie beobachtete Ross, während er auf den Bildschirm sah.
Sein schwarzes Haar fiel ihm in die Stirn, und seine Augen waren nicht mehr hart, metallisch blau wie früher; sie waren sanft

und wirkten irgendwie wärmer. Sie lächelte still vor sich hin. Er hatte lange Zeit gebraucht, um erwachsen zu werden.
Weit entfernt im Haus klingelte das Telefon. Er achtete nicht darauf. Das Klingeln brach ab, und sie hörte Toms leise Stimme, konnte aber die Worte nicht verstehen. Da wandte sie ihre Aufmerksamkeit wieder dem Film zu.
»Mrs. Drego«, sagte Tom vom Eingang her.
Sie blickte auf. »Ja?«
»Jemand möchte Sie sprechen, Ma'am«, sagte der alte Diener.
Sie erhob sich. Ross sah zu ihr auf. »Komm schnell zurück Baby«, rief er und lächelte.
Sie küßte ihn auf die Stirn. »Sofort, Liebling.«
Sie ging durch die Halle in die kleine Bibliothek und nahm den Hörer auf. »Hallo.«
Es kam keine Antwort. Nichts als ein leiser, hohler Laut in der Leitung.
Ein eisiger Schauer überlief sie. »Hallo, hallo«, wiederholte sie.
Eine flüsternde Stimme, die ihr irgendwie vertraut schien, war zu vernehmen: »Marja?«
»Ja«, antwortete sie, »wer ist denn da?«
»Marja?« wiederholte die Stimme, als hätte sie nicht geantwortet.
Ihre Finger wurden weiß, so fest umklammerten sie den Hörer. Diese Stimme kannte sie. Sie wußte auch, warum man sie ans Telefon gerufen hatte.
»Ross!« schrie sie plötzlich auf, und ihre eigene Stimme dröhnte ihr in den Ohren. »Ross!«
Aus dem Wohnzimmer war leises Husten zu vernehmen und Splittern von Glas. Das Telefon fiel ihr aus der kraftlosen Hand. Sie rannte ins Wohnzimmer zurück.
Ross saß noch immer auf der Couch, sein Gesicht weiß und die Augen von Schmerz und Verwunderung erfüllt. Er hielt die Hände fest auf die Brust gepreßt. »Marja!« flüsterte er heiser. Das Blut sickerte zwischen seinen Fingern hervor. Sie streifte das Panoramafenster der Couch gegenüber mit einem Blick. Die Hälfte war zersplittert und in das Zimmer gefallen. Sie lief zu Ross hin. »Tom!« schrie sie. »Rufen Sie einen Arzt!« Ross fiel vornüber. Sie fing ihn auf und drückte seinen Kopf an ihre Brust.

»Mein Lieber! Mein Lieber!« rief sie.
Sie fühlte ihn vor Schmerz zusammenzucken. Langsam wandte er ihr sein Gesicht zu. »Ich habe so viel falsch gemacht, Marja«, flüsterte er.
»Nein, mein Liebling«, entgegnete sie.
Er sprach langsam, als müßte jedes Wort eine große Entfernung zurücklegen, bevor es über seine Lippen kam. »Ich habe so vieles falsch angefaßt, Marja, aber ich habe mich bemüht, es wiedergutzumachen.«
»Ich weiß, Ross.« Die Tränen liefen ihr über die Wangen. Sie küßte sein schwarzes Haar. Es glänzte und war triefend naß von Schweiß.
Er blickte zu ihr auf. »Marja.«
»Was ist, Ross?«
»Ich bin froh, daß das Telefon klingelte, Marja. Ich liebe dich sehr.« Seine Stimme war kraftlos und von Schmerz erfüllt.
»Ich liebe dich auch, Ross«, antwortete sie und weinte.
Verwunderung klang in seiner Stimme auf. »Wirklich, Marja?«
Sie nickte heftig. »Warum wäre ich wohl sonst geblieben?«
Ermattet schloß er die Augen. »Du bist geblieben.« Eine Weile schwieg er. Als er seine Augen wieder öffnete, lag in ihnen eine seltsame Zufriedenheit. »Ich bin so froh, daß du geblieben bist, Marja«, flüsterte er. »Sonst hätte ich immer nur Angst gehabt.«
»Ich bleibe immer bei dir, mein Liebling«, rief sie und drückte seinen Kopf an ihre Brust.
Er hustete, und ein schwacher Blutstrom floß von seinen Lippen auf ihre Bluse. Sein Kopf fiel nach vorn. Sie blickte auf ihn herab. Seine Augen waren leer und starr.
Sie betrachtete ihre weiße Bluse. Die schmale Blutspur wurde immer breiter. Aus dem Fernsehapparat prasselte ihr schallendes Gelächter entgegen. Sanft ließ sie seinen Kopf auf die Couch sinken und erhob sich.
Tom stand in der Tür, sein dunkles Gesicht aschgrau. »Ich habe den Arzt angerufen, Miß Maryann.«
»Ich danke Ihnen, Tom«, sagte sie erschöpft und ging zum Fernsehapparat, um ihn auszuschalten.

10

Mike betrat das Büro und nahm den Hut ab. Er warf ihn auf einen Stuhl dem Schreibtisch gegenüber. Seine Stirn glänzte vor Schweiß. Er ging zu seinem Schreibtisch und setzte sich schwerfällig hin.

Joel, der am anderen Schreibtisch saß, blickte auf. »Warm heute«, sagte er.

Mike lächelte. »Sehr warm für Mai. Wenn das so weitergeht, bekommen wir einen verdammt heißen Sommer.«

Joel lehnte sich ermattet in seinem Stuhl zurück. »Ich bin völlig erledigt und hatte ein scheußliches Wochenende. Ich kann diese Hitze nicht mehr ertragen. Man sollte doch meinen, der Alte würde Klimaanlagen für die Büros genehmigen.«

Mike lachte auf. »Er lebt in der Vorstellung, daß gute Beamte aus ihrem eigenen Schweiß herausdestilliert werden müssen.«

»Ich glaube nicht, daß er jemals in seinem Leben geschwitzt hat, dazu hat er nicht genug Blut«, klagte Joel. Er nahm ein Papier von seinem Schreibtisch und hielt es Mike hin. »Das wartet schon auf Sie.«

Mike nahm es entgegen und überflog es. »Verflucht!« stieß er hervor.

Joel lächelte. »Was ist denn los, mein Lieber?«

Mike sah ihn an und erhob sich langsam. Er nahm seinen Hut vom Stuhl. »Machen Sie sich nur nicht über mich lustig. Sie haben es ja gelesen.«

»Worüber beklagen Sie sich eigentlich?« erwiderte Joel. »Sie machen eine hübsche Autofahrt in die Außenbezirke der Stadt und verbringen einige Stunden in einem angenehmen und kühlen Krankenhaus. Sie haben das Glück, nicht in diesem stickigen, scheußlichen Büro sitzen zu müssen.«

Mike war schon wieder auf den Gang hinausgetreten. Er drückte auf den Fahrstuhlknopf und warf erneut einen Blick auf das Papier in seiner Hand.

Verdacht auf Abtreibung.

Die Türen des Fahrstuhls glitten auseinander, und er stieg ein. Während der Fahrstuhl nach unten fuhr, las er weiter.

Florence Reese. Um 7.10 Uhr im Roosevelt-Krankenhaus aufgenommen. Innere Blutungen infolge einer Abtreibung. Zustand ernst.

Die Türen glitten auseinander, und er ging hinaus. Er überquerte den Gang und öffnete eine Tür. Beim Betreten blickten ein paar Männer von ihren Zeitungen auf und wandten sich dann ihrer Lektüre wieder zu. Er setzte seinen Weg bis zu einer anderen Tür mit einer Milchglasscheibe fort, auf der der Name *Captain F. Millersen* stand. Er öffnete die Tür und trat ein.
Der dunkelhaarige Mann am Schreibtisch blickte auf. »Hallo, Mike«, sagte er mit tiefer Stimme.
Mike lächelte. »Hallo, Frank. Ich brauche einen Mann, der mich ins Roosevelt-Krankenhaus begleitet. Verdacht auf Abtreibung.« Er warf das Papier auf den Tisch.
Millersen überflog es. »Aha, wieder einer dieser Fälle, was?« Mike nickte.
Millersen erhob sich. »Ich glaube, in diesem Fall komme ich selber mit, Mike.«
Mike sah ihn erstaunt an. Niemals ging Millersen selber zur Untersuchung eines Falles hinaus, falls es sich nicht um eine große Sache handelte. Oben im Haus sagte man von ihm, er besäße einen geradezu unheimlichen Instinkt für die schweren Fälle, er könnte sie geradezu riechen. »Sie wollen mich begleiten, Frank?« fragte er mit ungläubiger Stimme.
Millersen nickte. »Ja, ich werde es allmählich müde, mir meinen Hintern hier warm zu sitzen.«
Mike beobachtete ihn, während er seinen Hut nahm. »Wissen Sie etwas über die Sache, was mir nicht bekannt ist?« fragte er skeptisch.
Millersen steckte sich eine Zigarre in den Mund. »Ich weiß nichts. Nur daß ich nicht mehr hier herumsitzen will. Gehen wir.«

Der Geruch von Desinfektionsmitteln hüllte sie ein, als sie den Gang mit den grüngestrichenen Wänden entlangeilten. Sie folgten der Schwester in einen Krankensaal. Ganz am anderen Ende stand ein Bett, um das man Vorhänge gezogen hatte.
»Da liegt sie«, sagte die Schwester und schlug die Vorhänge auseinander.
»Können wir mit ihr sprechen?« fragte Mike die Schwester. »Sie ist sehr schwach«, antwortete die Schwester. »Sie müssen vorsichtig sein.«

Sie traten hinter die Vorhänge und blieben vor dem Bett stehen. Einen Augenblick betrachteten sie beide schweigend das junge Mädchen, das da bewegungslos vor ihnen lag.
Sie schien zu schlafen. Ihre Augen waren geschlossen, und ihr Gesicht war weiß; es war eine fahle, bläulichweiße Farbe, als wäre kein Blut mehr unter der Haut. Ihr Mund stand offen, und ihre Lippen waren ein wenig dunkler als die Wangen.
Mike sah Millersen an, der nickte. »Miß Reese«, sagte er leise zu dem Mädchen.
Sie rührte sich nicht. Wieder rief er sie beim Namen. Dieses Mal bewegte sie sich ein wenig. Langsam schlug sie die Augen auf. Sie waren so von Schmerz erfüllt, daß Mike ihre Farbe nicht erkannte. Ihre Lippen zuckten, aber kein Laut kam hervor.
Mike trat dichter ans Bett heran.
»Hören Sie mich, Miß Reese?«
Das Mädchen nickte schwach.
»Mein Name ist Mike Keyes, und das ist Captain Millersen. Wir sind von der Staatsanwaltschaft.«
Furcht erwachte in den Augen des Mädchens. Mike redete sofort weiter, um sie zu beschwichtigen. »Sie haben nichts zu befürchten, Miß Reese. Gegen Sie liegt nichts vor. Wir haben Ihnen nur einige der üblichen Fragen zu stellen, die es uns ermöglichen sollen, Ihnen zu helfen.«
Ganz allmählich schwand die Angst aus ihren Augen. Mike wartete etwas. Wie Hohn klangen ihm seine Worte in den Ohren. Nichts zu befürchten. Selbstverständlich hatte sie nichts zu befürchten. Sie lag ja im Sterben.
Er lächelte sie beruhigend an. »Haben Sie Verwandte, die wir benachrichtigen könnten?«
Das Mädchen schüttelte den Kopf.
»Hier in der Stadt oder sonstwo?«
»Nein!« Die Stimme war nur ein leises Flüstern.
»Wo wohnen Sie, Miß Reese?«
»Im Hotel Allingham«, antwortete sie.
Mike nickte. Es war eines der weniger teuren Hotels für Frauen auf der West Side. »Haben Sie eine feste Stellung, Miß Reese?«
Das Mädchen schüttelte den Kopf.
»Was tun Sie?«
Die Stimme des Mädchens war schwach. »Fotomodell.«

Er wechselte einen Blick mit Millersen. Die eine Hälfte der arbeitslosen Mädchen in New York bestand aus Fotomodellen, die andere aus Schauspielerinnen. »Ganz frei oder Agentur?« fragte er.
»Agentur«, antwortete sie.
»Welche Agentur?«
»Park Avenue Models«, erwiderte sie. Zum erstenmal, seit Mike mit ihr gesprochen hatte, veränderte sich ihr Ausdruck. »Teilen . . . teilen Sie es Maryann mit . . .«
Mike hatte das Gefühl, als zeige sich auf dem Gesicht des Mädchens ein Schimmer von Hoffnung. »Das werden wir«, versprach er. »Maryann – was für eine Maryann, wo ist sie zu finden?«
Das Mädchen schien seine ganze Kraft zusammenzunehmen, um noch ein paar Worte hervorzubringen. »Maryann in . . . in der Agentur. Sie weiß, was zu tun ist. Sie ist . . .« Ihre Stimme erstarb, und ihr Kopf sank zur Seite.
Schnell trat die Schwester an das Kopfende des Bettes und fühlte den Puls. »Sie schläft«, erklärte sie. »Sie müssen Ihr Verhör später fortsetzen.«
Mike wandte sich an Millersen. Dessen Gesicht war weiß. Fast ebenso weiß wie das des Mädchens. Sofort änderte Mike seine Meinung über diesen Mann. Immer hatte er gehört, Millersen könne nichts beeindrucken.
»Was meinen Sie, Frank?«
»Wir werden nichts finden«, antwortete Millersen.
Mike war überrascht. »Wie kommen Sie darauf?«
Millersen lächelte traurig. »Ich habe zu viele dieser Art gesehen. Es führt nie zu etwas.«
»Aber das Mädchen liegt im Sterben!« rief Mike. »Wir müssen doch etwas unternehmen, um festzustellen, wer es getan hat. Dieser Pfuscher, der hier seine Hände im Spiel hatte, kann doch jederzeit ein anderes Opfer finden . . .«
Millersen hob beschwichtigend eine Hand. »Nur mit der Ruhe, Mike. Wir werden in die Sache hineinleuchten, aber wir werden nichts finden. Es sei denn, das Mädchen sagt uns etwas.«
»Ich werde die Agentur anrufen. Vielleicht können uns die Leute dort einen Anhaltspunkt geben.« Mike ging den Gang zwischen den Betten entlang.

Millersen packte ihn am Arm. »Ich werde anrufen, Mike«, sagte er rasch. »Warten Sie hier und sprechen Sie mit ihr, wenn sie wieder zu sich kommt. Das Mädchen kennt Sie schon.«
Mike nickte. »Gute Idee.« Er blickte Millersen nach, als dieser den Krankensaal verließ, und wandte sich wieder den Vorhängen zu.
Die Schwester trat gerade heraus. Als sie ihn sah, zog sie die Augenbrauen hoch.
»Ich warte, bis ich wieder mit ihr reden kann«, erklärte Mike.
Die Schwester sah ihn an. »Sie können draußen auf dem Gang an meinem Tisch warten«, entgegnete sie. »Es wird eine Weile dauern, bis sie wieder sprechen kann – falls das überhaupt möglich ist.«

11

Vorsichtig öffnete Tom die Tür und balancierte das Tablett mit seiner freien Hand. »Sind Sie schon wach, Miß Maryann?« fragte er leise.
Er bekam keine Antwort von dem großen Doppelbett her.
Behutsam betrat er das Zimmer und stellte das Tablett auf einem kleinen Tisch ab. Ohne einen Blick auf das Bett zu werfen, trat er ans Fenster und zog die Vorhänge zurück.
Helles Sonnenlicht fiel in das Zimmer. Einen Augenblick blieb er stehen und sah zum Fenster hinaus.
Tief unten zog sich der East River in Windungen zum Hudson hin. Das helle Grün des Gracie Square Park hob sich gegen das Grau der umliegenden Gebäude ab. Er beobachtete einen langen schwarzen Wagen, der auf die Auffahrt des *Gracie Mansion* einbog. Er warf einen Blick auf seine Uhr. Acht Uhr.
Der Bürgermeister dieses Bezirks ging früh an seine Arbeit. Er wandte sich um.
Sie war bereits wach und betrachtete ihn, den Kopf noch träge auf dem Kissen, mit ihren großen braunen Augen. Langsam streckte sie sich; ihre kräftigen Arme und Schultern waren gebräunt.
»Guten Morgen, Miß Maryann«, sagte er und trat ans Bett.

Sie lächelte. »Guten Morgen, Tom. Wie spät ist es?«
»Acht Uhr«, antwortete er und stellte nun das Tablett vor ihr auf das Bett. »Zeit zum Aufstehen.«
Sie verzog das Gesicht und richtete sich auf. Er nahm eine seidene Bettjacke von einem Stuhl in der Nähe des Bettes und hielt sie ihr hin, während sie hineinschlüpfte. »Was gibt es zum Frühstück, Tom?«
»Heute ist Diättag. Fruchtsaft und Kaffee.«
»Aber ich habe Hunger«, widersprach sie.
»Sie sind heute sehr hübsch, Miß Maryann«, sagte er. »Wollen Sie so bleiben?«
Sie lächelte. »Tom, Sie sind ein alter Schmeichler.«
Er erwiderte ihr Lächeln. »Und jetzt trinken Sie. Mr. Martin hat gesagt, er holt Sie um zehn Uhr ab, um Sie ins Büro zu bringen.«
Sie griff zum Orangensaft und trank langsam. »Es dauert nicht mehr lange, und Sie nehmen mein ganzes Leben in die Hand, Tom.«
»Ich bestimmt nicht«, antwortete er und schüttelte sein graugesprenkeltes, dichtes schwarzes Haar. »Aber ich würde noch gern den Mann erleben, der das tut.«
Sie lachte auf und leerte ihr Glas. »Ist Post da?«
»Ich gehe gleich hinunter und sehe nach, Miß Maryann.« Er wandte sich um und verließ das Zimmer.
Nachlässig nahm sie die Zeitung vom Tablett und überflog sie. Die üblichen Nachrichten: Notzucht, Brandstiftung, Mord und Krieg. Sie blickte auf, als Tom mit einem Brief in der Hand wieder eintrat.
Sie nahm ihn entgegen und riß ihn rasch auf. »Er ist von Michelle«, rief sie beglückt.
»Jawohl, Ma'am«, sagte er, obgleich er es bereits wußte. Nur zu gern sah er sie glücklich. Sie war für ihn die traurigste und schönste Frau der Welt.
»Sie hat die Zwischenexamen mit der zweitbesten Gesamtnote der Klasse geschafft«, rief sie froh. »Sie kann es kaum noch erwarten, bis wir wieder beieinander sind und im Juni Ferien machen können.«
Ein seltsamer Ausdruck trat in Toms Gesicht. »Können wir denn wirklich verreisen?« fragte er.
»Ich möchte mal den sehen, der uns daran hindert.«

»Mr. Martin hat gesagt, Sie hätten in diesem Sommer vielleicht sehr viel zu tun.«
»Mr. Martin kann sich zum Teufel scheren«, entgegnete sie heftig. »Schon im vorigen Sommer hat er mir alles verpatzt. Dieses Mal wird es ihm nicht gelingen.«

Er wartete im Wohnzimmer, als sie die Treppe der zweistöckigen Wohnung herunterkam, und lächelte sie an. »Guten Morgen, Maryann.«
»Guten Morgen, Joker. Ich hoffe, ich habe dich nicht allzulange warten lassen.«
Sein Lächeln wurde breiter. »Ich warte jetzt schon so lange auf dich, Maryann. Ein paar Minuten spielen da keine Rolle mehr.«
Ihre Augen begegneten fest den seinen. »Wir haben doch eine Vereinbarung getroffen.« – Er nickte.
»Abgemacht ist abgemacht«, sagte sie.
»Manchmal habe ich das Gefühl, du bist eiskalt.«
»Kalt nicht, Joker«, erwiderte sie. »Die Sache langweilt mich nur. Ich bin damit fertig.«
»Und das gilt auch für mich?«
»Auch für dich«, antwortete sie. »Erinnerst du dich, was wir vereinbart haben?«
Wieder nickte er. Er erinnerte sich.

Er war ins Haus gekommen, und Tom hatte ihn ins Wohnzimmer geführt. Das große Panoramafenster hatte neue Scheiben, durch die er den Rand des Schwimmbeckens sehen konnte. Nur planschte diesmal kein Kind darin herum. Als er ihre Schritte hörte, wandte er sich um.
In einem einfachen schwarzen Kleid stand sie in der Tür. Ihr blondes Haar schimmerte in dem schwindenden Tageslicht. Ihr Gesicht war gelassen. »Hallo, Joker«, sagte sie. Sie gab ihm nicht die Hand.
»Maryann«, sagte er.
Sie wandte ihre Blicke nicht von seinem Gesicht ab. »Vielen Dank für Ihren Anruf.«
»Was für ein Anruf?« fragte er.
»Machen Sie mir doch nichts vor, Joker«, erwiderte sie ruhig. »Ich erkenne Ihre Stimme, auch wenn Sie flüstern.«

Er ging zur Couch hinüber. »Was haben Sie jetzt vor?« fragte er.

Sie zuckte die Achseln. »Ich weiß nicht. Ich werde arbeiten, falls ich eine Stellung finde.«

Überraschung spiegelte sich auf seinem Gesicht. »Ich hatte geglaubt, Ross hätte Sie recht gut versorgt.«

»Er hat mir nichts hinterlassen«, entgegnete sie ohne jede Bitterkeit.

»Aber Sie sind doch seine Witwe«, fuhr er fort. »Sie tragen seinetwegen ja sogar Trauer.«

»Ich mag seine Witwe sein, aber ich war nie seine Frau«, erwiderte sie. »Und darauf kommt es bei einer Erbschaft an. Außerdem trage ich nicht seinetwegen Schwarz. Es ist nur zufällig eine Farbe, die mir steht.«

Er lächelte. »Das stimmt.«

Wie gewöhnlich, aber dennoch zu seiner Überraschung, ging sie sogleich auf den Kern der Sache los. »Sie sind sicher nicht hier, um mir zu sagen, wie gut ich aussehe. Warum sind Sie gekommen?«

»Die anderen machen sich Ihretwegen Sorgen.«

Ihre Augen waren abweisend. »Was brauchen die sich Sorgen zu machen? Ich habe die ganze gerichtliche Untersuchung hinter mich gebracht, ohne etwas zu verraten.«

»Trotzdem machen sie sich Sorgen«, fuhr er fort. »Sie fürchten, eines Tages könnten Sie in Schwierigkeiten geraten und sich dann doch entschließen, etwas auszuplaudern.«

»Das werde ich nicht«, sagte sie.

»Das weiß ich«, erwiderte er, »aber die anderen sind nicht davon zu überzeugen.«

»Was müßte ich tun, um sie zu überzeugen?«

»Mit mir nach Osten zurückkehren. Wir hätten eine Arbeit für Sie«, antwortete er.

»Was für eine Arbeit?« fragte sie argwöhnisch.

»Sie müßten eine Modell-Agentur leiten. Es wäre den anderen wohler zumute, wenn sie Sie im Auge behalten könnten.«

»Eine Modell-Agentur?« fragte sie. »Was verstehe denn ich davon?«

Ein Lächeln trat in sein Gesicht. »Seien Sie doch nicht so naiv, Marja.«

Sie starrte ihn an. »Und wenn ich nicht zurückkomme?«
Er nahm ein Päckchen Zigaretten aus der Tasche und hielt es ihr hin. Sie schüttelte den Kopf. Er zündete sich eine an, steckte das Päckchen zurück in die Tasche und holte eine kleine Fotografie hervor, die er vor sie auf den Tisch warf.
Es war das Bild eines kleinen blonden Mädchens, das mit dem Kindermädchen auf einem Rasen spielte. »Das ist doch Michelle«, rief sie, und die Angst dämpfte ihre Stimme.
Er nickte. »Machen Sie sich keine Sorgen, es geht ihr gut. Wir hatten nur gedacht, Sie würden gern dieses Bild haben. Es wurde in der vergangenen Woche in Arrowhead aufgenommen.«
Einen Augenblick blieb sie still sitzen. Dann erhob sie sich und ging zum Fenster. Als sie über ihre Schulter hinweg wieder mit ihm sprach, klang ihre Stimme nüchtern und resigniert. »Nichts anderes kann sie zufriedenstellen?«
»Nichts anderes.«
»Und wenn ich es tue, sind keine anderen Bedingungen damit verknüpft?«
»Was wollen Sie damit sagen?«
Sie wandte sich um und sah ihn mit Augen an, die schon viel erfahren hatten. »Jetzt sind Sie naiv.«
Er fühlte, wie er errötete. »Keine anderen Bedingungen«, erwiderte er. »Aber Sie können einen Mann nicht daran hindern, zu hoffen.«
Sie seufzte tief auf. »Also gut«, erklärte sie.
»Abgemacht?« fragte er.
Sie nickte. »Ich freue mich, Maryann«, sagte er. »Ich hatte gehofft, Sie würden nicht allzu eigensinnig sein.«
»Nennen Sie mich nicht Maryann«, sagte sie. »Nennen Sie mich Madame.«

12

»Du kannst mich an der Ecke der Park Avenue und der 38. Straße absetzen. Ich gehe von dort aus zu Fuß.«
»Gut«, antwortete Joker Martin und fuhr ans Trottoir heran. Er

beugte sich über den Sitz vor und öffnete ihr die Tür. »Essen wir heute abend zusammen?«
Sie nickte.
»Ich hole dich um acht Uhr in deiner Wohnung ab«, sagte er.
»Ja, schön«, erwiderte sie und warf die Tür zu.
Er folgte ihr noch mit den Blicken, als sie sich unter die Menge an der Ecke mischte und vor ihm die Straße überquerte. Er liebte ihren Gang. Es waren die gleichen jugendlichen Bewegungen, die sie immer gehabt hatte. Als er die Blicke bemerkte, mit denen Männer ihr nachsahen, lächelte er. Er konnte es ihnen nicht übelnehmen. Hinter ihm hupte jemand. Er blickte auf und sah, daß das Licht gewechselt hatte. Er fuhr an.
Das Haus lag in einer Reihe alter Häuser, bei denen es sich in New York schon längst nicht mehr lohnte, sie als Wohnungen zu vermieten, und die man darum zu Büros umgebaut hatte. Dort hausten kleine Reklameagenturen und etwas zwielichtige Existenzen, die ihr Geschäft als *Unternehmen* bezeichneten, und sonst noch Leute, die bereit waren, für einen kärglichen Büroraum etwas mehr zu bezahlen, aber auf jeden Fall eine Adresse in der Park Avenue aufweisen wollten.
Das glänzende Messingschild neben der Tür strahlte ihr entgegen. Park Avenue 79. Darunter befanden sich die kleineren Messingschilder mit den Namen der Firmen. Jedes Schild kostete im Monat noch zusätzliche fünf Dollar. Sie öffnete die große Eingangstür und betrat einen altmodischen Hausflur. An einer Tür rechts befand sich das Schild *Park Avenue Models, Inc.* Weiter hinten führte die Treppe zu den anderen Büros hinauf.
Sie ging an der Treppe vorbei zu einer anderen Tür, an der kein Name stand und die in ein gut eingerichtetes Büro führte. Sie warf ihren leichten Mantel ab und setzte sich an den Schreibtisch. Die Jalousien waren heruntergelassen, und sie schaltete eine Lampe ein, die das Zimmer zum Leben erwachen ließ. An den Wänden hingen zwei sehr gute Bilder und mehrere Farbfotos von jungen Mädchen. In einem Korb auf ihrem Tisch lagen weitere Bilder und daneben das Exemplar eines Verzeichnisses von Fotomodellen.
Sie drückte auf einen Knopf. Einen Augenblick später trat eine Frau mittleren Alters ein. Sie war offensichtlich erregt. »Miß

Flood«, sagte sie, »ich bin so froh, daß Sie da sind. Eben hat jemand von der Polizei angerufen!«
Maryann blickte mit einer jähen Bewegung auf. »Was?«
»Jemand von der Polizei, Miß Flood«, wiederholte die Frau.
»Und worum handelt es sich, Mrs. Morris?«
»Um Florence Reese. Sie liegt im Krankenhaus. Abtreibung.« Mrs. Morris war ganz außer Atem. »Man wollte wissen, ob sie für uns gearbeitet hat.«
»Was haben Sie geantwortet?«
Mrs. Morris richtete sich auf. »Ich habe selbstverständlich gesagt, daß sie nicht für uns arbeitet. Wenn sich so etwas herumspricht, schadet uns das sehr. Es fällt uns schon so schwer genug, Arbeit für Mädchen zu finden, bei denen alles in Ordnung ist.«
Maryann blickte nachdenklich vor sich hin. »Sie hätten nicht lügen sollen, Mrs. Morris. Vielleicht ist das arme Ding wirklich in Not und braucht unsere Hilfe.«
Mrs. Morris sah empört auf sie herunter. »Sie wissen doch, Miß Flood, was ich von solchen Mädchen halte. Sie sollten auch nicht eine Minute für sie vergeuden. Die wissen das gar nicht zu schätzen und bringen nur sich selber und alle anderen, mit denen sie zu tun haben, in schlechten Ruf.«
Maryann blickte vor sich auf die Schreibtischplatte. Gerade aus diesem Grund gab Mrs. Morris eine so gute Fassade ab – wegen ihrer ehrlichen Empörung über die schädigenden Elemente in diesem Beruf. Der Schlag würde sie treffen, wenn sie wüßte, was alles über die beiden Privattelefone auf Maryanns Schreibtisch ausgehandelt wurde. Aber jetzt hatte Maryann keine Zeit für Mrs. Morris' Empörung. Sie mußte sofort Hank Vito anrufen und feststellen, was in diesem Fall zu tun war. »Danke, Mrs. Morris. Haben Sie noch irgendwelche anderen Anrufe erhalten?«
»Zwei, Miß Flood. Einer von Mr. John Gellard. Er braucht heute nachmittag drei besonders geeignete Mädchen. Es sind einige Einkäufer in der Stadt, denen er etwas vorführen möchte. Ich habe ihm einige Mädchen vorgeschlagen, aber er wollte erst noch mit Ihnen reden. Der andere war von dem Pelzgeschäft in der 14. Straße. Dort brauchen sie ein Mannequin für das Schaufenster. Ich habe ihnen Raye Marnay geschickt.«

»In Ordnung«, sagte Maryann und griff nach dem Telefon. »Ich werde Mr. Gellard selber anrufen.«
Sie wartete, bis die Frau die Tür hinter sich geschlossen hatte. Dann wählte sie eine Nummer. Nachdenklich starrte sie auf die geschlossene Tür, während das Telefon am anderen Ende der Leitung klingelte.
Die arme Florence. Noch in der vergangenen Woche hatte sie ihr geraten, keine Abtreibung vornehmen zu lassen. Sie hatte viel zu lange gewartet. Drei Monate waren schon verstrichen. Es wäre viel klüger gewesen, wenn sie das Kind bekommen und zur Adoption weggegeben hätte. Das war in jeder Hinsicht die sauberste Lösung, und Hank Vito hätte noch dafür gesorgt, daß das Mädchen ein paar Dollar in die Hand bekommen hätte. Aber dann hatte sie wohl eine Panik erfaßt, und wahrscheinlich war sie in die Hände eines Pfuschers geraten. Maryann ergriff der Zorn. Was für ein Arzt war das, der das Leben eines jungen Menschen auf diese Weise aufs Spiel setzte! Gewiß, sie war eine Hure, aber war sie deshalb etwa kein Mensch?
Ein Mann meldete sich.
»Maryann«, sagte sie.
»Gott sei Dank!« Die Stimme des Mannes verriet Erleichterung. »Ich hatte schon Angst, ich würde vor dem Essen nichts mehr von Ihnen hören. Ich habe drei Leute aus Texas hier, und die sind scharf auf was Besonderes. Jetzt sitzen sie im Hotel und warten. Ich habe es ihnen zum Essen versprochen.«
»Die Zeit ist ziemlich knapp, John.«
»Das kann ich nicht ändern, meine Liebe«, erwiderte der Mann. »Ich habe es auch erst heute früh erfahren.«
»Volles Programm?« fragte sie. »Auftritt und Party?«
»Genau«, antwortete er.
»Das kostet 'ne Menge«, sagte sie.
»Wieviel?«
»Tausend Dollar.«
Er stieß einen Pfiff aus. »Machen Sie's halb so schlimm!« rief er. »Auch Spesen haben eine Grenze.«
»Ich kann es nicht ändern«, entgegnete sie. »Seit dem Jelke-Prozeß sind Mädchen, die was können, schwer zu bekommen.«
»Na gut«, erklärte er nach kurzem Zögern. »Dann sage ich Ihnen jetzt, wo sie hinkommen sollen.«

Sie machte mit dem Bleistift einige Notizen und legte auf. Einen Augenblick wartete sie und wählte erneut eine Nummer. Diesmal meldete sich eine weibliche Stimme.

»Eine Verabredung zum Essen, Cissie«, sagte Maryann hastig. »Sag auch Esther und Millie Bescheid. Volles Programm.«

»Ich habe eine andere Verabredung«, erwiderte das Mädchen rasch.

»Das bringe ich in Ordnung. Hier ist die Adresse«, sagte Maryann. Nach dem Gespräch zündete sie sich eine Zigarette an und griff erneut nach dem Hörer. Bevor sie ihn jedoch berührte, klingelte das Telefon. Sie nahm den Hörer ab. »Bitte?«

»Maryann?«

Die Stimme des Mannes war ihr vertraut. »Ja?«

»Frank«, sagte er.

»Wo fehlt's?«

»Es handelt sich um das Mädchen im Roosevelt-Krankenhaus«, erklärte er. »Florence Reese. Dein Büro hat behauptet, sie hätte nicht für euch gearbeitet. Sie sagt das Gegenteil. Widersprüche in den Aussagen führen immer zu Unannehmlichkeiten. Hätte deine Angestellte es nicht geleugnet, dann hätte ich der ganzen Sache sofort die Spitze abbrechen können. Aber jetzt sind zu viele Leute neugierig geworden.«

»Was soll ich denn tun?« fragte sie.

»Ich weiß nicht.«

»Wie geht es Florence?«

»Sie liegt im Sterben«, sagte er leise.

»Das arme Ding«, seufzte sie. »Ich hatte ihr gesagt, sie soll die Finger davon lassen.«

»Um sie brauchst du dir keine Sorgen mehr zu machen«, fuhr er fort. »Dazu ist es jetzt zu spät. Du mußt dir etwas einfallen lassen.«

»Gut, Frank. Ich rufe Vito an. Er wird wissen, was zu tun ist.« Sie zog an ihrer Zigarette.

»Das wollen wir hoffen«, meinte Frank. »Ich bin mit einem Mann von der Staatsanwaltschaft hier, und er kocht vor Zorn.

»Wer ist es denn?« fragte sie zerstreut.

»Keyes. Mike Keyes.«

Die Kehle schnürte sich ihr zusammen. »Mike Keyes?« wiederholte sie.

Er zögerte. »Ja. Ich hatte so das Gefühl, im Zusammenhang mit ihm gäbe es etwas, an das ich mich erinnern müßte! Früher war er bei der Polizei. Ist er nicht der Mann, den du einmal für eine Freundin ausfindig machen solltest?«
»Ich . . . ich entsinne mich nicht«, stammelte sie. »Es ist so lange her.« Langsam legte sie den Hörer auf und starrte auf die Tür. Es war alles so lange her. Wie in einem anderen Leben.

13

Gegen vier Uhr nachmittags kam die Schwester aus dem Krankensaal und trat zu Mike.
»Sie können ruhig in Ihr Büro zurückgehen, Mr. Keyes. Sie ist tot«, erklärte sie ungerührt.
Langsam erhob sich Mike. »So schnell geht das«, sagte er, und seine Stimme verriet seine Erschöpfung.
Sie nickte. »Sie hatte nicht die geringste Chance.« Zum erstenmal hörte er Mitgefühl in ihrer Stimme.
Er nahm seinen Hut vom Tisch. »Halten Sie die Leiche für eine Obduktion bereit. Ich setze mich dann mit dem Krankenhaus wegen des Ergebnisses in Verbindung.«
Seine Füße waren wie Blei, als er mit schleppenden Schritten den Gang entlangging. Florence Reese. Er fragte sich, was sie wohl empfunden haben mochte. Es mußte schlimm gewesen sein. Sie war noch so jung gewesen. Er gelangte zur Treppe, als Millersen wieder auftauchte.
»Noch etwas erfahren, Mike?« fragte Millersen.
Er schüttelte den Kopf. »Sie hat nicht mehr gesprochen. Und Sie?«
Millersens Gesicht verwandelte sich in eine undurchdringliche Maske. »Ich habe heute früh mit der Buchhalterin der Agentur gesprochen. Die hat nichts von ihr gewußt. Ich habe im Hotel nachgeforscht. Das Mädchen ist aus irgendeiner Kleinstadt in Pennsylvania vor etwa einem Jahr hierhergekommen. Bis vor rund sechs Monaten scheint es ihr ziemlich dreckig gegangen zu sein. Dann hat sie wohl etwas gefunden, und es schien ihr recht gut zu gehen.«

»Leben die Eltern?« fragte Mike.
Millersen nickte. »Ich habe vor etwa einer Stunde mit ihnen gesprochen. Sie sind unterwegs hierher.«

Joel Rader blickte von seinem Schreibtisch auf. »Vor etwa einer Stunde hat jemand angerufen und wollte mit Ihnen sprechen!«
Mike sah ihn müde an. »Wer war es?«
»Eine Frau von dieser Agentur. *Park Avenue Models.* Wie es scheint, hat dieses Mädchen doch für sie gearbeitet. Die Frau wollte wissen, ob sie in irgendeiner Weise behilflich sein kann.«
Mike nahm seinen Füllfederhalter und begann das Berichtsformular auszufüllen. »Jetzt kann niemand mehr was tun. Das Mädchen ist tot.«
»Schade«, erwiderte Joel. »War sie hübsch?«
Mike zuckte die Achseln. »Als ich sie sah, war das schwer zu beurteilen. Ich glaube schon. Jedenfalls war sie jung.« Er beendete seinen Bericht, unterschrieb ihn und stand auf. »Ich mache für heute Schluß. Ich bin total erledigt.«
Joel grinste. »Laufen Sie nur nicht dem Alten über den Weg. Er befindet sich auf dem Kriegspfad. Vorhin hat er Alec fertiggemacht.«
»Der arme Alec«, meinte Mike lächelnd. »Ihn erwischt es immer.« Er warf Joel den Bericht auf den Tisch. »Würden Sie den bitte für mich vorlegen?«
»Selbstverständlich.«

Einige Tage später drehte sich Joel mit seinem Schreibtischstuhl herum und wandte sich Mike zu. »Was hat eigentlich die Untersuchung ergeben, die Sie wegen dieses Mädchens eingeleitet haben? Ich meine den Abtreibungsfall vorige Woche.«
Mike zuckte die Achseln. »Nichts. Warum fragen Sie?«
Joel reichte ihm ein Schriftstück hinüber. »Sehen Sie sich das mal an.«
Es handelte sich um einen Bericht über die Festnahme und die Haftentlassung mehrerer Mädchen, die bei einer Razzia durch die Sittenpolizei auf einer Party verhaftet worden waren. Eines der Mädchen hatte zunächst ausgesagt, sie arbeite für die Agentur *Park Avenue Models* als Fotomodell. Später hatte sie eine andere Aussage gemacht. Alle Mädchen waren am nächsten

Morgen gegen Kaution entlassen worden. Vor Gericht hatte sie ein Anwalt aus Henry Vitos Büro vertreten. Die Party hatte in der Wohnung eines gewissen John Gellard stattgefunden. Die Razzia war aufgrund anonymer Anzeigen gegen Mr. Gellard erfolgt. In diesen Anzeigen hatte es geheißen, er hätte ganz offen mit seinen Beziehungen zu gewissen, nicht näher bezeichneten zwielichtigen Kreisen geprahlt. Ein Abhören des Telefons an jenem Nachmittag hatte ergeben, daß die Party, die am Abend stattfinden sollte, eine recht zügellose Sache zu werden versprach. Auch Mr. Gellard war gegen Kaution entlassen worden. Vor Gericht hatte ihn Henry Vito selber vertreten.

Joel wartete, bis Mike zu Ende gelesen hatte. »War nicht die *Park Avenue Models* die gleiche Agentur, die auch die Tote erwähnte?«

Mike nickte und las den Bericht noch einmal durch.

»Was halten Sie davon?« fragte Joel.

»Eine auffallende Übereinstimmung«, meinte Mike und stand auf. »Ich gehe hinunter zu Frank Millersen. Vielleicht weiß er etwas darüber.«

»Halten Sie mich auf dem laufenden«, bat Joel und wandte sich wieder seinem Schreibtisch zu.

Frank Millersen blickte auf, als Mike sein Büro betrat. »Hallo, Mike, was kann ich für Sie tun?«

»Sehen Sie sich das mal an, Frank.« Mike warf ihm den Bericht auf den Tisch.

Millersen nahm ihn und überflog ihn hastig. Sein Gesicht war undurchdringlich, als er Mike wieder ansah. »Und was habe ich damit zu tun?«

»Wissen Sie irgend etwas darüber, was mir nicht bekannt ist?« fragte Mike.

Millersen steckte sich seine Pfeife in den Mund und zündete sie an. »Eine der üblichen Razzien der Sittenpolizei«, antwortete er und lachte kurz auf. »Ich habe mit einem der Männer gesprochen. Es muß dort recht heiter zugegangen sein. Er sagte mir, als sie hinkamen, wären die Mädchen alle . . .«

»Das meine ich nicht«, unterbrach ihn Mike. »Eines dieser Mädchen hat die Agentur *Park Avenue Models* erwähnt. Das ist die gleiche, mit der auch Florence Reese gearbeitet hat.«

»Ich glaube nicht, daß das viel zu bedeuten hat«, sagte Millersen

aus einer Rauchwolke heraus. »Bestimmt ist vielen Mädchen diese Agentur bekannt.«
»Mag sein«, räumte Mike ein. »Aber warum sollte sie es dann später ableugnen? Das erscheint mir so seltsam. Und noch etwas anderes ist eigenartig: wie können sie es sich leisten, sich durch Vitos Anwaltsbüro vertreten zu lassen? Er arbeitet schließlich nicht umsonst. Die kleinen Huren kommen doch gar nicht an ihn heran.«
»Nach dem Bericht zu urteilen, hat sich Gellard von ihm persönlich vertreten lassen«, entgegnete Millersen. »Wahrscheinlich hat er auch die Vertretung der Mädchen bezahlt. Das war eine Sache, die in seinem eigenen Interesse lag.«
Mike schüttelte den Kopf. »Ich weiß nicht. Die ganze Sache gefällt mir nicht.«
Frank Millersen lächelte ihn an. »Vergessen Sie es, Mike. Wenn Sie erst lange genug in diesem Amt sind, werden Sie auf so viele zufällige Übereinstimmungen stoßen, daß Sie sie nicht mehr weiter beachten werden.«
»Das kann ich nicht«, erwiderte Mike. »Immer wieder muß ich an dieses arme Ding im Krankenhaus denken. Das hatte sie sich nicht erträumt, als sie in die Stadt kam.«
Millersen nickte. »Gewiß, aber wenn eine anständig ist, kommt sie gar nicht erst in eine solche Lage. Ich habe mit ihrem Vater gesprochen, als er herkam, um die Leiche überführen zu lassen. Sie war schon immer ein wildes Mädchen.«
»Es gibt einen Unterschied zwischen wilden und schlechten Mädchen«, antwortete Mike. Er nahm den Bericht und überflog ihn noch einmal. »Mir wäre es lieber, wenn ich es vergessen könnte.«
»Was haben Sie jetzt vor?« fragte Millersen.
Mike blickte von dem Bericht auf. Die Augen des Kriminalbeamten hatten einen seltsamen Ausdruck. Mike ließ sich von einer bei ihm ungewohnten Vorsicht leiten. »Ich weiß es nicht. Zunächst einmal werde ich die Sache überschlafen. Wenn ich noch Fragen habe, rufe ich Sie morgen früh an.«
Lächelnd erhob sich Millersen. »Das ist das beste. Wenn Sie sich entschließen sollten, in dieser Sache etwas zu unternehmen, stehe ich Ihnen morgen zur Verfügung.«
»Danke, Frank.« Mike verließ das Büro. Als er den Gang entlang

zum Fahrstuhl ging, sah er, daß er mit seinem Bericht versehentlich noch ein anderes Schriftstück mitgenommen hatte.
Er ging durch das Vorzimmer zurück und öffnete Millersens Tür. »Frank . . .«, rief er, bevor er bemerkte, daß Millersen telefonierte.
»Warte einen Augenblick, Mary«, sagte Millersen und bedeckte die Sprechmuschel rasch mit seiner Hand.
Mike sah ihn verwundert an. Millersens für gewöhnlich frisches Gesicht schien plötzlich zu erbleichen. »Entschuldigen Sie, Frank«, erklärte er, »ich wußte nicht, daß Sie telefonieren. Ich habe das versehentlich mitgenommen.« Er legte das Schriftstück auf den Tisch zurück.
Ein gezwungenes Lächeln trat in Millersens Gesicht. »Danke sehr, Mike. Ich spreche gerade mit meiner Frau. Vielen Dank.«
Mike nickte, verließ das Büro und schloß leise die Tür hinter sich. Erst als er sich von der Tür entfernte, hörte er wieder Franks gedämpfte Stimme am Telefon. Er kehrte in sein eigenes Büro zurück, ließ sich schwerfällig auf seinem Stuhl nieder und starrte den Bericht an.
»Was ist?« fragte Joel.
Mike furchte die Stirn. »Millersen ist der Ansicht, es stecke weiter nichts dahinter.«
»Millersen sollte es eigentlich wissen«, meinte Joel. »Er ist Fachmann auf diesem Gebiet.«
Wieder las Mike den Bericht. Nach einer Weile wandte er sich Joel zu. »Kennen Sie zufällig den Namen von Millersens Frau?«
Joel grinste. »Natürlich. Mrs. Millersen.«
»Nicht sehr komisch«, entgegnete Mike. »Und den Vornamen?«
»Wieso?«
»Ich bin halt neugierig«, antwortete Mike. »Er unterhielt sich mit ihr am Telefon, als ich zu ihm hineinging.«
»Elizabeth«, antwortete Joel. »Ich habe einmal mit ihnen ein paar Whiskys getrunken. Er nennt sie Betty.«
Mike zündete sich eine Zigarette an, drehte seinen Stuhl herum und starrte zum Fenster hinaus. Unten auf der Straße gingen die Männer bereits in Hemdsärmeln. Der Sommer setzte sich mit aller Macht in New York durch und ließ noch zu erwartende höllische Gluten ahnen. Betty. Warum hatte Millersen ihn angelogen?

Er blickte wieder auf seinen Schreibtisch und griff erneut zum Bericht. *Park Avenue Models.* Was für ein Verein war das? Er hatte niemals davon gehört, und nun war der Name zweimal innerhalb kurzer Zeit aufgetaucht. Er nahm den Telefonhörer ab.
»Verbinden Sie mich bitte mit Alec Temple«, bat er. Alec war gerade in die Abteilung versetzt worden, die sich mit der Überprüfung gewisser zwielichtiger Unternehmungen befaßte.
Alecs Stimme meldete sich. »Ja, Mike?«
»Tun Sie mir bitte einen Gefallen«, sagte Mike. »Ich möchte eine unauffällige Überprüfung der Agentur *Park Avenue Models* in der Park Avenue 79.«
»Was wollen Sie wissen?« fragte Alec.
»Alles, was Sie feststellen können. Aber es ist sehr wichtig, daß die Herren unten im Haus nichts darüber erfahren. Ich möchte nicht, daß Millersens Büro Wind davon bekommt. Ich glaube, diesmal können wir diesen Leuten wirklich etwas zeigen.«
»Schon gut, Mike«, rief Alec lachend. Stets kam es zu Reibereien zwischen der Staatsanwaltschaft und den Polizeiorganen, die ihr zugeteilt waren. »Ich habe verstanden.«
»Aber so schnell wie möglich, Alec.«
»Reicht morgen früh?«
»Das wäre großartig, vielen Dank.« Mike legte den Hörer auf. Er zerdrückte gerade seine Zigarette, als das Telefon klingelte.
Er nahm den Hörer ab und meldete sich. »Keyes.«
»Mike, hier spricht Frank Millersen.« Millersens Stimme klang am Telefon seltsam gepreßt.
»Was ist, Frank?«
»Ich habe eben gedacht, wir sollten uns diese Agentur doch einmal vornehmen, wenn Sie wollen.«
»Ach, lassen wir das, Frank«, entgegnete Mike. »Wahrscheinlich hatten Sie doch recht. Ein zufälliges Zusammentreffen. Entschuldigen Sie, daß ich Ihre Zeit in Anspruch genommen habe.«
»Macht ja nichts, Mike.« Millersens Stimme klang zögernd.
»Wenn Sie Ihrer Sache sicher sind?«
»Ganz sicher, Frank. Auf jeden Fall vielen Dank.«
»Nichts zu danken, Mike.« Er legte auf, und Mike fragte sich, ob er in Millersens Stimme wirklich so etwas wie Erleichterung gehört hatte.

14

Der Oberstaatsanwalt sah Mike durch seine große Hornbrille an. Leise trommelte er mit einem goldenen Bleistift auf die Papiere, die er auf dem Schreibtisch vor sich liegen hatte. »Sie wollen also zurücktreten?« fragte er ruhig.
Mike nickte. »Jawohl, Sir.«
»Warum?«
»Persönliche Gründe, Sir«, antwortete Mike verschlossen.
Der Chef drehte sich auf seinem Stuhl herum und blickte zum Fenster hinaus. »Befriedigt Sie Ihre Arbeit hier nicht, Mike?«
»Doch, Sir.«
Wieder schwieg der Alte. Lange Zeit war im Büro nichts weiter als sein schwerer Atem zu hören. Schließlich sagte er: »Ich habe Sie niemals für einen Feigling gehalten, Mike.«
Mike antwortete nicht.
»Die Arbeit, die Sie bei der Ermittlung gegen *Park Avenue Models* geleistet haben, ist ausgezeichnet. Eine der wichtigsten Sachen, die wir jemals in unserem Amt hatten. Und nur, weil die Geschichte in einflußreiche Kreise hineinspielt, wollen Sie kneifen?«
Noch immer antwortete ihm Mike nicht.
Wieder sah ihn der Chef an. »Was meinen Sie wohl, wie mir zumute ist«, fragte er plötzlich, »wenn ich feststellen muß, daß der Chef meiner Kriminalabteilung die Finger mit im Spiel hat? Glauben Sie nicht, daß ich den Kram am liebsten auch hinschmeißen möchte?« Er wartete Mikes Entgegnung nicht ab. »Aber das kann ich nicht. Ich habe einen Eid geleistet. Und als ich Sie einstellte, haben auch Sie diesen Eid abgelegt. Wir können die Sache nicht hinwerfen.«
»Das hat nichts damit zu tun, Sir«, erklärte Mike.
»Ach, zum Teufel!« explodierte der Alte. »Und wenn nun ein Dutzend übler Politiker und reicher Geschäftemacher mit drin steckt? Haben Sie etwa Angst, diese Leute könnten Ihnen Ihre Karriere verderben?«
Mike antwortete nicht.
»Es wird Ihnen gar keine Karriere mehr bleiben, die diese Leute vernichten können, wenn Sie jetzt kneifen. Alle Welt wird wissen, daß Sie ein Feigling sind.«

Mike atmete tief ein.
»Es tut mir leid, Sir. Ist das alles?«
Der Alte beugte sich über seinen Tisch hinweg vor und atmete schwer. »Sie verstehen noch immer nicht, Mike. Das ist die große Chance Ihres Lebens. Wenn alles vorbei ist, stehen Sie groß da und können gehen, wohin Sie wollen. Werfen Sie Ihr Leben nicht weg, mein Junge.«
»Darf ich jetzt gehen, Sir?« erwiderte Mike nur.
Die Stimme des alten Mannes verriet jetzt einen Anflug von Verachtung. »Nur selten irre ich mich in einem Menschen. Aber als ich Sie einstellte, habe ich mich tatsächlich geirrt.«
Mike schoß das Blut ins Gesicht. Er biß sich auf die Lippe. Auf keinen Fall wollte er sich zu einer heftigen Antwort hinreißen lassen.
»Schlimm genug, was ich im Fall Millersen schlucken muß. Aber feststellen zu müssen, daß Sie ein Feigling sind, übertrifft alles.« Plötzlich veränderte sich sein Ton. »Ich bin ein alter Mann, Mike, und habe einen großen Teil meines Lebens in dieser Behörde verbracht. Alles, was ich erreichen wollte, war, eine gute, eine ehrliche Arbeit zu leisten, um die Menschen zu schützen, die mir ihr Vertrauen schenkten. Zum erstenmal in meinem Leben habe ich das Gefühl, dieses Vertrauens nicht würdig zu sein.«
»Sie haben dieses Vertrauen durchaus verdient, Sir«, entgegnete Mike. »Auf Ihrem Schreibtisch befinden sich alle Unterlagen, die das beweisen.«
»Ich bin für jeden Mann in meinem Amt verantwortlich«, fuhr der Alte fort. »Ich muß für Millersen den Kopf hinhalten, und ich werde es auch für Sie tun. Oberstaatsanwalt zu sein, erschöpft sich nicht darin, vor eine Geschworenenbank hinzutreten, die einzelnen Punkte der Anklage vorzubringen und eine Verurteilung herbeizuführen. Man hat auch ein Ehrgefühl. Man setzt seine Ehre daran, seine Pflicht ohne jede Furcht und ohne jede Begünstigung zu erfüllen. Wenn Sie jetzt zurücktreten, ist es genauso, als ob ich zurücktrete. Die ganze Welt wird das wissen.«
Mike sagte nichts.
»Na gut«, sagte der Alte. »Nehmen Sie Ihren Abschied, wenn Sie es so wollen. Aber bringen Sie zumindest den Anstand auf, mir

Ihre Gründe zu nennen. Ich weiß ganz genau, daß Sie kein Feigling sind.«

Mike räusperte sich. Plötzlich bemerkte er, daß seine Hände zitterten.

»Sagen Sie es mir, Mike«, bat der Alte freundlich. »Sie waren ein tüchtiger Polizeibeamter, und Sie waren ein guter Staatsanwalt. Warum geben Sie auf?«

Mike blickte dem Alten fest in die Augen. »Sie war mein Mädchen, Sir.« Seine Stimme klang dumpf.

»Sie?« Der Alte sah ihn verwundert an. »Wer?«

»Marja. Ich meine Maryann Flood.«

»Diese Maryann Flood?«

Mike nickte.

»Aber – wieso?« Der Alte war verwirrt.

»Ich habe nicht gewußt, daß sie in die ganze Sache verwickelt war, als ich Alec vor drei Wochen anrief und ihn bat, in die Sache *Park Avenue Models* hineinzuleuchten.« Mike zündete sich eine Zigarette an. »Hätte ich es gewußt, dann hätte ich gar nicht erst angefangen, mich mit diesem Fall zu befassen.«

Der Oberstaatsanwalt sah ihn an. Seine Augen verrieten, daß er zu begreifen begann. »Ich hatte also doch recht«, sagte er leise. »Ich hatte also mit meinem Urteil über Sie doch recht.«

Mike fuhr fort, als hätte er die Worte des Alten nicht gehört. »Als ich dann den Bericht erhielt, mußte ich weitermachen. Ich habe meine Eingabe vorgelegt und den Auftrag erhalten, die Ermittlungen weiterzuführen. Wir zapften das Telefon an und begannen, alles zu überprüfen. Es klärte sich dabei sehr vieles auf, und wir erfuhren Dinge, von denen wir nicht das geringste geahnt hatten. Zum Beispiel auch, warum so viele unserer Razzien mißlungen waren. Besonders als wir ihre erste Festnahme überprüften und entdeckten, daß Frank Millersen der Beamte gewesen war, der sie damals verhaftet hatte. Noch offensichtlicher wurde die Sache, als wir herausfanden, daß er an die zwanzigtausend Dollar im Jahr auf der Bank zurückgelegt hatte. Es gibt auf der ganzen Welt keinen Polizeibeamten, der das nur mit seinem Gehalt fertigbringt. Von da war es nur noch ein kurzer Weg zu den Geschäftsleuten, die ihr das alles ermöglichten, zu den Politikern, die sie bestach, und zu den Polizeibeamten, deren sich die einzelnen Mädchen annahmen. Ebenso plötzlich,

wie sie begonnen hatte, war die Ermittlung auch beendet. Alle Vorbereitungen waren getroffen, um vor einem Geschworenengericht die Anklage zu erheben. In diesem Augenblick wußte ich, daß ich es nicht tun könnte. Deshalb habe ich Joel Rader gebeten, es für mich zu übernehmen.«
Der Alte sah ihn an. »Sie haben sich krank gemeldet.«
Mike nickte. »Ich war auch krank. Innerlich.«
»Aber Sie sind hierhergekommen, während Joel noch immer im Gerichtssaal sitzt.«
»Ja«, antwortete Mike, »ich möchte hier heraus, bevor ich erfahre, wieviel Schaden ich ihr zugefügt habe.«
»Sie können der Sache nicht davonlaufen, Mike«, sagte der Alte freundlich.
Mike nahm einen tiefen Zug von seiner Zigarette. »Ich kann es immerhin versuchen.«
»Sie lieben sie noch immer.« Es war mehr eine Feststellung als eine Frage.
Mike sah ihn an, sagte aber nichts.
Hinter ihnen öffnete sich die Tür, und Joel Rader trat ein. Sein Gesicht verriet große Erregung.
»Sie haben es geschafft, Mike!« rief er. »Allen Beteiligten wird der Prozeß gemacht. Der Flood, Millersen. Es wird die größte Verhandlung, die jemals in dieser Stadt abgewickelt wurde!« Er wandte sich dem Oberstaatsanwalt zu, der noch immer an seinem Schreibtisch saß. »Ich habe die Haftbefehle gegen sie bei mir. Wir gehen jetzt hinunter und holen uns Millersen.«
Der Oberstaatsanwalt erhob sich. »Ich begleite Sie.« Er sah Mike an. »Kommen Sie mit?«

Frank Millersen steckte sich die Pfeife in den Mund und zündete sie sich bedächtig an. Als sie gut brannte, begann er die Papiere auf seinem Schreibtisch durchzusehen. Nichts Besonderes. Er konnte sich auf ein ruhiges Wochenende mit Betty und seinen Kindern freuen. Seit langem war ihm dies nicht möglich gewesen.
An der Tür klopfte es. »Herein«, rief er.
Das Geräusch von Schritten mehrerer Männer ließ ihn aufblikken. Der Oberstaatsanwalt stand vor seinem Schreibtisch. Hinter ihm waren Keyes und Rader eingetreten. Vor der Tür

bemerkte er die blaue Uniform eines Polizeibeamten. Er verspürte einen ungewohnten Druck auf der Brust, zwang aber seine Lippen zu einem Lächeln, erhob sich und streckte die Hand aus. »Es ist lange her, seit Sie hier unten waren, Chef«, sagte er. Mit ausgestreckter Hand stand er da, aber der Oberstaatsanwalt beachtete sie nicht. Betreten hob Millersen die Hand, um die Pfeife aus dem Mund zu nehmen, und versuchte, dies als eine einzige Bewegung wirken zu lassen.
Die Stimme des Oberstaatsanwalts war leise. »Wir haben einen Haftbefehl gegen Sie, Frank.«
Er fühlte, wie sein Gesicht bleich wurde. »Wie lautet die Anklage, Sir?« fragte er, aber er konnte sie an Mikes Gesicht ablesen.
»Muß ich Ihnen das sagen, Frank?« fragte der Chef leise.
Millersen ließ den Kopf sinken und warf sich auf seinen Stuhl. Plötzlich war er ein alter Mann. Er blickte auf seinen Schreibtisch. Ziellos wühlten seine Hände in den Papieren. Er schüttelte den Kopf. »Nein.«
Ohne aufzublicken wußte er, daß sich der Oberstaatsanwalt umgedreht und das Büro verlassen hatte. Nun drang Raders Stimme zu ihm. »Sie kommen besser mit uns, Frank.«
Er sah auf, und seine Augen waren von tiefem Kummer gezeichnet. »Geben Sie mir eine Minute, um mich etwas zu sammeln«, bat er mit gepreßter Stimme. »Ich komme sofort.«
Joel sah Mike an, der nickte. »Gut, wir warten draußen auf Sie.«
Sie gingen zur Tür. Millersens Stimme hielt sie zurück: »Mike!«
Mike wandte sich um.
Millersen zwang ein Lächeln auf seine Lippen. »Ich hätte daran denken sollen, daß Sie ein sehr guter Polizeibeamter waren, bevor Sie bei der Staatsanwaltschaft anfingen. Ich hätte es selber nicht besser machen können.«
Mikes Mund war wie ausgetrocknet. »Ich bedauere das alles sehr, Frank.«
»Es war Ihre Pflicht, Mike«, erwiderte Frank Millersen ruhig.
Mike nickte und ging hinter Joel durch die Tür. Millersen wartete, bis sie sich hinter ihnen geschlossen hatte. Dann nahm er wieder die Pfeife in den Mund und zog an ihr. Tief in seiner Lunge spürte er den scharfen Rauch.

Sich selbst bedauerte er nicht, als er die Schublade seines Schreibtisches öffnete und den blaugrauen Revolver herausnahm. Nur eine grenzenlose Traurigkeit erfüllte ihn beim Gedanken an Betty und die Kinder, als er das warme Pfeifenende gegen den kalten Stahl der Revolvermündung austauschte.

15

Als er müde die Tür öffnete, hörte er seine Mutter mit jemandem in der Küche sprechen. Langsam ging er durch das Wohnzimmer in sein Schlafzimmer. Er konnte sich nicht erinnern, jemals so müde, so völlig erschöpft gewesen zu sein.
»Bist du das, Mike?« rief seine Mutter von der Küche her.
Es machte ihm Mühe, überhaupt zu sprechen. »Ja, Mutter.«
Er ging in sein Zimmer, schloß die Tür, zog seine Jacke aus und sank in der Nähe des Fensters in einen Sessel. Er zündete sich eine Zigarette an und starrte hinaus.
Hinter ihm öffnete sich die Tür. Er wandte sich nicht um.
»Fehlt dir etwas, mein Junge?«
»Nein, Mutter, alles in Ordnung.«
Sie ging um den Sessel herum und sah ihn an. »Du bist so früh nach Hause gekommen. Ist etwas passiert?«
Er blickte zu ihr auf. Sorge spiegelte sich auf ihrem Gesicht.
»Es ist nichts passiert, Mutter.«
»Du siehst aber schlecht aus«, erklärte sie. »Ich mache dir einen Tee.«
Gereiztheit klang in seiner Stimme an, als er schroff erwiderte: »Laß mich in Ruhe, Mutter. Mir fehlt nichts.«
Er bemerkte den Schmerz in ihren Augen und griff nach ihrer Hand. »Entschuldige, Mutter«, rief er, »ich wollte dich nicht verletzen.«
»Schon gut, mein Junge«, sagte sie. »Ich verstehe.«
»Nein, Mutter«, entgegnete er. Es gab niemanden, der es wirklich verstand. Er allein wußte, wie ihm zumute war.
Zögernd stand die alte Frau vor ihm: »Ich kenne diesen Ausdruck deines Gesichtes, mein Sohn.«

»Was für einen Ausdruck, Mutter?« fragte er zerstreut und blickte wieder zum Fenster hinaus.
»Es ist dieses Mädchen«, sagte sie. »Sie ist zurück. Das sehe ich deinen Augen an.«
Überrascht sah er zu ihr auf, sagte aber nichts.
»Es ist das gleiche Gesicht wie damals, als du zur Anstalt hinausfuhrst, um sie mit nach Hause zu nehmen, und sie dann nicht mitkam.« Die Stimme seiner Mutter war vom Schmerz um ihn erfüllt. »Du kannst sie nicht vergessen, nicht wahr?«
Er ließ ihre Hand los. »Ich habe es versucht. Aber ich weiß nicht, was es ist. Sie ist wie ein Teil von mir.«
»Bist du mit ihr zusammengewesen?«
Er schüttelte den Kopf. »Nein.«
»Was ist denn der Grund?«
»Die Polizei ist in diesem Augenblick unterwegs, um sie zu verhaften. Ich habe ein Verfahren gegen sie eingeleitet, das sie ins Gefängnis bringen wird.«
Eine Weile sagte sie kein Wort. »Es ist deine Pflicht«, erklärte sie schließlich.
»Sag mir nur das nicht«, rief er in einem Anflug von Zorn. Millersen hatte es ebenfalls gesagt. Nun war Millersen tot.
»Ich habe dir vor langer Zeit schon gesagt, daß sie nichts für dich ist«, erwiderte sie und ging zur Tür. »Vielleicht glaubst du es mir jetzt.«
»Aber was soll ein Mensch denn tun, wenn er weiß, daß es niemanden anders für ihn gibt?« fragte er gequält.

Maryann blickte von ihrem Schreibtisch auf. Tom stand vor ihr und lächelte. »Das Taxi wartet unten, Miß Maryann«, sagte er. »Wir haben noch genau eine Stunde Zeit, um auf den Flugplatz zu kommen.«
Sie erwiderte sein Lächeln. »Nur noch ein paar Minuten, Tom.«
»Ich bin unten«, erklärte er. »Ich kann es einfach nicht mehr erwarten, unsere Kleine wiederzusehen.«
»Ich auch nicht.«
Tom ging aus dem Büro, und die Tür schloß sich hinter ihm. Sie betrachtete einen Augenblick Michelles Bild auf ihrem Schreibtisch, griff dann zu einigen Papieren und überflog sie: Rechnungen, die warten konnten, bis sie in zwei Wochen zurückkam. Sie

legte sie in eine Mappe. Dann schloß sie die Schublade ab und erhob sich.
Sie nahm ihren Mantel von einem Stuhl und blickte sich noch einmal im Zimmer um. Das Telefon klingelte. Sie zögerte, verzog das Gesicht und ging zur Tür. Wenn es Joker war, so sollte er morgen feststellen, daß sie nicht mehr da war. Zum Teufel mit ihm! Dieses Mal würde sie Michelle gegenüber ihr Versprechen einhalten.
Als sie die Hand auf die Türfalle legte, öffnete sich die Tür, und ein großer Mann stand vor ihr. Automatisch musterte sie seine Füße. Polizei!
»Haben Sie jemals gehört, daß man anklopft, bevor man ein Zimmer betritt?« fragte sie kühl.
Er trat ins Büro, und sie sah, daß mehrere Männer hinter ihm standen.
Der Große lächelte. »Wollen Sie verreisen, Baby?« fragte er.
»Das geht Sie nichts an!«
Ein untersetzter, dunkelhaariger Mann drängte sich durch die Gruppe. »Sparen Sie sich gefälligst Ihre Witze, George!« rief er scharf und wandte sich an sie. »Sind Sie Maryann Flood?«
Sie nickte.
»Ich bin Joel Rader von der Staatsanwaltschaft. Wir möchten Sie bitten, uns zu begleiten.«
Sie trat an ihren Schreibtisch. »Handelt es sich hier um eine Festnahme?«
»Und ob, Baby!« rief der große Mann rauh.
Sie beachtete ihn nicht und sagte zu dem untersetzten, dunkelhaarigen Mann: »Mit welcher Begründung, Mr. Rader?«
»Die Gründe sind im Haftbefehl aufgeführt, Miß Flood«, erklärte Rader und reichte ihr ein zusammengefaltetes Schriftstück.
Sie nahm es entgegen und überflog es rasch. Als sie wieder aufblickte, war ihr Gesicht unergründlich. »Darf ich meinen Anwalt anrufen?« fragte sie ruhig.
Joel nickte. Er betrachtete sie bewundernd, als sie hinter ihren Schreibtisch trat und zum Telefon griff. Rasch wählte sie eine Nummer.
Er hörte die Stimme eines Mannes am anderen Ende. »Hank«, erklärte sie ruhig, »man hat mich gerade verhaftet ... Nein, ich

bin noch immer in meinem Büro ... Ja ... Ich sehe Sie dann drüben.«
Sie legte den Hörer auf und sah Joel an. »Jetzt bin ich bereit.«
Er trat zur Seite, um sie an sich vorbeigehen zu lassen. Sie schritt durch die Tür ins Vorzimmer. Dort stand der farbige Diener, und sein Gesicht war grau. Sie blieb stehen und sagte zu ihm: »Machen Sie sich keine Sorgen, Tom. Fahren Sie nach Hause und richten Sie das Essen für heute abend. Und telegrafieren Sie Michelle, daß uns dringende Geschäfte aufgehalten haben.«

Tom stand in Vitos Büro und sah Joker Martin besorgt an. »Hat Miß Maryann große Unannehmlichkeiten?«
Martin streifte Hank Vito mit einem Blick und wandte sich dann erneut an Tom. »Große Unannehmlichkeiten.«
»Und alles wegen dieses Staatsanwalts, der in der Zeitung genannt wird und das Verfahren eingeleitet hat? Wegen dieses Mr. Keyes, der jetzt in Urlaub gefahren ist, während Miß Maryann mit all ihren Sorgen zurückbleibt?« Toms Stimme zitterte vor Empörung.
»Der ist es«, erwiderte Joker Martin ruhig.
»Ein gemeiner Mensch, Mr. Martin«, erklärte Tom ernst. »Dies alles Miß Maryann anzutun, nur weil sie ihn nicht heiraten will.«
»Wie bitte?« Martin beugte sich vor. »Was wollen Sie damit sagen?« Eine verschwommene Erinnerung begann in ihm aufzusteigen. Ross' Freund, der junge Bursche, der sie nach der Arbeit im Tanzlokal immer abgeholt hatte. Auch er hieß Mike. Er starrte Tom an. »Was wollen Sie damit sagen?« wiederholte er.
»Er ist Michelles Vater.«
»Woher wissen Sie das?« fragte Vito. »Hat sie es Ihnen gesagt?«
Tom schüttelte den Kopf. »Das würde sie nie tun.«
»Woher wissen Sie es denn?« fuhr Vito fort. »Wenn wir das beweisen könnten, würde es mir gelingen, sie billig davonkommen zu lassen. Jedes Geschworenengericht der Welt würde es als eine abgekartete Sache ansehen.«
»In einer Kommodenschublade in ihrer Wohnung hat sie Michelles Geburtsurkunde. In ihr ist er als Vater angegeben. Ich habe es viele Male beim Aufräumen gesehen«, erklärte Tom.
Vito war erregt aufgesprungen. »Fahren Sie sofort nach Hause.

Holen Sie die Urkunde und bringen Sie sie her. Geben Sie sie keinem andern als mir. Verstanden?«
Tom war bereits unterwegs zur Tür. Mit einem glücklichen Lächeln blickte er zurück. »Jawohl, Sir, ich habe verstanden.« Die Tür schloß sich hinter ihm. Vito wandte sich an Martin.
»Was sagen Sie dazu?«
»Hol mich der Teufel!« rief Joker Martin verblüfft. »Und die ganze Zeit über hat sie uns nichts davon gesagt.«
»Glauben Sie, daß sie diesen Mike Keyes noch immer liebt?«
Joker Martin zuckte die Achseln. »Ich habe schon vor langer Zeit aufgehört, sie verstehen zu wollen.«
»Diese Überraschung spare ich mir für den Prozeß auf«, erklärte Vito. »Glauben Sie, daß Keyes es weiß?«
Joker Martin schüttelte den Kopf. »Nein. Ich glaube, sie hat es niemals jemandem erzählt. Vielleicht Ross, und er kann darüber nicht mehr aussagen.«
Vito trat an seinen Schreibtisch. »Ich kann diese Frau nicht begreifen«, sagte er verwundert. »Ich habe sie heute morgen im Gefängnis gesprochen. Sie ist jetzt schon drei Tage dort und hat mir nichts davon gesagt. Ich frage mich, ob es ihr überhaupt klar ist, daß ich sie damit herausholen kann.«
»Selbst wenn sie es wüßte, bezweifle ich, daß sie etwas sagen würde«, meinte Joker Martin lächelnd. »Erinnern Sie sich, was Sie mir vor langer Zeit einmal sagten, als Sie mir zum erstenmal von ihr erzählten?«
Vito schüttelte den Kopf. »Nein.«
»Sie ist eine besondere Art von Hure«, zitierte Joker Martin. »Eine Hure mit Moralgesetz.«

Die Staatsanwaltschaft gegen Maryann Flood

Joel blickte von seinem Tisch auf, als ich das Büro betrat. Sein Gesicht wirkte besorgt. »Der Alte schreit wie am Spieß nach Ihnen. Nehmen Sie die Beine in die Hand und sausen Sie nach oben.«

»Was will er denn?« fragte ich und warf Hut und Mantel auf einen Stuhl.

»Das weiß ich nicht. Ich habe nur gehört, daß Vito bei ihm ist. Das gefällt mir nicht.«

»Vito?« fragte ich.

Joel nickte. »Beeilen Sie sich lieber.«

Die Sekretärin des Chefs machte mir ein Zeichen, sofort in sein Büro zu gehen. Der Chef saß an seinem Schreibtisch.

Seine Augen waren kalt. Vito saß ihm gegenüber auf einem Stuhl.

Als ich eintrat, wandte er sich zu mir um.

Ich ging an ihm vorbei zum Schreibtisch. »Sie wollten mich sprechen, Sir?«

Der Alte nickte. »Sie haben mir nicht alles über sich und Miß Flood erzählt.« Seine Stimme war ebenso eisig wie seine Augen.

Ich fühlte Zorn in mir aufsteigen. Das war etwas, womit ich nicht gerechnet hatte. Ich hatte dem Alten alles gesagt, was von Bedeutung war. Er war es, der mich gebeten hatte, die Sache weiterzuführen, als ich aufgeben wollte. Ich bemühte mich, meine Stimme ebenso eisig klingen zu lassen wie seine.

»Ich fürchte, ich verstehe Sie nicht.«

»Ein Frank Millersen sollte genug sein!« brüllte der Alte und schlug mit der Faust auf den Tisch.

Ich bemühte mich, beim Sprechen die Ruhe zu bewahren, obwohl ich nahe daran war, die Beherrschung zu verlieren. »Ich verstehe noch immer nicht, wovon Sie reden.«

»Vielleicht wissen Sie auch davon nichts?« fragte der Alte spöttisch und schob mir ein Papier hin.
Ich nahm es. Es handelte sich um eine Geburtsurkunde. *Michelle Keyes.* Ich las weiter und fühlte, wie ich bleich wurde. *Mutter: Maryann Flood. Vater: Mike Keyes.* Ich sah das Datum an und fühlte mein Herz klopfen. Es mußte richtig sein. Es stimmte mit der Zeit überein, in der wir zusammenwaren.
Nun wurde mir vieles klar. Dieser seltsame Blick, mit dem sie mich am Abend zuvor gemustert hatte, als ich sie nach ihrer Tochter fragte. Ich hatte nicht geahnt, daß es mein Kind war.
Rauh schlug die Stimme des Alten an meine Ohren. »Warum haben Sie mir nichts davon gesagt?«
Ich sah ihn an und bemühte mich, so ruhig wie möglich zu sprechen. »Wie konnte ich?« fragte ich. »Es ist das erstemal, daß ich davon höre.«
»Sie erwarten doch wohl nicht von mir, daß ich das glaube, oder?« schnaubte der Alte.
Endlich verlor ich die Beherrschung. »Es ist mir völlig gleichgültig, was Sie glauben!« brüllte ich.
»Ist Ihnen klar, daß damit unser Fall erledigt ist?« fragte der Alte. »Es befördert ihn in den Papierkorb!«
Ich starrte ihn an. Das war der Mann, der sagte, es gebe nur eine Möglichkeit, einen Prozeß zu gewinnen, nämlich sich fest an die Wahrheit zu halten. »Warum sollte das der Fall sein?« fragte ich kühl. »Vito ist es nicht gelungen, auch nur einen einzigen Anklagepunkt zu widerlegen.«
Seit ich im Büro war, machte Vito zum erstenmal den Mund auf. »Wozu sollte ich mir die Mühe geben?« fragte er. »Welche Geschworenen werden Ihnen Ihre Anklage glauben, wenn sie diese Urkunde da sehen?« fragte er. »Alles deutet darauf hin, daß es sich um ein abgekartetes Spiel, um eine persönliche Rache handelt.«
Ich blickte auf ihn herab und lachte spöttisch auf. »Ich habe immer gehört, Sie wären ein guter Anwalt, Mr. Vito. Einer der besten. Aber ich habe nicht gewußt, daß zu Ihrem Repertoire auch Erpressung gehört.«
Vito sprang auf und wollte sich auf mich stürzen. Mit einer Hand stieß ich ihn zurück. Er blieb sitzen und sah mich zornerfüllt an.

Das Sprechgerät auf dem Schreibtisch des Chefs summte. Er drückte auf die Taste. »Ja?« knurrte er.
»Miß Flood ist da«, sagte seine Sekretärin.
»Schicken Sie sie herein«, antwortete der Alte.
Die Tür öffnete sich, und Marja trat ein. Ihr goldblondes Haar fiel locker herab. Sie trug den gleichen blauen Flauschmantel, den sie während des ganzen Prozesses angehabt hatte.
Sie beachtete mich nicht und sah nur Vito an. »Was ist los?« Ihre Stimme war belegt.
Sein Mund unter dem schmalen, elegant gestutzten Schnurrbart verzog sich zu einem dünnen Lächeln. »Ich glaube, der Oberstaatsanwalt wäre bereit, sich mit uns zu einigen.«
Sie blickte zu mir auf, und ein Leuchten trat in ihre Augen. »Mike, bist du . . .?«
Scharf unterbrach sie Vitos Stimme.
»Ich habe vom Oberstaatsanwalt gesprochen und nicht von Ihrem Jugendfreund.«
Das Leuchten schwand ebenso schnell aus ihren Augen, wie es gekommen war. »Wieso?« fragte sie.
Schweigend reichte ich ihr die Geburtsurkunde. Sie streifte sie mit einem raschen Blick und sah dann mich an. Tiefer Schmerz lag in ihren Augen. »Wo hast du das her?« fragte sie mit zitternder Stimme.
Ich nickte zu Vito hinüber.
Sie sah ihn an. »Wo haben Sie das her, Vito?«
Ihre Stimme klang eisig.
Er lächelte sie an. »Tom hat es mir gebracht.«
»Warum haben Sie es mir nicht gesagt?«
»Damit Sie den Prozeß verlieren, nur weil Sie Ihren Freund dekken wollen?« entgegnete er. »Ich bin Ihr Anwalt, und meine Aufgabe ist es, Sie zu verteidigen. Sogar gegen Sie selbst.«
Sie atmete tief auf. »Um ihn geht es gar nicht. Hätte ich gewollt, daß er es erfährt, dann hätte ich es ihm schon vor langer Zeit mitgeteilt. Aber mir geht es um Michelle. Sie ist jetzt glücklich. Sie lebt in dem Glauben, daß ihr Vater im Krieg gefallen ist. Was, glauben Sie, würde sie empfinden, wenn sie dahinterkäme, wie sie auf die Welt gekommen ist?«
»Bilden Sie sich ein, ihr ist es lieber zu wissen, daß ihre Mutter im Kittchen sitzt?« fragte Vito.

»Das ist immer noch besser, als herauszufinden, daß sie ein uneheliches Kind ist!« stieß Maryann scharf hervor.
Vito erhob sich. »Sie tun, was ich sage«, erklärte er. »Für Sie steht jetzt zuviel auf dem Spiel, um noch aussteigen zu können.« Er wandte sich an den Oberstaatsanwalt. »Nun, John, was sagen Sie dazu?«
Der Alte sah ihn schweigend an.
»Können wir einen Vergleich schließen?« fuhr Vito hartnäckig fort.
Die Augen auf mich gerichtet, antwortete der Oberstaatsanwalt bedächtig: »Keyes bearbeitet diesen Fall. Ich habe es mir zum obersten Grundsatz gemacht, meinen Staatsanwälten niemals Vorschriften zu machen. Fragen Sie ihn.«
Vito sah mich fragend an.
»Ein Vergleich kommt nicht in Frage«, erwiderte ich.
»Sie werden es bereuen, Mike«, rief er. »Ich werde Sie in den Zeugenstand rufen, und wenn ich mit Ihnen fertig bin, sind Sie erledigt.«
»Ich lasse es darauf ankommen«, entgegnete ich verbissen.
Vito wandte sich erneut an den Chef. »Und damit sind auch Ihre Aussichten auf den Posten des Gouverneurs im Eimer.«
Die Augen des Oberstaatsanwalts waren undurchdringlich.
»Ich stehe hinter Keyes«, antwortete er.
Vito wandte sich mit rotem, zornigem Gesicht zur Tür. »Kommen Sie, Maryann!«
Sie folgte ihm.
»Marja!« rief ich.
Sie blieb stehen und sah mich an.
Ich trat zu ihr und ergriff ihre Hand. »Warum hast du es mir nie gesagt?« fragte ich leise.
Sie antwortete mir nicht. Ihre Augen hatten einen seltsamen Glanz. Ich fragte mich, ob es Tränen waren.
»Warum, Marja?« wiederholte ich.
Fest und unverwandt sah sie mich an. »Ich habe ein Kind verloren, weil man der Ansicht war, ich könnte nicht für es sorgen, Mike«, flüsterte sie. »Ich wollte dieses nicht auch verlieren.«
»Kommen Sie, Marja?« rief Vito schroff von der Tür her.
»Entschuldige, Mike«, sagte sie leise, entzog mir ihre Hand und ging zur Tür.

Langsam kehrte ich zum Alten zurück. »Ich habe Ihnen die Sache ganz schön verpatzt.«
Er lächelte. »Verzeihen Sie, Mike, daß ich Ihnen nicht vertraut habe.«
»Schon gut, John«, erwiderte ich. »Das ist jetzt unwichtig.«
Schwerfällig erhob er sich. »In ein paar Minuten tritt das Gericht zusammen. Es ist besser, wir gehen gleich hinunter. Wir werden das beste daraus machen.«
Ich hatte ein Gefühl, wie es wohl die Gladiatoren im alten Rom hatten, als sie in die Arena traten.
»Morituri te salutant«, sagte ich.
Er war ganz in seine eigenen Gedanken versunken.
»Was heißt das?« fragte er scharf.
Ich lächelte ihn an. Er war so stolz auf seine lateinischen Kenntnisse. Nur selten gelang es, ihm eins auszuwischen, und sei es nur dank einer Unaufmerksamkeit auf seiner Seite. »Die dem Tod Geweihten grüßen dich«, übersetzte ich und grinste.

Im Gerichtssaal herrschte eine Atmosphäre gedämpfter Spannung. Es war, als ob alle fühlten, daß sich etwas Besonderes vorbereitete. Sogar die normalerweise gelassenen Gerichtsschreiber wirkten unruhig.
Der Richter erschien mit einer Verspätung von zwanzig Minuten. Wir erhoben uns, als er das Podium bestieg. Gleich darauf wurde die Sitzung eröffnet.
Vito erhob sich und ging auf den Richtertisch zu. Seine Stimme hallte durch den Gerichtssaal. »Die Verteidigung möchte als ersten Zeugen Mr. Michael Keyes aus dem Stab des Oberstaatsanwaltes aufrufen!«
Der Richter war sichtlich verblüfft. Er blickte zu uns herüber, während sich im Gerichtssaal ein Tumult erhob. Ich hörte die Schritte einiger Reporter, die zwischen den Bankreihen hindurch zu den Ausgängen eilten. Der Richter klopfte mit dem Hammer, um die Ruhe wiederherzustellen. Gleich darauf wurde es still.
»Das ist ein äußerst ungewöhnlicher Antrag, Herr Anwalt«, erwiderte er. »Ich nehme an, daß Sie eine ausreichende Begründung für einen solchen Antrag haben.«
»Die habe ich, Euer Ehren«, antwortete Vito. »Damit meiner

Mandantin Gerechtigkeit widerfährt, halte ich es für unbedingt notwendig, daß Mr. Keyes in den Zeugenstand gerufen wird.«

Der Richter sah mich an, und ich durchquerte den Raum. Vito beobachtete mich, und sein Gesicht hatte einen verschlossenen Ausdruck. Marja sah zu mir auf, als ich an ihrem Tisch vorbeiging. Ihr Gesicht war bleich und wirkte gequält. Dann war nur noch der Zeugenstand vor mir. Ich stieg die Stufe hinauf und wandte mich dem Gerichtsschreiber zu, der mir den Eid abnehmen wollte. Blitzlichter flammten auf, die mich für einen Augenblick blendeten.

Da vernahm ich ihre Stimme. Sie klang fest und klar. »Euer Ehren, darf ich einen Augenblick mit meinem Anwalt sprechen?« fragte Marja den Richter. »Ich möchte mich schuldig bekennen.«

Wieder brach im Gerichtssaal ein Tumult aus, der noch stärker war als der vorhergehende. Noch mehr Blitzlichter zuckten auf, und als ich wieder klar sehen konnte, war Vito an ihren Tisch zurückgekehrt.

Ganz offensichtlich waren sie verschiedener Meinung. Dann blickte Vito zum Richter auf. »Euer Ehren, darf ich um eine Unterbrechung von zehn Minuten bitten? Ich muß mich mit meiner Mandantin kurze Zeit unter vier Augen besprechen.«

Der Richter schlug mit dem Hammer auf den Tisch. »Das Gericht zieht sich für zehn Minuten zurück.« Er verließ den Saal. Ich trat aus dem Zeugenstand und begab mich wieder an meinen Tisch.

Marja und Vito waren bereits im Konferenzzimmer verschwunden. Ich blickte mich im Gerichtssaal um. Im Zuschauerraum standen die Leute dicht aneinandergedrängt. Eine Hand zupfte an meinem Ärmel, und ich sah auf.

Es war der Oberstaatsanwalt. »Sie hatten recht«, flüsterte er, und in seiner Stimme lag Bewunderung. »Diese Frau hat den Teufel im Leib. Das kann man wohl sagen!«

Die Tür des Konferenzzimmers öffnete sich, und Vito trat allein heraus. Er betrachtete die Menge, als suchte er jemanden. Ich bemühte mich, seinem Blick zu folgen, aber es gelang mir nicht. Er machte eine Kopfbewegung, die fast wie ein Nicken aussah, und kehrte in das Konferenzzimmer zurück.

Noch immer musterte ich die Menge. Einen Augenblick später erhob sich ein Mann. Im grellen Licht der Deckenbeleuchtung schimmerte sein weißes Haar. Er ging den Gang zwischen den Bankreihen entlang zur Tür. Ich erkannte ihn sofort: Joker Martin. Ich fragte mich, was er hier suchte, aber dann öffnete sich erneut die Tür des Konferenzzimmers, und ich dachte nicht mehr daran.
Als erste betrat Marja den Gerichtssaal; sie wirkte gefaßt und ruhig. Vito folgte ihr. Sie gingen zu ihrem Tisch und setzten sich.
Kurz darauf wurde die Sitzung wieder eröffnet. Vito erhob sich und sah den Richter an. Er war bleich, aber seine Stimme klang fest.
»Meine Mandantin wünscht, sich in allen Punkten der Anklage für schuldig zu bekennen.«
Der Richter sah sie an. »Ist das Ihr Wunsch, Miß Flood?« fragte er.
Langsam erhob sie sich. »Ja, Euer Ehren.«
Wir drängten uns mühsam durch die Menge bis zu den Fahrstühlen. Mein Rücken schmerzte, denn so viele hatten mir wohlmeinend darauf geklopft. Endlich stand ich mit dem Oberstaatsanwalt allein im Fahrstuhl.
»Mein Entlassungsgesuch wird nachher auf Ihrem Schreibtisch liegen, Sir«, sagte ich.
Er sah mich nicht an.
»Es tut mir leid, ein solches Durcheinander herbeigeführt zu haben, Sir«, fuhr ich fort.
Er sagte noch immer nichts.
Der Fahrstuhl hielt in meinem Stockwerk, ich stieg aus und ließ ihn im Fahrstuhl zurück. Ich ging den Gang entlang zu meinem Büro. Joel und Alec waren noch immer unten. Ich setzte mich an meinen Schreibtisch und legte mir einen Bogen Papier zurecht. Rasch schrieb ich mein Gesuch, steckte es in einen Umschlag und schickte es zum Chef hinauf.
Auf meinem Schreibtisch klingelte das Telefon. Ich nahm den Hörer ab. »Keyes«, sagte ich. Hier würde ich nun nicht mehr lange sitzen.
»Mike, hier ist Marja.«
»Ja, bitte, Marja?« fragte ich erschöpft.

»Ich sitze in der *Boyd-Cocktail-Stube* am Broadway. Könntest du sofort herüberkommen?«
Das mußte man ihnen lassen, sie hatten schnell gearbeitet. Ihre Kaution war auf fünfzigtausend Dollar festgesetzt worden. Ich zögerte.
»Bitte, Mike«, sagte sie. »Es ist sehr wichtig.«
»Na gut«, antwortete ich. »Ich komme gleich.« Ich nahm meinen Mantel. Morgen war immer noch Zeit, um meinen Schreibtisch aufzuräumen.

Unterwegs begann es zu schneien. Als ich in den nur schwach beleuchteten Raum trat, sah ich sie an einem Tisch in der Ecke sitzen. Ich setzte mich neben sie. Ein Kellner näherte sich.
»Was möchtest du?« fragte ich sie.
»Cassis und Soda«, antwortete sie.
»Gin mit Eis für mich.« Der Kellner entfernte sich. Ich wandte mich ihr zu. »Trinkst du noch immer das verrückte Zeug?«
»Es schmeckt mir.«
Der Kellner kam zurück und stellte die Gläser vor uns hin.
Ich hob mein Glas. »Auf das Verbrechen!«
Sie sah mich fest an. »Darauf trinke ich nicht.«
Ich verzog das Gesicht.
»Das hat Ross immer gesagt«, erklärte sie. »Ich bin in diesen Dingen abergläubisch.«
»Weißt du etwas Besseres?« fragte ich.
Sie nickte.
»Und das wäre?«
Ihre Augen blickten in die meinen. »Auf uns!« sagte sie mit fester Stimme.
Ich spürte die Wärme, die von ihr ausging. »Nicht übel«, antwortete ich und nahm einen Schluck. Ich stellte das Glas hin und schaute sie an. »Nun, worüber wolltest du eigentlich mit mir sprechen?«
Ein Mann betrat das Lokal. Sie streifte ihn mit einem Blick und sah dann wieder mich an. »Über uns, Mike.« Ihre Hand legte sich auf die meine. »Ich glaube, es ist an der Zeit.«
Ich fühlte die Berührung wie einen elektrischen Strom und versuchte, meine Stimme ruhig klingen zu lassen. »Findest du?«

Sie nickte. »Kein anderer kommt für mich in Frage.«
Ich atmete tief ein. »Du hast lange gebraucht, um zu dieser Entscheidung zu gelangen.«
»Es tut mir leid, Mike. Aber ich konnte nicht anders. Ich habe keinen besseren Weg gewußt. Ich habe es dir gestern abend im Wagen erklärt.«
Ich brauchte Zeit zum Nachdenken. Das Blut in meinen Schläfen pochte, und ich wechselte das Thema. »Wer hat deine Kaution gestellt?« fragte ich.
Die Tür öffnete sich, und wieder trat ein Mann ein. Automatisch blickte sie kurz und abschätzend zu ihm auf. »Joker Martin«, sagte sie.
Deswegen also war er im Gerichtssaal gewesen. Wahrscheinlich war Vito in den Saal zurückgekehrt, um sein stillschweigendes Einverständnis mit dem Schuldbekenntnis zu erlangen. Ich hatte gehört, daß er fast alle zwielichtigen Unternehmen in der Stadt kontrollierte. Ich antwortete nicht.
Sie beugte sich zu mir vor, und der Duft ihres Parfüms streifte mich. »Es dauert nicht so lange, Mike«, fuhr sie fort. »Bei guter Führung werde ich in ein paar Jahren wieder entlassen. Dann können wir irgendwo hingehen und ein neues Leben anfangen. Niemand wird etwas über uns wissen.«
Wieder trat ein Mann durch die Tür, ihre Augen streiften ihn. Ihre Stimme war leise und tief. »Werden wir es schaffen, Mike?«
Ich seufzte auf. Langsam zog ich meine Hand zurück.
Sie blickte auf meine Hände und dann in mein Gesicht. Ihre Augen verschleierten sich. »Was ist, Mike? Die Gefängnisstrafe?«
Ich schüttelte den Kopf.
Ihre Stimme klang nun ein wenig schärfer. »Was ist es dann? Ich habe ein Recht, es zu erfahren, Mike.«
»Wie sieht meine Tochter aus, Marja?« Meine Stimme kam mir wie die eines Fremden vor.
Plötzlich hatte sie verstanden. »Ach, das ist es.«
Ich nickte. »Das ist es.« Ich betrachtete meine Hände und sah das langsame Pulsieren des Blutes in den Adern. »Ich hätte dir niemals dein Kind vorenthalten können, wie du es mir gegenüber getan hast.«

»Was blieb mir denn anderes übrig, Mike?« fragte sie. »Damals lagen Welten zwischen uns.«
»Wieso glaubst du, daß wir jetzt einander näher sind?« erwiderte ich schroff und blickte ihr in die Augen. »Mein ganzes Leben lang habe ich auf dich gewartet. Ich habe geglaubt, du könntest nichts tun, was ich nicht verzeihen oder entschuldigen könnte. Aber ich habe mich geirrt. Das einzige, was du niemals hättest tun dürfen, war, mich um mein Kind zu betrügen.«
»Es ist auch mein Kind, Mike, vergiß das nicht«, entgegnete sie. »Es ist das einzige in der Welt, das mir gehört, mir allein. Es gehört mir mehr als dir.«
»Genau das meine ich, Marja«, sagte ich, und tiefe Müdigkeit erfüllte mich. »Es hätte *unser* Kind sein können. Aber du hast nur an dich gedacht. Nicht an das Kind und nicht an mich. Du hattest nur einen Gedanken: Es behalten.«
»Es ist noch nicht zu spät, Mike. Wir können noch immer von vorn anfangen.«
»Nein, Marja.« Ich schüttelte den Kopf. »Du kannst die Uhr nicht zurückstellen. Du hast es mir selbst einmal gesagt. Erinnerst du dich noch?«
Ihre Augen waren groß und dunkel. Sie waren mir so sehr vertraut, und dennoch empfand ich sie fast wie die einer Fremden. Dann verwandelte sich ihr Gesicht in eine undurchdringliche Maske. Sie erhob sich langsam. Ohne ein Wort ging sie auf die Straße hinaus. Durch die Glastür sah ich sie auf der Straße stehen. Der Schnee fiel in großen Flocken auf sie herab. Eine lange schwarze Limousine hielt vor ihr, und ein Mann stieg aus. Er nahm seinen dunklen Hut ab, während er die Tür aufhielt. Ich erkannte sein weißes Haar. Es war Joker Martin. Er stieg hinter ihr in den Wagen, der langsam davonfuhr.
Ich stürzte den Rest meines Gins hinunter, warf ein paar Scheine auf den Tisch und ging zur Tür.

Ich betrat zu meiner letzten Amtshandlung den Gerichtssaal. Ich wollte noch das Urteil gegen Marja hören.
Ich sah ihr Gesicht, als sie sich dem Richtertisch zuwandte. Sie war blaß, aber ihre Augen waren ruhig und ohne Furcht, als die Stimme des Richters erklang.

»Zu Punkt 1: Vermittlung zum Zweck der Prostitution. Sie werden hiermit zu einer Gefängnisstrafe von drei bis fünf Jahren und zur Zahlung von fünftausend Dollar verurteilt.
Zu Punkt 2: Bestechung von Beamten. Sie werden hiermit zu einer Gefängnisstrafe von einem Jahr und zur Zahlung von fünftausend Dollar verurteilt.
Zu Punkt 3: Erpressung durch mündliche Drohungen. Sie werden hiermit zu einer Gefängnisstrafe von einem Jahr und zur Zahlung von fünfhundert Dollar verurteilt.«
Hinter uns ging ein Raunen durch den Saal, nachdem der Richter das Urteil verlesen hatte. Er klopfte mit dem Hammer auf den Tisch, um die Ruhe wiederherzustellen. Im Gerichtssaal wurde es ganz still.
Seine Stimme war sehr leise, drang aber bis zu den hintersten Reihen. »Die Staatsanwaltschaft hat dieses Gericht darauf hingewiesen, daß die Angeklagte durch ihr Verhalten ihre Absicht kundgetan hat, sich in den Augen der Gesellschaft zu rehabilitieren. Das Gericht entscheidet daher, daß die Angeklagte ihre verschiedenen Haftstrafen zusammenhängend abbüßen darf.«
Das Raunen im Gerichtssaal wurde diesmal noch lauter. Das war eine große Vergünstigung. Das bedeutete, daß sie bei guter Führung nicht mehr als zwei Jahre abzubüßen brauchte. Ich wandte mich Alec zu. »Haben Sie gewußt, daß der Alte das vorhatte?« fragte ich.
Er schüttelte den Kopf. Ich sah Joel an. Auch sein Gesicht verriet nichts. Ich blickte zu Marja hinüber. Sie beobachtete mich; ihre Augen waren ruhig, und es lag Dankbarkeit in ihnen. Ich hätte ihr gern gesagt, daß der Oberstaatsanwalt dies erreicht hatte und nicht ich. Aber ich hatte keine Möglichkeit, mit ihr zu sprechen.
Als ich den Gerichtssaal verließ, schloß sich mir Joel an. »Der Alte wird allmählich sentimental«, meinte er. »Wollen wir etwas trinken gehen?«
Ich schüttelte den Kopf, und wir trennten uns am Fahrstuhl. Als ich zur Tür meines Büros gelangte, öffnete sie sich plötzlich, und der Alte stand da. Er hielt einen Umschlag in der Hand, mit dem er erregt herumfuchtelte. »Sie glauben doch wohl nicht, daß ich es entgegennehme!« brüllte er.

Es war mein Entlassungsgesuch. »Doch, Sir«, entgegnete ich. »Meiner Ansicht nach ist das völlig in Ordnung.«
»Dann sind Sie sogar noch dümmer, als ich glaubte, Keyes«, schrie er. Mit einer weit ausholenden Geste zerriß er den Brief und warf die Fetzen auf den Boden. Dann stampfte er wütend davon.
Einen Augenblick starrte ich zu Boden. Die kleinen Papierfetzen hoben sich weiß von dem staubigen Grau ab. Dann lief ich hinter ihm her. Er wandte sich zu mir um. »Ich danke Ihnen«, sagte ich.
Er nickte gereizt. »Schon gut, Mike. Sie haben doch wohl nicht angenommen, daß ich einen guten Mitarbeiter so leicht gehen lasse, oder?«
Ich lächelte ihn an. »Nicht für mich, Sir. Für Marja.«
Er sah mir in die Augen, und sein Blick wurde freundlicher. »Vergessen Sie niemals, Mike«, erklärte er leise, »daß auch die Gnade auf die Waagschale der Gerechtigkeit gelegt werden muß.«
Ich schwieg. Gnade. Das war ein großes Wort. Das größte. Ich fragte mich, ob es mir jemals gelingen würde, es in die Wirklichkeit umzusetzen.
Bevor ich noch antworten konnte, schlug er mir auf die Schulter. »Gehen Sie in Ihr Büro zurück, mein Junge. Dort wartet jemand auf Sie.«
Am Ende des Ganges blieb er stehen, und ich kehrte in mein Büro zurück. Langsam öffnete ich die Tür. Es war niemand da. Offenbar drehte der Alte durch. Ich ging hinein und setzte mich an meinen Schreibtisch. Vom kleinen Sofa an der Wand her vernahm ich jetzt das Rascheln von Kleidern. Erstaunt blickte ich auf.
Ein kleines Mädchen trat auf mich zu. Ihr Haar war vom strahlendsten Gold, das ich jemals gesehen hatte. Ihre Augen waren groß und blau. Es war, als blickte ich in einen Spiegel. Es waren meine Augen. Ich fühlte, wie sich mir die Kehle zusammenzog. Ich hielt den Atem an.
Sie blieb vor meinem Schreibtisch stehen und sah mich ernst an. Ihre Augen waren ruhig. »Ich bin Michelle«, sagte sie. Ihre Stimme war jung und klar.
Ich nickte, unfähig ein Wort hervorzubringen.

»Meine Mutter hat gesagt, ich soll eine Weile bei dir bleiben.«
Wieder nickte ich. Ich wollte sprechen, aber ich konnte nicht.
»Sie hat gesagt, du würdest für mich sorgen.« In ihren schönen Augen zeigte sich ein feuchter Schimmer.
Meine Augen verschleierten sich. Langsam ging ich um den Schreibtisch herum und kniete neben ihr nieder. Ich ergriff ihre beiden Hände. »Ich werde für dich sorgen, Michelle.«

Inhalt